ALIX OHLIN

ROBIN UND LARK

ALIX OHLIN
ROBIN UND LARK

Roman

Aus dem Englischen von
Judith Schwaab

C.H.BECK

Titel der englischen Ausgabe:
Dual Citizens

Erschienen in den USA bei Alfred A. Knopf,
a division of Penguin Random House LLC, New York.

Für die deutsche Ausgabe:

www.chbeck.de
Umschlaggestaltung: Rothfos & Gabler, Hamburg
nach dem Originaldesign von Gabriele Wilson
Umschlagabbildung: Bauer Syndication/Trunk Archive
Satz: Janß GmbH, Pfungstadt
Druck und Bindung: GGP Media GmbH, Pößneck
Gedruckt auf säurefreiem, alterungsbeständigem Papier
(hergestellt aus chlorfrei gebleichtem Zellstoff)
Printed in Germany
ISBN 978 3 406 74775 5

myclimate

klimaneutral produziert
www.chbeck.de/nachhaltig

Für PTOR

Selbst bei einem «normalen» Film ist der Schnitt weniger ein Zusammenfügen als die Entdeckung eines Weges.

Walter Murch, *In the Blink of an Eye*

Rotkäppchen: Ein Wolf und ein Mensch können nicht ein und dasselbe sein.
Hexe: Frag mal eine Wolfsmutter.

James Lapine, *Into the Woods*

Mein Herz hat keine Angst vor tiefem Wasser.
Es trägt seine Schwimmweste,
dieses unsichtbare Kleidungsstück der Liebe
und des Vertrauens,
und es erzählt dir diese Geschichte.

Nancy Williams, *Swimming Lessons*

ERSTER TEIL

Davor

Scotties Lebensgeschichte – die natürlich auch die meine ist – beginnt mit meiner Schwester Robin. Seltsam, wie wenig wir heute noch darüber reden. Von uns dreien bin ich die Einzige, die sich mit unserer Geschichte beschäftigt, wahrscheinlich, weil ich diejenige bin, die ihr eine Gestalt gegeben hat. Wenn ich auf jenen Tag in den Laurentinischen Bergen zurückkomme, sagt Robin, sie könne sich an fast nichts mehr erinnern. Das kann ich mir kaum vorstellen. Bei mir ist es genau das Gegenteil; jener Tag ist bis ins letzte Detail unverrückbar in meiner Erinnerung verankert, und ich kann selbst die winzigste Einzelheit davon abspulen wie einen Film.

Und das geht so: ein sonniger Tag im Juni, die blättrig grüne Hitze des Sommers in Kontrast zu meiner Schockstarre. Die Luft stickig und schwül, wie eine Wand vor Robins stoßweisem Atem.

Und die Wölfin, der meine Schwester den Namen Katharina gegeben hatte, stand vor uns und musterte uns beide mit ihren gelben Augen.

Robin war damals in der achtunddreißigsten Woche schwanger, und sie hatte mir gerade verärgert mitgeteilt, dass eine Schwangerschaft zehn Monate dauere und nicht etwa neun. Darüber war sie wütend, als hätte jemand sie absichtlich in Unkenntnis gelassen. Überhaupt war sie oft wütend, weil ihr heiß war, sie sich unförmig fühlte und nicht schlafen konnte. Wir gingen einen Wanderweg hinter ihrem Haus entlang, der zu einem Kiefernwäldchen führte, weil wir hofften, dort unter dem Baldachin der Nadelbäume würde es kühler sein. Robin wollte immer nur gehen, obwohl sie sich auch darüber beklagte: Die Hüften taten ihr weh, ihre Knie schmerzten, und ihre Rippen auch. Jammern war eigentlich nicht ihre Art, denn meine Schwester war ein Mensch, der alles stoisch und mit fast wilder Dickköpfigkeit ertrug, und genau das beunruhigte mich. Alle paar Meter blieben wir stehen, damit sie verschnaufen konnte, und ich sah, wie sie sich über den Bauch strich; eine zärtliche Geste, wie sie sie ansonsten weder dem Baby noch sich selbst zukommen ließ.

Sie runzelte die Stirn: «Was machst du?»

«Nichts.»

«Du berührst dich selbst», sagte sie.

Ich hatte gar nicht bemerkt, dass ich sie imitierte, als wollte ich ihr den Spiegel vorhalten. Meine Hand lag flach auf meinem Bauch, doch eigentlich gab es nichts zu streicheln. Ich wurde rot vor Verlegenheit, und meine Schwester lachte rau.

«Ist ja gut», sagte sie. «Hab schon verstanden.»

Doch wie konnte sie es verstehen? Sie konnte sich ebenso wenig in meinen Körper hineinversetzen wie ich mich in ihren. So standen wir da, Körper an Körper, Schwester an Schwester, doch zwischen uns lagen Welten.

Um sie auf andere Gedanken zu bringen, erzählte ich ihr von einer Sammlung alter Filme, die in einer unterirdischen Müllhalde unter einer Eisbahn in Dawson City, Yukon, gefunden worden war. Sie stammte aus dem frühen zwanzigsten Jahrhundert, die Filme hatten einem Kino gehört. Damals, so erzählte ich, hatten Filme oft eine lange Reise hinter sich; von Kalifornien kamen sie zuerst in größere Städte wie Calgary und Vancouver, dann nach Whitehorse, bis sie schließlich in der Goldgräberstadt Dawson City landeten, von wo aus es keinen Sinn mehr hatte, sie wieder an ihren Ursprungsort zurückzuschicken. Und so sammelten sie sich dort an, ein aus dem Zufall geborenes Filmarchiv. Die Streifen bestanden aus Zellulosenitrat, einem Material, das bekannt dafür ist, dass es sich auflöst, schmilzt, ja sogar in Brand geraten kann. Wäre es nicht unter jener Eisbahn begraben gewesen – zusammen mit Kaninchendraht, Holzstücken und anderem Unrat –, hätte es die ganze Stadt in Schutt und Asche legen können.

«Filme sind damals explodiert?», fragte Robin.

Ich nickte. Ich erzählte ihr, wie das Kino damals schließen musste und die Filme entsorgte, bis sie schließlich Jahrzehnte später von einem Baggerführer entdeckt wurden, der das Gelände umpflügte, als dort ein neues Freizeitcenter errichtet werden sollte. Die Geschichte faszinierte mich wegen dieser unfassbaren Mischung aus entzündbarem Film und ewigem Eis, aus Erhaltung durch Vernachlässigung, und wie eine Stadt ihre Geschichte ausgerechnet dadurch bewahrt hatte, dass sie sie vergaß. Die meisten Stummfilme aus jener Zeit waren verloren gegangen, weil sie verbrannten oder verrotteten, doch ausgerechnet diese weggeworfenen Filme hatten überlebt. Meine Schwester bekam schon seit Jahren solche Geschichten von mir zu hören – ich war Sammlerin obskuren Wissens, besonders, wenn es ums Kino ging –, und ich schätze, sie war daran gewöhnt. Jetzt lauschte sie mir so still, dass es eine Weile dauerte, bis ich merkte, dass etwas nicht stimmte.

Ihr Blick war auf einen Punkt hinter meinem Kopf gerichtet. «Schau mal», sagte sie.

Wir sahen die Wölfin, die aus dem Wald trottete wie ein Hund, der sich verirrt hat und nach seinem Zuhause sucht. An ihrem seltsamen Gang – sie hinkte auf einem Bein – erkannten wir, dass es sich um Katharina handelte. Ihr graubraunes Fell sah verfilzt und platt gedrückt aus, ihr Körper schmalhüftig und sehnig. Später kam uns der Gedanke, dass sie ja vielleicht auf der Suche nach ihrem Rudel war, was mir im Grunde egal ist, denn ihre Beweggründe gehen mich nichts an. Woran ich mich erinnere, ist nur ihr wenig anmutiges Humpeln, und wie schnell sie dennoch unterwegs war. Und dass ich, als sie so nah auf uns zulief, dass wir ihre Augen sehen konnten, nicht hätte sagen können, ob sie uns erkannte, ob die Bindung, die Robin zu ihr aufgebaut hatte, stabil oder bedeutsam genug war, oder ob sie im Denken dieses Tieres überhaupt eine Rolle spielte.

Was als Nächstes geschah, war meine Schuld.

Die Wölfin lief auf Robin zu, als wollte sie sie anspringen, und ich zog meine Schwester rasch zur Seite, weil ich sowohl um sie als auch um das Baby Angst hatte. Robin jedoch machte sich aus meinem Griff frei – ich schätze, weil sie Katharina begrüßen oder sie wenigstens aus der Nähe sehen wollte. Auf einmal war mir schwindelig, Himmel und Erde tauschten ihre Plätze, alles drehte sich um mich, Festes wurde flüssig. Ich klammerte mich an alles, was ich greifen konnte, während ein Schleier mir die Sicht vernebelte. In meinen Ohren rauschte es, die Wellen eines unsichtbaren Ozeans, die an einen Strand donnern. Ich glaube, ich packte Robin an der Schulter, doch es hätte auch ihr Bein sein können – so sehr hatte ich die Orientierung verloren. Bei all diesem Ziehen und Zerren zwischen uns geriet Robin aus dem Gleichgewicht und fiel zu Boden. Die Wölfin lief einfach weiter, an uns vorbei, als gäbe es uns gar nicht.

Langsam lichteten sich die Nebel vor meinen Augen, und der Boden unter mir fügte sich wieder zusammen. Wenn ein Schwindel vergeht, ist das wie ein Erdbeben in umgekehrter Reihenfolge: Teile fügen sich wieder zusammen, die Welt hört auf zu beben und kommt wieder zur Ruhe.

Neben mir stöhnte Robin, ein furchtbares Wimmern.

«Alles in Ordnung mit dir?»

Sie gab mir keine Antwort. Ihr Gesicht war aschgrau, eine Farbe, die ich noch nie an ihr gesehen hatte, und wieder drückte sie mit der Hand gegen ihren Bauch, doch diesmal war es kein Streicheln mehr.

Ich bettete den Kopf meiner Schwester auf meinen Schoß, doch sie schien mich kaum zu bemerken, noch weniger schien meine Geste sie zu beruhigen. Ihr Körper fühlte sich heiß an, ihr Haar klebte verschwitzt an meiner Hand.

Dann hörten wir den Rest des Rudels, ein silbriges, auf- und abschwellendes Heulen, auf und ab, das Katharina gelten mochte oder auch nicht. Ich fand es unheimlich, doch Robins Gesicht entspannte sich, und sie öffnete die Augen. Was mich verängstigte, schien sie zu trösten; das war immer schon der Unterschied zwischen uns gewesen.

«Wo ist Katharina?», fragte sie.

Ich sagte, ich wisse es nicht; die Wölfin sei verschwunden. Meine Schwester rappelte sich hoch, und ich sah, dass sie Schmerzen hatte, konnte sie aber nicht davon abhalten, aufzustehen. Ich hatte Robin noch nie von etwas abhalten können. Sie richtete sich auf, obwohl die Beine für einen Moment unter ihr nachgaben und sie sich auf mich stützen musste, während ich vergeblich versuchte, sie dazu zu bringen, ins Haus zurückzukehren.

Nur meine Schwester war dazu in der Lage, das Einsetzen ihrer Wehen zu ignorieren, um nach einer Wölfin zu suchen. Und nur meine Schwester fragte trotz ihrer Schmerzen: «Wo ist sie nur hin?»

ZWEITER TEIL

Kindheit

1.

Rückblickend kann ich heute sagen, dass meine Schwester nie ganz zahm war. Als wir Kinder waren, verschwand Robin oft, eine Stunde, einen Nachmittag, einen Tag lang. Unsere Mutter, die nur selten zu Hause war, merkte es gar nicht, doch mir machte ihr Fehlen zu schaffen. Ich hegte eine Leidenschaft für alles, was mit Regeln zu tun hatte; feste Mahlzeiten und Tagesabläufe waren mir wichtig. So ging ich zum Beispiel jeden Mittwoch in die Pizzeria, die einen Block entfernt von unserer Wohnung lag, kaufte mir von dem Geld, das meine Mutter in zerknüllten Scheinen auf dem Küchentresen liegen ließ, eine Pizza, trug sie in einem weißen, vom Fett durchgeweichten Karton nach Hause und wartete. Das machte ich nur mittwochs. Dienstags besuchten wir mit meiner Schulklasse die Bibliothek, und am Donnerstag hatten wir Zeichnen. Ich mochte die Bibliothek und den Kunstunterricht, aber ich liebte es, immer zu wissen, was als Nächstes kommen würde. In meiner Vorstellung hatte jeder Wochentag eine andere Farbe – die Bibliothek war lila, Orange stand für Pizza, ein gelber Klecks für Zeichnen –, und die Woche wurde dadurch zu einem Regenbogen, sie bekam Struktur und einen Sinn. Schon damals war ich eine leidenschaftliche Sammlerin von Mustern, eine Elster, immer auf der Suche nach bunten Stoffresten.

Marianne, unsere Mutter, irritierte es, dass ich immer alles genau wissen wollte. Wenn ich sie fragte, wann sie nach Hause komme, gab sie mir keine Antwort; sie fand die Frage unsinnig. Sie fühlte sich eingeengt, wenn sie sagen sollte, wohin sie ging und warum, und ihr Leben als junge Mutter von zwei Kindern war einengend genug. Zumindest denke ich das heute. Damals hatte ich das Gefühl, wir seien ihr lästig und dass sie sich immer wieder Gründe dafür ausdachte, so viel wie möglich weg von uns zu sein. Was möglicherweise ja auch stimmte.

Marianne war schön. Sie hatte langes, glänzendes, schwarzes Haar, das sie entweder offen oder in einem tief im Nacken gebundenen Pferdeschwanz trug, beides Frisuren, die ihre hohe, bleiche Stirn und die dunkelbraunen Augen zur Geltung brachten. Jahre später, als ich in einem New Yorker Museum auf Giacomettis hohe, spindeldürre Bronzeskulpturen von Frauen stieß, brach ich in Tränen aus, denn sie erinnerten mich so sehr daran, wie Marianne gewesen war: dünn, aber nicht zerbrechlich, das Fleisch hart wie Metall, unmöglich zu umarmen. Sie mochte es nicht, berührt zu werden, wenigstens nicht von uns. Sie stammte aus einer streng katholischen Familie, in der sich irische und frankokanadische Traditionen zwangsweise vermischten, und ich hatte den Verdacht, ihr Vater hätte sich in ihrer Jugend mehr als einmal an ihr vergriffen. Auch ihre Mutter war streng. Als Marianne fünfzehn war, begannen die Streitereien; sie lehnte sich dagegen auf, dass ihren Brüdern Freiheiten und die Aussicht auf eine Zukunft gewährt wurden, die ihr selbst verwehrt blieben. Ihre Eltern wollten, dass sie so bald wie möglich heiratete; auf mehr könne sie nicht hoffen. Stattdessen zog Marianne aus der vollgestopften Wohnung ihrer Familie in der Nähe des alten *Farine-Five-Roses-Flour*-Schildes der Mehlfabrik aus und wohnte fortan bei einer Freundin, deren Eltern ihren Kindern mehr Spielraum ließen. Schließlich brach sie die Schule ab und fand einen Job in einem Plattenladen, wo sie jeden bezirzte, der hereinkam, um Musik zu hören. Sie kannte jede Band und jedes Album. Das muss ich Marianne wirklich lassen: Trotz all ihrer Fehler erfüllte sie unser Zuhause mit Musik. Sie hatte einen Plattenspieler von Magnavox und eine Sammlung von Platten, die sie angeblich vom Laden «ausgeliehen» hatte, in Wirklichkeit jedoch ihrer privaten Sammlung einverleibte, wodurch wir in unserer Kindheit von Félix Leclerc über Mahler bis zu den Rolling Stones alles zu hören bekamen.

Dort in dem Plattenladen lernte sie auch meinen Vater Todd kennen, der aus Vermont nach Montreal gekommen war; obwohl in den USA bereits seit zwei Jahren keine Soldaten mehr für den Vietnamkrieg eingezogen wurden, hatte er den Dienst an der Waffe aus Gewissensgründen verweigert und war vor der amerikanischen Kriegstreiberei nach Kanada geflohen. Laut Marianne war er sehr gut aussehend und nicht besonders hell im Kopf. Bilder, die sie mir hätte zeigen können, besaß sie nicht, sodass ich mir nach ihren Beschreibungen zusammenreimen musste, wie er ausgesehen hatte: ein neunzehnjähriger Frischling mit Lockenkopf, der karierte Hemden und eine Lammfelljacke trug, die er trotz der Kälte niemals zuknöpfte. Die meiste Zeit verbrachten sie mit seinen Freunden. Ihr gefiel das Gefühl, fernab von ihrer eigenen Familie zu leben und alle Brücken zur Vergangenheit abzubrechen, ohne dafür die Stadt verlassen zu müssen. Als sie schwanger wurde, sei Todd überglücklich gewesen, erzählte sie mir, und ich habe keinen Grund, dies anzuzweifeln; sie log niemals, um mich zu schonen.

Die beiden heirateten nicht; sie hielten die Ehe für eine korrupte Institution der Bourgeoisie, ein verblichenes Überbleibsel der alten Ordnung, und ließen den Nachnamen meiner Mutter, Brossard, in meine Geburtsurkunde eintragen. Todd blieb lange genug in Montreal, um mir die amerikanische Staatsbürgerschaft zu übertragen und eine Sammlung seltener Münzen zu vererben, die er mit dem Gedanken aus Vermont mitgebracht hatte, sie zu verkaufen und uns damit zu unterstützen. Doch sie waren weniger wert, als er gedacht hatte, und das galt vermutlich auch für uns. Eines Tages wachte Marianne auf, und er war fort; er hinterließ nur eine knappe und dahingekritzelte Nachricht, die meine Mutter verärgert zerriss, deren Inhalts sie sich jedoch Jahre später nicht mehr entsinnen konnte.

Ich habe nie nach meinem Vater gesucht. Mir gefällt der Gedanke, dass er es bereut und manchmal des Nachts aufwacht und glaubt, jemand habe zu ihm gesprochen, eine Stimme, die er nicht kennt, die ihm aber trotzdem bekannt vorkommt; und dass er, wenn er eine Frau meines Alters erblickt, überlegt, wie seine Tochter wohl aussieht oder was für einen Gang sie hat. Es ist mein gutes Recht, ihn mir so vorzustellen, wie es mir passt, denn er war nie da, um mir zu widersprechen.

Nachdem er weg war, blieben wir beide allein zurück. Ein anderes Mädchen in jener Zeit, das blutjung und verlassen worden war, hätte sich an seine Familie gewandt und sie um Hilfe gebeten, doch nicht Marianne. Auf einmal alleinerziehende Mutter zu sein, entfernte sie endgültig von der Welt, aus der sie kam, und bekräftigte nur ihre Verweigerungshaltung gegenüber deren Ansichten und Werten. Ihre Eltern, Cathleen und Jean-Louis, wussten nicht einmal, dass Marianne ein Baby hatte, bis sie ihr eines Samstagsnachmittags auf der Sherbrooke Street begegneten, wo sie meine Wenigkeit in einem Kinderwagen spazieren fuhr. Marianne trug das, was sie mit der liebevollen Sehnsucht nach Vergangenem, die sie sich selbst entgegenbrachte, einen «aufsehenerregenden Fummel» nannte, ein kurzes Kleid im Stil der Zwanzigerjahre, mit Perlen am Saum, die klirrten, wenn sie sich bewegte, dazu Sandalen mit Plateausohlen und eine Feder im Haar. Damals betrachtete sie das Leben schon seit einer Weile als Theaterstück, in dem sie selbst die Hauptrolle spielte. In aller Seelenruhe küsste sie die beiden auf die Wangen. Jean-Louis klappte stumm den Mund auf und zu, während Cathleen in Tränen ausbrach. Offenbar hatte ihre Reaktion ebenso viel mit dem Aufzug ihrer Tochter zu tun wie mit der Anwesenheit eines Babys.

Marianne hob die Ecke der Babydecke hoch, die eine ihrer Freundinnen für sie gehäkelt hatte, und erklärte, der Vater sei Amerikaner, und meinen Namen hätten sie mir in Erinnerung an die Sommertage gegeben, die sie im La Fontaine Park verbracht hatten, als sie schwanger gewesen war und sie dem Vogelgezwitscher gelauscht hätten. Demnach hätte es viel schlimmer kommen können – statt Lark, Lerche, hätte ich am Ende auch Amsel oder Taube heißen können –, doch der Name machte Mariannes Eltern dennoch wütend, womit sie wahrscheinlich gerechnet hatte. Die Tatsache, dass die französische Bezeichnung des Vogels, *alouette,* auch der Name der Montrealer Fußballmannschaft war, schlug dem Fass den Boden aus.

Das war Marianne egal. «Jedenfalls heißt sie so», verkündete sie dort auf der Straße, «ob es euch nun gefällt oder nicht.»

Die Geschichte gehörte zu ihren Lieblingsstorys, und ich bettelte immer darum, dass sie sie mir erzählte, wenn sie mich zu Bett brachte, denn ich wusste, dass sie Marianne zärtlich stimmte; manchmal strich sie mir sogar mit dem Finger über die Wange.

«*Mais qu'est-ce ça veux dire, alouette?*», schrie ihr entsetzter und wütender Vater. «Was ist das denn für ein Name – Lark?»

2.

Um ein Dach über dem Kopf und etwas zu essen zu haben, übernahm Marianne eine ganze Reihe von Jobs: Sie arbeitete als Friseurin, Kellnerin, Garderobiere. Da sie mit Leuten gut umgehen konnte, bekam sie auch viel Trinkgeld. Weniger gut stand es um ihre Pünktlichkeit, und sie ließ sich nur ungern sagen, was sie zu tun hatte. Manchmal, wenn sie gerade keinen Job hatte, aßen wir in einer öffentlichen Suppenküche oder zu Hause bei Freunden. Wurde das Geld ganz knapp, verkaufte sie ihren Modeschmuck an einem Stand auf dem Flohmarkt und ging mit dem verdienten Geld postwendend in den nächsten Diner, wo wir uns die Bäuche mit überbackenen Sandwiches vollschlugen und sie sich die Gratispackungen Oyster Crackers oder Jelly Beans in die Handtasche stopfte. Doch Marianne war nur selten lange ohne Job; mit ihrem Charme fand sie immer schnell etwas Neues.

Nachdem Todd sich abgeseilt hatte, bekam sie nach einigem Zureden eine Stelle als Sekretärin bei einer Bank im Zentrum, und genau dort lernte sie auch Bob Johnson aus Fox Run, Minnesota, kennen, der ihr Ehemann und Robins Vater wurde. Bob war älter als meine Mutter – mit dreißig wirkte er bereits wie ein alter Mann – und das Gegenteil von Todd. Ein Gewohnheitstier, aß er jeden Tag ein Sieben-Minuten-Ei und eine Scheibe gebutterten Toast ohne Kruste zum Frühstück. Ich schaute fasziniert dabei zu, wie das perfekt getrimmte, rechteckige Brot zwischen seinen perfekten, rechteckigen Zähnen verschwand. Er sah ziemlich gut aus, hatte dickes, welliges braunes Haar und hohe Wangenknochen, von denen meine Mutter behauptete, sie gingen auf seine indianischen Vorfahren zurück, die dem Stamm der Dakota Sioux angehört hatten. Obwohl sie sich im Jahre 1979 kennenlernten, kleidete Bob sich wie ein Filmstar aus den Fünfzigerjahren und trug schmal geschnittene Stoffhosen und Hemden mit Kragen, deren Ärmel er bis zu den Ellbogen hochkrempelte.

Nach ihrer eher bescheidenen standesamtlichen Trauung im Palais de Justice zogen wir in ein winziges, gepflegtes Apartment in Rosemount. Eigentlich hätte ich glücklich sein sollen, denn aus unerfindlichen Gründen hatte meine Mutter einen Mann erwählt, der noch mehr an Routine hing als ich. Er aß jeden Sonntag Braten. Wenn er die Abendnachrichten im Fernsehen schaute, trank er jedes Mal ein Glas Whiskey. Er mochte den Gedanken, dass er uns vor der Armut bewahrt hatte. Er mochte Dankbarkeit.

Nur mich mochte Bob nicht. Ich bin der Überzeugung, dass allein meine Existenz ihn beunruhigte, denn sie erinnerte ihn daran, dass meine Mutter sowohl sexuell als auch sonst schon ein Leben geführt hatte, bevor sie sich kennengelernt hatten. Er behandelte mich mit schmallippiger Höflichkeit, die noch unangenehmer war, als es offener Hass gewesen wäre. Ich tat mein Bestes, ihn nicht gegen mich aufzubringen. Ich schlich auf Zehenspitzen durchs Haus, räumte mein Spielzeug weg, zog mich ordentlich an und kämmte mein Haar, doch seine Liebe zu gewinnen, gelang mir nicht.

Ein Kind, das weiß, dass es nicht gemocht wird, entwickelt rasch die Fähigkeit, sich unsichtbar zu machen. Ich lernte, so viel Zeit wie möglich in der Schule zuzubringen, und legte den Hin- und Rückweg so langsam zurück, wie es nur möglich war, Block für Block. An Wochenenden stibitzte ich Kleingeld aus Bobs Jackentaschen, mein einziges Vergehen, und kaufte mir davon eine Eintrittskarte für das Kino in unserer Straße, wo ich heimlich sitzen blieb, wenn eine neue Vorstellung begann. Viele dieser Filme waren für Erwachsene, und ich konnte der Handlung kaum folgen, reagierte jedoch intuitiv auf ihre Rhythmen, auf die flackernden Bilder, das Auf- und Abschwellen der Musik. Ich saß im Schneidersitz auf meinem Platz und blickte gebannt auf die Leinwand, doch niemand – andere Zeiten damals – fragte mich, was ich dort allein zu suchen hatte. Ich lernte meine Unsichtbarkeit zu schätzen und jeden Strohhalm der Freiheit zu ergreifen, der sich mir bot. Ich beobachtete Pärchen, die sich im Dunkeln küssten, Mütter, die ihre Kinder mit einem «Pst» zum Schweigen brachten, eine ältere Frau, die den Kopf an die Schulter ihres Begleiters legte und einschlief. Dort im Zuschauerraum gab es mehr zu sehen als auf der Leinwand.

Nachdem Robin auf die Welt gekommen war, hörte Marianne auf zu arbeiten. Vielleicht war es seltsam bei einer Frau, die früher so viel Wert auf Rebellion und ihre Unabhängigkeit gelegt hatte, doch es schien ihr nichts auszumachen, zu Hause zu bleiben. Sie und Bob waren vernarrt in meine Schwester, ein unkompliziertes Baby mit speckigen Beinchen und eine begeisterte Esserin, die sich nach ihrer Mahlzeit an die Brust meiner Mutter kuschelte und ohne Murren einschlief. Auch in Bob war Marianne vernarrt; sie empfing ihn jeden Nachmittag mit einem frisch gemixten Drink an der Haustür. Heute begreife ich, dass sie sich auf ihre Darbietung als Hausfrau mit der gleichen Intensität stürzte wie auf jede andere Rolle, die sie spielte.

Ich weiß nicht, wie lange ihr diese Rolle geblieben wäre. Unwahrscheinlich, dass sie das ein ganzes Leben lang oder eine ganze Ehe lang durchgehalten hätte. Doch sie musste es gar nicht erst versuchen. Sie und Bob waren fünf Jahre verheiratet, als er sich eines Nachts im Bett aufsetzte, kreidebleich im Gesicht, und sich an den Bauch fasste. Offenbar hatte er schon seit Monaten Schmerzen, diese jedoch auf Verdauungsstörungen und Stress zurückgeführt. Als er die Diagnose Krebs bekam, hatte die Krankheit bereits gestreut und sein Lymphsystem befallen, und zwei Monate später starb er im Queen Elizabeth Hospital. Er gab Marianne die Anweisung, ihn nicht in Montreal zu bestatten. «Ich will nach Hause zu meiner Familie», sagte er und meinte damit Minnesota und seine Eltern.

Mariannes Trauer war für mich ebenso unergründlich wie ihre Ehe. Sie wirkte eher nervös als traurig; sie rauchte Kette, und ihre Hände zitterten. Nachts schlief sie meistens in einem Lehnstuhl im Wohnzimmer ein, während der Fernseher lief. Bobs Kollegen schickten ihre Frauen mit Eintopfgerichten vorbei, die sie in den Kühlschrank stellten, um sich anschließend mit Marianne zu betrinken und Stunden später aus der Wohnung zu torkeln, von einer Mischung aus Zigarettenmief und Weinfahne umweht; doch nach einer Weile kamen sie nicht mehr. Marianne hatte man gesagt, sie könne wieder in der Bank arbeiten, doch als sie sich bewarb, sagte der Geschäftsführer, es sei nichts frei. Vielleicht sollten Sie zu Hause bei Ihren Kindern bleiben, schlug er vor, und Marianne spuckte ihm auf den Schreibtisch und ging. Zumindest erzählte sie mir das so, doch ich wusste schon damals, dass ihre Version der Ereignisse nicht immer glaubwürdig war.

Sie fand einen anderen Job bei einer Firma, die Vollkornkekse aus England importierte. Jede Woche kam sie mit «Ausschuss» nach Hause – Schachteln, die heruntergefallen waren, wodurch die Plätzchen zerbrachen, oder bei denen die Etiketten schief aufgeklebt waren –, den wir so lange zum Frühstück, Mittagessen und zwischendurch verzehrten, bis mir allein von dem Geschmack schon schlecht wurde. Bis zum heutigen Tag kann ich keinen Vollkornkeks mehr essen. Wenn sie zur Arbeit ging, heuerte sie Babysitter an, die auf mich und Robin aufpassten, und überließ uns zunehmend unserem Schicksal. Während Bob im Krankenhaus lag und sie oft bei ihm war, hatte ich mich schon daran gewöhnt, mich um meine Schwester zu kümmern. Ich gab das Kino und den langen Schulweg auf und fütterte sie mit Keksen und Milch, ich zog sie an und spielte mit ihr. Ich brachte ihr das Lied *Au Clair de la Lune* bei und zeigte ihr, wie man einen Purzelbaum über die Couchkissen macht. Ich beschloss, dass sie nun mir gehörte.

3.

Meine Schwester wuchs zu einem zarten, verträumten Mädchen mit Bobs hohen Wangenknochen heran, ob sie nun von den Sioux stammten oder nicht, und sie hatte das glänzende schwarze Haar meiner Mutter. Robin wirkte immer ein bisschen so, als habe sie sich verirrt, auch wenn sie genau wusste, wo sie sich befand. Sie war jemand, dem die Leute gerne etwas schenkten; manchmal kam sie mit einer Schachtel Plundertaschen aus der Bäckerei oder mit einem ganzen Käselaib in einer Tüte nach Hause, die ihr jemand in die Hand gedrückt hatte. Da wir normalerweise immer Hunger hatten, war ich froh über diese Geschenke. Meine Mutter traf sich wieder mit Männern und kam oft erst nach Hause, wenn wir bereits schliefen. Am Morgen, wenn sie sich für die Arbeit zurechtmachte, erzählte sie uns dann, wo sie gewesen war: ein Restaurant, eine Party, eine Theatervorstellung. Ihre Geschichten waren mit Glamour und Boshaftigkeit gewürzt; wenn sie von Leuten erzählte, die sie kennengelernt hatte, ließ sie oft kein gutes Haar an ihnen. Sie wollte uns zeigen, dass sie alle durchschaute und man ihr nichts vormachen konnte.

Ab und zu lud sie einen Mann zu uns zum Essen ein, und Robin und ich kämmten uns, zogen Kleidchen an und deckten den Tisch. Manche der Männer waren zu Scherzen aufgelegt und zeigten uns Tricks, bei denen unsere Nasen wie durch Zauber verschwanden und wieder auftauchten, andere hatten rote Gesichter, waren beschwipst und kniffen Marianne in den Hintern, wenn sie sich an ihnen vorbeiquetschte, um Lamm oder Rind zu servieren. Nach dem Essen machten wir uns fürs Bett fertig und kamen im Schlafanzug und mit geputzten Zähnen zurück, um ihnen eine gute Nacht zu wünschen.

In unserem gemeinsamen Zimmer flüsterten wir. Während ich ansonsten still und unsichtbar war, tat ich meiner Schwester gegenüber immer gern meine Meinung kund.

«Der war bis jetzt der Allerschlimmste», sagte ich zum Beispiel.

«So schlecht war er doch gar nicht.»

«Sein Atem roch nach Limburger.»

«Was ist Limburger?»

«Der stinkigste Käse der Welt.»

«Aber er sieht besser aus als der Letzte.»

«Das will nicht viel heißen. Der Letzte sah aus wie ein Walross.»

Der Vergleich brachte Robin zum Lachen. «Stimmt!»

Eigentlich liefen die Abendessen immer gut, doch keiner der Männer kam wieder, und ich nahm an, das lag an uns, weil wir ein Klotz am Bein waren. Marianne ging von einem Mann zum nächsten. All ihre Freundinnen ließen sich scheiden, und sie erklärte: «Endlich macht ihr es mir nach.» Wir wiesen sie nicht darauf hin, dass sie ja genau genommen nie geschieden worden war. Doch ihr gefiel der Gedanke, eine Pionierin zu sein.

Marianne besorgte uns zu essen und kaufte uns Kleider, doch für alles andere waren wir selbst verantwortlich. Wenn wir mehr Aufmerksamkeit von ihr wollten, schenkte sie sie uns manchmal, oder sie wurde böse und schimpfte uns aus, stieß in ihrer Wut sogar Möbel um. Einmal geriet sie derart in Rage, dass sie all unsere Spielsachen einsammelte, in eine Mülltüte steckte und sie wegwarf. Ein anderes Mal stand sie vom Abendessen auf, stürmte hinaus, und wir sahen sie zwei Tage lang nicht wieder. Doch es kam auch vor, dass sie uns in die Arme nahm und uns zu *Superstition* oder *C'est pour toi* im Wohnzimmer herumwirbelte. Wir wussten nie, mit welcher Marianne wir zu rechnen hatten, und so lernten wir, nichts zu erwarten und nichts zu verlangen.

Robins Lehrer waren voll des Lobes für sie, sie ließen sie in Theaterstücken auftreten und schickten Briefe mit dem Vorschlag, sie solle Gesangsunterricht nehmen, weil sie eine so hübsche Stimme habe. Ich war die bessere Schülerin, schnitt oft als Klassenbeste ab, doch meine Schüchternheit machte mich stumm, und ich kann mich nicht erinnern, während der Grundschule auch nur einmal die Hand gehoben zu haben. Manchmal drehte sich meine Lehrerin um und schien überrascht zu sein, dass ich überhaupt im Raum war, doch darüber freute ich mich eher, als dass es mich ärgerte, denn ich übte mich in der Kunst des Verschwindens, wann immer die Situation es erlaubte. Was Robin tat – zum Beispiel bei einer Schulversammlung *Greensleeves* zu singen, als sie in der ersten Klasse war –, wäre für mich ganz unmöglich gewesen. Lieber wäre ich gestorben. Ich war stolz auf Robin und überhaupt nicht neidisch. Wenn mich Jahre später jemand auf unsere unglückliche Kindheit ansprach – mit genau diesen Worten –, erschrak ich; so hatte ich das niemals gesehen. Ja, sie war seltsam gewesen, in dem Sinne, dass wir uns sozusagen selbst großgezogen hatten, doch als unglücklich würde ich unsere Kindheit nicht bezeichnen. Meine Schwester und ich hatten einander, wir waren ein Bündnis von getrennten und doch vereinten Kräften. Wir waren die Vogelschwestern Lark und Robin, Lerche und Rotkehlchen; die eine war gut in der Schule, und die andere konnte singen.

4.

Wenn ich darüber nachdenke, welchen Verlauf Robins Leben später nahm, wofür sie sich entschied und was sie verwarf, so fällt mir ein Jahr ein, in dem sie sieben und ich elf war. In der Schule hatte die Lehrerin von Marie-Angélique Le Blanc gesprochen, dem Wolfskind aus Songy, das im achtzehnten Jahrhundert zehn Jahre lang in Frankreich in den Wäldern gelebt hatte, ehe es von Leuten aus dem Dorf entdeckt worden war. Die Historiker glauben, das Mädchen habe dem Stamm der Meskwaki angehört, die heute in Wisconsin leben, und sei unter mysteriösen Umständen von einer älteren Kanadierin nach Frankreich gebracht worden. Manche mutmaßten, sie habe während ihrer Zeit im Wald mit Wölfen zusammengelebt, andere, sie habe diese mit selbst gebauten Waffen abgewehrt. Nach ihrer Ergreifung hatte Marie-Angélique sich wieder in die Gesellschaft eingegliedert, erfolgreich Lesen und Schreiben gelernt und war im Alter von dreiundsechzig Jahren in Paris gestorben.

In der Kombination einiger Elemente aus dieser Geschichte – der Abstammung aus dem Mittelwesten, der geheimnisumwitterten, elternlosen Herkunft, den frühen Jahren in Freiheit und Isolation – muss meine Schwester etwas von sich selbst wiedererkannt haben. Robin war fasziniert von diesem Mädchen; sie freundete sich mit allen wilden Tieren an, derer sie in unserer Nachbarschaft habhaft werden konnte – meistens Eichhörnchen, streunende Katzen, ab und zu auch ein Hund, der von zu Hause ausgebüxt war –, und beschäftigte sich mit der Frage, ob sie wohl mit ihnen zusammenleben könne, wenn sich die Gelegenheit böte. Sie pflückte Beeren von Büschen und knabberte an ihnen, während sie bei rauem Wind draußen saß. Zu Hause bestand sie darauf, dass ich ihr das Essen auf den Boden stellte, wo sie davor kauerte, wie vor einem Napf, und aß, ohne die Hände zu benutzen.

Ich machte mir keine Gedanken über ihr Verhalten. Damals war ich mit der Lektüre einer Biografie von Mackenzie King beschäftigt, der Séancen veranstaltet hatte, um sich mit seiner verstorbenen Mutter über Alltagsfragen zu beraten. Da ich vorhatte, dies selbst einmal zu probieren, legte ich mich neben meine Schwester auf den Boden, das Buch aufgeschlagen vor mir, und notierte mir, wie jene Séancen den schmalen Grad zwischen Lebenden und Toten überwunden hatten. Unglücklicherweise war der einzige Tote, den ich kannte, Bob, und ich bezweifelte, dass er erpicht darauf war, von mir zu hören. Irgendwann stieg Marianne dann kopfschüttelnd über uns beide hinweg und verließ die Wohnung.

Wenn Robin in der Nachbarschaft unterwegs war, um Freundschaft mit Tieren zu schließen, begleitete ich sie manchmal, weniger aus dem Wunsch heraus, sie zu beschützen, als vielmehr, weil ich selbst keine anderen Freunde hatte. Ein paar Straßen weiter stand ein kleines Haus, das mit seinem verblichenen Anstrich und der schmutzverkrusteten Verkleidung halb verlassen wirkte. Manchmal schlichen wir uns heran und spähten durch die Fenster in das von Spinnweben durchzogene Innere. Drinnen war eine Reihe von Möbelstücken zu erkennen, deren Nutzen uns eher schleierhaft war – ein paar verstreute Stühle und Hocker, ein

Lehnstuhl, ein hoher Tisch mitten im Raum. Manchmal waren diese Möbelstücke verrückt worden, doch wir hatten niemals Anzeichen menschlichen Lebens gesehen, bis wir eines Tages durchs Fenster hineinschauten und vor uns das Gesicht einer Hexe auftauchte.

Ihre Nase war rund und knollig, die Augen hell und wässrig und unheimlich; das graue Haar hatte sie zu einem langen Zopf gebunden, der sich um ihren Hals ringelte und wie eine zahme Schlange über ihre Schulter hing. Sie trug baumelnde Ohrringe aus verstaubt aussehendem Strass und einen langen Rock mit Volants, die an einigen Stellen zerrissen waren und sich selbstständig machten. Sie sah aus, als hätte sie sich schon vor Jahrzehnten für eine schicke Party zurechtgemacht und nie wieder umgezogen.

Sie lächelte uns zu und winkte uns standesgemäß mit gekrümmtem Finger zu sich herein.

Wie sich herausstellte, handelte es sich nicht um eine Hexe, sondern um eine Klavierlehrerin namens Mrs. Gasparian. Sie führte uns in ein Seitenzimmer mit einem Klavier, einem Teppich und einer verwelkten Topfpflanze. In der Schule hatte man uns beigebracht, Fremden mit Vorsicht zu begegnen, doch Mrs. Gasparian war so wenig bedrohlich, wie man es nur sein konnte. Sie saß da, die Beine unter dem langen Rock gekreuzt, hörte uns zu und nickte, als wir ihr sagten, wie wir hießen. Dann bot sie uns ein paar Vollkornkekse an, die wir dankend ablehnten.

Mrs. Gasparian stellte uns jede Menge Fragen, doch keine davon war persönlich. Sie wollte wissen, was wir an diesem Tag in der Schule gelernt hatten, welche Bücher wir mochten, was wir von dem Gemälde an der Wand dort drüben hielten und ob wir lieber nach Paris oder nach London fahren würden. Mit anderen Worten: Sie sprach mit uns, als seien wir keine Kinder, sondern Erwachsene, und das war aufregend. Ihre leise, etwas heisere Stimme war sehr angenehm zu hören; eines ihrer Augenlider hing herunter, wodurch sie zwar ein wenig krank, aber auch spitzbübisch wirkte, als würde sie uns permanent zuzwinkern.

In einem seltenen Moment der Extrovertiertheit erzählte ich Mrs.

Gasparian von einem meiner Lieblingsfilme, *Tschitti Tschitti Bäng Bäng*, schilderte ihr detailliert seine verzwickte Handlung, während Robin sich von ihrem Stuhl gleiten ließ und sich das Klavier genauer anschaute. Sie klimperte auf den hohen Tönen herum und begann dann zu singen, wobei sie die Töne ihrer Stimmhöhe anpasste. Während ich immer noch am Reden war, sah ich, wie sich Mrs. Gasparians Gesichtsausdruck veränderte und jegliche Aufmerksamkeit daraus verschwand, obwohl sie nickte und den Blick auf mich gerichtet hielt. Dann verstummte ich, und wir beobachteten beide, wie Robin den Zeigefinger auf die Tasten legte und sich zu dem, was sie sang, selbst begleitete, vollkommen in dem versunken, was sie da tat. Es fühlte sich an, als würde man bei einem privaten, sehr intimen, ja, beinahe peinlichen Gespräch an der Tür lauschen, und es war mir sehr unangenehm, obwohl ich nicht hätte sagen können, warum. Ich rutschte auf meinem Stuhl herum.

Robin drehte sich um. «Was ist denn?», fragte sie.

«Nichts, Liebes», erwiderte Mrs. Gasparian. «Mach weiter.»

Doch Robin schien mein Ungemach zu spüren und schaute mich an, den Kopf geneigt. Wir kommunizierten über eine ganz eigene Sprache aus Zeichen und Gesten miteinander, und das hier bedeutete: *Lass uns abhauen.*

Schon bald waren es Robin und ich, die in Mrs. Gasparians Haus herumspukten. Nie bat sie darum, mit unserer Mutter sprechen zu können, und es schien ihr auch gleichgültig zu sein, ob sie für die Klavierstunden, die sie meiner Schwester gab, bezahlt wurde. Sie sagte zu Robin, sie könne so oft kommen, wie sie wolle, um zu üben, und oft begleitete ich sie. Mrs. Gasparian besaß einen grauen Kater namens Marcel, der auf groteske Weise fett war und sich nur selten rührte, obwohl er doch irgendwie im Haus herumkommen musste, denn Katzenhaare lagen überall wie Flaum und sammelten sich in seidigen Wollmäusen zwischen den Möbeln. Einen Mr. Gasparian schien es nicht zu geben, und sie sprach nie über ihre Vergangenheit, wenigstens nicht über jenen Teil. Stattdessen hörten wir von einem Konzert, bei dem sie einmal als Mädchen gewesen war und wo eine Liszt-Sonate sie zu Tränen gerührt hatte; wir erfuhren, dass Kafka der große Dichter der Einsamkeit war und dass Mrs. Gasparian bei kaltem Wetter immer Lust auf eine bestimmte Art Suppe bekam, an deren Namen ich mich nicht erinnern kann. Die alte Frau steckte voller Erinnerungen, die uns nichts bedeuteten, doch sie hielt uns dennoch damit in ihrem Bann. Ich glaube, das hatte damit zu tun, dass sie so überzeugt wirkte; offenbar ging sie davon aus, dass wir begriffen, wie wichtig Kultur war, und auch ihre exotische Kleidung spielte eine Rolle. Wie Marianne war es ihr egal, was andere von ihr dachten, doch im Gegensatz zu ihr hatte sie Zeit für uns und war immer zu Hause. Obwohl Mrs. Gasparians Hauptaugenmerk meiner Schwester galt, lagen immer Bücher für mich im Wohnzimmer oder alte Wandkalender, die sie aufgehoben hatte, weil ihr die Bilder so gut gefielen, und so setzte ich mich dort auf den Boden und war beschäftigt. Manchmal kehrte ich zu meiner alten Gewohnheit zurück, ins Kino zu gehen, aber ebenso oft zog ich es vor, dort im Wohnzimmer zu sitzen, während Robin und Mrs. Gasparian spielten und murmelten. So war es mir damals am allerliebsten: in einem Zimmer zu sitzen und zuzuhören, was im anderen Zimmer vorging. Während dieser langen, staubigen Stunden war ich glücklicher als je zuvor.

5.

Mrs. Gasparian erzählte uns, jeder Pianist müsse lernen, vor Publikum zu spielen. Robin bekam schon seit mehr als einem Jahr Unterricht von ihr, und nun war es Zeit für ihren ersten Auftritt.

«Vielleicht lädst du ja deine Eltern dazu ein», sagte Mrs. Gasparian freundlich und schrieb Datum und Uhrzeit in runder, altmodischer Handschrift auf eine Briefkarte. Robin und ich wechselten einen nervösen Blick. Ich war mir sicher, dass wir beide an etwas dachten, das vor einiger Zeit passiert war, als ich in der Schule einen Preis gewonnen hatte;

dieser war Teil eines Mathematik-Wettbewerbs, an dem alle Schüler der Provinz teilnahmen. Die Ergebnisse wurden in der großen Aula verkündet, und diejenigen, die am besten abgeschnitten hatten, mussten nach vorne zur Bühne gehen, um eine Urkunde entgegenzunehmen. Ich hatte nicht nur die beste Note der Schule, sondern war auch im Vergleich mit der ganzen Provinz ziemlich weit gekommen. Als ich hörte, wie die Mathelehrerin «Lark Brossard» sagte, klappte ich vor Schreck die Augen zu und öffnete sie erst wieder, als Vivian Hum, die neben mir saß, mich in die Seite stieß und zischte: «Geh!» Meine Beine zitterten, als ich die Stufen emporstieg und auf einmal vor allen stand.

«Gut gemacht, Lark», sagte die Mathelehrerin und überreichte mir die Urkunde. Meine Hand zitterte so sehr, dass ich das Blatt nicht nur fallen ließ, sondern es auch noch unter dem Gelächter der anderen Kinder weiterflatterte. Ich rannte von der Bühne, nicht wissend, dass ich der Lehrerin eigentlich die Hand hätte geben sollen, und so stand diese mit ausgestreckter Hand auf der Bühne, worüber wieder alle lachen mussten. Ich lief aus der Aula und zur Mädchentoilette, wo ich mich in einer Kabine einschloss. Vivian Hum, die meine Freundin hätte sein können, wäre ich nicht zu schüchtern gewesen, fand mich dort nach der Versammlung und überreichte mir die zerknitterte Urkunde, die sie für mich vom Boden aufgehoben hatte.

Ich selbst hätte den Preis nie und nimmer meiner Mutter gegenüber erwähnt, doch Robin war so stolz auf mich, dass sie es Marianne am nächsten Morgen erzählte, während wir unsere Milch tranken und Marianne ihren Tee. «Schau mal», sagte sie und hielt die Urkunde hoch. «Lark ist das schlauste Mädchen der Schule.»

Marianne pustete auf ihren Tee. Am Abend zuvor hatten wir sie nicht gesehen, und an diesem Morgen war sie im Bademantel, was normalerweise ein gutes Zeichen war; es bedeutete, dass sie Spaß gehabt hatte und dieses Gefühl noch ein wenig auskosten wollte. Sie betrachtete die Urkunde, schaute dann zu Robin, als bemerke sie sie seit Ewigkeiten zum ersten Mal. «Deine Haare sind eine Katastrophe», sagte sie. «Wo ist deine Bürste?»

Robin sagte: «Sie wurde auf die Bühne gerufen, mit allem Drum und Dran.»

«Ich kann dieses Vogelnest nicht mehr sehen. Du holst jetzt deine Bürste. Und zwar sofort!»

Es war nie eine gute Idee, Marianne Widerworte zu geben. Manchmal schreckten wir mitten in der Nacht aus dem Tiefschlaf hoch und fanden sie neben einem unserer Betten vor, wie sie uns übers Haar strich und an unseren Schläfen schnupperte. Sie verteilte ihre Zuneigung, wenn sie es wollte, nicht auf Kommando.

Und so beschlossen wir, dass es nicht gut gehen würde, wenn wir sie zu dem Klavierkonzert einluden, zumal wir Mrs. Gasparian ihr gegenüber noch nie erwähnt hatten.

An einem kalten Samstagnachmittag im April schlüpften wir aus der Wohnung; wir trugen Skijacken über unseren Kleidern und unsere wasserfesten Kodiak-Schnürstiefel. Wir verbrachten einige Zeit in der Drogerie, wo ich für Robin ein Lipgloss mitgehen ließ, und schlugen dann noch Zeit in dem kleinen überwucherten Park in der Nähe des Kiosks tot. Robin war ungewohnt still. Nachts hatte ich es oft rascheln gehört, wenn sie mit den Fingern auf ihrer Bettdecke klimperte, um im Geiste ein Stück zu üben, das sie einstudiert hatte, und genau das tat sie auch in diesem Moment, denn ihre Hände wanderten zuckend über ihre Jacke hinweg, als würde sie einen Käfer nach dem anderen davon wegschnipsen.

Als wir endlich bei Mrs. Gasparian auftauchten, waren wir windgepeitscht, unsere Wangen waren rot, die Haare zerzaust. Wenn es sie überraschte, dass wir ohne Begleitung kamen, ließ sie es sich nicht anmerken.

«Willkommen, ihr Lieben», sagte sie. «Wollt ihr noch etwas trinken, bevor es losgeht?» Sie gab jeder von uns einen Henkelbecher voll schwachem Tee mit viel Milch und Zucker, und wir standen in der Ecke und wärmten unsere Hände auf. Das Klavier war ins Wohnzimmer gerollt worden, und Mrs. Gasparians Stuhlsammlung stand säuberlich aufgereiht davor. Marcel, der Kater, saß in einem der Sessel und putzte sich in schamloser Zurschaustellung seine intimsten Teile. Neben dem Klavier stand Mrs. Gasparian und plauderte mit einem dünnen, bärtigen Mann, der eine zu enge Cordhose und einen Pullunder über einem Hemd mit Kragen trug. Außerdem waren noch eine stämmige Frau mittleren Alters sowie eine jüngere da, die roten Lippenstift und ein schickes schwarzes Kleid trug. Wir waren die einzigen Kinder.

Mrs. Gasparian klatschte in die Hände und hieß alle willkommen, dann forderte sie die junge Frau auf, als Erste zu spielen. Diese stöckelte auf ihren hohen Absätzen nach vorne und gab ein Stück zum Besten, das mir unglaublich komplex, fließend und stimmungsvoll vorkam und ihr Haar, das zu einem hohen Pferdeschwanz zurückgebunden war, in heftige Turbulenzen versetzte. Als sie fertig war, zog sie die Spitze des Pferdeschwanzes nach vorne auf ihre Brust und begann schüchtern an den Haaren herumzuzupfen, während wir anderen applaudierten.

Dann folgte die stämmige Dame, offenbar eine Anfängerin, die sich tapfer durch einen Marsch kämpfte. Mrs. Gasparian betrachtete sie mit gutmütiger Neutralität, dann klatschten wieder alle, und dic stämmige Frau am Piano wurde rot vor Erleichterung.

Robin war die Nächste. Obwohl ich bei den allermeisten ihrer Klavierstunden dabei gewesen war, hatte ich nicht besonders gut aufgepasst und verstand nichts von Musik; ich hatte es einfach für selbstverständlich gehalten, dass sie Fortschritte machte. Erst als ich sah, wie der dünne Mann mit dem Bart erstarrte, die junge Dame neidische Blicke in Richtung Klavier warf und sich auf Mrs. Gasparians Gesicht ein Lächeln ausbreitete, begriff ich, was mit meiner Schwester passiert war. Sie spielte ein Stück, das in mehrere kleine Partien unterteilt war – ein Thema und seine Variationen, kann ich heutzutage vermuten –, und ich schätze, Mrs. Gasparian hatte es wegen seiner Bandbreite ausgesucht: Ein Teil war romantisch, der nächste ernst und getragen, wieder einer wild und heftig, ein anderer hübsch und frühlingshaft. Robin blickte das Klavier beim Spielen finster an, als wolle sie es zur Räson bringen. Doch ihr Spiel hatte immer noch diesen ganz privaten Touch wie beim allerersten Mal; wieder schien es, als würde man ein vertrautes Gespräch unter vier Augen belauschen, oder als säße sie splitterfasernackt und für jeden sichtbar dort, und ein Gefühl, das ich nicht näher bestimmen konnte, brachte mich zum Erröten. Als sie fertig war, kam der Applaus zögernd, fast nachdenklich. Der bärtige Mann flüsterte der jungen Frau mit erhobenen Augenbrauen etwas zu. Robin kehrte zu ihrem Stuhl neben mir zurück, ohne jemanden anzuschauen. Ihr Blick war immer noch irgendwo anders hin gerichtet.

«Ich habe einen Fehler gemacht», flüsterte sie. «Beim Adagio.»

«Das hat doch niemand gemerkt», sagte ich.

«Mrs. Gasparian bestimmt», sagte sie betrübt, die Lippen geschürzt.

Nach Robins Auftritt erhob sich Mrs. Gasparian. «Unser letzter Gast hat sich etwas ganz Besonderes ausgedacht.» Der Bärtige stand auf, verbeugte sich und nahm auf der Klavierbank Platz, doch er spielte nicht. Ich schaute mich um, versuchte zu begreifen, was da vorging. Alle waren mucksmäuschenstill, lauschten andächtig. Robin schien in Gedanken immer noch bei ihrem Fehler zu sein. Dann stand der Mann wieder auf, verbeugte sich und kehrte zu seinem Sessel zurück. Mrs. Gasparian begann zu klatschen, die anderen taten es ihr etwas verwirrt nach, dann lud sie uns zu Kuchen ein, den sie selbst gebacken hatte.

Fast niemand sprach hinterher mit uns. Die anderen standen in einer kleinen Gruppe zusammen und machten Small Talk, würdigten Robin bestenfalls mit ein paar Seitenblicken. Wir dachten uns nicht viel dabei, denn von Erwachsenen ignoriert zu werden, war ganz normal für uns. Der Gedanke, Robins Talent könnte so herausragend sein, dass es die anderen womöglich sogar einschüchterte, kam uns gar nicht. Der Bärtige erklärte allen sein Stück. «Es geht um *Stille*», sagte er. «Haben Sie nicht den Raum gespürt?»

«Schon irgendwie», sagte die junge Frau mit dem Pferdeschwanz. «War ziemlich unbehaglich.»

«Genau», sagte der Mann mit dem Bart.

Nur die stämmige, ältere Frau kam zu uns herüber und drückte uns beide Hände. «Deine Schwester ist schon eine Nummer», sagte sie etwas doppeldeutig. «Es ist mir so peinlich.»

Mrs. Gasparian brachte jeder von uns ein Stück Schokoladenkuchen auf einem Tellerchen. Als ich hineinbiss, sah ich, dass es voller Katzenhaare war. Ich aß es trotzdem.

6.

Als ich vierzehn war und Robin zehn, bekam Marianne einen Job als Parfümvertreterin für Kaufhäuser. Sie begann, geschäftlich zu reisen, und manchmal war sie mehrere Tage am Stück nicht zu Hause. Dann waren Robin und ich auf uns allein gestellt. Morgens packte ich Robins Lunchbox, flocht ihr das Haar und brachte sie an die Bushaltestelle – mittlerweile besuchten wir verschiedene Schulen. Abends unterzeichnete ich Briefe aus der Schule mit Mariannes Namen und bereitete uns Fertiggerichte oder überbackene Sandwiches zu, Robin deckte den Tisch und wusch danach ab. Dann hörten wir Mariannes Platten oder schauten fern, bis wir eckige Augen hatten, weil uns niemand sagte, dass es Zeit fürs Bett war. Marianne fehlte uns, doch wir waren entspannter, wenn sie nicht da war, und fürchteten uns weniger davor, etwas zu tun oder zu sagen, das ihre Stimmung zum Kippen bringen könnte. Wenn sie dann nach Hause kam, brachte sie uns Probetübchen mit Creme oder kleine Parfümflaschen mit, die auf Karton geklebt waren, und wir betupften uns so lange damit, bis sie sich die Nase zuhielt und sagte: «Schluss jetzt, ihr stinkt!»

Nachts lagen Robin und ich im Bett und redeten, meistens tratschten wir über Marianne. Wir glaubten nicht, dass sie immer nur geschäftlich unterwegs war, wenn sie verreiste. Manchmal kam sie mit einem geheimnisvollen Lächeln auf den Lippen nach Hause, oder sie machte uns heiße Schokolade mit geschmolzenen Marshmallows zum Frühstück, für uns beides untrügliche Zeichen dafür, dass sie uns etwas verschwieg.

«Ich glaube, sie hat seit Neuestem einen Freund», sagte ich.

«Du meinst den Typen, der angerufen hat? Der hat Staubsauger verkauft.»

«Das hat er nur so behauptet.»

«Vielleicht verkauft der wirklich welche.»

«Vielleicht will sie ja wirklich seinen Staubsauger», sagte ich.

Robin lachte. Sie war der einzige Mensch, den ich zum Lachen bringen konnte. Ich erzählte ihr Geschichten über Leute an der Schule; dass die Naturkundelehrerin etwas mit dem Hausmeister hatte und glaubte, niemand wisse davon, was aber nicht stimmte; und dass ich gesehen hatte, wie sie aus der Besenkammer kam und ihren Rock zurechtrückte. Robin redete nicht viel über ihr Leben an der Schule. Sie war nicht besonders gut, lernte nur das, was sie wollte, und konnte es nicht leiden, wenn man ihr sagte, was sie zu tun hatte. Es fiel ihr schwer, sich auf etwas zu konzentrieren, was nicht mit Musik zu tun hatte. Und was vielleicht genauso wichtig war: Es machte ihr nichts aus, gerügt zu werden; wenn sie ein Zeugnis bekam, in dem stand, sie könnte viel bessere Noten haben, wenn sie sich mehr anstrengte, war ihr das egal. Ihr fehlte die Angst, die für mich immer Antriebskraft gewesen war, ob im Klassenzimmer, im Bus oder zu Hause. Ich fürchtete ständig, entdeckt und von irgendeiner namenlosen Instanz bestraft zu werden. Ich fühlte mich eines Verbrechens schuldig, das ich noch gar nicht begangen hatte, und befand mich deshalb in einem permanenten Zustand der Buße. Einmal, als mir auf dem Schulflur ein Mädchen auf den Fuß trat, sagte ich, es tue mir leid. Sie verzog das Gesicht. «Was tut dir denn leid? Dass du geboren bist?»

7.

Marianne hatte tatsächlich einen neuen Freund, einen Schweizer Geschäftsmann namens Hervé, den sie auf einer ihrer Reisen kennengelernt hatte. In einem Kaufhaus, wo sie ihre Parfüms vorstellte, war er gerade dabei gewesen, sich Schuhe zu kaufen, die mehr kosteten, als sie im Monat verdiente. «Sie waren so schön», sagte sie verzückt, als hätte sie sich in die Schuhe verliebt, nicht in den Mann. Auf dem Foto, das sie uns zeigte, ragte ihm sein blondes Haar wie ein Stahlträger aus der Stirn, darunter befand sich eine ebenso monumentale Kinnpartie. Der ganze Mann schien aus Stahl zu bestehen, ein dicht gebündeltes und verfugtes Fachwerk.

Die beiden trafen sich zu romantischen Wochenenden in Toronto, von denen Marianne immer wie erhitzt und wohlig träge zurückkehrte; oft trug sie ein neues Schmuckstück, das sie postwendend zu Geld machte. Sie war verliebt, doch das konnte ihren Glauben an kaltes, hartes Bargeld nicht erschüttern. In den Jahren, in denen ihre Affäre lief, war unsere Mutter fast immer glücklich, und die Stimmung in unserer Wohnung hellte sich merklich auf. Abends schauten wir uns gemeinsam Filme an – *Pretty Woman, Bodyguard.* Hervé lernten wir nie kennen, was für uns in Ordnung war. Auf die peinlichen Abendessen unserer Kindheit konnten wir gut verzichten, ebenso auf die Verpflichtung, für Mariannes Verehrer eine gute Figur zu machen.

Dann endlich brachte Robin den Mut auf, ihr von dem Klavier zu erzählen, weil Mrs. Gasparian ihr gesagt hatte, sie müsse sich einen anderen Lehrer suchen, der sich auf fortgeschrittene Schüler spezialisiert hatte. «Du brauchst mehr Unterricht, als ich dir geben kann», verfügte sie. Sie empfahl jemanden und bestand darauf, mit Marianne zu sprechen. An einem verregneten Nachmittag gingen wir alle drei zu ihr hinüber. Robin spielte ein Stück, das sie gerade lernte, und verhaspelte sich ein wenig, was nur selten vorkam. Ich konnte deutlich sehen, wie unbehaglich ihr bei diesem Aufeinanderprallen der Welten zumute war. Als sie fertig war, setzten sich Marianne und Mrs. Gasparian auf einen Kaffee in die Küche, sprachen im Flüsterton miteinander, dann kam Marianne ins Wohnzimmer zurück und griff nach ihrer Handtasche. Mit schmalen Augen schaute sie Robin an und sagte: «Solange es dich nicht in Schwierigkeiten bringt, ist es in Ordnung, denke ich. Besser als Jungs.»

Und so nahm Robin zweimal die Woche den Bus, um in die Stadt zu ihrem Unterricht zu fahren; an den Tagen dazwischen durfte sie Mrs.

Gasparians Klavier zum Üben benutzen. Ich verbrachte meine Zeit mit Lernen und einigen Zusatzprojekten: Mathe-Wettbewerbe, eine Ausschreibung für den besten Aufsatz, naturwissenschaftliche Exkursionen. Ich brauchte etwas, um mir die Zeit zu vertreiben, wenn Robin und Marianne nicht da waren. Eines Tages legte mein Geschichtslehrer einen Flyer für einen amerikanischen standardisierten Test auf mein Pult. «Könnte eine gute Übung sein», sagte er, ohne genauer darauf einzugehen, wofür. Ich meldete mich an, bezahlte mit dem Geld, das ich für einen preisgekrönten Aufsatz gewonnen hatte, und nahm daran teil, ohne viel darüber nachzudenken. Als die Ergebnisse mit der Post kamen, schaute ich sie nicht einmal an. Doch ich musste gut abgeschnitten haben, denn es kamen immer mehr Hochglanzbroschüren für amerikanische Colleges ins Haus geflattert. Die Bilder zeigten Mädchen in Wollpullovern und Cordröcken unter leuchtend bunt belaubten Bäumen und Jungs in Laborkitteln, die mit konzentrierten Mienen irgendwelche Flüssigkeiten in Messbecher füllten. Fasziniert von diesen Katalogen, verbrachte ich Stunden damit, sie zu lesen, und schob sie unter mein Kopfkissen, wenn Robin oder Marianne hereinkamen.

Eines Tages traf ein Brief von einer kleinen Schule außerhalb von Boston namens Worthen College ein, in dem mir der Vorschlag gemacht wurde, mich um ein Stipendium zu bewerben. Mithilfe meines Geschichtslehrers füllte ich die Formulare aus und schickte sie ab. Mit Marianne hatte ich nie darüber gesprochen, wie mein Leben nach der Highschool weitergehen würde; ich weiß nicht, ob sie jemals darüber nachgedacht hatte. Sie selbst hatte nicht einmal die Highschool abgeschlossen. Aber sie war sowieso mit ihrer Arbeit, ihren Freunden und ihren Reisen beschäftigt. Wenn ich sie am Telefon reden hörte, sagte sie Sachen wie: «Endlich können die Mädchen ein bisschen besser auf sich aufpassen, und ich kann wieder mehr an mich selbst denken», was ich Robin gegenüber in spöttischem Ton wiederholte, während wir nachts im Bett lagen. Ich hielt Marianne für egoistisch, eitel und unreif. Der Gedanke, sie könne unreif sein, weil sie ihre eigene Jugend verpasst hatte, kam mir gar nicht; als ich siebzehn war und nächtelang in College-Broschüren schmökerte, war meine Mutter gerade mal fünfunddreißig Jahre alt.

8.

Als ein brauner Umschlag von Worthen kam, darin ein Brief, in dem mir volle finanzielle Unterstützung für mein Studium zugesichert wurde, schrieb ich postwendend zurück und nahm das Angebot an; Mariannes Unterschrift fälschte ich mit jahrelang antrainiertem Selbstvertrauen. Es ist schon witzig, wie leicht das alles war. Heutzutage braucht man Monate, bis man seine Bewerbungsunterlagen fürs College beisammenhat, doch damals, 1993, war das Prozedere vermutlich unkomplizierter; vielleicht war Worthen damals auch noch so unbekannt, dass niemand sich groß bemühte, aufgenommen zu werden. Jedenfalls fand nach meiner Erinnerung in jenen Tagen eine Art Zauber statt: Eine wundersame Tür hatte sich geöffnet, und ich schlüpfte hindurch. So einfach war das.

Ich wartete bis ins späte Frühjahr, um Marianne zu sagen, dass ich von zu Hause ausziehen würde. Sie hatte ihre Haare sehr kurz geschnitten und zu kleinen Stacheln hochgestellt, die vor Haarspray glänzten. Sie fuhr mit den Händen durch, wie ein Vogel, der sich sein Gefieder richtet, und sagte: «Womit willst du das bezahlen?»

«Sie haben gesagt, ich muss nichts bezahlen.»

«Was, nichts?»

«Nichts.»

Sie glaubte mir nicht, das sah ich, konnte aber nicht sagen, warum.

«Dann war es das? Du gehst einfach so?»

Sie fragte mich weder, was ich studieren würde, noch, was ich mit meinem Leben vorhatte – Fragen, die ihr niemals in den Sinn gekommen wären. Ich merkte, dass mein Aufbegehren sie ärgerte, doch sie war zu sehr daran gewöhnt, selbst das aufmüpfige Kind zu sein; um ihre gegenwärtige Haltung auszudrücken, fehlten ihr die Worte, und umso mehr ärgerte es sie, dass ich sie in diese Situation gebracht hatte. Am Ende hob sie frustriert die Hände.

«Du und deine Schwester», schloss sie. «Ihr macht einfach, was ihr wollt, stimmt's?»

An jenem Abend, im Dunkeln, sagte ich es Robin. In den vergangenen Monaten hatte ich ihr zwar von meiner Obsession erzählt – von den College-Broschüren, von meinen Träumen, über kopfsteingepflasterte Wege zu gehen und nach Laub zu kicken –, doch für sie war das alles abstrakt gewesen; sie war dreizehn, in ihrem ganzen Leben hatten wir noch keine einzige Nacht getrennt voneinander verbracht, noch nicht einmal in getrennten Zimmern geschlafen. Ich konnte selbst kaum glauben, dass ich fortgehen würde. Als ich ihr das alles im Flüsterton erklärte, sagte Robin nichts. Im Zimmer war es still – nein, nicht still, denn da waren viele schreckliche, leise Geräusche: das Rauschen unseres Atems, das Rascheln des Bettzeugs, das Brummen der Autos draußen. Ich musste wieder an jenes Stück denken, das wir bei Robins allererstem Auftritt gehört hatten: vier Minuten Stille, und wie furchterregend es sein konnte, einem Raum zu lauschen, in dem es mucksmäuschenstill war.

Meine Schwester stieg aus dem Bett, tapste zu mir herüber, kroch neben mir unter die Decke und schmiegte ihre Wange an meine Schulter. Ihre Tränen rieselten über meinen Arm. «Ich dachte nicht, dass du wirklich gehen würdest», sagte sie.

Mir wurde heiß vor Schuldgefühlen. «Ich komme wieder», sagte ich zu ihr. «Und du kannst mich besuchen.»

«Das ist was anderes», sagte sie.

Ich legte meine Arme um sie und atmete ihren vertrauten Geruch ein – Finesse-Shampoo und Schweiß und noch etwas anderes, das nicht genau zu benennen war, aber ganz eigen für meine Schwester war, der Geruch ihrer Haut. «Alles wird gut. Du wirst Klavier spielen, deine eigenen Freunde haben, du hast gar keine Zeit, mich zu vermissen.»

«Doch, die habe ich», erwiderte sie.

Sie schmiegte sich noch enger an mich, ihr Haar kitzelte mich an Kinn und Hals. Ich streichelte es, und ein Beben durchlief uns, während wir weinten.

9.

In die USA fuhr ich mit dem Greyhound-Bus, als einziges Gepäck einen Rucksack, vollgestopft mit Kleidern. Erst als ich ankam und die anderen Studenten sah, wurde mir bewusst, dass ich auch eine Grundausstattung für mein Zimmer hätte mitbringen sollen: Decken, einen Bademantel, Flipflops, alles, was man für den Alltag brauchte. Eine Angestellte des Wohnheims erbarmte sich und gab mir die Hinterlassenschaft ihrer eigenen Tochter, die gerade erst ihren Abschluss gemacht hatte, und so nannte ich schon bald eine geblümte Quilt-Bettdecke, eine Duschablage und eine kleine Nachttischlampe mein Eigen.

«Du hättest früher da sein sollen», sagte die Frau. «Für die internationalen Studenten haben wir eine Art Einführungsveranstaltung. Damit ihr euch besser an die amerikanischen Gepflogenheiten gewöhnt.»

«Oh», sagte ich.

«Mach dir keine Gedanken», sagte sie, drückte meine Hand und ließ sie abrupt los, als hätte sie etwas falsch gemacht. «Das wird schon.»

Ich machte mir keine Gedanken. Ich liebte den winzigen, mit Bäumen bestandenen Campus, der aus unerfindlichen Gründen auf einem Hügel hinter einem Industriegelände lag. Von meinem Wohnheimzimmer im fünften Stock konnte ich auf eine mittelgroße Fabrik mit zwei Schornsteinen und einer Sirene hinabblicken, die an Werktagen jeweils am Mittag und um sechs Uhr ertönte. Worthen war einmal ein College für Frauen gewesen, die auf Lehramt studierten, und hatte sich aus dieser Zeit ein Flair bescheidener, etwas angegammelter und strebsamer Emsigkeit bewahrt. Studenten schlenderten unter schmiedeeisernen Laternen die Wege entlang, genau so, wie sie es in den Broschüren getan hatten. Die beiden ursprünglichen Gebäude stammten aus viktorianischer Zeit, während es sich bei dem Rest – unter anderem auch meinem Wohnheim – um modernere Bauten aus Holz und Betonstein handelte, in denen es modrig roch. Mir war das egal. Jene ersten Wochen meines Studiums durchschritt ich in einer Art Trance, meine Bücher fest an die Brust gedrückt, als könnte jemand versuchen, sie mir zu entreißen. Doch in Worthen wurde niemals etwas gestohlen; es war ein Ort, an dem dir jeder zulächelte und dann schnell den Blick abwandte, um dir nicht zu nahe zu treten. Die Schule war voller sanftmütiger Introvertierter, Männlein wie Weiblein, die erröteten, wenn sie sich im Seminar zu Wort meldeten. Es war unheimlich, wie sehr ich mich hier, zum allerersten Mal in meinem Leben, zu Hause fühlte.

Meine Zimmergenossin war ein Mädchen aus Framingham namens Helen, die gerne joggte und später einmal Zoologie studieren wollte. Sie hatte fest vor, dereinst nach Afrika zu gehen und die Schimpansen zu retten, wie es Jane Gooddall getan hatte, deren Foto sie mit Tesa über ihr Bett geklebt hatte. Wenn sie nach draußen ging, um zu laufen, trug sie Kopfhörer und lauschte den Geräuschen, die Schimpansen machen, weil sie hoffte, dadurch fließend mit ihnen kommunizieren zu können. So habe es auch Jane gelernt, durch Osmose. «Sie kauerte sich auf den Boden und beobachtete», erzählte mir Helen. «Zunächst hatte sie nicht mal eine formelle wissenschaftliche Ausbildung.» Jane Gooddalls Biografie konnte sie in- und auswendig.

Ich mochte Helen, obwohl es mir schwerfiel, mich daran zu gewöhnen, mit jemand anderem als meiner Schwester in einem Zimmer zu schlafen, zumal Helen schnarchte, ein leises, durchbrochenes Grollen wie bei einem Gewitter, das in der Ferne vorbeizieht. Außerdem schloss sie sich schon bald einem Grüppchen anderer Leichtathleten an, die sich zu frostigen Läufen um sechs Uhr morgens verabredeten und zum Frühstück Eiweiß-Omelettes verspeisten; bis auf den spürbaren Willen, die andere nicht zu stören, hatten wir wenig gemeinsam.

Die meisten meiner Vorlesungen waren vorab für mich ausgewählt worden, doch ich mochte sie alle und fand sie nicht schwer; die zusätzlichen Kurse und Wettbewerbe, an denen ich in der Highschool teilgenommen hatte, taten mir gut. Ich liebte das Essen in der Mensa, und wenn die anderen Studenten sich darüber beklagten oder erzählten, wie sehr sie die Küche zu Hause vermissten, wusste ich nicht, was sie meinten. «Du isst wie eine ausgehungerte Katze», sagte einmal ein Junge zu mir, und wahrscheinlich hatte er recht; dass es Essen im Überfluss gab, war in meinen Augen zu schön, um wahr zu sein, und ich schaufelte alles begeistert in mich hinein. Die Bemerkung des Jungen erinnerte mich an Robin, daran, wie sie damals als Kind so getan hatte, als sei sie ein Tier, und ich vermisste sie so sehr, dass es wehtat, ein Schmerz, der plötzlich aufflammte und nicht mehr erlosch, sondern sich bestenfalls mit Willenskraft in ein entlegenes Kämmerlein meines Denkens zurückdrängen ließ.

Ich trat dem Club für internationale Studenten bei, und wir trafen uns einmal die Woche, um zu Hause bei verschiedenen Professoren Pizza zu essen, die uns alle fragten, ob wir einer Unterweisung in amerikanischen Sitten und Gebräuchen bedurften. Die brauchten wir nicht; uns schmeckte einfach die Pizza.

Jeden Sonntagnachmittag schrieb ich Briefe an Robin und – der Form halber – auch an Marianne, in denen ich herunterspielte, wie glücklich ich war, denn ich wollte weder prahlen noch egoistisch klingen. Dafür bekam ich Postkarten von Robin, meistens doofe Ansichtskarten für Touristen, die sie am Kiosk mitgehen ließ und die den Mount Royal oder einen Biber im Hut der berittenen kanadischen Polizei zeigten, der dich mit großen Schneidezähnen angrinste. Sie schrieb, Brahms bereite ihr Kopfzerbrechen, und dass sie endlich Hervé kennengelernt hätte. Einen Moment lang fühlte ich mich wie betrogen. Warum hatte Marianne ihn ausgerechnet jetzt mit nach Hause gebracht? War ich die einzige Tochter, für die sie sich geschämt hatte?

Ich versuchte, nicht darüber nachzudenken. Ich studierte Infinitesimalrechnung, amerikanische Literatur und europäische Geschichte. Alles interessierte mich gleichermaßen, und ich hatte immer noch keine Ahnung, was ich einmal zu meinem Hauptfach machen sollte. Ich war eine Samm lerin; ich hortete Fakten und bewahrte sie zur späteren Verwendung in meinem Gehirn auf, nicht wissend, was diese Verwendung sein könnte. In den Niederlanden, so erfuhr ich, war das Jahr 1672 als *rampjaar,* als Katastrophenjahr bezeichnet worden, weil die Holländer gleichzeitig von England, Frankreich, Münster und Köln angegriffen worden waren. Damals hatten sie von sich selbst gesagt, das ganze Land sei *radeloos, redeloos en reddeloos* – also ratlos, unvernünftig und rettungslos verloren. Ich liebte diese Sprache, diese ulkig klingenden holländischen Worte, die wie Ballons über dem Desaster schwebten, und schrieb Robin darüber. Sie schickte mir eine Postkarte mit der Flagge von Quebec zurück. *Mrs. Gasparian ist gestorben. Sie war im Krankenhaus, und ich habe es nicht einmal gewusst.*

Ich rief zu Hause an, kaum hatte ich die Postkarte bekommen, doch stundenlang ging niemand dran. Dann endlich, um zehn Uhr abends, nahm Robin ab. Sie klang verloren.

«Soll ich nach Hause kommen? Alles okay mit dir?»

Ich hörte sie weinen, dann ein langes, verschleimtes Schniefen. «Nein, mir geht's gut», sagte sie.

Stille in der Leitung, doch es war eine Stille, die uns vertraut war. Ich hörte meine Schwester atmen.

«Sie war so nett», sagte ich.

«Sie war richtig nett, ja.»

«Hatte sie immer noch diesen Kater? Marcel?»

«Nein», sagte Robin. «Der ist vor einiger Zeit gestorben.»

«Oh», machte ich.

«Ich hatte sie schon seit Monaten nicht mehr gesehen. Geübt habe ich immer bei meinem anderen Lehrer, weil das Klavier dort besser ist. Sie hat mir nie gesagt, dass sie krank war.»

«Wahrscheinlich wollte sie nicht, dass du dir Sorgen machst.»

«Als ich sie das letzte Mal gesehen habe, sagte sie, ich müsse unbedingt Proust lesen. Dass es mir für das Klavier helfen würde. Ich habe nur mit den Achseln gezuckt und nicht weiter daran gedacht.»

«Sie hat dich geliebt», sagte ich.

«Glaubst du denn, ich weiß das nicht?», sagte meine Schwester, und ihre Stimme brach fast, so traurig war sie.

10.

Ich bedauere, damals nicht den Bus genommen und für das Begräbnis nach Hause gefahren zu sein. Doch bei mir standen die ersten Prüfungen an, und ich hatte mich gerade erst auf das Leben am College eingestellt; wenn ich jetzt wegfuhr, so befürchtete ich, würde es sich wie eine Auster verschließen und mich nicht mehr hereinlassen. Robin beschrieb mir die Trauerfeier später auf einer Postkarte. Sie sagte, Mrs. Gasparians Schüler seien da gewesen – eine Familie hatte sie nicht –, Robin habe eine Sonate gespielt, und dann hätten alle Kaffee getrunken und Mohnkuchen gegessen.

Am Rande des Worthen-Campus, an einem steilen Hügelhang, lag ein Wäldchen aus hohen Bäumen, das nachts von Studenten für Schäferstündchen oder Drogentrips benutzt wurde. Bei Tage war nie jemand da, und ich nahm dort oft Zuflucht, wenn ich allein sein wollte. Ich setzte mich auf einen Baumstamm und lauschte dem ruhelosen Rauschen der Bäume, dem Glockenläuten der Campuskapelle und dem Brummen der Lastwagen, die auf dem Industriegelände unter mir herumfuhren. An dem Morgen, nachdem ich mit Robin über Mrs. Gasparian gesprochen hatte, wurde ich von einem Mann aufgeschreckt, der das Wäldchen keuchend und in raschem Tempo betrat, wobei er einen Spazierstock benutzte, dessen Spitze er bei jedem seiner Schritte in den Waldboden bohrte. Wie er da durch den Wald stampfte, war er so in Gedanken versunken, den Blick zu Boden gerichtet, dass er mich erst bemerkte, als er schon fast auf meinem Schoß gelandet war.

«Oh!», sagte er. «Normalerweise sitze ich hier.»

Ich stand auf, nervös und auch ein bisschen verärgert. «Ich sitze hier normalerweise auch.»

Trotz der Kälte trug er Kaki-Shorts und dazu einen schweren Strickpullover, der mit Kiefernnadeln und Laubresten gespickt war, als habe er die Nacht draußen verbracht. Er war rundlich und untersetzt, hatte einen rötlichen Bart und hätte jedes Alter haben können, zwanzig oder vierzig oder irgendwo dazwischen. Seine Beine waren mit einem roten Flaum bedeckt, und ich konnte den Blick kaum davon abwenden, wollte mit den Händen darüberstreichen; es war weniger eine sexuelle Anziehung als der unergründliche Impuls eines Menschen, das Fell eines Tieres zu streicheln.

«Ich hab dich schon mal gesehen», sagte er, und seine Stimme veränderte sich. «Du wohnst im Marson, richtig? Und deine Zimmergenossin ist das Laufmädel.»

«Meine Mitbewohnerin heißt Helen», sagte ich etwas steif. «Sie ist im Laufteam.»

«Wir nennen sie Laufmädel, weil sie immer in ihrer Funktionskleidung an unserem Fenster vorbeirennt. In normalen Klamotten haben wir sie noch nie gesehen.»

«Die besitzt sie aber auch», sagte ich, getragen von dem Bedürfnis, Helen in Schutz zu nehmen. Ich spürte, dass er mich anstarrte; es machte mich befangen, was fast gar nicht mehr vorgekommen war, seit ich in Worthen war. Ich richtete meinen Blick nach unten, auf seine Füße, die in altmodischen Lederstiefeln steckten. Er war ausstaffiert, als wolle er zu einer mehrtägigen Wanderung aufbrechen, obwohl der Campus nur wenige Schritte entfernt lag.

«Dich nennen wir Die-immer-auf-den-Boden-schaut», sagte er fröhlich. «Du schaust nie jemanden an.»

«Doch, tu ich schon», sagte ich trotzig und schaute ihm in die Augen, die grün und bei Weitem nicht so auf Krawall gebürstet waren, wie ich gedacht hatte. Irgendwie war mir jetzt noch unbehaglicher, und ich suchte wieder Halt bei seinen Schuhen. Er stützte sich auf seinen Spazierstock und lachte mich an – vermutlich, weil ich gerade meinen Spitznamen bestätigt hatte.

«Ich bin Gordon», sagte er.

«Bist du Kanadier?»

«Nein! Ich komme aus Jamaica Plain. Wieso, kommst du denn aus Kanada?»

«Ja.»

«Gibt es viele Gordons in Kanada?»

«Ja», sagte ich. «In meiner Abschlussklasse an der Highschool gab es drei davon. Wir nannten sie Großer Gordon, Kleiner Gordon, und der Dritte hieß einfach Gord.»

«Aha», sagte er, offenbar nicht besonders interessiert an diesen Belanglosigkeiten. «Meine Eltern sind geradezu lächerlich anglophil. Sie trinken den ganzen Tag Pötte voller Tee und sagen WC statt Klo. Gott weiß, warum. Ihre Vorfahren stammen aus Rhode Island und wurden wahrscheinlich von genau dem Königshaus vertrieben, das sie jetzt anhimmeln.»

«Vertrieben, weshalb?»

«Weil sie Verbrecher waren», sagte er leichthin. «So, wie man das im frühen achtzehnten Jahrhundert eben war.»

Darüber hätte ich gerne mehr erfahren, doch seine Aufmerksamkeit wandte sich anderen Dingen zu. Er zeigte mit dem Stock auf den Waldweg, und ich folgte ihm. Während er schnaufend und keuchend den Berg hochstieg – besonders fit schien er nicht zu sein –, erklärte er mir, er sei schon länger in Worthen und studiere Geschichte; momentan versuche er, in Form zu kommen, weil er nach dem Abschluss sechs Monate lang auf dem Appalachian Trail wandern wolle. «Du weißt schon, auch im Wald leben, mit allem Pipapo», sagte er und fasste dieses Pipapo mit einer Handbewegung zusammen. Mir schien er weit entfernt davon zu sein, eine sechsmonatige Wanderung durchzustehen, weil wir alle paar Minuten stehen bleiben mussten, damit er wieder schnaufen konnte. Teil des Problems war allerdings, dass er so viel redete. Jeder andere hätte ihn vielleicht von seiner Last als Alleinunterhalter entbunden, doch ich kam gar nicht auf die Idee. Ich blieb stehen, um mit ihm zu verschnaufen, und wartete darauf, dass er weiterredete. Er erzählte mir von der Abschlussarbeit über die Geschichte religiöser Gewalt im neunzehnten Jahrhundert, die er schrieb – «Die Leute reden immer über die Trennung von Staat und Kirche», sagte er, «aber dieses Land hier wurde von religiösen Extremisten gegründet, und das sagt alles über unseren nationalen Charakter aus» –, schilderte mir, wie er als Kind mit seinem Hund Coconut spazieren gegangen war, und verlieh jedem Thema das gleiche Maß an Gewicht und Bedeutsamkeit. Er sprach über die Musik, die ihm gefiel, erklärte, warum David Bowie besser sei als Bob Dylan («Musikalisch sind sie gleich gut, aber er ist von größerer intellektueller Rigorosität, du verstehst, was ich meine?» – was ich nicht tat) und warum der Hip-Hop die metaphysische Lyrik unserer Zeit sei. Als wir nach einer halben Stunde das andere Ende des Waldes erreicht hatten, kehrten wir wieder um und gingen zum Campus zurück, als sei das immer schon so geplant gewesen.

Vor meinem Wohnheim fragte er mich, ob ich an diesem Abend mit ihm essen gehen wolle, und ich sagte Ja, weil ich dachte, er meine die Mensa. Doch als ich um sechs Uhr das Haus verließ, stand er da in Kaki-Shorts, einem blauen Hemd mit Kragen und einem Cordjackett, und wir gingen etwa zehn Minuten zu Fuß zu einem chinesischen Restaurant in einem Einkaufszentrum am anderen Ende des Industriegeländes. Im Gegensatz zum Morgen sprach er nur wenig, Schweigen machte sich zwischen uns breit. Als wir Platz nahmen, brachte uns ein Kellner eine Kanne Tee, und wir kippten beide mehrere Tässchen davon herunter, als hätten wir auf einmal fürchterlichen Durst bekommen.

«Deinen Eltern würde das hier vermutlich gefallen», sagte ich.

«Was denn? Chinesisches Essen?»

«Der Tee», sagte ich. «Du hast erzählt, sie trinken jede Menge davon.»

«Ach, ja, richtig. Ich kann es kaum glauben, dass du dir das gemerkt hast. Du kannst gut zuhören.»

«Es war doch erst heute Morgen», sagte ich.

Er rutschte in seinen schicken Klamotten auf dem Stuhl herum wie ein kleiner Zappelphilipp bei einer Hochzeit. «So, Lark», sagte er. «Lark,

Lark, Lark. Haben sich deine Eltern eigentlich einen Spaß gemacht, als sie dich Lerche nannten?»

«Wie bitte?», fragte ich.

«Ich meine nicht, dass sie sich *mit dir* einen Spaß machen wollten. Aber du weißt doch, dass *lark* ein Vogel ist, der Brite darunter aber auch einen Jux versteht.»

«Ich weiß nicht», sagte ich. Ich hatte jetzt selbst zu zappeln begonnen, was ebenso mit meinen Nerven zusammenhing wie mit dem vielen Tee, den wir getrunken hatten. Ich musste dringend auf die Toilette, traute mich aber nicht, weil wir noch nicht einmal bestellt hatten. Ich befürchtete, es würde komisch aussehen. Mit Jungs hatte ich keinerlei Erfahrung, und Gordon, der drei Jahre älter war als ich, kam mir vor wie ein Mann.

«Dann sind deine Eltern also weder Ornithologen noch anglophile Spaßvögel?», sagte er.

«Nicht wirklich», sagte ich.

Er nickte, das Tässchen winzig klein in seinen großen Händen. Auch seine Hände waren mit einem roten Flaum überzogen, bemerkte ich jetzt. Seine Haarigkeit war angenehm; wieder schoss mir der Gedanke durch den Kopf, seine Härchen zu streicheln. Er erinnerte mich an einen Orang-Utan, und fast hätte ich ihm das gesagt, doch dann wurde mir bewusst, dass er das vielleicht nicht als Kompliment auffassen würde.

«Meine Schwester heißt Robin», erzählte ich ihm, «was die Waagschale vermutlich eher auf der Vogelseite hält.» Tatsächlich hatte es sich bei Robins Namenswahl um einen Kompromiss zwischen Marianne und Bob gehandelt, der sie nach sich selbst Roberta nennen wollte, ein Name, der laut meiner Mutter nur zu hässlichen Mädchen passte.

«Lark und Robin, ist das dein Ernst?», fragte Gordon. «Und eure Brüder heißen Gans und Ente, oder was? Sorry, das war ein blöder Witz.»

«Ziemlich blöd, ja», stimmte ich ihm zu.

«Mensch, du machst es einem aber auch nicht einfach, weißt du das, Die-immer-auf-den-Boden-schaut?»

Ich sah ihn an. Sein Gesicht war vor Ärger gerötet, oder das dachte ich zumindest, aber was er gesagt hatte, klang eher nach Bewunderung. Das Thema Vögel schien ihn buchstäblich zu beflügeln, denn er erzählte mir, ein Deutscher habe damals europäische Stare in die USA gebracht, weil er jeden Vogel in Amerika heimisch machen wollte, der in einem Stück von Shakespeare vorkam. Mittlerweile hätten die Stare den einheimischen Vögeln zahlenmäßig den Rang abgelaufen und stünden in Konkurrenz zu ihnen; sie stahlen sogar Korn von Milchfarmen und reduzierten damit die Milchproduktion. «Die sind wirklich die Pest, wie eine Invasion», sagte er und verschränkte die Hände auf dem Tisch. «Genau deshalb ist Literatur auch gefährlich.»

«Verstehe», sagte ich. Mich machte es glücklich, dass Gordons Begeisterung für unsinniges Halbwissen der meinen gleichkam: noch ein Sammler, noch eine Elster.

Er war entspannter geworden, und seine Ansichten über Shakespeare («Die Historiendramen sind so viel besser als dieser romantische Schmu wie *Romeo und Julia,* aber das sehen die Leute hier sicher anders») und seinen Unitarismus («Ich meine, ist das überhaupt eine Religion oder nur Bauerntheater?») bildeten genügend Gesprächsstoff, während wir Frühlingsrollen und gebratenen Reis mit Huhn futterten. Nach dem Essen schlenderten wir zurück zum Campus, am Industriegelände entlang. Ein paar Radler kamen an uns vorbei, ein Pizzabote. Da es keinen Gehweg gab, rempelten wir uns immer wieder mit Ellbogen und Schultern an. Auf dem Campus sah ich andere Studenten auf dem Weg zur Bibliothek oder wieder zurück oder zu abendlichen Lehrveranstaltungen.

Gordon sagte: «Mein Zimmergenosse spielt diesen Freitagabend mit seiner Band eine Art Konzert. Offen gestanden sind sie schrecklich; es nennt sich buddhistischer Synthie-Pop, was auch immer das sein soll, aber ich sollte wohl hingehen. Um ihn zu unterstützen.»

«Verstehe», sagte ich. Ich dachte, es sei einfach nur eine weitere Information gewesen.

Er blieb am Ball. «Es ist um acht», sagte er.

«Klingt interessant.»

Am Eingang zu meinem Wohnheim kam er auf mich zu und gab mir einen feuchten Kuss auf die Wange. Da ich mich zu früh zu ihm gedreht hatte, landete der Schmatzer jedoch unterhalb meines Ohres und hinterließ dort eine Speichelspur.

«Dann sehen wir uns?», sagte er. Und ich sagte: «Ja.»

Ein Gespräch mit Helen war nötig, damit ich deuten konnte, was passiert war, und sie lauschte meiner Schilderung geduldig und half mir dabei, aus allem schlau zu werden. Dass sie bei Gordon und seinen Freunden unter dem Namen Laufmädel lief (buchstäblich), sagte ich ihr nicht, aber sie wusste anhand meiner Beschreibung sofort, um wen es sich handelte. «Das ist dieser Stämmige», sagte sie, was so treffend war, dass ich ihn wochenlang auch so nannte, wenn ich an ihn dachte. *Der Stämmige küsst mich,* dachte ich dann. *Der Stämmige liegt in meinem Bett.* «Er wohnt mit dem dürren Mike zusammen, der bei Smiling Avatar den Bass spielt.» Dabei konnte es sich eigentlich nur um die buddhistische Synthie-Pop-Band handeln. Ich wartete darauf, dass Helen noch mehr über die beiden sagte und irgendein Urteil abgab, aber sie war klug genug, das zu lassen.

«Stehst du auf ihn?», fragte sie stattdessen.

Ich hatte noch nie auf jemanden gestanden. «Ich bin mir nicht sicher», erwiderte ich.

«Das Gefühl kenne ich», sagte sie trocken. Dann ging sie laufen.

Am Freitag erklärte sie sich bereit, mich auf das Konzert zu begleiten. Es fand im Keller der Kapelle des College statt, in der ich als Nichtgläubige noch nie gewesen war. Wir betraten einen dunklen, vollgestellten Flur und stiegen dann im Gänsemarsch zu einem überraschend großen Raum hinab. Am anderen Ende war die Band gerade dabei, ihre Instrumente zu stimmen, und tat dies noch mindestens eine weitere halbe Stunde. Gleich neben uns bedienten sich Leute mit Punsch aus einer großen Schüssel, in die Gordon, *der Stämmige,* gerade eine Flasche Everclear-Spiritus gegossen hatte. Wir stellten uns an, und Gordon grinste uns breit an, als er uns erblickte.

Seit ich ans College gekommen war, hatte ich nicht viel getrunken, weniger aus Vorsicht, als weil es mir schon im Voraus peinlich war; ich wusste weder, wie man trank, noch, wie man sich dabei benahm. Jeder andere, einschließlich der schüchternen Bücherwürmer, schien zu wissen, wie man becherte, schäkerte und flirtete, um dann am nächsten Morgen von seinen Abenteuern zu berichten und sich stöhnend den Kopf zu halten, weil man einen Kater hatte. Das alles war mir ein Rätsel. Doch nun kippte ich gleich eine halbe Tasse von dem Gebräu hinunter, das aufdringlich nach Medizin schmeckte. Gordon hatte mit anderen Gästen zu tun, und so folgte ich Helen, die mit Leuten aus unserem Wohnheim oder ihren Seminaren plauderte. Während sie sprach, nickte und lachte, fasste sie immer wieder ihr langes Haar mit den Händen über dem Kopf zusammen, wie einen Pferdeschwanz, strich es glatt und ließ es wieder fallen, wieder und wieder.

«Wenn du sie weiterhin so anstarrst, werde ich noch eifersüchtig», sagte mir jemand ins Ohr. Als ich mich umdrehte, stand Gordon vor mir, zwei Becher in der Hand. Er hielt mir einen davon hin und fuhr fort: «Was meinst du, gibt es etwas Lahmeres als eine Collegeband, die ihre Instrumente stimmt? Da habe ich von Elefanten gehört, die länger trächtig waren als das.»

«Fast zwei Jahre», sagte ich.

«Genau», sagte er. «Ich wusste, dass ich dich mag.»

Ich lächelte ihn an und rechnete fest mit einem weiteren seiner Monologe, doch stattdessen feuerte er eine ganze Salve von Fragen auf mich ab – was ich zu meinem Hauptfach machen wollte, wie mir meine Seminare gefielen … Es klang fast so, als arbeite er eine Strichliste ab.

«Mike sagt, ich rede zu viel», gestand er mir, nachdem ich ihm ein paar eher einsilbige Antworten gegeben hatte. «Er sagt, Mädchen mögen es, wenn man ihnen Fragen stellt.»

Es rührte mich, dass er sich Gedanken darüber machte, was ich mochte. «Mir ist es lieber, wenn andere reden.»

«Na ja, und ich kann einfach meinen Mund nicht halten, das trifft sich also gut», sagte er.

Dann endlich begann die Band zu spielen, eine Art ohrenbetäubendes Scheppern ohne Text, das trotz der langen Stimmerei vollkommen falsch klang. Gordon murmelte: «Meine Güte, ist das grottenschlecht.» Er legte mir den Arm um die Taille, und ich begriff erst nach einer Weile, dass er dabei war, mich langsam quer durch den Raum zu schieben. Beim dritten Song standen wir bereits im Treppenhaus, ich mit dem Rücken an der Wand, seine Hände rechts und links von mir abgestützt. Ich fühlte mich eingesperrt und beschützt zugleich, wie in einem gemütlichen Sarg.

«Deine Augen sehen blutunterlaufen aus», sagte er. «Bist du bekifft? Wäre aber voll in Ordnung.»

«Nein», sagte ich. «Ein bisschen betrunken, glaube ich.»

«Zu betrunken, um als mündige Bürgerin zu entscheiden, ob du willst oder nicht?»

Darüber dachte ich kurz nach. «Nein.»

Sein breiter Bauch drückte sich von unten gegen mich wie ein beharrliches Kissen. Wenn ich umfiele, würde er mich mit seinem Gewicht oben halten.

«Du willst also?»

«Ja», sagte ich. Dann kam ein haariges Ensemble aus Lippen und Kinn auf mich zu. An meinem Ohr machte er leise, grunzende Geräusche, wie ein Schwein auf Trüffelsuche. Oder zumindest, wie ich mir ein Schwein auf Trüffelsuche vorstellte. Mir gefiel das alles sehr. Ich brauchte mir keine Gedanken darüber zu machen, was ich tun sollte. Gordon wusste es, und mit dieser Gewissheit würde er uns beide beschützen.

11.

Danach sahen Gordon und ich uns fast jeden Tag und stimmten uns mit unseren Mitbewohnern ab, damit wir entweder in seinem Wohnheimbett oder in meinem allein sein konnten. Manchmal liehen wir uns auch das Auto seines Freundes Mike und machten Wanderungen in der Umgebung. Obwohl er permanent darüber redete, wie viel er zu tun habe und unter was für einem großen Druck er stehe, schien er immer jede Menge Zeit fürs Wandern, Reden und für Sex zu haben. Viele unserer Rendezvous waren als Treffen zum gemeinsamen Büffeln verbrämt. Wir saßen in der Bibliothek und brüteten Seite an Seite über unseren Papieren, und oft schrieb Gordon etwas in großen blauen Lettern und mit vielen Ausrufezeichen auf meine Unterlagen, so wie: DEN GEDANKEN MUSST DU NOCH WEITERDENKEN! WOMIT GENAU STÜTZT DU DIESES ARGUMENT? Durch Gordon kam ich zum ersten Mal mit einem bestimmten Typen männlicher Intellektueller in Kontakt – auf dreiste Weise selbstbewusst und endlos von seinen Ansichten überzeugt –, doch ich war zu jung, um ihn überhaupt als Typen einzuordnen. Ich hielt ihn für genial und einzigartig. Ich schrieb ebenso, um ihm wie auch meinen Professoren zu gefallen, und zum Glück standen mir ihre Anforderungen dabei nicht im Wege. Meine Noten waren sehr gut, und mein Selbstvertrauen wuchs; ich begann mich in den Seminaren zu Wort zu melden und stand hinterher sogar manchmal noch mit anderen zusammen und redete. Es ist schwer zu erklären, wie viel mir das bedeutete und wie berauschend es war: als würde man nach Jahren des Hungers etwas Köstliches essen und wissen, man kann so viel davon haben, wie man will.

Ich war glücklich; und ich hatte zu tun. Mein Stipendium deckte die Unterkunft, die Verpflegung und den Unterricht ab, doch ich hatte nicht gewusst, dass das Leben als Studentin zusätzliche Kosten verursachte. Ich brauchte Geld für Bücher, zum Waschen, für Snacks und als Obolus für den Punsch bei Partys. Nachdem ich Marianne bei meiner Abreise gesagt hatte, alles werde bezahlt, schien es mir unmöglich, sie um Hilfe zu bitten; ich suchte mir lieber einen Job und fand ihn im Computerlabor des College, das im Keller des Studentenwerks lag. Man schrieb das Jahr 1994, und obwohl einige Studenten bereits einen Computer besaßen, konnte ich mir keinen leisten und schrieb deshalb meine Seminararbeiten per Hand auf große gelbe Blöcke und tippte sie dann im Computerlabor ab, wo ich wegen der schummrigen Beleuchtung manchmal Mühe hatte, meine Handschrift zu entziffern. Eines Abends, während ich dort arbeitete, öffnete der Typ, der dort angestellt war – soweit ich wusste, bestand seine einzige Aufgabe darin, am Eingang an einem Tisch zu sitzen und den Leuten zu helfen, wenn der Drucker einen Papierstau hatte –, eine Flasche Cola, die er vermutlich eine Weile mit sich herumgeschleppt hatte, denn sie versprühte ihren Inhalt in alle Himmelsrichtungen, einschließlich seiner Computertastatur, die unter klebrigem braunen Schaum verschwand.

«Scheiße, Scheiße, Scheiße», fluchte er. «Richard wird mich *umbringen.*» Er machte ein paar halbherzige Versuche, die prickelnde süße Brühe abzuwischen, und packte dann einfach seine Sachen zusammen und ging, während auf seinem Schreibtisch eine Pfütze Coke zurückblieb. Ich selbst war nicht gerade der ordentlichste Mensch, aber ich hatte die stille Sterilität des Labors immer als angenehm empfunden, und da ich es schrecklich fand, dass sie gestört worden war, ging ich in den Waschraum, holte ein paar Papiertücher und machte die Schweinerei sauber, bevor ich mich wieder meiner Arbeit zuwandte.

Ein paar Tage später war ich wieder dort, um einen Aufsatz fertigzustellen, doch am Eingang saß kein Student, sondern ein sehr großer Mann, der kaum hinter den Schreibtisch passte und mich anschaute, dann noch einmal anschaute. Er hatte große, wässrig blaue Augen, die hinter seinen dicken Brillengläsern noch größer aussahen, und bewegte sich ebenso langsam, wie er sprach – mit seltsam schwereloser Anmut, wie ein Säugetier unter Wasser.

«Du bist diejenige, die Basus Schweinerei weggemacht hat», sagte er. Ich nickte vage, denn ich war mir nicht sicher, ob Basu in Schwierigkeiten steckte.

«Willst du seinen Job?»

Ich erinnerte mich, was der Junge gesagt hatte, wie sehr er sich vor diesem Richard gefürchtet hatte, und zögerte. «Haben Sie ihn gefeuert?»

«Ob ich was? Nein, er ist von selbst gegangen. Hat dem Druck dieser überaus anspruchsvollen Stelle nicht mehr standgehalten.»

Ich war mir nicht sicher, ob das als Witz gemeint war, doch genauso war es. Die Arbeit, wenn man die Tätigkeit so nennen wollte, war auf spektakuläre Weise leicht; es war fast nichts zu tun. Ich liebte dieses Labor, angefangen bei dem Kontrast zwischen dem altmodischen Äußeren dieses Backsteingebäudes, in dem das Studentenwerk untergebracht war, mit seinen pfefferkuchenhausartigen Leisten und den Messingscharnieren an den Türen, und der coolen weißen Modernität des Labors im Keller. Fenster gab es hier nicht, und das einzige Licht kam von Neonröhren. Obwohl Richard mit seinen wohlbepackten fast eins neunzig ein Bär war, schien ihm seine Statur selbst peinlich zu sein, und er tat alles, um sich kleiner zu machen. Ich saß vorne am Schreibtisch, sein Büro befand sich im hinteren Teil des Raumes. Wenn er etwas mit mir zu besprechen hatte, blieb er immer ein paar Meter entfernt stehen, damit ich mich nicht zu klein fühlte, und sprach so leise, dass ich ihn oft bitten musste, das Gesagte zu wiederholen. Selbst beim zweiten Mal war ich mir nicht immer sicher, was er gesagt hatte.

Manchmal gerieten Richard und ich ins Plaudern, und er erzählte mir von seinem Wochenende – er und seine Frau besuchten leidenschaftlich gern Mittelaltermärkte, worauf ich angesichts seiner Kakihosen und Hemdkragen unter der Woche niemals gekommen wäre –, doch die meiste Zeit war ich allein. Wenn das Telefon klingelte, was selten genug der Fall war, gehörte es zu meinen Aufgaben, dranzugehen, und ich musste mich oft erst einmal räuspern, weil ich stundenlang kein Wort gesagt hatte.

Das Herbstsemester beendete ich in einem Nebel aus intellektueller und sexueller Befriedigung. Als ich für die Ferien nach Hause kam, fühlte ich mich wie eine Fremde. Während meiner Abwesenheit waren sich Robin und meine Mutter nähergekommen, was ich an ihren Insiderwitzchen und mysteriösen Anspielungen merkte, aus denen ich ausgeschlossen war. Robin schien mehr denn je darauf erpicht zu sein, Marianne zu Gefallen zu sein, und richtete ihre Aufmerksamkeit in einer Art und Weise auf unsere Mutter, die ich aus der Vergangenheit nicht in Erinnerung hatte, und ich fragte mich, ob dies meine Strafe dafür sein sollte, dass ich weggegangen war. Keine von beiden interessierte sich für meine Geschichten aus Worthen, und ich ertappte mich oft dabei, wie ich mit der Schilderung einer Anekdote begann, nur um mittendrin abzubrechen. Die Art zu reden, die ich am College aufgeschnappt hatte, ein Geplänkel mit jeder Menge von Name-Dropping, das darauf baute, dass der Angesprochene, ob wirklich oder nur angeblich, mit Größen wie Foucault oder John Stuart Mill vertraut war, verwirrte sie, und um dies zu überspielen, sagten sie Sachen wie: «Kenn ich nicht, mag ich nicht», oder: «Und wer soll das jetzt wieder sein?» Ich zog mich in mein Schweigen zurück, beobachtete sie vom Sofa aus, während sie Abendessen machten, und vermisste sie, obwohl sie sich doch direkt vor mir befanden.

Wohl in meiner Haut fühlte ich mich nur nachts, mit Robin, in unserem Zimmer. Dort im Dunkeln waren wir wieder die, die wir früher gewesen waren, zwei Mädchen, die flüsternd tratschten. Es lief gut zwischen Marianne und ihrem Freund; Robin meinte, die beiden würden heiraten. Er sei sehr kultiviert, sagte Robin. «Seine Hemden lässt er sich in Italien anfertigen. Das nennt man *maßgeschneidert*. Er will mir auch ein paar Kleider nähen lassen, wenn er das nächste Mal in Mailand ist.»

Robin trug wie ich meistens Secondhandkleidung aus einer Boutique in der Nachbarschaft mit dem Namen Mimi La Guerre, deren Besitzerin weder Mimi hieß noch uns erklären konnte, wo dieser Krieg war, die uns aber mochte und uns Outfits für weniger als einen Dollar verkaufte. Im vergangenen Jahr hatten wir uns in einem Laden für Armeebedarf die gleichen Cabanjacken gekauft, die uns beiden zu groß waren.

«Dann magst du ihn also», sagte ich.

«Ich denke, er ist ganz in Ordnung. Ich weiß nicht.»

«Wie meinst du das, du weißt es nicht?» Es war nicht Robins Art, keine Meinung zu haben. Das Schweigen, das folgte, war begleitet von den vertrauten Bewegungen von Robins Körper in ihrem Bett, dem Quietschen des Rahmens.

«Er sagte, ich bin schön wie ein Frühlingstag, wenn die ersten Blumen aus der Erde kommen.»

«Das hat er gesagt?»

«Yep.» Sie stützte sich auf ihrem Ellbogen auf, um mich anzusehen, ihr Gesicht war eine ernste Maske in der Dunkelheit.

«Klingt wie Werbung. *Frisch wie eine Sommerbrise, die in deinen Haaren spielt.*»

«Wovon redest du?»

«Wie Werbung für einen Hygieneartikel für Frauen.»

Robin legte sich hin, stützte sich wieder auf. «Was ist ein Hygieneartikel für Frauen?»

Über ihr eigenes Leben sagte sie wenig, und als ich später wieder im Bus nach Worthen saß, tat es mir leid, dass ich sie nicht mehr danach gefragt hatte. Ich hatte es zugelassen, dass mein eigenes Unbehagen in mir die Oberhand gewann, und schrieb ihr hinterher einen Brief, in dem ich mich entschuldigte und sie fragte, wie es ihr gehe. Sie antwortete mir mit einer Postkarte; darauf war das Gemälde von Salvador Dalì mit der geschmolzenen Uhr, die über einem abgestorbenen Baum hängt, abgebildet. *Ich hab dir alles gesagt*, stand darauf. Ich fand diese Aussage seltsam und konnte mich nicht entscheiden, ob dieser Satz beruhigend oder vorwurfsvoll gemeint war. Bislang hatte ich noch nie Probleme damit gehabt, aus dem Ton meiner Schwester schlau zu werden. Ich zeigte Gordon die Postkarte, der nur mit den Achseln zuckte. «Sie schreibt, es sei alles in Ordnung. Dann ist doch auch alles in Ordnung, oder?»

«Ich denke, ja», sagte ich. Später machte ich es mir selbst zum Vorwurf, dass ich keinen Verdacht geschöpft hatte. Doch ich verfiel sofort in den Trott des neuen Semesters. Da war das Computerlabor, da war Gordon, und dann verliebte ich mich neu, diesmal in akademischer Hinsicht.

Mir hatten all meine Seminare in Worthen gefallen, doch es war ein Kurs über Filme, in dem etwas Außergewöhnliches passierte. Ich hatte mich für die Lehrveranstaltung ohne besondere Motivation und ohne groß darüber nachzudenken eingeschrieben; als Kind war ich gerne ins Kino gegangen, und ich wollte mehr darüber erfahren, wie Filme eigentlich entstanden. Meine Ambitionen waren nicht viel größer als die meines Platznachbarn, der am ersten Tag des Seminars augenzwinkernd zu mir sagte: «Wer will schon nicht gerne kostenlos Filme schauen, oder?»

Doch erst mal sahen wir gar keinen Film. Bei der Professorin handelte es sich um eine dunkelhaarige Russin, die leuchtend roten Lippenstift und einen blauen Schal trug, der fast bis zum Boden reichte, sodass ich ständig Angst hatte, sie würde darüber stolpern, zumal sie dazu auch sehr hochhackige Schuhe trug. In ihrem Seminar ging sie ohne Umschweife in die Vollen und brach eine Diskussion über die Nostalgie der Moderne vom Zaun. Ich schrieb in mein Notizbuch: *Nostalgie ist das Aufbegehren gegen den modernen Begriff der Zeit. Es ist eine Romanze mit dem Fantasma des Verlusts.* Ich wusste nicht, was sie damit meinte, und niemand bat sie um eine Erklärung; ich wollte nicht als die Einzige dastehen, die nichts verstand. *Nostalgie ist das, was Kitsch für die Kunst ist*, war auch so ein Satz, den sie sagte, *Heimweh nach etwas, das es nie gegeben hat.* Während sie sprach, ließ sie Filmstreifen herumgehen, die wir auf ihre Beschaffenheit untersuchen sollten. Ich hatte noch nie einen Filmstreifen in der Hand gehabt und hielt meinen aus Angst, ihn zu beschädigen, am perforierten Rand. Trotzdem landeten meine Fingerabdrücke darauf, und der Versuch, sie abzuwischen, machte alles nur noch schlimmer. Auf dem Streifen selbst, der rötlich-schwarz und geheimnisvoll verschwommen war, konnte ich rein gar nichts erkennen.

Dann fischte die Professorin – sie hieß Olga Iwanow – eine Filmrolle aus ihrem runden Metallbehälter, legte sie in einen Projektor ein und spielte den Film ab, wobei sie den Projektor auf uns, die Studenten, richtete und nicht auf die Leinwand vorne im Seminarraum. Wir wurden in kaum wahrnehmbare Farben gebadet, die zuckten und zitterten; wir konnten sehen und auch wieder nicht sehen. Es wurde geflüstert. Laut meinen Notizen ist *Kino ein Museum der Erinnerung, ein Artefakt, das zugleich bewahrt und verfälscht.*

Dann drehte sie den Projektor um und zeigte uns denselben Film auf der Leinwand: Darin ging es um eine Gruppe von Studenten, die gähnend und gelangweilt in einem Seminarraum saßen. Sie flüsterten uns zu, wir flüsterten ihnen zu. Dann schaltete sie abrupt den Projektor ab, packte die Gerätschaften zusammen und verließ mit laut klackenden Absätzen das Zimmer.

«Die hat's drauf», sagte der Typ neben mir, der nur kostenlos Filme sehen wollte.

«Sie ist toll», sagte ich.

«Oh, du wirst an ihren Lippen hängen», sagte er. Und so kam es.

12.

Olga Iwanow war über Paris und New York aus Moskau nach Worthen gekommen. Was auch immer an Druck auf dem akademischen Stellenmarkt oder an persönlichen Umständen dazu geführt hatte, dass sie an einem winzigen College in Massachusetts gelandet war – sie verhielt sich nicht so, als sei Worthen unter ihrer Würde. Stattdessen behandelte sie ihre Arbeit mit größter Ernsthaftigkeit und erwartete das Gleiche von uns. Dabei machte sie weder Zugeständnisse an unser jugendliches Alter noch an unseren Mangel an Kultiviertheit; stattdessen zeigte sie uns Tarkowski und Deren und Eisenstein, die die Montage als den *Nerv des Kinos* bezeichneten und eine Grammatik des Films geschaffen hatten, die später von Hitchcock übernommen wurde. Wenn wir nicht verstanden, was sie sagte, blickte sie uns über den Rand ihrer Brille an und sprach so lange über dialektischen Materialismus, bis wir vollends verwirrt waren und uns ganz schwindelig von unserer Verwirrung wurde. *Wieso das denn,* schien sie zu sagen, *wer hat denn gesagt, es sei leicht zu verstehen?* Von den ursprünglich fünfzig Studenten, die die allererste Vorlesung besucht hatten, wanderten von Woche zu Woche mehr ab, bis wir am Ende nur noch neun waren, die allesamt in ihrem Bann standen.

Eines Tages besprachen wir im Kurs den Film *Werner Herzog Eats His Shoe,* einen Dokumentarfilm, in dem Herzog nach einer verlorenen Wette, bei der es darum ging, ob Errol Morris jemals seinen Film *Pforten des Himmels* fertigstellen würde, seinen Schuh isst. Olga Iwanow beschrieb dies als Beispiel für sublimierte sexuelle Begierde als Bekräftigung patriarchalischer Bande, was jedoch nicht heißen solle, «dass sie nicht beide große Filmemacher gewesen sind», fügte sie hinzu. «Nur dass die Kamera aus einer Position männlichen Verlangens und Begehrlichkeiten agiert.» Solche kleinen Randbemerkungen machte sie oft, und ich schrieb alles akribisch mit, Wort für Wort, wobei ich nicht nur ihre Einsichten und Gedanken bewahren, sondern auch festhalten wollte, mit welcher Betonung und Sprachmelodie sie es formuliert hatte.

An jenem Tag nahm ich nach der Vorlesung meinen ganzen Mut zusammen und suchte sie in ihrem Büro auf. Ich stand an der Tür und spähte hinein. Drinnen war es ziemlich düster – sie weigerte sich, die fluoreszierenden Neonröhren an der Decke einzuschalten, und nur eine einzige Lampe spendete ein eher schummriges Licht – und voll. Stapelweise Bücher und Akten türmten sich auf den Schränken und am Boden und drohten jeden Augenblick, in einem großen Erdrutsch zusammenzukippen. Olga saß, in einen Schal gehüllt, am Schreibtisch und blickte nicht auf, als ich mich räusperte. Ich war so nervös, dass ich vergaß zu klopfen, sondern stattdessen gleich die Frage herunterbetete, die ich mir auf dem gesamten Weg vom Vorlesungssaal zurechtgelegt hatte.

«Meinen Sie, dass Herzog den Schuh als Hommage an Charlie Chaplin gegessen hat, der in *Goldrausch* auch einen Schuh verspeist hat, oder ist das nur ein Zufall?»

Wenn es sie erstaunte, dass ich gleich mit der Tür ins Haus fiel, ließ sie es sich nicht anmerken.

«Es gibt keine Zufälle», sagte sie. «Nur Versionen eines Bildes.»

Wie so viele ihrer Bemerkungen war auch diese eher kryptisch als erhellend. Und sie schien dazu gedacht zu sein, zu einem weiteren Gespräch anzuregen, denn sie winkte mich herein. «Möchten Sie einen Tee?»

Ich nickte, und sie goss mir aus einer kleinen Tonkanne ein. Der Becher, den sie mir reichte, hatte keinen Henkel mehr und war so heiß, dass ich mir die Finger verbrannte und ihn beinahe fallen gelassen hätte. Ich blinzelte sie durch das Halbdunkel des Zimmers an. Draußen war die

Sonne bereits untergegangen, Worthens Laternen schimmerten im Dämmerlicht des Januarnachmittags, Schneeflocken wirbelten um die Studenten herum, die die Lichtkegel betraten und wieder verließen. Sie hielt mir eine kleine Vorlesung über Herzog und seine Integrität, von der ich jedes Wort aufsog wie ein Schwamm, obwohl ich ihr kaum folgen konnte. Nur im Rückblick wird mir klar, dass sie einsam gewesen sein muss; damals kam sie mir einfach nur unfassbar glamourös und in sich selbst ruhend vor. Wenn sie sprach, folgte man ihr auf einem gewundenen Pfad durch die Welt, mit all den Künstlern und Schriftstellern und Filmemachern, denen sie auf ihren Reisen begegnet war, als Wegweisern. Sie erzählte mir, als sie so alt gewesen sei wie ich, habe sie in London gelebt und sich Filme von Experimentalisten wie Chantal Akerman und Lawrence Wheelock angeschaut, Namen, die mir damals nichts sagten.

«Und Sie?», sagte sie an jenem ersten Tag. «Was machen Sie?»

Jede Antwort, die mir in den Sinn kam, erschien mir irgendwie unzulänglich, lahmarschig. «Ich möchte Filme machen», brach es aus mir hervor.

«Ach, ja?» Sie verzog die knallroten Lippen zu einem winzigen, schiefen Lächeln. «Und was für eine Art Filme?»

Mir wuchs das jetzt schon alles über den Kopf, und so suchte ich verzweifelt nach einer Antwort, die ihr gefallen und mich ihrer Aufmerksamkeit als würdig erweisen könnte. «Filme mit Integrität. In denen die Kamera nicht bloß ein Instrument des männlichen Blickes ist.» Ich hatte wenig bis gar keine Ahnung, was das bedeutete. Ich gab nur die Worte wieder, die sie uns vorher in der Vorlesung an den Kopf geworfen hatte, wie ein menschliches Echo, unbestimmt und vage.

«Und wie wollen Sie das anstellen?», fragte sie und lachte, als ich ihr sagte, das wüsste ich noch nicht so genau.

Sie gab mir keine Ratschläge, geschweige denn, dass sie mich ermutigt hätte. Doch sie gestattete mir, sie regelmäßig zu besuchen, damit ich ihr meine bescheidenen Ansichten zu den Filmen mitteilen konnte, die wir im Seminar gesehen hatten, und dann tranken wir Tee zusammen, und sie sprach über ihre Arbeit. Ich wurde zu ihrer unbezahlten Assistentin, die für sie bei anderen Bibliotheken all das bestellte, was in Worthen nicht verfügbar war; ich suchte für sie nach Mikrofiche-Dokumenten und las Manuskripte Korrektur. «Sie schauen *ausschließlich* nach Grammatik und Rechtschreibfehlern», sagte sie mit der Strenge eines Elternteils, das seinem Kind Anweisungen erteilt. «Sonst nichts.» Etwas anderes hätte ich nicht einmal gewagt, in Betracht zu ziehen.

Gegen Ende des Studienjahres lud sie mich zu einem Ausflug nach New York City ein. Sie lenkte ihren verbeulten alten Toyota, der noch über eine Stockschaltung verfügte, durch den mörderischen Verkehr, wobei sie etwas vor sich hin murmelte, das ich für russische Flüche hielt, und stellte den Wagen an der Lower East Side auf einem Parkplatz ab, der von anderen Russen geführt wurde, mit denen sie heftig stritt, bevor sie ihnen die verlangte Gebühr in die Hand drückte. Wir verbrachten den Nachmittag in einem Filmarchiv, bevor sie sich auf ein paar Drinks mit einer Freundin im Yaffa Café traf. Das Gespräch ging völlig an mir vorbei, doch das machte mir nichts aus. Ich war froh darüber, dass niemand von mir erwartete, daran teilzunehmen, zumal ich mehr als abgelenkt von den burlesken Dekorationen, den Zebramöbeln und den Lichtobjekten war, ganz zu schweigen von all den Gesprächen und Flirtereien, die um mich herum im Gange waren. Als wir hinterher an den Plattenläden auf der St. Marks Place vorbeigingen, bat mich Olga, uns nach Hause zu fahren, und ich musste ihr erklären, ich wüsste nicht, wie.

«Stockschaltung ist nicht so schwierig», sagte sie trotzig.

Ich sagte, darum gehe es nicht. Ich könne nicht Auto fahren. Punkt.

Olga war sichtlich irritiert und glaubte mir nicht. «Alle Amerikaner lernen doch Autofahren», sagte sie. Als ich ihr erklärte, ich sei Kanadierin, war sie baff. Erst jetzt begriff ich zu meinem Kummer, dass der einzige Grund dafür, dass sie mich mitgenommen hatte, der war, dass ich uns nach Hause chauffieren sollte.

«Na gut», sagte sie schließlich. «Na gut. Dann ist es jetzt Ihr Job, mich wach zu halten.»

Sie trank einen Espresso und setzte sich ans Steuer. Während wir über die abgefahrenen Highways aus der Stadt herausfuhren, versuchte ich sie mit Geschichten über meine Mutter und meine Schwester bei Laune zu halten, Geschichten über den Teufel und den Engel meines Lebens, wobei ich das Schlechte wie auch das Gute übertrieb. Robin und ich klangen auf einmal wie zwei Waisenkinder aus einem Dickens-Roman, und aus Marianne wurde eine übergriffige Tyrannin. Wir alle verwandelten uns in meiner Erzählung und wanden uns so lange wie Schlangen, die sich häuten, bis etwas Neues, Angenehmeres daraus entstand. Olga spähte mit zusammengekniffenen Augen auf die Straße – später erfuhr ich, dass sie es hasste, bei Nacht zu fahren – und gab keinen Kommentar ab. Ich ging zu Gordon über, erzählte, dass ich ihn, obwohl wir schon Monate zusammen waren, insgeheim manchmal immer noch *den Stämmigen* nannte, und darüber musste sie lachen. Mit ihr dort in diesem Auto zu sitzen, während der Verkehr immer spärlicher wurde, wir dem baumbestandenen Saw Mill Parkway folgten und schließlich auf die bereits stockdunkle Landstraße abbogen, die uns zurück nach Worthen brachte, erinnerte mich daran, wie es war, mit Robin nachts in unserem gemeinsamen Zimmer zu liegen. Ich redete und redete, holte alles hervor, was mein Leben an Material hergeben mochte – Todd und Bob, Mrs. Gasparian, Hervé mit seinen maßgeschneiderten Hemden –, und war fast traurig, als die Fahrt zu Ende ging. Es war nach Mitternacht, als mich Olga am Tor des College absetzte. Erst als ich die letzten Treppenstufen zu meinem Zimmer hochstieg, wurde mir klar, dass ich gar nicht wusste, wo sie wohnte.

13.

In den Sommerferien nach meinem ersten Studienjahr in Worthen fuhr ich nicht nach Hause. An Weihnachten hatte ich mich so unwohl gefühlt, dass ich die dramatische Entscheidung traf, dort sei kein Platz mehr für mich. Richard sagte, ich könne im Computerlabor arbeiten, und Olga gab mir, bevor sie nach Europa abreiste, ein paar Forschungsprojekte, für die sie mir eine kleine Entlohnung anbot. Mit dem Geld der beiden Jobs konnte ich mich gerade so über Wasser halten. Da ich für die Ferien aus dem Wohnheim ausziehen musste, meldete ich mich bei einer Frau namens Emma, die auf einem Flyer nach einer Mitbewohnerin suchte; sie war vierundzwanzig und unterrichtete an einer Grundschule in der Nähe. In dem Zimmer, das sie vermietete, standen ein einzelnes Bett und ein windiges Tischchen mit Klappstuhl. Es war das erste Mal, dass ich in einem Zimmer allein schlief.

Als ich meiner Mutter am Telefon sagte, dass ich nicht nach Hause kommen würde, reagierte sie gleichgültig. «Wenn es das ist, was du willst», sagte sie im Ton eines Menschen, der seine Hände in Unschuld wäscht. Als ich darum bat, mit Robin sprechen zu können, lachte sie rau. «Die ist nie zu Hause», sagte sie. «Klimpert die ganze Zeit nur auf diesem Klavier herum. Jahrelang konnte ich es nicht erwarten, euch beide loszuwerden, und jetzt – paff! – seid ihr alle beide fort.» Dabei klang sie weniger zufrieden als trotzig. So war das immer mit Marianne: Ihre emotionalen Reaktionen waren nie eindeutig und nur schwer auszuloten. Ich hatte das Gefühl, sie vermisste uns, wünschte aber zugleich, sie hätte uns selbst rausgeschmissen.

Als Gordon seinen Abschluss feierte, lernte ich seine Eltern kennen. Sein Vater sah aus wie eine größere und wuchtigere Ausgabe seiner selbst, trug einen noch buschigeren Bart, während es sich bei seiner Mutter um eine blonde Matrone mit riesiger Brille handelte, hinter deren Gläsern sie unablässig wie eine Eule blinzelte. Wie zu erwarten, überschütteten sie mich mit Fragen, wie es denn sei, in einem Land des Commonwealth aufzuwachsen, und waren sichtlich erfreut darüber, dass ich den gesamten Text von *God Save the Queen* kannte. Sie luden uns beide in das schickste Restaurant in der Nähe von Worthen ein, einen Italiener, in dem jede Menge andere frisch Graduierte mit ihren Familien feierten und lärmten und wo ich mir einen schlichten Teller Nudeln und einen Eisbergsalat bestellte und schlückchenweise eine Cola auf zerstoßenem

Eis aus einem hohen Glas trank. Am nächsten Morgen fuhren sie ab und nahmen Gordons Sachen im Auto mit. Sein Zimmergenosse Mike würde ihn nach Maine fahren, wo er mit seinem Trekking über den Appalachian Trail beginnen würde. Als Gordon und ich uns zum Abschied vor dem Wohnheim küssten, schaute Mike diskret zum Horizont, und ich brach in Tränen aus. Alles, was ich in Worthen geworden war, war ich unter Gordons Fittichen geworden.

«He, he, Die-immer-auf-den-Boden-schaut», sagte er und schlang die Arme um mich. «Ich schreib dir ganz oft, und später in diesem Sommer treffen wir uns. Was meinst du, was für einen Wandernamen ich mir geben soll? Offenbar hat jeder einen.»

«Der Stämmige», sagte ich prompt und wischte mir mit der Hand über meine feuchte Wange. Er runzelte die Stirn.

«Ich dachte an Thoreau», sagte er. «Weißt du, ich habe wirklich das Gefühl, dass ich auf dieser Wanderung eine essenzielle Entdeckung machen werde. Ich werde mein Selbst eindicken wie eine Sauce. Meine inneren Ressourcen. Den Mann in mir ausloten. Und ich werde herausfinden, was unter diesem ganzen Gehabe steckt. Und warum ich so ein pedantischer Chaot bin.»

«Du bist kein pedantischer Chaot», sagte ich.

«Na ja», erwiderte er. «Jedenfalls arbeite ich dran.» Er küsste mich noch einmal und stieg ins Auto.

Nach seiner Abreise schlich ich eine Weile wie ein Trauerkloß auf dem Campus herum, bis die heitere Gelassenheit des Sommers mich über meinen Kummer hinwegtrug. Ich liebte den Campus im Juni, so üppig grün und wenig bevölkert, und kaufte mir bei einem Hofflohmarkt ein gebrauchtes Fahrrad, auf dem ich jeden Tag von Emmas Wohnung in die Arbeit fuhr.

Meistens machte ich mich am Morgen früher auf den Weg als nötig, um sowohl der Hitze als auch Emma zu entgehen, vor der ich mich ein bisschen fürchtete. Sie sprach nur wenig mit mir, doch soweit ich wusste, war ich keine Ausnahme. Jeden Morgen befolgte sie ein ausgiebiges Frühstücksritual; dazu gehörten eine Schüssel mit geschroteten Hanfsamen und Sojamilch für sie selbst sowie irgendeine Pampe für ihre beiden alten Katzen, die zu zweit einen Bestand von fünf Zähnen hatten. Die Strecke zum Campus war ruhig und mit Bäumen gesäumt, das Labor still und in Neonlicht gebadet. Während ich an meinem Tisch saß, ging ich Olgas Manuskript durch – ein Buch über Nostalgie und das Bild – und legte ein Register an, eine Tätigkeit, für die man akribische Genauigkeit, höchste Konzentration und ein gutes Gedächtnis brauchte. Zum Glück wurde ich nur selten gestört. Die paar Leute, die das Labor im Sommer benutzten, waren meistens ausländische Studenten wie ich, die so versunken in ihre Projekte waren, dass sie stundenlang am Stück vor ihren Computern saßen, und die einzigen Geräusche waren das Klappern der Tastaturen und ein gelegentliches Niesen oder Husten oder Seufzen.

Die Abende verbrachte ich oft in der Bibliothek von Worthen, schaute mir in einem Medienraum im kühlen Keller Filme an und radelte dann in der warmen, schwülen Luft nach Hause, um schlafen zu gehen.

Nach zwei Wochen erhielt ich den ersten Brief von Gordon, den er, wie er auf dem Umschlag vermerkt hatte, einem anderen Wandersmann namens Hulk mitgegeben hatte, der ihn in der Stadt auf die Post gebracht hatte: DANKE, HULK! Mich beruhigte der Anblick seiner großen, überschwänglichen Schrift, die nur etwas chaotischer war als sonst, ebenso wie der liebevolle, ziemlich anzügliche Inhalt. Er vermisse meinen Körper, schrieb er, und könne es kaum erwarten, bis wir endlich wieder zusammen seien. Ich hob den Brief, sorgfältig gefaltet, in einem Seitenfach meiner Tasche auf und holte ihn bei der Arbeit alle paar Stunden heraus, um ihn wieder zu lesen, bis er an den Knicken brüchig wurde und in seine Einzelteile zerfiel.

Fast alle, die ich kannte, waren in die Sommerferien gefahren, doch ich fühlte mich nicht einsam. In einer Zeitschrift hatte ich eine Liste der hundert besten Filme aller Zeiten gefunden und mir vorgenommen, sie mir alle anzuschauen. Als Richard von dem Projekt hörte, war sein Interesse geweckt, und er fragte mich fast jeden Morgen, was ich mir denn angesehen hätte und was ich davon hielte, wobei er gelegentlich seine eigene Meinung beisteuerte, zum Beispiel zu Streifen wie *Der schwarze Falke* oder *Vertigo*, die wir beide liebten. Richards Lieblingsstelle in *Vertigo* war die, wo Jimmy Stewart Kim Novak, eine Brünette, bittet, sich das Haar blond zu färben, damit sie seiner abhandengekommenen Liebe ähnelt. «Judy, bitte, das kann dir doch nichts ausmachen», fleht er. Manchmal, wenn Richard an meinem Tisch vorbeikam, sagte er: «Das kann dir doch nichts ausmachen!» und schüttelte lachend den Kopf.

Eine Woche später erhielt ich, alle auf einmal, vier Briefe von Gordon, auch sie von einem anderen Wandervogel aufgegeben. Diesen Schatz breitete ich auf meinem Tischchen bei Emma aus, sortierte die Briefe nach Datum und begann sie sorgfältig zu lesen; sie waren lang und eng beschrieben, weil Gordon fürchtete, das Papier könne ihm ausgehen, bevor er seine Vorräte auffüllen konnte. Der Text, bei dem oft mitten im Satz Wörter durchgestrichen und korrigiert waren, reichte über die Zeilen hinaus und zog sich die Seitenränder hoch. Er liebe das Wandern, schrieb er, denn es sei die erste echte Erfahrung in seinem Leben. Seine Füße seien voller Blasen, Hals und Arme von Mückenstichen übersät. Die amerikanische Männlichkeit, so schrieb er, habe sich vom Leben des Körpers scheiden lassen, und er fühle sein physisches Selbst wie nie zuvor. Unsere Gesellschaft sei so sehr Plastik, schrieb er, *selbst die Sprache ist Plastik.* Und wir, schloss er, seien nichts anderes als Tiere.

Obwohl ich nicht seiner Meinung war, störte sie mich nicht. Ich war an die Extreme seines Denkens gewöhnt. Das war ein Teil des Reizes von Gordon: seine Bereitschaft, radikale ideologische Positionen einzunehmen und sie dann, ohne jegliche Schwierigkeit oder Bedauern, wieder abzulegen. Weniger wohl war mir bei der Sprache der Begierde, die mit jedem Brief glühender und expliziter wurde. Ich hatte den Sex mit ihm genossen und vermisste ihn, doch in diesen Briefen schienen mir Gordons Fantasien immer weniger mit dem zu tun zu haben, was wir wirklich miteinander getan hatten. Denn er hielt sich nicht mit Erinnerungen an unsere gemeinsamen Erfahrungen auf, so wie ich das tat. Stattdessen stellte er sich eine neue Zukunft und neue Wege des Zusammenseins vor und beschrieb sie mir. Wenn er die Dinge schilderte, die er tun wollte, bekam ich das Gefühl, er schreibe gar nicht über *meinen* Körper, sondern über *irgendeinen* Körper. Je drastischer der Sex in den Briefen wurde, desto weniger schien er mit mir zu tun zu haben.

Womit ich nicht sagen will, dass ich die Briefe nicht wieder und wieder las, sie unter dem Kissen in meinem Zimmer versteckte, um sie jeden Abend vor dem Schlafengehen hervorzuholen und mir zu Gemüte zu führen, wobei ich ganz vorsichtig damit umging, als könne ich mir die Finger daran verbrennen.

Der letzte Brief schloss mit der Bemerkung, wie aufregend er es fände, dass wir uns schon bald wiedersehen würden. Ich würde Gordon zusammen mit seinem Freund Mike treffen, wenn er es bis Massachusetts geschafft hätte. Er würde sich mit Proviant eindecken, und dann würden wir in ein Motel gehen und die Nacht miteinander verbringen. ICH WERDE DIR DIE KLEIDER VOM LEIB REISSEN!, schrieb er, und machte darunter eine lange und unpassend kindliche Reihe von X und Os.

Ich sah dem Rendezvous voller Aufregung und mit einem angenehmen Schauder der Furcht entgegen; ich war mir nicht sicher, wie dieser neue, animalische Gordon wohl sein würde (ICH BIN ZIEMLICH GEIL!, hatte er auch geschrieben). Doch die nächste Gruppe von Briefen, die bald danach eintraf, las sich ganz anders. Einer davon bestand aus sieben strammen Seiten voller sexueller Szenarien, ohne Vorrede oder Abschiedsfloskel. Ein anderer war offenbar in den Regen gekommen und deshalb unentzifferbar, war jedoch trotzdem abgeschickt worden. *Mir gehen sie einfach nicht aus dem Kopf,* begann der letzte Brief, *die apollonisch-dionysischen Züge amerikanischen Lebens.* Obwohl die darauffolgende Abhandlung zunächst rein theoretisch zu sein schien, führte sie schließlich wieder zu seinen Gedanken über den Vorrang physischer Erfahrung zurück. Er habe beschlossen, so schrieb er, sich dem Dionysischen zuzuwenden. *Was Thoreau nicht begriff, das war die grundlegend wilde Natur der Menschheit. Wir sind Primaten, das ist alles.* Bei diesem letzten Satz musste ich an meine Zimmergenossin Helen denken, die den Sommer über ein Praktikum bei einer Tierschutzorganisation machte. Sie redete ständig darüber, dass Tiere wesentlich intellektueller und einfühlsamer seien, als wir es ihnen zutrauten, und dass ihre Sprachformen und sozialen Hierarchien genauso komplex seien wie die unseren. Sie war von Jane Gooddall zu Frans de Waal übergewechselt, dessen Forschung über Primaten gezeigt hatte, dass es auch im Zusammenleben von Tieren so etwas wie Altruismus und Empathie gibt. Helen war der Überzeugung, die Zivilisation der Bonobos sei der menschlichen überlegen. «In ihr dreht sich alles um Liebe», hatte sie mir gesagt, «und wir könnten jede Menge daraus lernen.» Ich hätte sie gern in ein Zimmer mit Gordon gesetzt, der die Zivilisation offenbar demontieren wollte. Mir kam es so vor, als demontiere er gerade seinen eigenen Verstand, und dafür tat er mir leid – ein Mann, der auf einer Reise, die ihm zu viel ist, vor Einsamkeit und Erschöpfung verrückt wird. Das heißt, leid tat er mir nur so lange, bis ich zum Ende des Briefes kam, an dem er mit mir Schluss machte.

Liebe ist ein Konstrukt, schrieb er, *eine Erfindung der Gesellschaft. Ich sehe einfach keine Zukunft dafür.* Hier gab es keine Ausrufungszeichen.

Der Kontrast zu den früheren Briefen war so krass, dass ich zunächst gar nicht verstand, was er meinte. Wenn er sich seines animalischen Selbsts annehmen wollte, war dann unsere sexuelle Vereinigung nicht ein Teil davon? Er schien an kaum etwas anderes gedacht zu haben – ich hatte in den Briefen fast nichts über die Landschaften von Maine und New Hampshire gelesen oder auch über andere Wanderer, die er getroffen hatte. Ich hatte das Gefühl, er sei ausgerastet. Wenn ich nur vor ihm stehen, mit ihm reden und ihn berühren könnte, dann würde er wieder zu sich kommen und es sich anders überlegen.

Doch die Briefe waren eine einseitige Unterhaltung. Es gab keine Möglichkeit, darauf zu antworten.

In meinem Kummer setzte ich mich hin und schrieb ihm einen Brief nach dem anderen – einige wütend, andere flehentlich. In manchen versuchte ich, witzig zu sein, in anderen erinnerte ich ihn vorsichtig – ich besaß nicht seine Freizügigkeit im Umgang mit Anzüglichkeiten oder sexuellen Fantasien – an die körperlichen Aspekte unserer Beziehung. Dann rief ich schließlich in meiner Verzweiflung Mike an, der bei seinen Eltern in Boston war, und bat ihn, ihm meine Briefe zu bringen.

«Nein, geht nicht», sagte er knapp. Mit dem scheuklappentragenden Narzissmus der Liebe war ich immer davon ausgegangen, dass Mike – den ich standhaft ignoriert hatte und über den ich buchstäblich nichts wusste – mich mochte und wollte, dass Gordon und ich glücklich waren. Wie konnte jemand auch anders denken? Doch es war offensichtlich, dass Mike die dramatische Entwicklung der Geschichte genoss. «Gordo hat mir auch geschrieben, und ich habe die strikte Anweisung, seine Entscheidung zu schützen.»

«Aber warum passiert das jetzt?», fragte ich, zu wütend, als dass es mir peinlich gewesen wäre, wie armselig ich klang.

Mikes Ton wurde sanfter. «Es musste passieren», sagte er.

«Was soll das heißen?»

«Du weißt, was das heißen soll», sagte er. «Ich muss los.»

Ich wusste nicht, wovon er redete; ich weigerte mich einfach zu glauben, dass die Intensität von Gordons Aufmerksamkeit, die mich so vollkommen eingehüllt hatte, etwas anderes sein könnte als für die Ewigkeit gemacht. Nachts schluchzte ich so heftig, dass Emma leise an meine Tür klopfte und fragte, ob alles in Ordnung mit mir sei. Nein, es war nicht alles in Ordnung mit mir, ganz im Gegenteil. Ich hatte mich daran gewöhnt, mich mit Gordons Augen zu sehen, und jetzt war ich auf einmal für uns beide unsichtbar geworden. Ich hätte alles getan, mich sogar verändert, nur um ihn zurückzukriegen. *Judy, bitte, das kann dir doch nichts ausmachen.* Aber er fragte nicht.

14.

Gordon war der Eckpfeiler meines Lebens jenseits von zu Hause gewesen, und jetzt, in der mörderischen Hitze jenes Sommers, fühlte ich mich verlorener als damals bei meiner Ankunft. Als er meine geschwollenen Augen und niedergeschlagene Haltung bemerkte, war Richard taktvoll genug, mir keine Fragen zu stellen, muss sich jedoch gedacht haben, dass es Gift für mich war, dort an diesem Schreibtisch zu sitzen und den ganzen Tag zu grübeln. Deshalb gab er mir eine Sonderaufgabe; ich sollte in einem Hinterzimmer Bestände aufnehmen, sie katalogisieren und umstellen, Druckerpapier und alte Disketten von A nach B bringen: eine körperliche Tätigkeit, die ermüdend und damit genau richtig für mich war. Ich hörte auf damit, mir so viele Filme anzusehen; stattdessen unternahm ich lange Radtouren auf den industriell genutzten Straßen und Wegen außerhalb Worthens, wo ich dabei zusah, wie Gabelstapler mit mechanischer Anmut Lasten hoben und wieder absetzten, Lkws eintrafen und wieder abfuhren, von Männern bedient und geführt, die im Vergleich zu ihnen winzig und unbedeutend wirkten.

Ende Juli war ich immer noch in einem desolaten Zustand, hatte aber allmählich begonnen, die Scherben meines Ichs wieder zusammenzusetzen. Richard, der wirklich ein sehr netter Mann war, machte Ferien in San Francisco und brachte mir ein Geschenk mit: einen Kaffeebecher mit dem Originalbild von *Vertigo* – ein Mann in Schwarz, der in eine Art roten Strudel fiel. Ich stellte den Becher auf meinen Schreibtisch und begann wieder an Olgas Manuskript zu arbeiten, denn ich wollte, dass sie zufrieden war, wenn sie im August zurückkam.

Die Tage verliefen gemächlich und ereignislos, und ich hatte keine Veranlassung zu denken, dass sich das ändern würde, als eines Nachmittags das Telefon klingelte und eine Frau sagte: «Lark, da ist jemand für dich.»

Ich versuchte zu sprechen, krächzte, hustete, versuchte es noch einmal. «Wer ist da?»

Sie stieß einen irritierten Seufzer aus. «Ich bin's. Emma.»

Meine Mitbewohnerin hatte mich noch nie im Labor angerufen. Seit ich bei ihr eingezogen war, hatte ich versucht, ihr aus dem Weg zu gehen, weil sie fast immer schlechter Laune war. Während der Schulzeit staute sie so viel Ärger in sich auf, dass sie die ganzen Sommerferien brauchte, um ihn wieder loszuwerden. Als ich mich im Mai bei ihr um das Zimmer beworben hatte, hatte sie mich nur nach meinem Sozialleben gefragt – ob ich viele Freunde hätte und diese manchmal bei mir übernachten würden –, doch zu meiner finanziellen Situation wollte sie nichts wissen. Sie sagte immer nur, sie brauche ihre Ruhe und wolle in Frieden gelassen werden, «innen wie außen». Ich war *außerordentlich* ruhig, doch selbst meine Schritte auf dem Flur störten sie, sogar das Plätschern im Bad, wenn ich morgens duschte. Später sollte sie in die Berkshires ziehen, um Käse zu machen. Doch an jenem Tag hatte sie den Käse noch nicht entdeckt, sie nahm überhaupt keine Milchprodukte zu sich, und ich merkte sofort, wie genervt sie war. «Da ist ein Mädchen, das zu dir will», sagte sie. «Sie wollte reinkommen, aber ich kenne sie nicht und lasse sie draußen auf der Treppe warten. Du weißt ja, wie das mit den Katzen ist. Sie sind an Fremde nicht gewöhnt.»

Die Katzen benutzte Emma als Ausrede für alles Mögliche. Wegen der Katzen durften keine Schuhe in der Diele stehen. Wegen der Katzen musste um zehn Uhr das Licht gelöscht werden. Ich hätte ihr gerne erklärt, dass Katzen nachtaktive Tiere waren, die sich sowieso nur wenig bewegten, und auch bei Emmas Stubentigern handelte es sich um magere, haarige Dinger, die den ganzen Tag am Fenster saßen und vorwurfsvoll auf eine Welt hinausblickten, die sie nicht erkunden durften.

«Sie hat *Gepäck*», fügte sie hinzu.

Ich konnte mir nicht vorstellen, wer das sein sollte. Alle, die ich kannte, waren entweder bei ihren Eltern, auf Reisen oder hatten irgendwo einen Sommerjob.

«Wer ist es?», fragte ich.

Ich hörte, wie Emma den Hörer ablegte – selbst das Klacken des Plastikteils auf dem Tisch klang verärgert – und nach draußen ging, um die Person nach ihrem Namen zu fragen. Dann kam sie zurück.

«Sie sagt, sie ist deine Schwester.»

Warum dies nicht schon früher zur Sprache gekommen war, erschloss sich mir nicht ganz. «Würdest du sie mir bitte mal geben?»

Noch ein gereiztes Klacken, wieder eine Pause.

Dann: «Hallo, ich bin's», sagte Robin. Beim Klang ihrer Stimme brach ich in Tränen aus; ich hatte ganz vergessen, wie schön diese Stimme war. Meine eigene Stimme, die ich hasste, klang flach und nasal, und wann immer ich jemandem eine Nachricht hinterlassen musste, spulte ich sie so schnell herunter, dass man hinterher praktisch nichts verstand. Robins Stimme hingegen war ein Musikinstrument und ließ selbst drei Worte zu einem Lied werden.

«Was machst du hier?»

«Ich komme dich besuchen. Tut mir leid, dass ich nicht vorher angerufen habe. Ich hatte deine Nummer nicht.»

Ich hatte Marianne meine Nummer hinterlassen, doch es wunderte mich nicht, dass sie sie nicht weitergegeben hatte. Ich hatte mich so sehr in meinem Liebeskummer gesuhlt, dass ich mich gar nicht gefragt hatte, wie es Robin ging, und jetzt hatte ich ein schlechtes Gewissen. Doch ich freute mich auch aus ganzem und vollem Herzen, sie zu sehen.

«Warte dort», sagte ich. «Ich bin schon unterwegs.»

Als ich fünfzehn Minuten später vor der Wohnung vorfuhr, saß meine Schwester immer noch auf der Treppe, mit einem zerschlissenen braunen Koffer neben sich, wie ein Straßenkind aus einem alten Film. Sie trug ein kastenförmig geschnittenes, geblümtes T-Shirt, das ihr nicht passte, einen Jeansrock und Converse-Schuhe. Zu meinem Schrecken entdeckte ich, während ich näher kam, dass sie sich die Nase hatte piercen lassen und einen kleinen goldenen Knopf im Nasenflügel trug. Ihr dunkles Haar hatte sie zu einem unordentlichen Pferdeschwanz hochgebunden, und bei ihrem Anblick durchströmte mich der ganze Stolz, der mir unsere gesamte Kindheit hindurch das Herz erwärmt hatte. Für mich war Robin das allerschönste Wesen auf der ganzen Welt.

Als sie aufstand, lehnte sie sich an mich und umarmte mich so fest, dass meine Rückenwirbel knackten, ein drängendes und von Freude erfülltes Drücken. Als sie sich wieder von mir löste, sah ich, dass sie weinte.

«Was ist denn los?», fragte ich. Ich sah, dass Emma und ihre Katzen uns vom Erkerfenster aus beobachteten.

«Kann ich bei dir bleiben?»

«Natürlich», sagte ich und blickte zweifelnd zum Fenster.

Drinnen setzten wir uns auf mein schmales Bett und flüsterten. Meine Schwester sagte, sie sei auf Besuch gekommen, weil sie einen Tapetenwechsel brauche; die Dinge zu Hause stünden nicht zum Besten. Ich nickte; schließlich wusste ich, wie meine Mutter sein konnte. Doch als ich sie drängte, mir Einzelheiten zu erzählen, wich Robin aus. Da ich fest mit einer unserer spätnächtlichen Klatschrunden gerechnet hatte, in denen wir Marianne endlos analysierten und auseinandernahmen, überraschte es mich, dass sie keinerlei Anekdoten im Gepäck hatte. Sie schien weniger wütend als unangenehm berührt zu sein, als fühle sie sich nicht wohl in ihrer Haut; sie, die immer so voller Anmut gewesen war, wirkte auf einmal schlaff und unbeholfen. Sie verschränkte die Arme über ihrer Brust und verknotete ihre Beine zweimal, am Knie und am Fußknöchel, wie ein Seil.

«Ich muss einfach eine Weile hierbleiben», sagte sie mindestens zweimal und fügte dann noch ein flehentliches «Bitte!» hinzu, als müsse sie mich überzeugen, was nicht nötig war.

Nach einer Weile ging ich in die Küche und machte uns Sandwiches mit Erdnussbutter. Emma war ausgegangen, doch ihre Katzen saßen immer noch am Fenster und starrten mich misstrauisch an. Als ich mit den Broten in mein Zimmer zurückkehrte, lag meine Schwester in meinem Bett und schlief.

15.

In der Woche, die folgte, nahm ich Robin überallhin mit. Sie fuhr mit mir zur Arbeit, auf dem Gepäckträger meines Fahrrads, und saß zum Mittagessen mit mir unter einem Baum; hinterher gingen wir in die Bibliothek von Worthen, hockten mit hochgezogenen Knien fröstelnd in dem eisigen Medienraum im Keller und schauten uns Filme an. Nachts zogen wir unsere Schuhe aus, schlichen auf Zehenspitzen an Emmas Zimmer vorbei und schliefen abwechselnd im Bett oder auf dem Boden. Nach einer Weile kam mir die Idee, ihr meinen Studentenausweis zu geben und ihr zu zeigen, wo am Musikinstitut die Übungsklaviere standen, wo sie fortan glücklich und zufrieden ihre Tage verbrachte. Emma war nicht begeistert von unserem Hausgast, doch am Wochenende fuhr sie zu einer Hochzeit in New York, und ich hatte mich schon vor langer Zeit bereit erklärt, mich um die Katzen zu kümmern, was mit einem ausgeklügelten System der Verabreichung von Flüssignahrung und Medikamenten einherging. Die eine war Diabetikerin, die andere hatte Gicht; Emma hatte mich ausführlichst in allem unterwiesen und eine Liste mit Anweisungen aufgestellt, die ganze zwei Seiten lang war.

«Mach dir keine Sorgen», sagte ich ihr an dem Tag, als sie fuhr. «Beowulf und Grendel wird es gut gehen.»

Emma kam zu mir herüber und nahm meine Hände. Sie hatte mich noch nie zuvor berührt. Emma war rotblond und ihre Augenbrauen und Wimpern waren so hell, dass man sie nicht sah, was ihre Augen schutzlos wirken ließ; sie kam mir immer wie jemand vor, der in einem Restaurant etwas bestellt und dann unangenehm überrascht von dem ist, was ihm serviert wird. «Ich habe diese Katzen, seit ich fünfzehn war», sagte sie. «Ich hatte sie, als meine Eltern sich scheiden ließen, als ich meinen ersten Freund und eine Essstörung hatte, dann bei meinem zweiten Freund, als ich meinen Vater enttäuschte, weil ich beschloss, nicht Medizin zu studieren, bei meinem dritten Freund, und als ich feststellte, dass ich keinen Freund mehr wollte, weil ich Mädchen lieber mag. Die Katzen haben all das mit mir durchgestanden. Verstehst du?»

Ich sagte, das verstünde ich, drückte ihr die Hände. Sie musterte mich mit einem Blick finsteren Argwohns, dann sagte sie, sie müsse fahren.

An dem Abend, als sie weg war, feierten Robin und ich mit einer großen Portion Makkaroni und Käse und anschließendem Tanzen im Wohnzimmer, während die Katzen sich auf den Sitz am Fenster hockten und demonstrativ hinausschauten, ohne an den Festivitäten teilzunehmen. Mit Robin in einer leeren Wohnung zu sein, Musik zu hören, blöde Witze zu reißen, Junkfood zu essen und fernzusehen, fühlte sich so an, wie wenn man tief und genüsslich ausatmet, nachdem man monatelang die Luft angehalten hat. Ich erzählte ihr von Gordon, wobei ich die Sexstellen aus seinen Briefen aussparte, und sie hörte mir aufmerksam zu. Dann erzählte ich ihr von Olga, und wie gerne ich wie sie denken und handeln und vielleicht sogar Filme drehen würde. Robin erzählte, mit dem Klavierspielen laufe es richtig gut, und ihre Lehrerin sei der Meinung, sie solle damit Ernst machen.

«Machst du denn nicht schon längst Ernst?», fragte ich. «Marianne sagte mir, du übst die ganze Zeit.»

Bei der Erwähnung unserer Mutter zuckte Robin so kurz zusammen, dass nur ich es merken konnte. «Noch ernster. Auf ein Konservatorium gehen.»

«Und, möchtest du das?»

«Ja.»

Die einzigen peinlichen Momente kamen, als ich sie nach zu Hause fragte. Sie wechselte immer wieder das Thema, mit zunehmend offensichtlicheren Ausflüchten, und als ich sie direkt fragte, warum sie nicht darüber reden wolle, schüttelte sie nur den Kopf und sagte, sie wisse nicht, was ich meinte. «Ich sage dir deshalb nichts, weil es nichts zu sagen gibt», erwiderte sie, und die Lüge hing zwischen uns in der Luft wie ein einziger schiefer Ton in einem ansonsten harmonischen Lied.

Als wir am Morgen aufwachten, war eine der Katzen tot. Zuerst merkte ich es gar nicht – die Katzen waren ja schon älter und bewegten sich sowieso nicht viel, und ich war es gewöhnt, sie reglos wie Statuen am Fenster sitzen zu sehen – doch nachdem ich ihnen ihre «Morgensuppe», wie Emma sie nannte, zubereitet und die Schüsseln zu ihnen hinübergebracht hatte, sah ich, dass Beowulf mit offen stehender Schnauze, starrem Blick und stocksteif ausgestreckten Beinen auf der Seite lag. Die andere Katze aß ihre Suppe, nahm ihre Medizin entgegen und schien sich an der Situation nicht weiter zu stören.

Ich fluchte lange und laut vor mich hin und holte Robin ins Wohnzimmer. Sie war ein Morgenmuffel, ihre Haare stets ein Chaos, die Augen dick verschwollen; sie bewegte sich viel im Schlaf, redete, ging auch manchmal umher und wirkte beim Aufwachen immer so erschöpft wie jemand, der große Mühsal hinter sich hat.

«Was ist denn los?»

«Schau mal», sagte ich und zeigte auf die Katze. «Meine Mitbewohnerin bringt mich um.»

«Aber nein», sagte Robin.

«Doch, ich weiß es.»

«Ist das etwa deine Schuld? Was haben wir denn falsch gemacht?»

«Ich weiß es nicht!»

«Du hast ihm doch gestern Abend seine Medizin gegeben, oder?»

«Natürlich.»

«Dann ist es auch nicht deine Schuld.»

«Trotzdem wird sie mich umbringen.»

Robin setzte sich neben Beowulfs Leiche ins Erkerfenster. Selbst sein Fell sah steif aus. «Armer kleiner Kerl», sagte Robin und streichelte den Kopf der Katze. «Armes, süßes kleines Ding.»

«Was sollen wir jetzt machen?»

Als Robin aufblickte, sah ich Tränen in ihren Augen. «Wir basteln einen Sarg.»

Ich suchte nach einem Schuhkarton und kleidete ihn mit ein paar T-Shirts aus. Nachdem wir Beowulf hineingebettet hatten, konnten wir uns nicht einigen, ob wir den Deckel drauflegen sollten oder nicht. Irgendwie kam es uns grausam vor, ihn einzusperren, obwohl er es nicht mitbekommen würde. Dann redeten wir über das Wetter: Es war heiß und schwül, und es gab keine Klimaanlage in der Wohnung. Was, wenn die Katze zu verwesen begann, bevor Emma zurück war? Wir legten also den Deckel auf den Karton und stellten diesen in den Kühlschrank, gleich neben die Eier.

Ich fühlte mich auf der Stelle besser und versuchte, Robin von einem Plan für den Tag zu überzeugen; wir könnten zum Goodwill-Store radeln, schlug ich vor, oder auf dem Campus ein Picknick machen. Doch der Tod der Katze hatte meine Schwester vollkommen aus der Bahn geworfen.

«Ich finde, wir sollten bei Grendel bleiben», sagte sie. «Was, wenn er sich einsam fühlt?»

«Grendel ist eine Sie», sagte ich.

«Ach, ja, du hast recht», sagte sie und unterzog den Bauch des Tieres einer näheren Untersuchung. Grendel war außerdem blind und in lebendigem Zustand fast ebenso steif, wie es Beowulf im Tode war. Nur ab und zu hob sie eine Pfote oder reckte den Hals, als wolle sie irgendwohin gehen, nahm dann aber wieder davon Abstand. Während sie mir gegenüber immer ihre zwei Zähne gefletscht hatte, ließ sie es zu, dass Robin ihr über den Kopf streichelte, und schloss die Augen, was fast so aussah, als würde sie es genießen.

«Ich bin mir gar nicht sicher, ob sie überhaupt etwas gemerkt hat», sagte ich.

«Mach dich nicht lächerlich! Natürlich merkt sie es.» Robin klang ernst. Sie schien mich für herzlos zu halten. Als wir noch Kinder waren, hatten wir uns nur selten gestritten – schließlich mussten wir gegen die Unberechenbarkeit unserer Mutter zusammenhalten –, und ich konnte mich nicht erinnern, dass sie mich jemals angeblafft hätte. Deshalb fand ich ihre Haltung unpassend und überzogen; es gab keinen Grund, wegen eines Tieres am Boden zerstört zu sein, das sie gerade erst kennengelernt hatte. Es war schließlich eine *Katze,* eine alte Katze, und noch dazu nicht ihre.

«Na, komm schon», sagte ich. «Beowulf hatte ein gutes, langes Leben, und Grendel kommt bestimmt damit zurecht.»

«Ich schätze, sie hat sie damals zusammen zu sich geholt», sagte Robin und fing an zu schniefen. «Bestimmt waren sie ihr ganzes Leben Kumpels.»

«Für mich hatte es den Anschein, als würden sie sich nicht einmal besonders mögen», sagte ich.

«Du beachtest Tiere doch gar nicht.»

Ich war gekränkt. «Das stimmt nicht.»

«Du hast dich ständig darüber beschwert, dass du dich wegen der Katzen ruhig verhalten solltest.»

Ständig kam mir aus dem Munde von jemandem, der gerade mal ein paar Tage da war, ein bisschen übertrieben vor. Es stimmte: Ich hatte mich meiner Schwester gegenüber über Emma lustig gemacht, hatte ihre enge Bindung an die Katzen und die Tatsache, dass sie sie als Sprachrohre für ihre eigenen Malaisen benutzte, auf die Schippe genommen; *Stubentiger-Bauchrednerei* hatte ich das genannt, wollte aber eigentlich bloß witzig sein.

«Dann willst du heute also den ganzen Tag zu Hause hocken und die Katze streicheln?»

«Ja», sagte sie. «Das will ich.»

«Alles klar», erwiderte ich und stapfte hinaus. «Wie du willst.»

Ich fuhr mit dem Rad zur Bibliothek von Worthen und versuchte mir *Fantasia* anzuschauen. Ich dachte, der Film würde eine willkommene Abwechslung sein, doch er kam mir nur altbacken und sonderbar vor, und dass ich auf dem Weg an Gordons Wohnheim vorbeigeradelt war, trug nicht gerade zu meiner Stimmungsaufhellung bei. Ich wollte etwas Düstereres und lieh mir stattdessen *Alles über Eva* aus; die Geschichte von zwei Frauen, die Intrigen gegeneinander spinnen, schien mir besser zu unserer häuslichen Situation zu passen, doch der Film versetzte mich in eine seltsame Unruhe. Seither habe ich ihn mir oft angeschaut und ihn jedes Mal anders erlebt; mal fand ich ihn so witzig, dass ich ständig lachen musste, dann wieder lief mir ob seiner Gemeinheiten und clever ausgedachten Seitenhiebe ein Schauder nach dem anderen über den Rücken. An jenem Tag jedoch, als ich ihn zum allerersten Mal sah, fühlte es sich so an, als habe man mir etwas weggenommen, auch wenn ich nicht sagen konnte, was. Wie alle Filme hielt er mir in irgendeiner Weise den Spiegel vor, und das Bild, das ich sah, war verbeult wie ein altes Auto, das zum Ausschlachten auf der Halde steht.

Schließlich gab ich es auf und fuhr ein paar Stunden später nach Hause, wo ich meine Schwester auf der Couch in Emmas Wohnzimmer vorfand. Sie lag auf dem Rücken, mit Grendel auf ihrer Brust, die Katze ein einziges, wohliges Schnurren.

Robin weinte, ein steter Strom Tränen und Rotz lief ihr über die Wangen. Der riesige Haufen zerknüllter Tempos, der sich neben ihr auftürmte wie eine Schneeverwehung, war beredtes Zeugnis dafür, dass sie die ganze Zeit, während ich weg gewesen war, geweint hatte. Ihr Shirt und ihre Hände waren mit einem dicken Flaum Katzenhaare bedeckt. Ich legte mich neben sie, schob sie sanft beiseite, um mir Platz zu machen, und die Katze hob schwach protestierend eine Pfote.

«Sag mir, was los ist», bat ich. «Bitte.»

Robin seufzte und wischte sich die Nase mit den Handrücken ab. Dann erklärte sie mir, den Blick an die Decke gerichtet, mit heiserer, kehliger Stimme und verschnupfter Nase, was wirklich der Grund dafür war, dass sie zu mir gekommen war. Es habe nichts mit Marianne zu tun, zumindest nicht direkt. Das Problem war Hervé, Mariannes Freund. Am Anfang, als sie ihn kennengelernt hatte, war er charmant gewesen, ein Mann mit ausgesuchten europäischen Manieren. Er führte die beiden in ein teures Restaurant zum Essen aus und bestellte für Robin, als er ihre Bedrängnis angesichts eines Menüs voller Speisen sah, mit denen sie nichts anfangen konnte. Immer wieder sagte er zu Marianne, sie könne doch unmöglich alt genug sein, um bereits eine heranwachsende Tochter zu haben, und gab in einer Art ausgeklügelter Galanterie vor, Robin sei nur zehn Jahre alt, dann sieben, dann vier. «Na, lernst du auch schön dein

Einmaleins?», spielte er den gestrengen Papa mit erhobener Augenbraue. «Und arbeitest du an deiner Fingerfarbentechnik, hm?» Das wurde zu einer Art Running Gag, über den Robin und Marianne ausgiebig lachten, begierig darauf, ihm und sich selbst zu gefallen. Wenn auch seltsam, schien es in ihren Augen bloß ein harmloses Spielchen zu sein, das zudem Marianne schmeichelte. Ansonsten schien an Hervé wenig auszusetzen zu sein, nur dass er pingelig sein konnte. Wenn Marianne ihm in der Wohnung Abendessen servierte, galt ihr erster nervöser Blick seinem Gesicht, woraufhin er manchmal sein Messer hob und ob der kleinsten Verschmutzung – nur ganz leicht – die Augenbraue hob.

Marianne traf sich lieber in seinem Hotel oder in einem Restaurant mit ihm, doch Hervé sagte, er komme gerne zu ihr in die Wohnung, um, wie er sagte, «ein bisschen Vater-Mutter-Kind zu spielen», und, wie er mit ironischer Belustigung hinzufügte, «seine Kleine ein wenig auf den Schoß zu nehmen».

Wann immer er zu Besuch kam, brachte er Geschenke mit: Schmuck und Schals und Parfüms für Marianne, Klamotten für Robin. Er fand ihre Art, sich anzuziehen, schlampig. Marianne gab er die Anweisung, Robin zu einer Schneiderin zu bringen, die bei ihr Maß nehmen sollte, und dann nahm er die Angaben mit nach Mailand und kehrte mit Seidenblusen und schön geschnittenen, körperbetonten Hemdblusenkleidern im Stil der Vierzigerjahre zurück, die zwar nicht ganz aus der Mode, aber gewiss etwas waren, das keines der anderen Mädchen trug. «So konnte ich doch nicht rumlaufen, als wäre ich Audrey Hepburn oder so was», sagte Robin. Sie zog die Kleider nur an, wenn Hervé auf Besuch kam oder sie essen gingen, und merkte, dass die Männer ihr, obwohl die Kleider vollkommen züchtig waren, mehr Aufmerksamkeit schenkten als sonst; auf der Straße drehte man sich nach ihr um, und die Kellner schenkten ihr beflissen nach. Es war, als hätte Hervé das Geheimnis ihres wahren Aussehens gelüftet und beschlossen, es mit anderen Männern zu teilen, ohne Robin zu fragen, ob sie damit einverstanden war. Sie fühlte sich wie eine Marionette. Am schlimmsten war jedoch der Ausdruck auf Mariannes Gesicht, wenn dies geschah: verzweifelt und neidisch, bekümmert und verunsichert. «Ich fand es furchtbar, wenn sie so traurig war», sagte Robin. «Als würde ich ihr etwas wegnehmen, das ich ja noch nicht einmal haben wollte.»

Meine Schwester nahm Zuflucht zu ihren Klavierstunden, und fand, wenn Hervé in der Stadt war, oft Ausreden, um ihn nicht zu treffen oder mit zum Essen zu gehen. «Hervé hat dich vermisst», sagte ihre Mutter dann. «Du kränkst ihn.» Dann versprach Robin, beim nächsten Mal wieder dabei zu sein, strich unserer Mutter mit allerlei Witzchen und Freundlichkeit Honig um den Bart, saß eng an sie gekuschelt auf der Couch und schaute sich Filme an. In dieser Zeit war die Stimmung in der Wohnung angespannt, und doch standen sie sich, so pervers es schien, näher als je zuvor. Das Unausgesprochene wurde übertüncht, und diese Tünche hatte eine eigene Kraft entwickelt. «Manchmal ist sie gar nicht so übel», sagte Robin. «Weißt du noch, als wir klein waren und sie uns Stevie Wonder vorgespielt hat, und dann tanzten wir im Wohnzimmer und tranken heiße Schokolade? Man konnte so viel Spaß mit ihr haben.»

Eines Tages im Frühjahr dann war Robin wie immer nach der Schule zu ihrer Klavierlehrerin gefahren. Die Lehrerin war um sechs Uhr mit ihrem Unterricht fertig, und Robin durfte nach ihrer Lektion noch ein paar Stunden bleiben, um zu üben. Diese Übereinkunft war einige Jahre zuvor getroffen worden, durch Vermittlung von Mrs. Gasparian, die Robin und die Lehrerin damals zusammengebracht hatte. An jenem besonderen Tag war das Verhalten der Lehrerin sonderbar gewesen – sie kicherte viel und machte Robin ungewohnt viele Komplimente für ihr Klavierspiel –, und als sie um neun Uhr abends mit dem Üben fertig war, saß Hervé mit der Lehrerin im Wohnzimmer und trank Tee. «Nicht schlecht», sagte er anerkennend und prostete ihr mit der Teetasse zu, als sie hereinkam. «Wirklich nicht schlecht.» Marianne war nicht da, und Robin wurde auf einmal ganz kalt. Sie hatte das Gefühl, die Botschaft sei klar: Es gab keinen Ort, wo sie hingehen konnte, ohne dass sein Blick ihr folgte.

Natürlich hatte er auch die Klavierlehrerin um den Finger gewickelt. Er bot sogar an, Robin ein Klavier zu kaufen, und nur die räumliche Begrenztheit des Apartments – «Wo soll ich das Ding denn hinstellen? In die Badewanne?», sagte Marianne – konnte ihn daran hindern.

Einmal kam Robin aus der Schule, und er saß in einem Wagen mit Chauffeur vor der Tür und bot ihr an, sie zur Klavierstunde zu fahren.

Einmal kam sie vom Unterricht nach Hause und stellte fest, dass all ihre Klamotten, die T-Shirts, die Jeans und ihre Lieblingslaufschuhe aus der Kommode geräumt und durch die maßgeschneiderten italienischen Kleider ersetzt worden waren, die ihm besser gefielen.

Einmal wachte sie mitten in der Nacht auf, und er saß auf ihrem Bett und schaute sie an.

Ich musste nicht fragen, warum sie sich nicht an Marianne gewandt hatte, denn die Antwort kannte ich bereits: Von ihr wäre keine Hilfe zu erwarten gewesen.

Er hatte sie kein einziges Mal angefasst, kein einziges Mal die Stimme erhoben.

Ich hielt meiner Schwester die Hand, während sie weinte. «Du verstehst doch, warum ich dort nicht bleiben konnte, oder?», sagte sie, und ich nickte. «Ja.»

Robin ähnelte Marianne mehr als ich; sie besaß weder meine Sanftmut noch meine Angst. Sie hatte dreierlei getan. Sie ließ sich ein Nasenpiercing stechen, sodass er, wenn er ihr ins Gesicht blickte, etwas sah, zu dem sie sich ganz allein entschlossen hatte. Sie holte die schönen Klamotten aus dem Schrank und entsorgte sie in einer Mülltonne hinter unserem Haus, wo die bunten Seidenfummel unter dem Deckel hervorquollen. Und sie klaute das gesamte Geld, das sie in der Wohnung finden konnte, und kaufte sich davon ein Busticket in die Vereinigten Staaten.

16.

Wir beschlossen, dass Robin nicht mehr zurück nach Hause fahren würde. Wie ich besaß sie die doppelte Staatsbürgerschaft – warum konnten wir nicht einfach zusammenbleiben? Die Risiken und Schwierigkeiten dieses Plans schoben wir erst einmal beiseite. Den Rest des Wochenendes verbrachten wir entspannt und glücklich. Am Sonntag putzten wir die Wohnung und blieben daheim, um auf Emmas Rückkehr zu warten. Grendel rollte sich auf Robins Schoß zusammen; wenn sie überhaupt um ihren lebenslangen Gefährten trauerte, ließ sie es sich nicht anmerken. Vielleicht waren die beiden Stubentiger ja auch ihr Lebtag lang Feinde gewesen, ebenso wie ihre Namensgeber, waren jedoch zu alt und müde geworden, um zu kämpfen.

Als Emma dann kam, verschwitzt und mit rotem Gesicht, den Rucksack schwer auf den Schultern, hob meine Schwester Grendel behutsam von ihrem Schoß und stand auf.

«Emma», sagte sie und nahm meine Mitbewohnerin in die Arme, drückte sie an sich. Ich sah, wie sich Sorge auf Emmas Gesicht breitmachte. «Was ist denn?», sagte sie. «O Gott.»

Robin flüsterte ihr den Namen der Katze ins Ohr, und Emma begann zu zittern, ließ den Rucksack zu Boden fallen.

«Es tut mir so leid», sagte ich. «Ich versichere dir, dass wir ihm seine Medizin gegeben haben.» Ich hatte mit lautem Schreien und Schuldzuweisungen gerechnet und war dafür gewappnet, mich zu rechtfertigen, doch Vorwürfe blieben aus. Stattdessen lehnte sich Emma mit bebenden Schultern an Robin, die ihr den Arm um den Hals legte und sie zur Couch führte. Ich weiß nicht, ob sie überhaupt jemals miteinander geredet hatten.

«Bitte, wo ist er?», fragte Emma.

Robin zeigte auf den Kühlschrank. Emma stand auf, öffnete die Tür und schaute in den Schuhkarton. «O Gott», sagte sie noch einmal. «Er sieht so friedlich aus.» Sie wischte sich die Nase mit dem Handrücken ab. «Er war achtzehn», sagte sie, an niemand Bestimmten gerichtet.

«Das ist ein langes Leben», sagte Robin.

«Genau wie Beowulf», erwiderte Emma. Sie nahm ein Glas aus dem Schrank und goss sich einen Tequila ein, dann noch einen. Ihre Schultern bebten immer noch.

«Warum hast du ihn so genannt?», fragte Robin.

«Ich weiß nicht. In der Grundschule habe ich eine Comic-Version der Geschichte gelesen. Als sie noch klein waren, haben sie immer gekämpft, genau wie Beowulf und Grendel.» Sie schwankte ein bisschen. «Mein Dad und ich haben sie aus dem Tierheim geholt.»

«Emma», sagte ich. Ich ging in die Küche, doch mir fehlte Robins Leichtigkeit im Umgang mit Menschen; vorsichtig legte ich eine Hand auf ihre Schulter und rechnete damit, dass sie sie abschüttelte.

«Seine Seele verließ sein Fleisch und flog in die Ewigkeit», sagte sie. «Diese Zeile habe ich noch aus der Geschichte in Erinnerung.»

Dann war auch Robin in der Küche. «Wie ist Beowulf gestorben?», fragte sie.

«Er herrschte lange Zeit als König und starb als alter Mann. Man gab ihm ein großes Begräbnis und verbrannte ihn auf einem Scheiterhaufen.»

«Dann sollten wir genau das auch tun», sagte Robin.

Emma nickte. Ihre Haare waren strähnig vor Schweiß; sie wirkte angegriffen, wie am Boden zerstört. «Du hast recht.»

Robin kümmerte sich um alles. Sie setzte Emma auf die Couch, gab ihr noch mehr Tequila und reichte ihr das Telefon, damit sie ein paar Freunde anrufen konnte. Dann schickte sie mich in den Supermarkt, damit ich ein paar Kleinigkeiten zum Essen und Kerzen besorgte. Als ich zurückkam, waren Emmas Freundinnen Julie und Suvarna bereits da und saßen mit Trauermienen neben Emma. Grendel hockte auf der Fensterbank und strafte uns mit Nichtbeachtung.

Der Schuhkarton stand auf dem Wohnzimmertisch. Ich arrangierte die Kerzen, die ich gekauft hatte, ringsum und zündete sie an. Robin hob die Hände wie eine Dirigentin, und wir erhoben uns alle von unseren Plätzen. Dann nickte sie Suvarna zu, die ein Buch aufschlug, das ich für mein Englischseminar hatte kaufen müssen. Sie las das John-Donne-Gedicht, das mit den Worten *Tod, sei nicht stolz* begann. Kaum hatte sie das Wort *Tod* gesagt, begann Emma zu schluchzen, und Julie nahm sie in die Arme.

«Dabei geht es um Liebe und darum, dass man sich an das erinnert, was bleibt», sagte Robin leise. Sie schien vollkommen in ihrer Rolle aufzugehen, als hätte sie ihr Lebtag lang nichts anderes getan, als Katzen zu beerdigen. «Beowulf, wir werden dich niemals vergessen.»

Dann sang sie ganz leise und allein *In My Life* von den Beatles, und am Ende schluchzten wir alle. Außerdem waren wir bis auf Suvarna, die zur Fahrerin auserkoren worden war, betrunken. Ganz in der Nähe gab es einen kleinen, hübschen, öffentlichen Park mit einem Teich, an dem Gordon und ich manchmal spazieren gegangen waren, und so quetschten wir uns jetzt in Suvarnas Auto und fuhren dorthin. Emma hatte den Karton auf dem Schoß und weinte hemmungslos, der traurigste Mensch, den ich jemals gesehen hatte. Robin hielt ihre Hand.

Am Teich fragte Robin, ob sie bereit sei, und sie nickte. Julie goss Brandbeschleuniger auf die Schachtel und hielt ihr ein Feuerzeug hin.

«Ich kann nicht, ich kann nicht», schluchzte Emma. Sie reichte das Feuerzeug meiner Schwester. «Mach du es», sagte sie.

Und so stellte Robin den Karton vorsichtig auf dem Wasser ab und setzte ihn in Brand. Er brannte sofort lichterloh, trieb aber nicht davon, sondern dümpelte weiter am Wasserrand, als wolle er uns nicht verlassen. Schließlich suchte ich nach einem Stock und stieß den Karton an, bis der Wind ihn ein paar Meter weitertrug. Eine Weile schaukelte er unter einer Fußgängerbrücke im Wasser, dann ging das Feuer aus, und er war nicht mehr zu sehen.

Es war sonst niemand da, nur wir und das dunkle Wasser des Teiches und die Sommernacht, warm und feucht und behaglich.

Ich rechnete damit, dass Emma mir Vorwürfe machen und Robin und mich zur Strafe aus der Wohnung werfen würde, doch sie tat es nicht. Robin hatte ihre Wut aufgefangen und an ihrer Stelle die Traurigkeit freigesetzt, die immer darunter verborgen gewesen war. Das Katzenbegräbnis war absurd, aber auch wie verzaubert gewesen, und die Stimmung in der Wohnung hatte sich gewandelt – dank meiner Schwester, die es geschafft hatte, Emma in ihrem Schmerz abzuholen und sie zu trösten, ohne Ironie, ohne Hintergedanken. Jahre später, als Robin ihre Liebe zu Wölfen entdeckte, erinnerte ich mich an Beowulf und die Trauerfeier, die sie ihm zu Ehren veranstaltet hatte, und beneidete sie ebenso um die Intensität ihrer Liebe zu Tieren, wie sie mir fremd war, eine Kluft zwischen uns, die ich niemals überbrücken konnte.

Nach dem Katzenbegräbnis wurden Emma und Robin Freundinnen. Oft saßen sie eng umschlungen da und redeten, Robin hörte Emma zu, wenn sie über die Katze redete, darüber, wie unglücklich sie über ihr Berufsleben war, über den Mangel an Liebe in ihrem Leben, den Mangel an allem. Es vergingen nur ein paar Wochen, und Emma beschloss, zu neuen Ufern aufzubrechen; sie kündigte ihren Job und schrieb sich an einer Kochschule in Great Barrington ein. Sie half uns dabei, herauszufinden, wie ich Robins gesetzlicher Vormund werden könnte, und wir schrieben meine Schwester an der Highschool des Ortes ein. Am Ende des Sommers zog Emma aus und hinterließ uns die Wohnung. Beim Abschied lagen wir uns in den Armen, als hätten wir uns viele Jahre gekannt.

17.

Ich schaute mir *Close-Up* von dem iranischen Regisseur Abbas Kiarostami an, einen Film, wie ich ihn noch nie zuvor gesehen hatte. Darin präsentiert sich ein Mann seiner Familie als gefeierter Regisseur, und man heißt ihn zu Hause willkommen, geht sogar so weit, mit ihm für einen Film zu proben, von dem er sagt, er würde ihn gerne machen. Wie sich herausstellt, hat er das alles nur erfunden; in Wirklichkeit lebt er getrennt von seiner Frau und arbeitet unter seinem Niveau in einer Druckerei. Er ist eine traurige Gestalt, dieser Mann, eher bemitleidenswert als ein Gauner. Kaum ist seine Scharade aufgeflogen, wird er festgenommen und vor Gericht gestellt, und der Film zeigt abwechselnd seine behutsame Befragung durch einen irritierten Richter und Szenen seiner Täuschung und deren Aufdeckung. Außer Geld für ein Taxi hat er der Familie nichts geraubt, nur ihre Gutgläubigkeit und ihre Zeit.

Das Seltsamste an dem Film ist, dass er dokumentarische und fiktive Elemente mischt; reale Szenen wechseln sich mit nachgestellten Sequenzen ab, in denen die realen Akteure sich in einem sogenannten *reenactment* selbst spielen, auch Kiarostami ist mit von der Partie. Vor Gericht fragt der Richter den Schwindler, ob seine Zerknirschung echt sei. «Spielen Sie jetzt denn nicht?»

«Ich spreche über mein Leid», antwortet der Schwindler.

All seine Antworten bei Gericht ähneln dieser – sie sind sonderbar artikuliert, er sagt nie einfach nur Ja oder Nein und gibt Statements über die Natur der Kunst ab, die ebenso ausgeklügelt wie bescheiden sind. Seine Zähne sind krumm und vorstehend. Er gesteht, dass er seine Haare gefärbt hat, um jünger auszusehen. «Sie *sind* jung», sagt der Richter zu ihm, und der Mann schüttelt traurig den Kopf.

Als ich ihn so reden sah, brach ich in Tränen aus, ohne dass ich hätte sagen können, warum.

Ich radelte durch den kalten Oktoberabend nach Hause und dachte über den Film nach. Mir gefiel die Idee einer Geschichte, die der Wahrheit entsprach und doch auch wieder nicht, dokumentarisch und erfunden zugleich, eine Geschichte, in der Kunst und Täuschung so ineinander verschlungen waren, dass man kaum den Unterschied erkennen konnte. Seit Robin bei mir lebte, hatte ich begonnen, Filme zu drehen – oder, genauer gesagt, keine Filme, sondern sehr kurze Experimente mit Licht und Sound. Eines davon bestand hauptsächlich aus Nahaufnahmen von Grendel, Emmas überlebender Katze, die immer noch bei uns war, solange Emma keine richtige Wohnung hatte; ich versuchte, die Beschaffenheit ihres steifen, alten Fells und ihrer wässrigen Augen aufs Bild zu bannen, und nannte den Film *Eine Katze denkt über ihre Sterblichkeit nach*, doch er kam nicht gut an, weder bei meiner Professorin in «Einführung ins Filmemachen», Alice Boryn, noch bei meinen Mitstudenten. «*Warum* schauen wir uns das an?», fragte eine Frau in meiner Klasse und zwirbelte ihre Haare zwischen den Fingern, während andere zustimmend nickten. Olga, als deren Assistentin ich immer noch arbeitete, sagte, der Film sei interessant, aber sie sagte auch, alles sei interessant, in einem unverbindlichen Ton, der auszudrücken schien, dass ich es vermasselt hatte, jedoch zu Besserem fähig war.

Nachdem ich *Close-Up* gesehen hatte, begann ich meine Schwester zu filmen. Ich plante, sie zu unserer Kindheit zu befragen; manchmal fragte ich sie, woran sie sich erinnere, manchmal bat ich sie auch, die Rolle von jemandem zu spielen, der nicht sie selbst war. Meistens wollte ich jedoch, dass sie unsere Mutter spielte. Robin war eine ausgezeichnete Mimin, und es war seltsam und faszinierend zugleich, ihre Stimme zu hören, wenn sie Mariannes Tonfall annahm. Sie konnte unsere Mutter einfach nur dadurch verkörpern, dass sie ihre Sitzhaltung auf einem Stuhl veränderte und die Augen zusammenkniff, und schon war alles da: Mariannes Eitelkeit, ihr Lachen, das Heben der linken Augenbraue. Es half, dass die beiden sich ein wenig ähnlich sahen und das gleiche dunkle Haar und die auseinanderstehenden Augen hatten. Was nicht half, war die Tatsache, dass Robin bei der Darstellung immer nur ein paar Minuten durchhielt, bevor sie der Übung überdrüssig wurde oder in Lachen ausbrach, sagte, sie komme sich lächerlich vor, oder dass sie Marianne überhaupt nicht darstellen wolle; schließlich wolle sie von ihr *weg* und nicht sie *werden.* Irgendwann schnitt ich mehrere Aufnahmen zusammen, bei denen sie zuerst so tat, als sei sie Marianne, und es dann wieder aufgab, ich zeigte, wie sie zunächst ernst dreinblickte und dann in Gelächter ausbrach, ernst und lachend, eine Endlosschleife von Gefasstheit und ihrem Gegenteil. Ich nannte den Streifen *Robin, kichernd,* und Alice Boryn meinte, er sei unwillkürlich unergründlich, während die anderen Studenten angewidert die Stirn runzelten. Olga sagte natürlich, er sei interessant.

Robin lachte oft, ob ich sie nun filmte oder nicht. In jenem Jahr, meinem zweiten Studienjahr, war unsere Wohnung ein fröhlicher Ort. Sie fuhr mit dem Bus in die Highschool und kam danach jeden Nachmittag auf den Campus, um Klavier zu üben. Zu Beginn des Semesters war ich auf einen Angestellten der Musikfakultät zugegangen und hatte ihn angefleht, er solle meine Schwester spielen hören. Er erklärte, er sei sehr beschäftigt, doch kaum hörte er ihr zu, verwandelte sich seine Miene, und er erklärte sich bereit, sie zu unterrichten. Robin und ich hatten kein Geld, um Stunden zu bezahlen, doch dieser Lehrer – er hieß Boris Dawidoff, war wie Olga ein russischer Emigrant, und ich weiß nicht, welchem Zufall es zu verdanken ist, dass alle beide sich ausgerechnet von Worthen angezogen fühlten – schlug vor, ich könne die Stunden einfach unter meinem Namen anmelden und Robin nehme sie an meiner Stelle. Das war nicht erlaubt und möglicherweise sogar ein Grund, des College verwiesen zu werden, doch wir dachten nicht weiter darüber nach. Falls sich jemand in Worthen fragte, warum in meinem Studienbuch auf einmal Klavierstunden auftauchten, hörte ich davon jedenfalls nichts. Die Großzügigkeit dieses Lehrers, die Risiken, die er einging, indem er meiner Schwester half, und die Leichtigkeit, mit der ihm diese Lösung eingefallen war: Wir erachteten dies alles für selbstverständlich und dachten weder an die Konsequenzen noch an irgendwelche Kosten.

Marianne nahm Robins Entscheidung, bei mir zu bleiben, mit frostiger Würde hin. Robin bestand darauf, unserer Mutter nichts davon zu sagen, dass ihre Flucht von zu Hause mit Hervé zu tun gehabt hatte; wir sagten nur, wir hätten einander vermisst und fänden, zusammen zu sein würde uns glücklich machen. Ich weiß bis heute nicht, wie viel Marianne von den wahren Zusammenhängen ahnte; sowohl ihr Stolz als auch Robins Unbehagen machten die Sache zu etwas, über das unmöglich gesprochen werden konnte. Marianne war auch mit meiner Einsetzung als Vormund einverstanden und bestrafte uns fortan mit Schweigen; weder rief sie an, noch schrieb sie, um zu erfahren, wie es um uns stand. Doch das störte uns nicht. Wenn überhaupt, waren wir froh, nicht mehr ihren Befindlichkeiten und Launen ausgesetzt zu sein. Was unsere Mutter als Strafe beabsichtigt hatte, fühlte sich für uns wie Erleichterung an.

Unser schwierigstes Thema war das Geld. Nun, da ich nicht mehr auf dem Campus wohnte, mussten wir Miete zahlen, und obwohl Emmas Wohnung vergleichsweise billig war, kostete sie mehr als das, was ich aus dem Labor nach Hause brachte. Und so kam es, dass wir beide begannen, in dem Jugendheim zu arbeiten.

Robin hatte das Flugblatt als Erste gesehen: In blauem Kuli geschrieben, hing es am Schwarzen Brett bei Stop & Shop. *Aushilfe für einfache Tätigkeiten gesucht*: eine Arbeitsplatzbeschreibung, für die selbst wir uns kompetent genug fühlten. Sie riss einen der Streifen unten ab, rief die angegebene Nummer an, und am nächsten Tag hatten wir unsere Bewerbungsgespräche.

Das Jugendheim – offiziell nannte es sich *Freedom Within Limits Residential Program*, aber niemand benutzte diesen hochtrabenden Namen – lag an einer ruhigen Straße hinter einem kleinen Einkaufszentrum, zu dem auch eine Pizzeria und eine Reinigung gehörten. Das Paar, das das Heim betrieb, stellte sich als Mr. und Mrs. Dean Smith vor, und ich fand nie heraus, ob dieses Dean Smith ein Doppelname war, ob es sich um den Namen des Ehemannes handelte oder welchen Vornamen die Frau hatte. Ziemlich gestresst und eher kurz angebunden, stellten sie uns sofort ein, und die knapp bemessenen Anweisungen, die man uns erteilte, ließen darauf schließen, dass keine Zeit für Small Talk war. Mrs. Dean Smith war die Verwalterin und kümmerte sich um das Haus und die Mahlzeiten, während Mr. Dean Smiths Tätigkeitsfelder das Grundstück und der Garten waren.

Unten lagen eine Küche und ein Wohnzimmer, das optimistischerweise mit Büchern und Brettspielen bestückt war; in der ganzen Zeit, die wir dort verbrachten, habe ich nicht ein einziges Mal gesehen, dass jemand sich etwas vom Regal nahm. Stattdessen hockten die Bewohner vor einer Glotze, die drei Kanäle klar empfing und zwei weitere nur mit krisseligem Flimmerbild. Oben befanden sich vier Schlafzimmer, ein jedes mit Stockbetten. Manche der Kids blieben eine Woche, andere Monate. Wurden sie achtzehn, mussten sie das Heim verlassen; einige sahen ihrem bevorstehenden Geburtstag wie Knackis entgegen, die die Tage mit Strichlisten zählen, während andere sich davor fürchteten, weil er bedeutete, dass sie bald kein Dach mehr über dem Kopf haben würden.

Robin und ich arbeiteten zehn Stunden in der Woche. Der Kontrast zum Computerlabor, wo ich immer noch arbeitete, war groß; statt der Stille in einem weißen Raum herrschte im Jugendheim nervtötendes Chaos, kreischendes Gelächter von Teenagern, das Klappern von Geschirr, endloser Trubel. Die meiste Zeit verbrachten wir mit der Herstellung der Mahlzeiten: Wir mischten Thunfisch und Mayo in einem riesigen Bottich, schichteten Lasagneblätter und Sauce und Käse in große Auflaufformen. An einem Winternachmittag traten wir unseren Dienst an, stampften uns den Schnee von den Stiefeln und nahmen unsere Anweisungen von einer Aufgabenliste entgegen, die am vergilbten Kühlschrank klebte. Wenn es nichts zu kochen gab, wischten wir den Boden und gingen mit dem Staubsauger durch, wir wuschen und falteten Wäsche, kämpften uns durch Geschirrberge.

Beim Kochen trugen wir Haarnetze und Handschuhe, doch das hielt die Jungs aus dem Heim nicht davon ab, uns wie Göttinnen zu behandeln. Kaum hatten sie unsere Namen erfahren, nannten sie uns schon die Vogelschwestern und begrüßten uns mit Pfiffen und Liedern. «Was habt ihr uns mitgebracht, Vogelschwestern?», fragten sie dann, obwohl wir ihnen nie etwas mitbrachten.

Einer von ihnen, Bernard, sprach überhaupt nicht mit uns, sondern stand nur auf der Treppe oder auf dem Flur und schaute uns beim Arbeiten zu; manchmal lächelte er. Er war groß und dünn, hatte große, braune Augen und krauses, braunes Haar, das ihm vom Kopf abstand wie bei einer Pusteblume, und er war so still, dass ich mich in den ersten paar Monaten fragte, ob er einen Gehirnschaden hatte, stumm oder auch einfach nur schüchtern war.

Was die Mädchen betraf, so bestand ihre Reaktion auf uns – wenn sie uns überhaupt bemerkten – in einem Augenrollen angesichts unserer

Flohmarktklamotten und Pferdeschwänze. Sie trugen schreiend bunte Sweatshirts, Jeans mit Blumenapplikationen, bemalten ihre Nägel in Neonfarben und türmten ihre Haare zu schwindelerregenden Frisuren auf. Ein Mädchen namens Kristina sagte zu Robin, sie könnte hübsch sein, wenn sie sich ein wenig zurechtmachte. Robin blieb auf der Treppe stehen – sie brachte gerade einen riesigen Berg Bettwäsche und Handtücher in den Keller – und sagte: «Dafür habe ich keine Zeit.»

Das stimmte. Wir waren immer auf Achse zwischen der Schule, der Arbeit, dem Klavier, der Bibliothek. Abendessen bekamen wir im Jugendheim; oft machten wir uns aus den Resten Sandwiches, die wir verschlangen, während wir in der Kälte zurück zur Wohnung gingen. Manchmal sah ich zwischen zwei Kursen meine alte Zimmergenossin Helen, und wir winkten uns zu und machten vage Pläne, uns einmal zu treffen, woraus jedoch nie etwas wurde.

«Wohnst du jetzt außerhalb des Campus?», fragte sie einmal, und ich nickte.

«Ist es einsam?», hakte sie nach, und ich schüttelte den Kopf.

Auf dem Campus, das wusste ich, gab es Partys und jede Menge Spaß, die Leute verliebten sich und trennten sich wieder, doch all diese Aktivitäten schienen in einer anderen Dimension stattzufinden, von der mich eine unsichtbare Grenze trennte, sehr schmal und dennoch real, wie eine Zellmembran. Jenes Worthen war nicht mehr das meine, und ich überquerte die Grenze nie wieder; ich hatte einfach keine Veranlassung dazu.

18.

In einem Physiklehrbuch las ich, dass Marie Curies Unterlagen bis heute, Jahrzehnte später, immer noch radioaktiv seien. Sie und ihr Ehemann Pierre hatten zahllose gefährliche Elemente wie Thorium, Uran oder Plutonium zu Hause in ihrem Labor gehortet, und die Elemente schimmerten bei Nacht; Curie schrieb in ihrer Autobiografie, sie seien schön «wie schwache Feenlichter». Sie trug diese ewig schimmernden Elemente bei sich, in den Taschen ihres weißen Laborkittels. Ich kaufte Robin einen solchen Kittel im Secondhandladen und ließ sie ihn tragen, während sie in der Küche stand und Kaffee kochte. Dann schaltete ich das Oberlicht aus und steckte ihr kleine Taschenlampen in die Taschen.

«Aber was soll ich machen?», wollte Robin wissen.

«Mach gar nichts», sagte ich. «Denk an was anderes.»

Der Film, der daraus entstand, trug den Titel *Marie macht Kaffee,* war körnig und unscharf. Ich hatte Schwarz-Weiß-Film benutzt, den ich an manchen Stellen mit einem Bic-Feuerzeug angesengt hatte. Es war ein kitzeliges Gefühl der Zerstörung, dabei zuzusehen, wie die winzige Flamme an der Kante des Filmstreifens züngelte.

«Ich verstehe nicht, was das soll», sagte die Frau in meinem Kurs, die nie verstand, was etwas sollte.

«Geht es hier um die Einforderung feministischer Rollenbilder?», fragte Alice Boryn.

Ich nickte und dachte, das klinge nach der richtigen Antwort, doch eigentlich stimmte das nicht. Hauptsächlich war es mir darum gegangen, diese radioaktiven Feenlichter einzufangen, sie in einem Film zu verewigen, so wie ich sie schon vor mir gesehen hatte, als ich darüber las. Alice seufzte. In ihrer Klasse sollten wir unsere Projekte verteidigen und auseinandernehmen, es wurde verlangt, dass wir uns detailliert über Filmtheorie und -technik artikulieren konnten, doch obwohl ich eine begeisterte Filmemacherin war, sagte ich nie etwas, wenn es darum ging, meine eigene Arbeit oder die der anderen zu kritisieren. Das bedeutete nicht, dass ich mir nichts dabei dachte. Eher war es so, dass ich *so viel* dachte, und diese Gedanken schwirrten so lange in meinem Kopf herum, während ich mir zurechtlegte, was ich sagen wollte, dass die Diskussion, wenn ich endlich bereit war zu sprechen, längst zu jemand anderem übergewechselt war und ich doch wieder nur geschwiegen hatte.

Alice Boryn bat mich, zu ihr in die Sprechstunde zu kommen. Sie war ein Rotschopf aus den Südstaaten, der im Unterricht gerne einmal einen Fluch vom Stapel ließ. Wie ich erst später erfuhr, hatte man ihr kürzlich eine Festanstellung verweigert, weil sie ihren eigenen Film, einen Dokumentarfilm über den Brand in der Triangle Shirtwaist Factory, nie fertiggestellt hatte, und ihr libertinistisches Verhalten entsprang wahrscheinlich der Tatsache, dass ihre Tage auf dem Campus gezählt waren.

«Olga sagt, Sie haben Talent», begann sie. Ich stand vor ihrem Schreibtisch – zum Sitzen hatte sie mich nicht aufgefordert, und ich war zu schüchtern, es einfach trotzdem zu tun. Außerdem war ich spät dran für meine Schicht im Jugendheim. «Ich selbst bin mir da nicht so sicher.»

Einen Moment lang konnte ich nicht mehr denken, so überwältigt war ich von der Nachricht, dass Olga mich gelobt hatte. So sehr wie über das Lob selbst staunte ich über die Tatsache, dass sie daran gedacht hatte, mit jemand anderem über mich zu reden, ja, dass sie überhaupt mitbekommen hatte, dass ich existierte. Ich hielt mich immer noch für unsichtbar, worum ich meine gesamte Kindheit über bemüht hatte. Ich erinnere mich noch, dass Alice Boryn einen leuchtend roten Lippenstift trug, der in der Mitte der Lippe etwas abgefärbt hatte, und dass sie auf den Wangen so viele Sommersprossen hatte, dass ihr Gesicht aussah, als habe sie jemand geohrfeigt. Ich sehnte mich nach ihrer Anerkennung, fürchtete mich aber auch vor ihr, und mit meinen Filmen konnte ich nur weitermachen, wenn ich so wenig zu ihr sagte wie nur möglich, um mich nicht selbst zu demütigen.

Jetzt saß sie vor mir und wartete darauf, dass ich das Wort ergriff. Ich überlegte, verwarf wieder, hielt inne. Schließlich sagte ich: «Ich bin mir auch nicht so sicher.»

Sie verzog das Gesicht und stützte das sommersprossige Kinn auf die zu einem Dach aufgestellten Finger. «Dann gebe ich Ihnen jetzt einen Rat», sagte sie. «Ich denke, Sie spielen eine Rolle – die des Künstlers und Außenseiters, oder was auch immer das sein soll.»

«Es ist keine Rolle», erwiderte ich verwirrt.

«Olga sagt, Sie sind sehr gescheit, und ich weiß, Sie arbeiten hart. Aber im Leben geht es nicht nur darum, hart zu arbeiten. Glauben Sie mir, ich weiß das. Sie werden mehr brauchen als nur Ihre Arbeit. Sie werden diese Arbeit verkaufen müssen. Sich selbst verkaufen. Wissen Sie, was ich meine?»

Ich wusste es nicht. Ich kratzte mich am Hinterkopf, was ich oft tat, wenn ich nervös war. Nach einem anstrengenden Seminar war mein Haarschopf völlig zerzaust. Robin hatte mir mal ein ganzes Stück herausschneiden müssen, weil die Haare so verfilzt waren, dass man nicht mehr mit dem Kamm durchkam. In diesem Moment fühlte ich mich nicht nur nervös, sondern auch angegriffen, ohne zu wissen, was man mir eigentlich vorwarf oder wie ich mich dagegen verteidigen könnte.

«Ich bin einfach nur schüchtern», sagte ich schließlich und spürte, wie mir die Kehle eng wurde.

Wieder seufzte sie. «Dann sage ich Ihnen noch etwas anderes, Wichtigeres», fuhr sie fort. «Sie interessieren sich für die Thematik, wie man sich selbst erfindet, das sehe ich. Sie interessieren sich für Haltungen der Größe. Aus dieser Faszination müssen Sie etwas machen, müssen sie für sich arbeiten lassen. Seien Sie keine *Maus.*»

Ich schaute sie an. Keinen dieser Gedanken hatte ich jemals artikuliert, und jetzt fühlte ich mich buchstäblich überrannt von der Möglichkeit, dass diese Frau Dinge über mich wusste, die ich selbst nicht wusste. Obwohl ich zufrieden meine Filme gedreht und sie vor der Klasse gezeigt, ja, sogar den Kritiken mit Interesse gelauscht hatte, war mir nie der Gedanke gekommen, andere könnten diese Bilder in einem größeren Zusammenhang interpretieren und darin auf Querverbindungen und Motive stoßen. Es ist seltsam, wenn ich jetzt darüber nachdenke, wie unschuldig ich in meiner Selbstbezogenheit war, die ich erst als solche erkannte, als sie mir genommen wurde, wie eine Tür, die sich öffnet und für immer offen stehen bleibt.

«Können Sie damit überhaupt etwas anfangen?», fragte Alice Boryn.

«Ja», sagte ich. «Natürlich.»

Es war uns beiden klar, dass ich log. Sie seufzte gereizt.

«Wie auch immer», sagte sie. «Machen Sie in der Klasse mehr den Mund auf.»

19.

Unser Gespräch hatte genau den gegenteiligen Effekt. Die Aufmerksamkeit, die Alice mir entgegenbrachte, hemmte mich so sehr, dass ich das Seminar überhaupt nicht mehr besuchte und es fast in den Sand gesetzt hätte; es bedurfte einer Intervention von Olga und einer zusätzlichen schriftlichen Arbeit, um das Semester für mich zu retten. Als ich später erfuhr, dass Alice Boryn Worthen verlassen hatte, um an einem Community College in Long Island zu unterrichten, war ich erleichtert.

Doch Boryn war nicht der einzige Grund, warum ich in jenem Semester Probleme mit dem Studium hatte; es gab auch andere Ereignisse, die mich ablenkten. Eines Nachmittags im März ging ich zu meiner Schicht ins Jugendheim. Es war ein ungewöhnlich milder und sonniger Tag, und auf den Gehwegen waren nur noch wenige, traurig in sich zusammengesunkene und mit Ruß verkrustete Schneehaufen zu sehen. Als ich näher kam, sah ich zwei der Bewohner rauchend auf der Veranda stehen und zwei weitere davor, die sich in dem Vorgarten, der zu einer schlammigen Fläche wurde, mit tauenden Schneebällen bewarfen. Als ich fast beim Gebäude angekommen war, erkannte ich, dass es sich nicht um eine Schneeballschlacht handelte, sondern um einen Streit, bei dem Schnee als Kampfmittel eingesetzt wurde; außerdem handelte es sich nicht um zwei Hausbewohner, sondern nur um einen – Bernard – und meine Schwester. Die beiden Raucherinnen – Kristina und Jennifer – beobachteten das Ganze mit vor der Brust verschränkten Armen und leicht gelangweilter Miene, als schauten sie sich etwas im Fernsehen an, das nur halbwegs unterhaltsam war. Alle paar Sekunden beugte sich eine von ihnen vor, um Asche von ihrer Zigarette abzustreifen, dann wurden die Arme wieder verschränkt.

«Warum hast du das gemacht?», schrie Robin mit verzerrter Miene und bewarf ihn mit einem Batzen Schnee, der sich auf halbem Weg in seine Bestandteile auflöste. Eine Sekunde lang sah Bernard so aus, als wolle er lachen, unterbrach sich aber selbst. Obwohl er sehr dünn war, waren ihm seine Kleider zu kurz, die Hose hatte Hochwasser, die Ärmel endeten deutlich über den Handgelenken, was ihn jünger wirken ließ, als er war. Die beiden standen fast vier Meter voneinander entfernt und starrten sich an, als handele es sich um irgendeine Zeremonie oder ein Ritual.

«Ich musste», murmelte Bernard, ohne rechte Überzeugung.

«Ach, jetzt komm schon», sagte Robin. Sie trug eine alte Skijacke von mir über einem geblümten Sommerkleid und Gummistiefeln, ein Outfit für drei Jahreszeiten zugleich, und ihr Haar war zu zwei langen Zöpfen geflochten. Zöpfe waren viel leichter unter die Haarnetze zu stopfen, die wir auf Mrs. Dean Smiths Wunsch in der Küche tragen mussten.

«Was ist denn los?», fragte ich. Soweit ich wusste, hatten die beiden nie ein Gespräch miteinander geführt, das über ein Hallo hinausgegangen wäre. Mir ist heute noch peinlich, wie selbstvergessen ich offenbar war, besonders, wenn ich bedenke, wie Bernards Leben damals war und wie viel er uns beiden später bedeuten sollte.

«Er verlässt das Heim», sagte Robin, ohne in meine Richtung zu schauen.

Ich verstand nicht, was uns das anging. Die Nachmittagssonne war hinter dem Haus verschwunden, der Garten lag im Schatten, und Bernard, der keine Jacke trug, schlang die Arme um sich, um sich zu wärmen. «Meine Mom hat jetzt eine Wohnung», sagte er. «Ich kann bei ihr unterkommen.»

«Toll», sagte ich.

«Das ist *nicht* toll», sagte Robin. «Das ist das genaue Gegenteil von toll.» Sie weinte, und als ich näher trat, winkte sie ab, als sei alles, was da passierte, allein meine Schuld. Kristina und Jennifer traten ihre Kippen aus und öffneten die Tür, die ihr altbekanntes Quietschen von sich gab. Mr. Dean Smith sollte die Angeln schon seit Ewigkeiten ölen, kam aber nie dazu.

«Was zum Teufel ist eigentlich los?», sagte ich, und bevor sie drinnen verschwand, klärte mich Kristina gnädigerweise auf. «Die sind verliebt.»

An diesem Abend, nach dem Ende unserer Schicht, konfrontierte ich meine Schwester mit dem Geschehenen, und sie gab zu, dass sie und Bernard sich seit November trafen. Wenn ich im Computerlabor, in der Bibliothek oder in Vorlesungen war, waren sie zusammen spazieren gegangen; manchmal holte er sie in der Schule ab, und sie fuhren zusammen mit dem Bus zu ihrem Klavierunterricht. Sie holte unter der Kommode in ihrem Zimmer einen Schuhkarton hervor und zeigte mir voller zärtlichem und bebendem Stolz ein paar Zeichnungen, die er von ihr und für sie angefertigt hatte: Robin im Profil, den Blick konzentriert auf etwas in der Ferne gerichtet; Robin am Piano, die Finger eine einzige verschwommene Bewegung. Die Zeichnungen waren ziemlich gut, das musste ich zugeben. Robin sagte, Bernard sei sanft und liebevoll. Einmal waren sie zusammen im Museum of Fine Arts in Boston gewesen, er mochte Tizian, sagte sie. Sie habe ihn in die Stadtbibliothek mitgenommen, wo sie sich Kunstbände angeschaut hätten. Sie hatte ihm sogar etwas von dem im Jugendheim Verdienten abgegeben – Geld, von dem sie mir gegenüber behauptet hatte, sie gebe es für Noten oder Sachen für die Schule aus –, damit er sich etwas davon kaufen konnte. Als ich sie fragte, was er sich denn gekauft habe, sagte sie: «Dies und das.»

Es stellte sich heraus, dass sie unter «dies und das» Cola, Chips und Comics verstand. Und warum, so fragte ich sie, hatte sie das alles vor mir geheim gehalten?

«Ich dachte, du wärst nicht einverstanden.»

«Ich bin auch nicht einverstanden», rutschte es mir prompt heraus, obwohl ich mir nicht sicher war, warum eigentlich. Bernard war fünfzehn, und ich hatte ihn nur selten etwas sagen hören. Ich wusste nicht, ob er in die Schule ging, und wenn ja, wo. Wogegen ich wirklich etwas hatte, war die Heimlichtuerei, die mich von Robins Leben ausschloss, während sie nach Worthen gekommen war und so viel in meinem Leben verändert hatte.

«Du kannst mir nicht sagen, was ich zu tun habe, du bist nicht Marianne.»

Der Gedanke an sich stieß mich schon ab. «Natürlich bin ich nicht Marianne!», sagte ich empört.

Robin brach in Tränen aus. Sie sei außer sich, erklärte sie, denn die neue Wohnung seiner Mutter liege in Baltimore, und Bernard wolle zu ihr ziehen. «Es ist meine *Mom*», sagte er immer wieder zu Robin, und ganz gleich, wie oft sie ihn daran erinnerte, was seine Mutter alles getan habe – sie hatte Drogen genommen, niemals war etwas zu essen im Haus gewesen, und sie hatte ihn zum Klauen geschickt –, damit er ursprünglich zur Pflege freigegeben worden war, war er einfach nicht davon abzubringen. Robin konnte es nicht glauben, und ich auch nicht. Sie und ich hatten unsere Mutter verlassen und festgestellt, dass wir glücklicher ohne sie waren; nichts, so dachten wir damals, könnte uns zu ihr zurückbringen. Wir waren in jenem Jahr noch nicht einmal zu Weihnachten nach Hause gefahren und hatten Marianne angelogen, indem wir behaupteten, von einem wohlhabenden Klassenkameraden nach Connecticut eingeladen worden zu sein; sie hatte keine Einwände erhoben und uns billige Pralinen und *Joyeux-Noël*-Karten geschickt.

«Und jetzt werde ich ihn nie wiedersehen», schloss Robin und rang die Hände.

Ich kannte ihren Kummer. Und wieso auch nicht? Ich hatte ihn gerade erst selbst durchlebt. Ich bettete ihren Kopf in meinen Schoß und sagte, ich könne sie gut verstehen. Ihre Tränen durchnässten mein Shirt, ihr langes Haar kitzelte mich an den Armen. Manchmal spüre ich noch immer das Gewicht ihres Körpers, der sich an mich drückt, tränenfeucht, mit gebrochenem Herzen. Die schöne Robin, sechzehn Jahre alt.

20.

Einen Monat später rief uns Mrs. Dean Smith an. Sie schrie so sehr am Telefon, dass es vor lauter Spucke im Hörer knisterte. Sie bezeichnete Robin und mich als Lügnerinnen und Diebe. Sie habe immer schon gewusst, dass wir komisch seien und man uns nicht vertrauen könne.

«Ich verstehe nicht», sagte ich. «Sind wir gefeuert?»

«Da kannst du deinen Arsch drauf verwetten, dass ihr gefeuert seid», sagte sie. «Und nach Zeugnissen braucht ihr gar nicht zu fragen. Ihr könnt von Glück reden, dass ich nicht zur Polizei gehe.»

«Okay», sagte ich.

«Ihr solltet *danke* sagen, dass ich nicht die Polizei rufe!»

«Danke», sagte ich.

«Ich will eure kranken Gesichter hier nicht mehr sehen», fügte sie noch hinzu und legte auf.

Es war neun Uhr abends, und Robin saß mit einem untergezogenen Bein auf der Couch, über ihre Geometrie-Hausaufgaben gebeugt. Mit dem Klavierunterricht lief es gut, doch in der Schule kam sie immer nur mit Ach und Krach durch. Dem Anschein nach lernte sie, doch ich glaube, sie schaute nur der Form halber in ihre Bücher, war mit den Gedanken jedoch ganz woanders. Wann immer ich mir ihre Aufsätze oder Tests anschaute, war der erste Teil tadellos, doch dann begannen die Buchstaben oder Zahlen aus der Reihe zu tanzen – Zeichen dafür, dass sie abgelenkt war –, und der untere Teil der Seite blieb ganz leer. *Guter Anfang,* schrieben die Lehrer manchmal darunter, *was ist dann passiert?* Andere, die weniger wohlwollend waren, gaben ihr einfach kommentarlos eine schlechte Note. Auch jetzt merkte ich sofort an der Art und Weise, wie sie vorgab, sich zu konzentrieren, dass sie nur so tat als ob.

«Weißt du, worum es da ging?», fragte ich sie.

Sie legte ihren Stift ab. «Bernard brauchte Unterstützung für seine Fahrt», sagte sie.

«Unterstützung?»

Sie wich meinem Blick aus. «Die haben immer ein bisschen Bargeld im Küchenschrank – weißt du, da, wo die große Kaffeekanne steht?»

«Robin, hast *du* es etwa genommen?»

«Nein, natürlich nicht!»

«Aber du hast deinem Freund davon erzählt.»

Darauf sagte sie nichts. Ich war wütend und sagte ihr das auch, und wir begannen uns zu streiten. Wie sollten wir jetzt unsere Miete zahlen? Robins Lehrer hatte sie für ein spezielles Sommerprogramm weiterempfohlen – wie sollten wir das jetzt bezahlen? Wir brauchten diesen Job, und zwar dringend. Robin fiel nichts ein, um sich zu verteidigen. Sie sagte mir, ich solle aufhören, sie anzuschreien, sie wisse, dass es ein Problem gebe, wolle es aber in Ordnung bringen.

«Und wie, wenn ich fragen darf?», schrie ich. «Willst du Hervé anrufen?»

Kaum war mir das herausgerutscht, wurde mir klar, wie gemein es war, und ich wünschte, ich könnte es zurücknehmen. Ich sah, wie sich die Wirkung meiner Worte auf dem Gesicht meiner Schwester abzeichnete, als habe sie jemand geohrfeigt. Sie lief aus der Wohnung. Es war ein warmer Abend, der Flieder blühte, ein süßer, sehnsuchtsvoller Duft, der durch unsere offenen Fenster hereinwehte. Nach ein paar Stunden zog ich meine Jacke an und ging sie suchen. Mehr als alles andere fürchtete ich, sie könnte einen Bus nach Baltimore genommen haben, und ich würde sie nie wiedersehen. Seit sie bei mir wohnte, kreiste mein Leben wie eine Umlaufbahn um sie, und wenn sie weg war, würde nur noch ein leerer Kreis zurückbleiben. Ich schaute im Krämerladen, auf dem Campus, bei den Klavierläden; sie war nirgendwo. Auf einer Bank bei der Bushaltestelle schlief ein Mann unter Zeitungen, die bei jedem seiner Atemzüge raschelten. An der Fabrik fuhren die ersten Laster auf den Parkplatz. Langsam ging die Sonne auf, und Robin war immer noch unauffindbar. Nach all den Stunden ohne Schlaf ging ich irgendwann in meine Vorlesung, obwohl ich den Unterricht wie hinter einem Schleier wahrnahm, ohne bei der Sache zu sein, und als ich in die Wohnung zurückkehrte, saß sie auf der Couch und lernte, als wären die vergangenen vierundzwanzig Stunden nie gewesen. Ihr Gesicht war bleich und ausdruckslos. Sie sagte mir, sie habe einen Job als Tellerwäscherin in dem Chinarestaurant im Einkaufszentrum gefunden und mir ein paar Zettel mit Jobangeboten mitgebracht. Sie plane, bis Ende Juni Vollzeit zu arbeiten, und zeigte mir ihre Berechnungen, wie viel sie dann verdienen würde: genug für den Sommerkurs und für die Hälfte der Miete.

«Bitte schick mich nicht nach Hause», sagte sie.

Was sie sagte, schockierte mich; ich hatte nie gewollt, dass sie sich so bedroht fühlte. «Du musst dort nie wieder hin», sagte ich, und sie seufzte wie ein begnadigter Gefangener.

21.

Mein drittes und viertes Jahr in Worthen vergingen wie im Fluge, ich hatte viel zu tun und viel zu lernen. Mein Geist war so sehr mit dem Studium beschäftigt, dass es sich buchstäblich so anfühlte, als würde er sich ausdehnen wie ein Schlauch, um das alles aufnehmen zu können. Ich arbeitete für Olga an ihrem Buch und drehte eine Reihe von Kurzfilmen. Olga ermunterte mich dazu, mir ein anderes Thema als meine Schwester zu suchen, was eine gute Idee war, denn Robin war selbst sehr beschäftigt. Stattdessen sprach ich meine alte Zimmergenossin Helen an, die darauf mit gelassener Herzlichkeit reagierte, als hätte ich mich nicht komplett aus ihrem Leben herauskatapultiert. Meine Filme waren eine Studie des Frauenlaufteams, und ich verbrachte Stunden bei Helens Training und ihren Zusammenkünften. Ich wollte in einem Film die Kraft und Anmut dieser Athletinnen, die Genauigkeit ihrer Bewegungen darstellen und zwischen diese Sequenzen dann Bilder von Eadweard Muybridge schneiden, dem Fotografen aus dem neunzehnten Jahrhundert, der von einem reichen Pferdebesitzer dazu angeheuert worden war, herauszufinden, ob Pferde beim Rennen jemals alle vier Hufe zur gleichen Zeit in der Luft haben. (Das haben sie.) «Dann sagst du also, wir sind wie Pferde?», fragte Helen amüsiert.

Ich lief rot an und versuchte ihr zu erklären, darum gehe es gar nicht; vielmehr wolle ich das Fließen der Bewegung selbst festhalten, doch Helen unterbrach mich lachend. «Die Theorie brauche ich gar nicht zu hören», sagte sie. «Ich wollte dich nur ein bisschen auf den Arm nehmen.»

Doch so viel Filmmaterial von den Frauen in ihrer Laufkleidung, wie sie vor und nach ihren Läufen lachten und sich dehnten, ich auch aufnahm – die Bilder, die ich am faszinierendsten fand, waren die ihrer Gesichter beim Laufen, angestrengt und innig zugleich, die Wangen platt gedrückt und bebend, die Zähne gefletscht, wie sie bar jeder Befangenheit einfach rannten. Im Rückblick denke ich, ich versuchte genau die Konzentration einzufangen, die ich auf Robins Gesicht beobachtete, wenn sie Klavier spielte, doch damals dachte ich, ich hätte ein gänzlich neues Thema gefunden, von dem aus ich weitermachen könnte. In meiner Jahrespräsentation im Seminar sprach ich über Muybridge und den männlichen Blick der Kamera, und dass ich diese Athletinnen mit ihrem physischen Können, ihrem Ehrgeiz, vor genau diesem Blick davonlaufen lassen wolle; wieder einmal geriet ich vor Nervosität ins Stottern, unterbrach mich jedoch nicht, und Olga war angetan.

In jenen zwei Jahren fuhren Robin und ich nur selten nach Montreal, und Marianne besuchte uns nie in Worthen. Wir hatten uns, entfernt von unserer Mutter, ein Zuhause geschaffen, und dieses Zuhause fühlte sich so an, als sei es schon immer da gewesen. Tatsächlich redeten wir fast nie über sie, denn wir fanden ihr Leben längst nicht mehr so faszinierend, wie wir das noch als Kinder getan hatten. Trotz all der Zeit, die wir mit Arbeiten und Studieren verbrachten, fanden wir endlich eine Art Clique; man lud uns zu Partys ein, die Helen und ihre Freunde veranstalteten, und Robin wurde wie eine Art Maskottchen behandelt. «Ich wünschte, meine kleine Schwester könnte auch bei mir leben», sagte einer von ihnen traurig auf einer Fete, «unsere Eltern sind auch Arschlöcher.» Zum ersten Mal merkte ich, dass manche Leute uns beneideten. Robins Freunde von der Highschool waren laotische Zwillinge, die mit ihr die Unkenntnis der amerikanischen Geschichte gemein hatten; alle drei fielen permanent bei den Prüfungen in Sozialkunde durch und hockten oft in unserem Wohnzimmer und brüteten über ihren Lehrbüchern; manchmal bekamen sie auch Nachhilfe vom Laufteam, wo man ihnen den Song aus *Schoolhouse Rock* vorsang, in dem es darum geht, wie aus einem Gesetzesentwurf ein Gesetz wird. Auf Helens Drängen verabredete ich mich zweimal mit einem Jungen aus dem Laufteam, einem langen Lulatsch namens Billy, der sich aus luftiger Höhe zu mir herabbeugte, um mich zu küssen, wobei die Millisekunden vor dem Aufeinandertreffen unserer Lippen in erschreckender Langsamkeit, wie in Zeitlupe, abliefen. Der Kuss war nicht unangenehm, schlug jedoch keine Funken in mir. Wenn es mich überkam, vertraute ich Robin melodramatischerweise an, dass ich von meiner Erfahrung mit Gordon für immer gezeichnet sein würde und mich nie wieder verlieben könnte, und sie nickte, weil auch sie sich liebestechnisch beschädigt fühlte. Zusammen waren wir tragische Heldinnen, von der Liebe gebeutelt, doch als Schwestern vereint und unzertrennlich.

Im Herbst meines vierten Studienjahres geschahen zwei Dinge. Eines Tages, als ich im Computerlabor arbeitete und mit Richard über Scorsese sprach – ich hatte ihm gestanden, dass ich während *Hexenkessel* eingeschlafen war, womit er mich ständig aufzog –, kam Professor Boris Dawidoff herein. Er war ein Mann mittleren Alters mit von roten Venen durchzogener Haut und einem ausladenden Bauch, bewegte sich aber dennoch voller Eleganz; er trug stets einen Blazer und einen Schal, den er sich auf europäische Art um den Hals schlang. Robin glaubte, er möge sie nicht; er hatte zu ihr gesagt, sie übe nicht genug, und ihre Interpretationen seien amateurhaft. *Mehr Technik, weniger Show*, sagte er dann zu ihr und schlug rhythmisch mit einem Dirigentenstöckchen, das er zu diesem Behuf immer mit sich führte, auf das Klavier. Sie habe das Gefühl, er müsse schwer an sich halten, um ihr damit nicht direkt auf die Finger zu klopfen; er wisse, dass sie dieses Gefühl habe, und tue es trotzdem, um ihr Angst zu machen und sie zum Kuschen zu bringen. «Aber ich lass mich nicht von ihm einschüchtern», sagte sie zu mir in einem Ton, der mir deutlich machte, dass genau das Gegenteil der Fall war. Seinetwegen übte sie mehr denn je, obwohl sie sich über die Trockenheit der Musikstücke beschwerte, die er für sie aussuchte; offenbar versuchte er, sie von den Romantikern abzubringen, die sie so sehr liebte, und in Richtung Barock zu lenken.

Nun jedoch stand der Mann vor mir im Labor. Wir hatten nie mehr miteinander geredet, seit ich damals an ihn herangetreten war, ob er Robin unterrichten könne, was zwei Jahre her war. Richard verzog sich diskret in sein Büro, und Dawidoff nahm neben mir Platz.

«Haben Sie schon mal darüber nachgedacht, auf welche Schule Ihre Schwester gehen soll?», fragte er.

Das hatte ich nicht. Wenn ich überhaupt über die Zukunft nachdachte, dann erfüllte mich schon mein eigenes Leben mit Panik. Worthen war mein ganzes Leben gewesen, und in sieben Monaten würde man mich hier rausschmeißen. Ich wusste nur, dass ich nicht zurück nach Montreal wollte.

«Wir müssen sie allmählich bei den Vorspielterminen anmelden», fuhr er fort. «Bloomington, Cincinnati. Juilliard.»

Als er mein ratloses Gesicht sah, fuhr er sich mit den Händen durch sein graues Haar und nickte, als bestätige meine Reaktion seine Befürchtungen. «Mit Ihrer Erlaubnis übernehme ich die Federführung», sagte er. «Ich habe Freunde bei diesen Institutionen. Es gibt auch finanzielle Hilfspakete, wenn Sie sich deswegen sorgen.»

«Okay», sagte ich.

Er seufzte und schürzte die Lippen. «Ihre Schwester», sagte er, «sollte in ihren Bestrebungen unterstützt werden.»

Das kränkte mich. «Ich unterstütze sie doch», sagte ich, leicht verschnupft. «Ich unterstütze sie die ganze Zeit.»

«Da bin ich mir sicher», sagte er herablassend. «Aber vielleicht ist das, was Sie zu bieten haben, nicht genug.»

Bald darauf begann Robin, abends immer später nach Hause zu kommen, weil sie viele Stunden lang zusammen an den Proben für die Stücke saßen, die sie vorspielen wollte. Es war Dawidoff, der sie zur Juilliard und zur Berklee brachte und mit kundiger Hand durch das Prozedere steuerte. Während er ihr den Weg in ihre Zukunft bahnte, passte ich meine eigene dementsprechend an. Ich bewarb mich an Filmhochschulen in New York und Boston, bat Olga um Hilfe. Sie gab mir nur wenige Ratschläge und bot lediglich an, mir einen Empfehlungsbrief zu schreiben, woraus ich schloss, dass ich für sie nicht das Wunderkind war, das Robin in Dawidoffs Augen darstellte. Das überraschte mich nicht. Mir schien es vollkommen richtig zu sein, dass die Welt meine Schwester genauso außergewöhnlich fand wie ich selbst und mich dagegen ebenso gewöhnlich.

«Alter Schwede!», sagte Helen, als ich ihr erzählte, Robin sei an der Juilliard angenommen worden. «Das ist Wahnsinn!» Das Laufteam schmiss eine Party für uns, an der wir Red-Stripe-Bier tranken und zu den Fugees tanzten. Um drei Uhr morgens wurde von Helen und ihren Freunden die Forderung nach einem Konzert laut. Robin lehnte errötend ab, doch sie beharrten darauf und drängten und umschmeichelten sie so lange, bis sie schließlich nachgab und uns zum Musikgebäude hinüberlotste; es war abgeschlossen, doch Robin förderte einen Schlüssel zutage, den Dawidoff ihr gegeben hatte, und wir setzten uns auf den Boden, während sie am Klavier Platz nahm, die Arme ausbreitete und eine glasklare und zutiefst beseelte Version von Mendelssohns *Liedern ohne Worte* zum Besten gab. Sie trug ein T-Shirt der New York Mets, das einmal Bernard gehört hatte, und denselben Jeansrock und die Chucks, die sie an dem Tag getragen hatte, als sie in Worthen ankam. Sie sah aus wie jedes andere junge Mädchen, doch als sie zu spielen begann, kamen ihre Gesichtszüge zur Ruhe, und sie wirkte auf einmal viel älter. Obwohl ich wusste, wie viel sie übte, überraschte mich manchmal immer noch der hingebungsvolle, fast fromme Ernst ihres Spiels; es war, als erführe ich, dass meine Schwester eine Nonne war, die ihr Gelübde abgelegt hatte. Die Musik durchflutete den Raum wie in sich kräuselnden Wellen, die von Robin ausgingen, sie stieg an, ebbte wieder ab; wieder und wieder trafen die Wellen meine Brust, wurden zurückgeworfen, wie ein Sog. Das Wort, das mir durch den Kopf ging, war: *gigantisch.* Neben Robins Talent war alles, was ich jemals erschaffen hatte oder noch erschaffen würde, wie eine Miniatur, winzig und von vergänglicher Bedeutung. Aus den Bewegungen der Hände meiner Schwester entstand etwas so Gewaltiges und Majestätisches, dass es groß genug war, um uns alle zu erfüllen, und als sie zu Ende gespielt hatte, wurde es so still im Raum, dass die Luft zu knistern und zu beben schien. Eines der Mädchen weinte.

«Gott im Himmel», sagte eine Hürdenläuferin namens Samantha. «Das ist der absolute Wahnsinn.»

Meine Schwester erhob sich von der Klavierbank und machte, offensichtlich beschwipst, einen Knicks, drehte sich dann einmal scharf um die eigene Achse nach links und lehnte sich an einen Notenständer, der mit lautem Klappern umkippte. Da ich wusste, was kam, schnappte ich mir einen Mülleimer und rannte zu ihr, spürte, wie sie in meinen Armen zusammenbrach. Sie saß auf dem Boden und kotzte, was das Zeug hielt, in den Eimer, während ich ihr die Haare aus dem Gesicht hielt. Die Hände, mit denen sie sich an mich klammerte, waren feucht und eisig, und sie stöhnte ein wenig, wortlos.

«Das wird schon wieder», sagte ich.

«O Gott, in mir dreht sich alles», sagte sie. «Lass mich bloß nicht los.»

«Mach ich nicht», sagte ich. In meiner Tasche steckte ein Umschlag, von dem ich noch niemandem etwas gesagt hatte. Ich war angenommen worden; auch ich würde nach New York gehen.

Marianne kam schließlich doch nach Worthen, zu meiner Abschlussfeier. Als sie vor unserer Wohnung aus ihrem Mietwagen stieg, waren wir so erschrocken über ihr Aussehen, dass wir nicht wussten, was wir sagen sollten. Sie hatte stark zugenommen und sah zum allerersten Mal in ihrem Leben ungepflegt und alt aus, obwohl sie erst vierzig war. Ihr unfrisiertes Haar lag schlaff auf den Schultern, sie trug ein blaues Button-Down-Hemd und eine schlabbrige Hose mit Gummizug. Sie stand mitten im Wohnzimmer und musterte mit einem Überrest ihrer einst so herrischen Art die Einrichtung. «Diese Couch ist furchtbar», sagte sie, doch wir empfanden die Bemerkung eher als beruhigend, weil sie uns an ihre Gemeinheit erinnerte, die eine Konstante unserer Kindheit gewesen war. Sie hatte uns Geschenke mitgebracht: Klamotten, in die sie nicht mehr hineinpasste, und für jede von uns ein Lesezeichen aus dünnem, flachem Gold.

«Die habe ich von meiner Großmutter bekommen», sagte sie, «als ich noch ein kleines Mädchen war. Ich hatte immer gute Noten.» Tränen glitzerten in ihren Augen, und Robin und ich schauten uns verwirrt an. Robin machte einen Schritt auf sie zu, als wolle sie sie umarmen, doch Marianne schüttelte den Kopf. «Gibt es hier eigentlich ein anständiges Restaurant», sagte sie, «in diesem amerikanischen Provinzkaff?»

Wir gingen zu dem Italiener, wo ich einmal mit Gordon und seinen Eltern gegessen hatte. Marianne bestellte eine Flasche Wein und leerte sie ganz allein. Hervé erwähnte sie mit keinem Wort. Aber sie erzählte, sie habe einen neuen Job als Account Manager bei einer kleinen Firma, für den sie nicht mehr reisen müsse, und als wir sie zu der Verbesserung beglückwünschten, hob sie eine Augenbraue und sagte: «Wir wollen es mal nicht übertreiben.»

Wir sprachen weder über die Zukunft noch über die Vergangenheit. Am Telefon hatten wir ihr gesagt, dass wir beide im Sommer nach New York ziehen würden und über Stipendien und Studentendarlehen genügend Geld zusammenkratzen konnten, um zu überleben, und sie hatte nur gesagt: «Prima.»

Sie fragte, ob wir ein Dessert wollten, wirkte aber verärgert, als wir Ja sagten. Das Tiramisu, das wir bestellten, schwamm wie eine trübe, gerinnende Pfütze auf unseren Tellern. Ich setzte mich auf meine Hände; Robin trommelte mit ihren Fingern auf der Stuhlkante.

Marianne gingen die Augen über, als sie die Rechnung sah. «Ihr Mädchen», sagte sie, «habt mir schon immer die Haare vom Kopf gefressen.»

Ich sah, wie Robin erstarrte, und es war mehr ihr Unbehagen als mein eigenes, das mich dazu veranlasste, etwas zu sagen. Vielleicht, so denke ich heute, war ich aber auch durch Mariannes offensichtliche Schwäche und ihre altersbedingte Hässlichkeit, die sie in meinen Augen so verletzlich machte wie nie zuvor, mutig geworden.

«Wir haben dir nichts genommen», sagte ich. «Du hast uns nichts gegeben. Du denkst nur an dich selbst.»

Wenn Marianne geschockt von dieser Breitseite war, die so gar nicht zu mir passen wollte, ließ sie es sich nicht anmerken. Sie rollte mit den

Augen, als sei das eine Diskussion, die wir schon seit Ewigkeiten führten, und als habe sie das alles schon tausendmal gehört. Das machte mich nur noch wütender.

«Irgendwann wirst du es schon auch noch begreifen», sagte sie herablassend. «Vielleicht, wenn du mal selbst Kinder hast, wirst du verstehen, welche Opfer man als Mutter bringen muss.»

«Was weißt du denn schon davon, wie es ist, Mutter zu sein?», konterte ich mit erhobener Stimme. Wäre es in dem Restaurant nicht so voll gewesen, hätte ich bestimmt andere auf mich aufmerksam gemacht, doch wir waren von lauter Familien umgeben, die gut gelaunt, scherzend, lachend und plaudernd stolz den Abschluss ihrer Kinder feierten. «Ich bin für Robin mehr eine Mutter gewesen als du», fuhr ich fort, selbst überrascht über meine Stimme, die jedes Wort pointiert und klar artikulierte.

Ich spürte, wie Robin die Hand auf meinen Arm legte, doch was mich wirklich verstummen ließ, war Mariannes Gelächter, das so laut war, dass es sogar den Lärm an den anderen Tischen übertönte, ein glockenhelles Lachen, schrill und falsch, wie eine Frau in einem alten Film. Sie lachte und lachte, andere Leute schauten zu uns herüber, und die Kellnerin trat auf uns zu, nahm Mariannes Geld und entfernte sich schüchtern.

Dann hielt Marianne plötzlich inne, so abrupt, wie sie begonnen hatte, nahm ihre Serviette und faltete sie akribisch zu einem exakten Quadrat zusammen. Aus ihrer Miene sprachen weder Ärger noch Erregung; sie war einfach neutral, als habe sie mitten in der Unterhaltung vergessen, worum es gerade gegangen war. Sie sah sehr sonderbar aus. Ich bemerkte, dass sie ein leichtes Doppelkinn angesetzt hatte, und der Puls zuckte deutlich unter der wabbeligen Haut. Jetzt beschämte mich ihre Schwäche, die mich zuvor so kühn gemacht hatte, und verwirrte mich. Ich fühlte mich wie eine Katze, die eine Maus gefangen hat und sich darauf freut, mit ihr zu spielen, dann jedoch zu ihrer Enttäuschung feststellen muss, dass sie bereits tot ist.

Marianne bekam ihr Wechselgeld und fuhr uns schweigend nach Hause. Am nächsten Tag saß sie in meiner Abschlussfeier und ließ keinen

Zweifel daran, dass sie nicht vorhatte, im nächsten Monat noch einmal zu kommen, wenn Robin mit der Highschool fertig wäre. Als sie ging, küsste sie uns beide auf die Wangen, so formell wie eine Fremde, ohne dass ihre Lippen uns tatsächlich berührten.

Besser war in jeder Hinsicht die Abschiedsparty, die wir in unserer Wohnung schmissen. Emma kam von Great Barrington herüber, um mit uns zu feiern, und brachte einen riesigen Laib selbst gemachten, milchigweißen Käse mit; Richard kam mit seiner Frau, beide in identischen Kakihosen und blauen Poloshirts, und erst als sie wieder gegangen waren, entdeckte ich den Umschlag, den sie, an mich adressiert, hinterlassen hatten, mit einem erstaunlich hohen Scheck darin – ein Betrag mit mehr Nullen, als ich jemals in meinem Leben gesehen hatte – und einem Brief, in dem stand: *Nutze das für deine Zukunft.* Auch das Laufteam kam, ebenso wie ein paar Leute aus dem Filmkurs, die laotischen Zwillinge sowie die chinesische Familie, in deren Restaurant Robin immer noch arbeitete. Olga und Boris kamen zusammen und blieben eine Viertelstunde, rauchten Zigaretten auf der Veranda und sprachen erst miteinander, als sie wieder gingen, so mysteriös, wie sie für mich immer schon gewesen waren. Um Mitternacht, als ich Pappteller und anderen Müll in einer Tüte einsammelte, schluchzte ich bei dem Gedanken, Worthen zu verlassen, denn für mich war es der wundervollste Ort auf Erden gewesen.

22.

Robin und ich bezogen eine Wohnung in Hell's Kitchen, die wir den Tunnel nannten. Es war eine Schlauchwohnung, so schmal wie eine Schlange: Man betrat den Flur und von dort aus eine Kombination aus Wohnzimmer und Küche, wo wir zusammen gerade mal Platz auf einem Futon hatten. Dann gab es mein Schlafzimmer, das man durchqueren musste, um in Robins Zimmer zu gelangen, das nicht größer war als die Matratze, die wir hineinlegten. Doch die Wohnung war nicht so wichtig, weil wir sowieso kaum da waren. Um über die Runden zu kommen, besuchte ich nur einen Teil der Lehrveranstaltungen und arbeitete dafür Vollzeit im Campus-Store, wo ich hinter der Kasse stand und sündhaft teure Sweatshirts mit dem Logo der Uni verkaufte. Oft legte ich mich lieber für ein paar Stündchen auf der Couch im Studentenwerk aufs Ohr, statt mit der Metro den langen Heimweg anzutreten. Niemand fand das seltsam; überhaupt achtete keiner auf mich. Auf der Filmhochschule gab es niemanden, der nicht selbstbewusster und weltgewandter war als ich; hier diskutierte man stundenlang über Jim Jarmusch und ließ sich über Wong Kar-Wai aus. Ich war wieder dort, wo ich in meinem ersten Studienjahr in Worthen gewesen war, als ich Gordons Reden lauschte und mir klar wurde, wie wenig ich wusste.

Robin freundete sich mit neuen Leuten an, unter denen unverständliche Insider-Jokes über «J-yard», wie sie ihre Alma Mater verballhornten, kursierten; eine Erwähnung der Zwölftonmusik versetzte alle in unbändiges Kichern oder Stöhnen. Oft saßen sie herum, lauschten CDs mit Werken, die sie kryptisch «Rach 1» oder «Rach 2» tauften. Manche von ihnen hatten anscheinend seit ihrem vierten Lebensjahr nichts anderes getan, als Klavier zu spielen. Sie waren wie Kälber, die ihr ganzes Leben im Stall verbracht hatten und mit musikalischen Fertigkeiten gemästet worden waren, bis sie ihr Schlachtgewicht erreicht hatten. Auf ihren unterentwickelten Beinen konnten sie kaum laufen, doch wenn sie Chopin spielten, kamen einem die Tränen.

Vielleicht als Reaktion auf diese neue Umgebung, vielleicht auch nicht – sie sprach nicht viel über ihre Entscheidungen –, färbte meine Schwester ihre Haare blau und trug Männerkleidung. Ihrem bereits existierenden Piercing fügte sie einen weiteren Ring hinzu und ließ sich die Augenbraue stechen; einmal fand ich blutige Bandagen im Müll und erfuhr, dass sie sich ein spiralförmiges Tattoo rund um den Fußknöchel hatte machen lassen. Dem fügte sie später andere – ein Herz, eine Blume – auf dem Bizeps und im Lendenbereich hinzu; sie bekritzelte sich selbst, als sei sie ein Notizbuch. Heutzutage sind diese Tattoos unter jungen Frauen gang und gäbe, ja, sie werden sogar erwartet, doch damals war ich gelinde gesagt schockiert, weniger darüber, wie sie aussahen, sondern über die Tatsache, dass Robin offenbar davon überzeugt war, diese Symbole seien es wert, ein ganzes Leben getragen zu werden. Was bedeutete ihr diese Spirale oder eine Rose? Als ich sie danach fragte, zuckte sie beiläufig mit den Schultern und sagte, es sei bloß eine Beschäftigung. Damals hatte sie ein Techtelmechtel mit einer Frau namens Sheri, die ihr vorwarf, Lesbischsein wie ein modisches Accessoire zu benutzen. Bald darauf gab sie Robin den Laufpass und ließ meine Schwester schluchzend und am Boden zerstört zurück, genauso, wie es mit Bernard gewesen war. Sie ertränkte ihren Kummer mit Rum, und ich wachte nachts davon auf, wie sie würgend durch mein Zimmer aufs Klo rannte.

Sie verbrachte genauso viel Zeit an ihrer Schule wie ich an meiner, und manchmal verging eine Woche, ohne dass wir miteinander sprachen. Unser Leben überlappte sich damals nur am Rand, niemals in der Mitte.

Trotz all dieser Veränderungen war ich auf vorsichtige Art glücklich, als traute ich der Sache noch nicht so ganz. Die Stadt legte bei mir die Beichte ab, als habe sie etwas zu verbergen und wolle sich mir anvertrauen. Mein New York war eine Studie in Negativraum. Sie war der Washington Square um fünf Uhr morgens, fast menschenleer bis auf mich, ein paar Junkies und die morgendlichen Jogger, oder es war die Aussicht aus dem Schneideraum um Mitternacht, wenn die Straßen voller Studenten von der NYU waren, die in die Bars strömten. Es war ein Mann, der mit gesenktem Kopf vor sich hin spazierte, in der einen Hand eine Zigarette; oder ein anderer, der auf einer Parkbank saß und ein Buch las; eine Frau, die ich im Bus sah, sie blickte aus dem Fenster, und Tränen strömten ihr übers Gesicht. Den größten Teil meiner Zeit verbrachte ich allein, und die Stille meines Studentenjobs bei Richard hatte sich auf eine professionelle Frequenz eingestellt. Die Membran, die mich schon zuvor am College von allen anderen getrennt hatte, war immer noch da, doch jetzt betrachtete ich sie als Schutz, und ich verschanzte mich gerne hinter ihr, ein bebendes Bündel Aktivität, entschlossen, aber unsichtbar.

23.

In meinem zweiten Semester an der Hochschule belegte ich einen Kurs in Dokumentarfilm. Im Seminar schauten wir uns *Titicut Follies* von Frederick Wiseman an, eine Doku über das Leben in einer Anstalt für geisteskranke Straftäter. In den Sechzigern produziert, war der Film jahrzehntelang der Zensur zum Opfer gefallen und erst im Jahre 1992 gezeigt worden. Ich sah ihn mir mit einer Mischung aus Entsetzen und Faszination an, manchmal schlug ich die Hände vors Gesicht und blickte wie ein sich gruselndes Kind zwischen den Fingern hindurch. Was ich da sah – Missbrauch, Gewalt, Krankheit, Verfall –, war schrecklich, und allein die Tatsache, es sich anzusehen, fühlte sich wic cine Grenzüberschreitung an, monumental und schuldhaft zugleich. Ich schrieb einen Essay darüber, doppelt so lang, wie er eigentlich sein sollte, und erhielt dafür nicht nur eine schlechte Note, sondern eine Notiz von meinem Professor, der schrieb: *Ich habe um eine Analyse gebeten, nicht um Fanpost.* Mit vor Scham brennenden Wangen wollte ich den Kurs zunächst sausen lassen, weil es mir zu peinlich war, ihm noch einmal unter die Augen zu treten. Doch als ich auf den Lehrplan sah, bemerkte ich, dass als Gastredner für die darauffolgende Woche der Filmemacher Lawrence Wheelock auf der Tagesordnung stand.

In Worthen hatte Olga mit mir über Wheelocks Film *Die Gewohnheit der Verzweiflung* gesprochen. An einem typisch düsteren Winternachmittag saßen wir in ihrem Büro, der Wind brachte die Wände des Gebäudes zum Knirschen. Olga kippelte auf ihrem Stuhl und blickte zur Decke, sprach mehr zu sich selbst als mit mir. Als sie *Die Gewohnheit der Verzweiflung* zum ersten Mal gesehen hatte, war sie etwa in meinem Alter gewesen. Der Titel war ein Zitat von Camus – «Die Gewohnheit der Verzweiflung ist schlimmer als die Verzweiflung selbst» –, und Olga, die ein großer Camus-Fan war, hatte das Zitat aus der *Pest* sofort erkannt. Darüber hinaus wusste sie nichts über den Film. Damals hatte sie die Angewohnheit, einfach in Filme zu spazieren, ohne etwas über sie zu wissen.

Genauer gesagt, las sie bewusst vorher nichts darüber, kaufte sich manchmal sogar eine Eintrittskarte für einen Film, obwohl die Vorstellung längst lief, oder sie ging wieder, bevor er zu Ende war. Damit wollte sie, wie sie mir sagte, ihre eigene Aufnahmefähigkeit für Bilder testen: Was auch immer gezeigt wurde, sie konnte daraus schlau werden. «Vielleicht», sagte sie, «war es aber auch nur ein albernes Spiel mit dem Zufall.»

Wheelock, hatte sie später erfahren, war gerade einmal fünfundzwanzig gewesen, als er diesen, seinen ersten Film gedreht hatte. Olga hatte vorgehabt, sich nur ein paar Minuten davon anzusehen, war dann aber bis zum Schluss dabeigeblieben. Sie war die einzige Zuschauerin im Kino, und als sie irgendwann zum Projektionsraum hochschaute, hatte sie festgestellt, dass keiner drinsaß; nachher, als sie in die Lobby ging, war nicht einmal dort jemand gewesen. Die ganze Erfahrung war so lebendig und sonderbar, dass sie sich wie ein Klartraum anfühlte.

In dem Film geht eine Frau ihrem Alltag nach. Sie gibt ihren Kindern Frühstück, küsst ihren Mann, putzt das Haus und begibt sich dann zur Arbeit in einer Papierfabrik. Sie geht ans Telefon und tippt Briefe, während hinter ihr, in der Fabrikhalle, große Rollen Papier aus Maschinen kommen und auf Fließbändern transportiert und in Tonnen verpackt werden. Der Industrielärm ist so groß, dass man die Stimme der Frau nicht hören kann. Abends bringt sie ihre Kinder zu Bett, legt sich selbst hin und liest eine Zeitschrift, schaltet das Licht aus. Sie beklagt sich nicht. Sie spricht weder in die Kamera, noch gibt sie sonst zu erkennen, dass sie weiß, dass sie beobachtet wird. Der Film wird schnörkellos erzählt, allem Anschein nach ungeformt. Als er zu Ende war, schluchzte Olga. «Das war der traurigste Film, den ich je gesehen hatte», sagte sie.

Ganz langsam senkte sie den Blick von der Decke und richtete ihn auf mich. «Sie verstehen», fügte sie hinzu und breitete die Hände aus.

Ich verstand gar nichts. Ich verstand nicht, worauf sie hinauswollte, obwohl es wahrscheinlich das vertraulichste Geständnis gewesen war, das sie mir je gemacht hatte. Ich erinnere mich, dass sie einen roten Schal und braunen Lippenstift trug, was damals modern war, dazu einen klobigen marineblauen Rollkragenpullover, der ihr bis über die Hüften reichte. Irgendwie sah dieses wolldeckengroße Ungetüm an ihr schick und gar nicht lächerlich aus. Im Halbdunkel ihres Büros versanken die Flächen ihres Gesichts langsam im Schatten. Ich blieb noch, in der Hoffnung, sie würde mehr sagen, doch der Moment ging vorüber. Sie wandte sich wieder dem Buchmanuskript auf ihrem Schreibtisch zu und schalt mich wegen einer Nachlässigkeit beim Korrekturlesen.

Wegen Olga wollte ich mir Wheelocks Vortrag unter gar keinen Umständen entgehen lassen, und so kehrte ich in den Kurs zurück und nahm in der letzten Reihe Platz. Als er in Begleitung meines Professors den Raum betrat, machte ich die seltene Erfahrung, einen Menschen zu sehen, der sich angesichts eines Publikums offenbar noch unwohler fühlte als ich. Und vielleicht aus gutem Grunde, denn bei seinem Anblick begannen die zwei Studenten vor mir, eingefleischte Fans von Hal Hartley und Träger von identischen Doc Martens, zu kichern. Ich schämte mich für sie und errötete in der Hoffnung, dass er es nicht gehört hatte.

Wheelock trug eine ausgefranste Kakihose mit hohem Bund, die ihm direkt bis unter die Rippen reichte, und ein dickes weißes Hemd, das unter den Achseln vergilbt war. Die Kleidung war voller Farbtupfer, bei denen es sich jedoch nicht um ein Muster, sondern um Essensreste, Kaffeeflecken und Erde handelte. Seine Brillengläser waren dick und das dunkelbraune Haar seit Monaten nicht geschnitten. Während unser Professor sich am Rednerpult zu schaffen machte, blinzelte Wheelock uns entgegen, die Augen auf einen Punkt über unseren Köpfen gerichtet. Dabei wischte er immer wieder die Hände an seinem Hosenboden ab und starrte dann auf das hinab, was er offenbar nicht von den Händen abbekam. Mit seinen dunklen Augen und der sehr hageren Figur sah er aus wie der Physiker Robert Oppenheimer. Während ich ihn ansah, erinnerte ich mich, irgendwo gelesen zu haben, dass Oppenheimer erst sechs Monate nach dem Börsencrash an der Wall Street bei einem Gespräch mit einem Freund von dem Desaster erfahren hatte; so entrückt von der Welt war er als junger Mann gewesen. Wheelock strahlte eine Zerstreutheit aus, die mich vermuten ließ, dass auch er in irgendeiner unermesslichen Distanz von der weltlichen Wirklichkeit lebte, in der der Rest von uns sein Dasein fristete.

Ich hatte damit gerechnet, dass er stottern und viele Pausen machen würde, doch kaum war der Projektor aufgebaut und Wheelock hatte das Wort ergriffen, sprach er selbstbewusst und artikuliert. Ich fand ihn brillant. Über seine eigenen Filme sprach er nicht, er streifte sie nicht einmal. Stattdessen zeigte er eine Szene aus Renoirs *Die Spielregel* («War ja klar», schnaubte das Paar vor mir verächtlich) und nahm die Komposition des Films auseinander, die er mit Velázquez' Gemälde *Las Meninas* verglich. Er sprach über die Kamera als eine Art Spiegel, den man der Szene vorhält und dessen Präsenz spürbar ist, obwohl die Ausrüstung selbst nicht zu sehen ist. Er sagte, jeder Filmemacher verkörpere Heisenbergs Unschärferelation, indem er den Drehprozess im Auge behalte und damit auch beeinflusse, und dass die besten Filmemacher sich diese Komplikation eher zu eigen machten, als zu versuchen, sie unter den Tisch zu kehren. Er schilderte, wie durch Errol Morris' Film *Der Fall Randall Adams* ein Mann aus dem Gefängnis freigekommen war, und wie Morris darin ausgerechnet die Szene, die sich nach seinem Dafürhalten tatsächlich so abgespielt hatte, als einzige *nicht* als *reenactment* nachgestellt hatte, was zur Folge hatte, dass die Wahrheit, wenn es denn eine solche gab, nur im Kopf des Betrachters existierte statt auf dem Bildschirm. Dann hörte er ganz plötzlich mitten im Satz auf zu reden. Er hatte eine ganze Stunde gesprochen, und mein Professor verkündete, sichtlich nervös, es sei keine Zeit mehr für Fragen. Als ich sah, wie dabei ein Lächeln über Wheelocks Gesicht huschte, wusste ich, dass er absichtlich so lang gesprochen hatte.

Studenten aus dem nächsten Kurs tröpfelten bereits herein und nahmen ihre Plätze ein. Wie magnetisch angezogen, bewegte ich mich auf die Stelle im Flur zu, wo Wheelock und mein Professor standen. «Espresso?», fragte mein Professor gerade, und fügte dann mit einem nervösen Lachen hinzu: «Oder Whiskey?» Es war elf Uhr morgens, doch Wheelock schien interessiert zu sein.

«Ich kenne einen guten Ort für Whiskey», sagte ich. Dass ich das tat, war so uncharakteristisch für mich, dass ich es mir bis heute nicht erklären kann. Mein Professor schaute mich verblüfft an; im Unterricht meldete ich mich nie zu Wort, und ich bin mir nicht sicher, ob er überhaupt wusste, wer ich war.

«Nun, wenn Sie einen guten Platz wissen …», sagte Wheelock. Ich bemerkte, dass seine Lippen aufgesprungen waren und er dunkle Ringe unter den Augen hatte. Eigentlich kannte ich gar keinen guten Ort für Whiskey; ich kannte überhaupt keine Bars. Doch New York war voller Bars, und ganz gewiss hatten sie alle Whiskey. Ich fuhr mit den beiden Männern mit dem Aufzug hinunter und trat aus dem Gebäude, einfach aus Tollkühnheit. Als wir auf die Straße hinaustraten, fiel mir eine Bar ein, die ich während eines Schneesturms auf dem Weg zur U-Bahn gesehen hatte und wo ein Mann und eine Frau am Fenster saßen, die Köpfe ganz nahe beieinander, behaglich und romantisch. Jetzt gingen wir durch diesen charakterlosen Märztag, der kalt, aber nicht beißend kalt war, dorthin, der Wind pfefferte Abfälle durch die Straße wie ein gelangweiltes Kind seine Spielsachen. Kurz darauf öffnete ich die Tür und sagte: «Nach Ihnen.»

Drinnen war es schummerig und kalt, ganz und gar nicht behaglich oder romantisch. Ein Mann saß an der Bar und hatte seinen Mantel an. Er trank etwas, das aussah wie Milch, ein leeres Schnapsglas stand daneben. Der Barkeeper kam aus dem Hinterraum. Er hatte einen glatt rasierten Kopf und eine aufgeschürfte Lippe und schien nicht besonders begeistert zu sein, uns zu sehen.

«Perfekt», sagte Wheelock hinter mir.

Wir nahmen in einer Nische Platz. Der Professor ging an die Bar und kam mit drei Whiskeys sowie einer Cola für sich selbst zurück; er erklärte, in einer Stunde müsse er unterrichten. Ohne ihn zu beachten, senkte Wheelock den Kopf über das Glas und nahm genüsslich einen Schluck, kostete ihn auf den Lippen. Dann nahm er das Glas in die Hand und trank es aus, seine Finger zuckten leicht. Der Blick des Professors begegnete meinem. Wortlos schob er Wheelock sein Glas hin, der auch dieses austrank und sich dann mit sichtlicher Erleichterung in der Nische zurücklehnte. Aus der Nähe sah ich, dass sein Kinn stoppelig war. «Ich habe nicht gut geschlafen», sagte er, an niemand Besonderen gerichtet. «Ich bin kein großer Fan von öffentlichen Auftritten.»

«Ich fand Sie großartig», sagte ich, und die Worte verpufften unbeachtet in der dunklen Bar. Mir fiel der Kommentar meines Professors zu meinem Essay ein: *Ich habe um eine Analyse gebeten, nicht um Fanpost.* Ich fing an, über Werner Herzogs *Fitzcarraldo* zu reden, in dem es um einen Mann geht, der ein Opernhaus im Dschungel des Amazonas bauen will. Den Film hatte ich mir im vergangenen Semester angeschaut, weil andere Studenten darüber geredet hatten. Sie liebten es, das Wort *fitzcarraldisch* in ihre Sätze zu streuen. «Ich habe einen fitzcarraldischen Ehrgeiz, diese Seminararbeit zu schreiben», sagten sie zum Beispiel. Der Film war berühmt, und ich fand ihn furchtbar, wobei mir mein Mangel an Geschmack, wie so oft, durchaus bewusst war. Wheelock schien nicht zuzuhören, und mein Professor wühlte in seinem Rucksack und murmelte etwas über abhandengekommene Notizen zu einer Vorlesung. Es war ein befreiendes Gefühl, einfach so zu reden, ohne die Erwartung, dass mir jemand zuhörte. Ich sagte, der Film mache mich wütend, weil er männliche Ambition und Hochkultur zusammenbrachte, als seien sie ein und dasselbe; ich sagte – und das war mehr Olgas Ansicht als die meine –, der männliche Blickwinkel der Kamera unterstütze noch diese abgeschmackte Ideologie, in der es keinerlei Zweifel gebe. «Was ich in einem Film will, ist mehr Ungewissheit», fuhr ich fort, ohne auch nur den blassesten Schimmer zu haben, was ich damit meinte. «Mehr Platz für Zufall und Zufälligkeiten.»

Irgendwo mitten in meinen Ausführungen hatte Wheelock begonnen, mir doch Aufmerksamkeit zu schenken, und er unterbrach mich, stellte mir Fragen. Was ich denn mit *Ungewissheit* meine? Ob ich denn ein Beispiel aus einem Film nennen könne? An diesem Punkt hatte ich meinen

Whiskey getrunken – es war, glaube ich, der erste meines Lebens –, und er brannte in meinem Magen und meinem Hirn. Ich sprach über Sophie Calle, eine französische Künstlerin, von der ich erst kürzlich gehört hatte und die mich faszinierte. Sie hatte einmal ihre Mutter gebeten, einen Detektiv anzuheuern, der ihr durch Paris folgen und sie beschatten sollte. Der Detektiv dokumentierte ihren Weg durch die Stadt ebenso wie sie ihre Erfahrungen damit, beobachtet zu werden. Sie hatte die Kontrolle über seinen Blick und auch wieder nicht, war Beobachterin und Beobachtete zugleich. Wheelock rollte mit den Augen. «Ein Stunt», sagte er. «Künstliche Wirklichkeit, auch nicht besser als die Formel eines Studiofilms.»

Schon bald stritten wir uns. Wheelock hob einen Finger, und mehr Whiskey erschien. An einem gewissen Punkt merkte ich, dass mein Professor weg war. Ich war sehr betrunken. Ich begann über *Pretty Woman* zu schwadronieren, und zu meiner Überraschung lachte Wheelock. Mittlerweile waren mehr Leute in der Bar – alles Männer –, und er war so laut, dass andere sich umdrehten und zu uns herüberschauten. Es war nicht die Bar, in der Leute lachten, sondern eher ein ruhiges Wasserloch für diejenigen, die über Tag ihr Quantum brauchten, doch ich hatte nicht genug Erfahrung mit Bars, um das zu wissen. Als ich Wheelock lachen sah, wusste ich, dass ich mich lächerlich gemacht hatte. Doch ich wusste auch, dass eine Veränderung mit ihm vorgegangen war; er hatte ein schönes Lächeln und zwei Grübchen, die seinem stoppeligen Gesicht etwas Liebenswertes verliehen.

Als wir aus der Bar torkelten und in den trostlosen, windigen Nachmittag hinaustraten, reichte Wheelock mir seine Visitenkarte. Er lebte und arbeitete auf einem Bauernhof in Pennsylvania und versprach mir einen Sommerjob.

«Werden Sie sich daran erinnern?», fragte ich ihn unter leichtem Schwanken auf dem Gehweg.

«Ich vergesse nie etwas», sagte er.

24.

Wäre ich nicht so sehr mit meinem eigenen Leben beschäftigt gewesen, hätte ich gemerkt, dass mit Robin etwas nicht stimmte, aber es dauerte noch lange, bis mir bewusst wurde, wie sehr sie zu kämpfen hatte. An der Juilliard gab es nichts als Regeln, Robins Technik wurde als nachlässig bezeichnet; es hieß, man habe ihr zu viele Freiheiten gelassen, und ihr Spiel sei ungenau. Bei ihren Interpretationen hoben die Lehrer die Augenbrauen, und man gab ihr zu verstehen, dass sie ihre schlechten Angewohnheiten auf dem schnellsten Wege abzulegen habe. Man wollte ihre Technik auf das einfachste Niveau herunterbrechen; dabei sollte die sogenannte Taubman-Methode zur Anwendung kommen, von der es hieß, sie könne Verletzungen, die durch das Klavierspielen verursacht wurden, lindern. Dazu ließ man Robin – wieder und wieder – die ersten paar Takte eines Stücks spielen, das sie als Zehnjährige gelernt hatte. Jemand stand neben ihr und wies sie an, das Kinn einzuziehen; man arbeitete an den Mikro-Rotationen der Ellbogen und Handgelenke; man veränderte ihren Fingersatz und drückte ihre Schultern hinab. Alles, was sie tat, war *zu viel.* Manchmal ertappte sie ihre Lehrer dabei, dass sie mit den Augen rollten, und statt sich zu beeilen, es besser zu machen, damit sie zufrieden wären, so wie ich das getan hätte, schlug sie die entgegengesetzte Richtung ein und spielte ihre Stücke mit manierierter Übertreibung. «Ist es eigentlich möglich, *sarkastisch* Klavier zu spielen?», fragte einer ihrer Lehrer. «Denn ich glaube, genau das habe ich gerade gehört.»

Im Gegensatz zu mir igelte sich Robin niemals ein. Charismatisch und eigensinnig, wie sie war, schloss sie leicht Freundschaften, Leute, mit denen sie nach dem Unterricht Kaffee trinken ging und bei denen sie sich über ihr Pensum, ihre Lehrer und die Theoriekurse beklagte, in denen Robin vor Langeweile Kopfweh bekam. Doch nach dem Kaffee machten sich ihre Freunde wieder an die Arbeit und Robin nicht. Sie ging etwas trinken oder hatte Dates. Sie ging allein tanzen und kam nicht allein nach Hause.

Dann, im Dezember ihres ersten Semesters, rief Dawidoff an. Die beiden hatten nie zuvor miteinander telefoniert, nicht einmal in Worthen, und einen Moment lang schien ihr beim Klang seiner leisen, belegten, vertrauten Stimme warm ums Herz zu werden, bis er dann sagte: «Ich höre nichts Gutes.»

«Nein?», sagte sie. «Ihre neuen Studenten können nicht mit mir mithalten, stimmt's?»

«Werden Sie nicht patzig», sagte Dawidoff. In seinem russischen Akzent, den Robin später, als sie es mir erzählte, nachahmte, klang das Wort weich und drollig. «Sie sind meinetwegen dort», sagte er. «Mir wird erst jetzt bewusst, dass Ihnen das nicht klar ist. Sie glauben, alles fliegt Ihnen zu, weil Sie so besonders und wundervoll sind, die hübsche Robin mit ihrer schönen Musik, lalala. Sie sind ein talentiertes Mädchen. Aber Sie sind nicht so besonders, wie Sie denken. Das alles ist durch *mich* geschehen. Ich hatte bei vielen Leuten etwas gut, um diesen Gefallen einfordern zu können. Wenn Sie scheitern, sehe ich sehr schlecht aus.»

Robin presste die Lippen aufeinander und schwieg.

«Ich habe Sie um nichts gebeten», sagte sie schließlich. «Ich kann genauso gut auf ein Community College gehen oder so was.»

«Auch gut», sagte Dawidoff brüsk. «Dann machen Sie das.» Er legte auf. Robin hielt den Hörer mit zitternden Händen und hörte das Freizeichen, ein Akkord aus A und F, der ihr nicht mehr aus dem Ohr ging.

Sie hatte beschlossen, wenn sie die Juilliard verließ, sollte es ihre eigene Entscheidung sein. Und so veränderte sie im Frühjahrssemester, etwa um die Zeit, als ich Lawrence Wheelock kennenlernte, ihre Spielweise. Sie brach mit all ihren alten Gewohnheiten – das, was sie als ihre komplette Musikerpersönlichkeit betrachtete – und legte sich eine neue zu. Sie befolgte alle Anweisungen. Die neue Spielart fand sie zwar trocken und einschränkend, doch letztlich nicht schwierig. Sie machte den perfekten Roboter aus sich. Wenn ihre Lehrer ein dünnes, aber längst noch nicht überzeugtes Lächeln zeigten, machte sie einfach weiter, indem sie alles wegriss wie eine alte Tapete – die Farbe, die Spontaneität, alle Gefühle.

«Es ist schön, Sie reifen zu sehen», sagte ein Lehrer schließlich zu ihr. «Warten Sie nur ab, wir machen noch einen Glenn Gould aus Ihnen.» Das mit Glenn Gould war ein alter Witz, den die Leute mit meiner Schwester machten, weil sie Kanadierin war. Sie wünschte, sie hätten sich eine bessere Vorlage ausgesucht.

«Na super, ich wäre furchtbar gern ein gestörter Eigenbrötler, der im Alter von fünfzig den Löffel abgibt», konterte sie.

«Wie auch immer», sagte der Lehrer. «Es gefällt uns, dass Sie sich von Ihrer Nachsicht sich selbst gegenüber wegbewegen.»

In Robins Augen ergab es keinen Sinn, dass man Nachsicht sich selbst gegenüber als etwas Schlechtes betrachtete. Was war denn Musik schon außer dem Selbst? Und wenn sie ihr Selbst herausnahm, wo sollte es dann hin? Als sie mir Jahre später diese Geschichte erzählte, spürte ich, dass sich ihr selbst im Rückblick immer noch die Nackenhaare aufstellten und sie einerseits stolz darauf war, dass es ihr gelungen war, den Lehrern das zu geben, was sie von ihr verlangten, es ihnen andererseits aber auch nachtrug.

«Wünschtest du, du hättest nicht nachgegeben?», fragte ich sie.

«Ich habe nicht nachgegeben», gab sie barsch zurück. «Ich habe nur so getan.»

Ob sie nun nur so getan hatte oder nicht – Robin erlebte einen großen Erfolg am Ende jenes ersten Jahres. Sie wurde zu einem renommierten Sommerfestival in Aspen eingeladen, und ihre Noten waren exzellent. Eines Tages wurde ein Blumenstrauß für sie abgeliefert, und inmitten der Taglilien und Rosen steckte eine kleine Karte, auf der stand: *Dann werden Sie wohl doch nicht aufs Community College gehen.* Robin trug den Strauß mit den rosa und gelben Zweigen, die sie in der Nase kitzelten, durch die Flure und auf die Straße hinunter. Sie durchquerte das Lincoln Center und ging in westlicher Richtung die 66th Street entlang. Der Wind wehte ihr das Haar ins Gesicht, sodass sie nur die Hälfte sehen konnte, weil der

Strauß sie daran hinderte, die Haare wegzustreichen. Wenn Leute sie anstarrten, sah sie es nicht. Sie ging und ging, bis sie am Hudson River angelangt war, wo sie das Bukett ablegte. Dann zupfte sie eine Blume nach der anderen aus dem Strauß und warf sie in das aufgewühlte Wasser des Flusses. Als die Blumen alle weg waren, warf sie auch noch die Vase hinterher, die kurz auf den Fluten dümpelte, bevor sie in enttäuschender Ermangelung eines Tuschs sang- und klanglos unterging.

Ein Mann im Business-Anzug saß auf einer Bank, verzehrte seinen Lunch aus einer Bento-Box, die er auf den Oberschenkeln balancierte, und beobachtete sie mit einem süffisanten Grinsen auf den Lippen. Ein Stück Lachs zwischen Daumen und Zeigefinger balancierend, winkte er ihr zu, während eine Möwe dem Fischstückchen begehrliche Blicke zuwarf. «Mach dir keine Sorgen, Baby», sagte er. «Es gibt noch jede Menge andere Fische im Meer.»

Robin wandte sich ihm zu. «Was für ein unglaublich weiser Spruch! So was habe ich ja noch nie gehört!»

Der Knabe wirkte nicht weiter beeindruckt. «Ach, in *der* Stimmung sind wir also!», sagte er, immer noch grinsend.

Er hieß Saul und war Managementberater. Robin begleitete ihn in seine Wohnung an der Upper West Side und vögelte mit ihm, doch nur – wie sie mir all die Jahre später erzählte, wobei sie ihre Wut immer noch im Zaum halten musste –, um ihm dieses Grinsen aus dem Gesicht zu wischen.

25.

Robin und ich verbrachten den Sommer getrennt voneinander. Sie fuhr nach Aspen und anschließend nach Chicago, wo sie den Sommer über an einem Intensivprogramm teilnahm; danach kehrte sie früher als ich nach New York und in den Tunnel zurück. Sie erhielt mehrere Stipendien und Preise, genug, um damit ihren Anteil an der Miete zu zahlen, was ich als Zeichen dafür wertete, dass sie wieder auf Kurs war. Ich hatte keinen

Zweifel daran, dass sie berühmt werden, in schicken Kleidern auftreten und Platten aufnehmen würde, die man noch in Jahrzehnten hören würde, so wie sie und ich endlos Platten auf Mariannes Magnavox-Plattenspieler gehört hatten. Weil ich mir dessen so sicher war, wurde die Anspannung, die mich schon seit Jahren gepackt hatte – der Druck, für sie verantwortlich zu sein –, weniger. Ich fuhr nach Pennsylvania, um für Lawrence Wheelock zu arbeiten, der in einem alten gelben Bauernhaus voller abblätternder Hexenzeichen lebte, die frühere Bewohner hinterlassen hatten. Als ich ankam, holte er mich mit einem dunkelblauen Pick-up, von dem der Rost wie Krätzekrusten abblätterte, von der Bushaltestelle ab.

«Schön, dass Sie hier sind», brummelte er, während wir auf der Schotterstraße entlangfuhren. «Ich freue mich auf unsere Zusammenarbeit.» Er führte mich zu einem Gartenschuppen hinter dem Haus, wo ich wohnen würde. «Hier sind Sie ganz für sich», sagte er und hob verlegen die Augenbrauen. Der Schuppen war von irgendeinem früheren Bewohner eingerichtet worden: Es gab ein Himmelbett mit überraschend schöner Bettwäsche, ein Nachttischchen und ein kleines Bücherregal. Es gab Strom und in einer Ecke ein kleines Waschbecken und eine Toilette, wie in einer Luxus-Gefängniszelle.

Man sah Wheelocks Haus auf den ersten Blick an, dass sich hier alles um seine Arbeit drehte. Es gab fast keine Möbel, das Wohnzimmer war ein einziges, chaotisches Archiv mit Aktenschränken und speziell zugeschnittenen Metallregalen, auf denen er Filmrollen aufbewahrte. Der lange Küchentisch war über und über mit Zeitungen und gelben Blättern aus Schreibblöcken bedeckt, welche mit rätselhaften Notizen dicht beschrieben waren. Obwohl die Anordnung der Papiere willkürlich und chaotisch wirkte, sagte er jedes Mal, wenn ich mich einem der Stapel näherte: «Nicht berühren!», woraus ich schloss, dass es doch irgendein System geben musste, das nur er verstand. An einer Wand, unter den Fenstern aufgereiht, standen mehrere Glasbehälter, die bis zum Rand mit Zigarettenkippen gefüllt waren, welche in einer schmuddeligen dunklen Flüssigkeit dümpelten. Rauchen sah ich ihn niemals.

Im zweiten Stock lagen Wheelocks Schlafzimmer und zwei weitere Räume, die er fürs Schneiden benutzte. Die Küche benutzte er zum Trinken. Manchmal, wenn ich nachts in meinem Schuppen lag und dem Wind lauschte, der Kiefernnadeln auf mein Dach rieseln ließ, sah ich noch nach drei Uhr morgens Licht in der Küche. Der Schuppen selbst knarzte und zitterte, oft huschte etwas auf trippelnden Füßen über mein Dach, das ich nicht näher identifizieren konnte, und ich fand jenes Licht in der Küche tröstlich, obwohl ich wusste, dass am nächsten Tag nicht viel von Wheelock zu sehen sein würde. An anderen Tagen ging er früh ins Bett – bereits um acht Uhr abends – und stand um fünf auf, um stundenlang ohne Pause zu arbeiten.

Aus unserer Korrespondenz wusste ich, dass Wheelock einen Film über Bauernhöfe drehte. Darin wollte er das Leben von Kleinbauern festhalten, die in einer Zeit, in der genossenschaftlicher Landbau längst fast überall an der Tagesordnung war, immer noch versuchten, allein über die Runden zu kommen. Besonders faszinierten ihn die Geräte, die diese Bauern benutzten, er liebte ihre Rhythmen und Geräusche, zum Beispiel das Summen und Saugen der Melkmaschinen oder das Rattern eines Traktors beim Pflügen eines Feldes. Der Film, sagte er, würde ohne Worte und in Schwarz-Weiß sein, und er würde so nah an die Maschinen herangehen, dass sie wie Abstraktionen wirkten. Bevor ich dort ankam, hatte ich gedacht, ich würde mit ihm zu verschiedenen Bauernhöfen fahren, sah mich Kameraausrüstung herumschleppen und alles fürs Drehen vorbereiten; vielleicht würde ich auch in der Küche eine Tasse Tee mit der Frau des Bauern trinken, während Wheelock draußen mit dem Hausherrn über Ackerbau und Viehzucht fachsimpelte. Möglicherweise, dachte ich, würde Wheelock mir eine Sequenz zum Schneiden geben, wir würden bis spät in die Nacht über Filmmaterial brüten, uns zuerst die eine Version und dann die nächste anschauen, die Augen schmal vor Erschöpfung, doch entschlossen, weiterzumachen und im Dienste der Kunst unsere Müdigkeit zu vergessen.

In Wirklichkeit lagen meine Aufgaben jedoch eher im hauswirtschaftlichen Bereich. Wheelock wollte, dass ich die Küche putzte und Einkäufe machte. Er bat mich, den Keller aufzuräumen und Ordnung in sein Werkzeug zu bringen. Manchmal bat er mich auch, Kaffee zu kochen. Meistens wollte er jedoch gar nichts von mir. Wenn ich ihn bat, mir Arbeit zu geben, weil ich mich nützlich machen wollte, rieb er sich mit der Handkante übers Gesicht, die Augen wässrig und verquollen, und sagte: «Gott, bin ich müde.» Wenn er nicht sagte: «Gott, bin ich müde», sagte er: «Hör dir das an.» Die meisten unserer Gespräche bestanden aus diesen beiden Sätzen. Ich fühlte mich so, als seien wir eins dieser alten Paare, deren jahrelange Zwistigkeiten sie zermürbt haben.

Wheelock gab mir die Schlüssel für seinen Pick-up, und ich lernte Autofahren, indem ich vorsichtig seine Auffahrt hochfuhr und die Landstraßen entlangtuckerte. Als ich halbwegs sicher fahren konnte, unternahm ich gerne kleine Einkaufstouren in die Stadt, hauptsächlich, um etwas zu tun zu haben; ich winkte den Typen im Eisenwarenladen zu und plauderte mit den Damen im Supermarkt. Mehr aus Langeweile als aus sonst irgendeinem Grund beschloss ich, einen Film zu drehen; ich hatte eine Handkamera mitgebracht, die ich einem Studenten abgekauft hatte, der mit der Filmhochschule aufhörte und zu Jura überwechseln wollte. Dem Film gab ich den Titel *Summertime, PA* und nahm dafür die Männer auf, die auf dem Hauptplatz der Stadt auf Bänken saßen und plauderten; in langen Einstellungen filmte ich nichts anderes als Kriebelmücken, die im gelben Lichtschein einer Veranda surrten, während das Zirpen der Grillen an- und abschwoll, wie bei einem Motor, der nicht anspringen will. Ich zeigte die pubertierenden Jungs, die sich vor der Eisdiele zusammenfanden, die Mädchen, die mit ihnen schäkerten und ihnen mit kokettem Augenaufschlag kurz an den Bizeps fassten, nur um die Hand blitzschnell wieder zurückzuziehen, als hätten sie sich verbrannt, die Typen, die sich gegenseitig anpöbelten oder aus vorbeifahrenden Autos aus den heruntergekurbelten Fenstern einander zuriefen. Ein jeder spielte bei diesem Schauspiel seine Rolle, und der Sommer wurde zur Bühne. Ich filmte eine Jugend, die ich selbst nie gehabt hatte. Dann schnitt ich in meinem

Schuppen die Szenen zusammen, Zikaden und Mädchen, alte Männer und Mondlicht. Mein ganzes Leben lang hatte ich Schnipsel gesammelt – Dinge, die ich gelesen hatte, ein Bild, das mir im Gedächtnis blieb, die Erinnerung an einen Nachmittag im Kino, das Gesicht meiner Schwester, wenn sie lachte –, und manchmal fühlte sich mein Kopf wie ein vollgestopfter Dachboden an, so viele Erinnerungen und Bilder waren es. Doch einen solchen Film zusammenzustöpseln, befriedigte die Sammlerin in mir sehr, und ich liebte es zu sehen, wie die Elsterschätze in mir zu einem Nest zusammengefügt wurden.

Im Krämerladen lernte ich einen Typen namens Brian kennen, der behauptete, aufs College zu gehen und hier seine Sommerferien zu verbringen; als ich ihn allerdings fragte, wo er denn aufs College ging, sagte er nur: «Woanders.» Er war groß, langgliedrig und blond, hatte einen schmerzhaft aussehenden Sonnenbrand auf der Nase und im Nacken und trug gern weite Muskelshirts und lange Basketball-Shorts. Er hatte einen Job in einem Laden für Tierfutter, und wir trafen uns um sieben oder acht Uhr, wenn er Feierabend hatte und es immer noch hell war. Wir fuhren herum oder parkten irgendwo und knutschten, oder wir hörten knisternde Musik aus dem Radio des Pick-ups. Wie sich herausstellte, diente der Futterladen Brian auch als Hauptquartier für seine Drogendealerei, und wenn wir uns trafen, hatte er oft eine Tüte schrumplige Magic Mushrooms oder erstklassiges Gras dabei. An einem heißen Abend Anfang Juli nahmen wir Ecstasy, gingen in Wheelocks weitläufigem Anwesen auf Erkundung und hatten Sex auf einem Feld. Als ich am Morgen aufwachte, hatte ich von den Brennnesseln dicke rote Striemen an Hand- und Fußgelenken; ich war mitten hindurchgelaufen, ohne etwas zu merken. Als Wheelock in der Küche an mir vorbeikam, sagte er nichts, doch später am Tag, als ich dabei war, seine Post zu sortieren und abzulegen – er hatte sich jahrelang nicht mehr darum gekümmert, und ich stieß ständig auf Briefe und Verträge und Einladungen zu Festivals, die vor langer Zeit stattgefunden hatten –, stand er plötzlich mit einem Eimer heißen Wassers vor mir.

«Hier», sagte er. Ich war so perplex, dass ich nichts sagte. Er bückte sich und hob meine Füße, einen nach dem anderen, in das Wasser, das milchig weiß war. Als er vor mir kniete, sah ich eine dicke Schicht Schuppen in seinem Haar.

«Backpulver», sagte er. «Seine alkalische Wirkung neutralisiert die Verbrennung.»

«Danke», sagte ich, und er nickte und ging wieder an die Arbeit.

An jenem Abend machte ich Spaghetti mit Sauce aus dem Glas, was in Sachen Kochkünste bei mir das Höchste der Gefühle war, und klopfte an die Tür des Schneideraums. Von drinnen kam ein unbestimmbares Rascheln. «Ich habe was zum Abendessen gekocht», sagte ich und ging wieder nach unten. Ich erwartete nichts, doch fünf Minuten später kam Wheelock die Treppe herunter, bediente sich am Herd und setzte sich an den Tisch. Wir sprachen nicht. Draußen vor dem Küchenfenster stürzten sich ein paar Schwalben wieder und wieder im Sturzflug von der Dachgaube. Wir sahen ihnen dabei zu, oder ich sah ihnen zu, und Wheelock starrte ins Leere und kaute.

Ich begann an einem weiteren Film zu arbeiten, den ich *Brian fährt* nannte. Ich sagte ihm, er sei meine Muse, und er lachte und fragte, ob ich wolle, dass er nackt für mich posiere. «Vielleicht», sagte ich nachdenklich. Er warf mir einen Blick zu, als sei es ihm peinlich, und wechselte das Thema. Ich fragte ihn nie nach seiner Familie oder wo seine Freunde waren oder was er tat, wenn wir nicht zusammen waren; aber ich schoss stundenlanges Filmmaterial von ihm am Steuer seines Wagens, Nahaufnahmen, bei denen ich auf sein Ohr, das Armaturenbrett oder seine Hände am Steuer scharf stellte, während er darüber sprach, was er tun wolle, wenn er einmal reich wäre, was eines seiner Lieblingsthemen war. Er wollte einen Cadillac Escalade und ein Fertighaus von McMansion. «Ein schönes Haus willst du nicht?», fragte ich ihn, und er schüttelte den Kopf. «Ich will ein normales Leben in der Vorstadt. Aber es soll auch besser sein als das der meisten Menschen. Und genau das ist ein McMansion.»

Wheelock und ich aßen immer öfter miteinander, immer noch, ohne uns groß zu unterhalten, obwohl er ab und zu schluckte und etwas von sich gab, meistens nur einen Satz und nicht mehr, etwa: «Draußen ist ein Wespennest, um das ich mich kümmern muss», oder: «Sie sagen, es donnert.» Er sprach nie mit jemandem, weshalb ich nicht wusste, wen er mit «sie» meinte. Obwohl ich nicht so weit gegangen wäre, das auf meine Wenigkeit zurückzuführen, bemerkte ich doch, dass sein Leben, während der Sommer zur Neige ging, etwas regelmäßiger wurde. Er blieb nicht mehr so oft bis drei Uhr nachts auf und tauchte gewöhnlich auf, sobald ich morgens Kaffee gekocht oder abends etwas zu essen gemacht hatte. Der Geruch nach Alkohol hatte sich abgeschwächt, und seine Finger flatterten nicht mehr so sehr wie damals in der Bar, als wir uns kennengelernt hatten. Vielleicht, so dachte ich voller Enttäuschung, hatte er ja die ganze Zeit wirklich nur eine Haushälterin gebraucht.

Anfang August sagte mir Brian, er würde demnächst abreisen und wieder an sein College zurückkehren. Es stellte sich heraus, dass es sich bei «woanders» um das MIT in Boston handelte, wo er Maschinenbau studierte. Ich fragte ihn, warum er das mir gegenüber nie erwähnt hatte, und er zuckte mit den Achseln. «Hier bin ich nur der freundliche Drogendealer deines Vertrauens, der im Futterladen arbeitet.»

Das Wissen, dass unsere gemeinsame Zeit ihrem Ende zuging, verlieh unserem Beisammensein eine zärtliche Note, die intensiv, konzentriert und angenehm war. Oft berührten wir uns, als fühlten wir uns erst jetzt frei genug, zu unserer Romanze zu stehen und dies mit Gesten zu zeigen, von denen wir wussten, dass sie keine Konsequenzen haben würden. Die Nächte verbrachten wir gemeinsam im Schuppen, und er rollte so spät wie nur irgend möglich aus dem Bett, um sich auf den Weg zu seiner Arbeit im Futterladen zu machen. Eines Morgens blickte ich auf und sah Wheelock, der uns mit unergründlichem Gesichtsausdruck von einem Fenster im obersten Stock des Bauernhauses aus beobachtete. Hatte er uns etwa immer beobachtet? Mir lief es eiskalt über den Rücken, aber ich sagte mir trotzig, es sei mir egal.

An jenem Abend machte Wheelock zum Abendessen eine Flasche Wein auf. Er hatte ihn aus dem Keller geholt, den Staub abgewischt und goss ihn vorsichtig ein. Ich trank das Glas, das er mir reichte, mit einer gewissen Nervosität aus, weil ich nicht wusste, was kommen würde, doch er trank, bis die Flasche leer war, und bat mich dann, mit ihm nach oben zu kommen. Zum ersten Mal in jenem Sommer durfte ich in den Schneideraum, der, im Gegensatz zum Rest des Hauses, akribisch aufgeräumt war. Alles hier war sorgfältig und in Großbuchstaben mit der Hand etikettiert; wann die Einstellung gedreht und wie sie geschnitten worden war. Auf dem Tisch lag ein schwarzes Kompositionsbuch, in dem er seine ganze Arbeit genauestens und in säuberlichen Notizen dokumentiert hatte. Er blätterte in dem Buch, umriss die Arbeit, die er bisher gemacht hatte. «Das hier ist von den Aufnahmen in Lancaster. Und das hier von denen in der Nähe von Centralia.»

«Ist Centralia nicht da, wo seit Jahrzehnten ein unterirdisches Kohlenfeuer brennt?», fragte ich. «Ich wusste gar nicht, dass es dort Farmen gibt.»

«Anthrazit, ja. Es brennt sehr langsam. Könnte Hunderte von Jahren anhalten. Sie haben recht, es ist eine Geisterstadt. Aber es gibt in der Nähe eine Kartoffelfarm, die ich besucht habe. Mir gefällt der Gedanke, dass etwas unterirdisch wächst, nicht weit von dem Feuer entfernt.»

«Vielleicht kommen ja Fritten dabei raus», sagte ich.

Er lachte nicht. «So nah sind sie nicht beieinander», sagte er, als sei ich minderbemittelt.

«Ich weiß. Das war ein blöder Witz.»

«Ich vergesse immer», sagte Wheelock nachdenklich, «wie jung Sie sind.»

Mir war es peinlich, und ich verfiel in Schweigen. Meine Sorge war, dass ich die Stimmung unwiderruflich zerstört und meine einzige Chance ruiniert hatte, Zugang zu seinem Werk zu bekommen, doch er führte mich weiter herum, legte schließlich eine Spule in den Projektor und schaltete das Licht aus.

«Hier», sagte er. «Schau dir das an.»

Ich hielt die Luft an. Nicht nur, dass er mich duzte: Was er mir jetzt zeigte, war ein Stück des Films namens *Potato,* Kartoffel, der zwei Jahre später herauskommen sollte, ohne allzu viel Furore zu machen. Es ist nicht schwer zu verstehen, warum. Es ist ein langsamer, dicht komponierter Film, exquisit. Jede Aufnahme zeigt, wie hart er daran gearbeitet hat, und das ist möglicherweise Teil des Problems: Was er zeigen will, ist bei jeder Einstellung zu sehen, wie ein Fingerabdruck, als flüstere er dem Betrachter eindringlich zu: *Schau doch nur, wie schön das ist.* Als sei es einem nicht erlaubt, selbst etwas zu sehen. Das andere Problem (abgesehen vom Titel, der dazu führte, dass bei der Presse manche ihre guten Manieren vergaßen und Headlines dichteten wie: *Neues vom Kartoffelkopf*) ist das hohe Abstraktionsniveau des Films. Die dichte Komposition fokussiert auf die Drescher, die Pflanzer, die Förderbänder, auf denen die ruckelnden Kartoffeln bis in das klaffende Maul der Verarbeitungsmaschine fahren, und die Kamera ist so nah auf die Geräte gerichtet, dass es schwer zu sagen wäre, was die Maschinen eigentlich tun. Der ganze Vorgang wurde ästhetisiert, doch bei aller Nähe entsteht keine Intimität.

All das begriff ich damals natürlich noch gar nicht. In dem Moment war ich einfach überwältigt von dem Privileg, seine Arbeit als *work in progress* zu sehen. Heute weiß ich, dass er mir Material zeigte, das es nie in den endgültigen Film schaffte: drei Minuten von Isaac Hobermann, dem Kartoffelbauern, der mit einer Kartoffel in der Hand über seine Arbeit spricht. Eine Seite dieser Hand ist mit Warzen bedeckt, die aussehen wie Kartoffelkeime. Es gibt keinen Ton. Während des Sprechens reibt er wieder und wieder mit dem Daumen über die Feldfrucht, mit einer sanften Vertrautheit, so wie ein Mann einem Kind oder der Frau, die er liebt, über die Wange streicht. Dann, ohne Vorwarnung, wirft er den Erdapfel einfach über seine Schulter und geht weg, und die Kamera sieht ihm ohne Wertung hinterher. Diese Sequenz war so komisch und unerwartet – wie etwas aus einem Charlie-Chaplin-Film –, dass mir der Atem stockte und ich zu lachen begann. Wheelock grinste mich an. Ich weiß bis heute nicht, warum die Szene nicht in den Film gekommen ist. Manchmal, wenn mich Eitelkeit überkommt, stelle ich mir vor, er habe sie als kleines Geheimnis zwischen uns herausgelassen – ein Geschenk. Und dass er sie für mich aufgehoben hat.

Und noch etwas zu dem Material, das er mir an jenem Abend zeigte: Die unablässige Stringenz der Komposition, so viele Nahaufnahmen ohne Pause, das Abstraktionsniveau – das alles war ungewöhnlich für Wheelock. Die Veränderung in seinem Stil war deutlich sichtbar und ebenso seltsam. Seltsam deshalb, weil der Film, den ich über Brian gedreht hatte, mehr oder weniger genauso aufgenommen worden war. Ich wusste, dass er mein Material nicht gesehen hatte, noch hatte ich vorher seins gesehen. Hatte ich etwa durch Osmose etwas von Wheelock übernommen, einfach indem ich neben seinem gelben Bauernhaus in einem Schuppen geschlafen hatte? Oder war es möglich, dass wir durch reinen Zufall zum selben Ziel gelangt waren? Später sollte ich über die simultane Erfindung lesen, ein Phänomen, nach dem wissenschaftliche Entdeckungen oft unabhängig voneinander und zur gleichen Zeit gemacht werden; so kamen Newton und Leibniz gleichzeitig auf die Integralrechnung, Darwin und Wallace entwickelten unabhängig voneinander die Evolutionstheorie, und selbst die Armbrust wurde wieder und wieder in den verschiedensten Ländern der Welt erfunden. Nicht, dass ich mich selbst als einen Newton oder Darwin betrachtete oder auch nur für den Erfinder der Armbrust hielt. Ich war ein Mädchen in einem Gartenschuppen und stellte mir vor, wie ich seine Ideen einfach aus der Luft aufschnappte, ohne zu wissen, wie ich das geschafft hatte.

Nach jenem Abend lud mich Wheelock regelmäßig in den Schneideraum ein, und jene letzten Augustwochen wurden das, was ich mir für den gesamten Sommer erhofft hatte. Er brauche mein Auge, sagte Wheelock, und ich gab es ihm gern. Er zeigte mir mehrere Sequenzen – teilweise waren sie nur zehn Sekunden lang –, die er mit ganz leichten Unterschieden geschnitten hatte, und wir diskutierten stundenlang darüber, bis spät in die Nacht, und tranken kalt gewordenen, bitteren Kaffee. Um zwei Uhr morgens ging ich dann in den Schuppen, wo Brian schlief, weckte ihn auf, schlief mit ihm und lag dann, nachdem er wieder eingeschlummert war, noch lange wach, weil ich vor lauter Adrenalin und Koffein nicht schlafen konnte. Neben dem Schneiden ging ich Wheelocks Korrespondenz durch und stellte ihm einen Zeitplan für das nächste Jahr zusammen: welche Einladungen er annehmen solle, welche Termine zu schaffen waren, welche zu vernachlässigen seien. Ich kartografierte seine Zukunft. «Das ist perfekt», sagte er. «Bist du sicher, dass du zurück nach New York musst?»

Ich lachte und sagte, ja, das müsse ich, und freute mich über den Ausdruck der Enttäuschung auf seinem Gesicht.

Brian und ich verabschiedeten uns in einer klaren Nacht, unter einem Sternenhimmel, der wegen des Ecstasy, das wir genommen hatten, verschwommen und träge war. Wir blieben bis zum Sonnenaufgang wach, als er sagte, er müsse nach Hause. «Meine Mutter macht mir an meinem letzten Tag immer Pfannkuchen.»

Vor meinem inneren Auge stand eine Frau mittleren Alters in geblümter Schürze, mit einem Pfannenwender in der Hand, eine ganz andere Mutter als meine. Ich hatte den ganzen Sommer über nicht mit Marianne gesprochen; als ich ihr gesagt hatte, ich führe nach Pennsylvania, hatte sie gemeint, ich solle aufpassen, da gebe es Vampire. Erst später wurde mir bewusst, dass sie *Transsylvania* gemeint hatte, war mir aber nicht sicher, ob das als Witz gedacht war. So wenig kannte ich sie.

«Du hast mich ihr nie vorgestellt», sagte ich zu Brian.

«Ich weiß. Gleichfalls.»

Er küsste mich auf die Nasenspitze und fuhr weg. In der allerletzten Woche waren nur noch Wheelock und ich da. Mutig geworden durch die Vorführung von *Potato,* fragte ich ihn, ob ich ihm ein paar von den Sachen zeigen dürfe, an denen ich in diesem Sommer gearbeitet hatte, und er war einverstanden. Ich zeigte ihm *Summertime, PA* und *Brian fährt Auto.* Alles zusammengenommen waren die Filme sechsundzwanzig Minuten lang, wahrscheinlich die längsten sechsundzwanzig Minuten meines Lebens, während ich dort in dem dunklen Raum neben Wheelock saß und ihn von der Seite anschaute, ihn atmen hörte. «Hm», sagte er und nickte. «Ich sehe, was du machst», sagte er und nickte noch einmal. Er sagte nicht, dass ihm die Arbeit gefalle, und er sagte auch nicht, dass er sie schrecklich fand. Er wusste – er muss es gewusst haben –, wie furchterregend es für mich war, ihm die Filme zu zeigen. Er hätte mich herunterputzen können. Doch das tat er nicht, und daraus schloss ich, dass ihm etwas von dem, was er gesehen hatte, gefallen hatte. Genau damit erkaufte er sich meine Gefolgschaft: nicht mit Lob, sondern mit Schweigen. So billig war ich zu haben.

26.

Als ich in den Tunnel zurückkehrte, war ich in Hochstimmung, denn ich war überzeugt davon, dass dieser Sommer mein Leben verändert hatte. Ich wollte meiner Schwester die Filme zeigen, die ich gedreht hatte, wollte ihr schildern, welch verschlungene Wege meine Zeit mit Wheelock genommen hatte, wollte ihr alles bis ins Detail erzählen, von den bis heute unerklärlichen Glasbehältern mit Zigarettenkippen über den Tag, an dem er meine Brennnesselverbrennungen mit Backpulver kuriert hatte, bis zu den Nächten, in denen wir miteinander geredet hatten. So oft in meinem Leben waren Ereignisse erst dann zur Wirklichkeit geworden, wenn ich ihr davon erzählt hatte. Robin würde auf dem Bett sitzen, die Knie bis unters Kinn hochgezogen, den Blick auf mich gerichtet, und mir zuhören, mir die Geständnisse entlocken, die ich niemandem machen konnte außer ihr.

Ich stürmte in die Wohnung, rief ihren Namen. Ihre Schuhe standen am Eingang, ihre Jeansjacke hing an einem Haken im Flur. Doch sie antwortete nicht. Die Tür zu ihrem Zimmer war geschlossen. Ich rief noch einmal nach ihr, dachte, dass sie vielleicht schliefe – obwohl es zwei Uhr nachmittags war –, und klopfte leise. Ich hörte, dass sich drinnen etwas bewegte, und vielleicht leise Musik; sie besaß einen kleinen CD-Player, auf dem sie ihr Repertoire spielte; oft schlief sie ein, während sie eins von den Stücken hörte, damit ihr Unterbewusstsein auch während des Schlafens die Rhythmen und Klänge in sich aufnehmen konnte. Ich klopfte wieder. Dann machte ich die Tür auf. Robin setzte sich in ihrem Bett auf, nur in T-Shirt und Unterwäsche, neben einem Jungen, der sich verschlafen die Augen rieb. Obwohl er älter geworden war, seine Schultern breiter und sein Haar kürzer und zu Braids geflochten, erkannte ich ihn sofort. Es war ihr alter Freund aus der Highschool, Bernard.

«Was machst du denn hier?», fragte ich blöd.

«He, Lark, was geht ab? Lange her.»

Als ich meine Schwester anblickte, lächelte sie mich ausdruckslos an und lehnte sich an ihn, verstärkte den Druck, bis er endlich begriffen hatte, seine Klamotten zusammensuchte und sie unter der Decke anzog. In dem Zimmer roch es muffig und nach Schweiß. Bernard küsste sie auf die Lippen und ließ sich Zeit mit seinen Klamotten und Schuhen. In aller Ruhe verabschiedeten sie sich voneinander, ohne irgendwelche Pläne zu machen, wann sie sich wiedersehen würden, woraus ich schloss, dass sie solche Pläne bereits hatten und sich regelmäßig sahen, eine Routine entwickelt hatten.

Als er weg war, setzte ich mich auf mein eigenes Bett, und Robin kam zu mir, zog die Knie hoch, stülpte das Shirt darüber. Vorne drauf war ein Bild von Snoopy und Charlie Brown, beide Gesichter waren durch Robins Knie auseinandergezogen. «Es ist vor ein paar Monaten passiert», sagte sie.

«Vor *Monaten*? Als ich noch da war?»

Sie gab keine Antwort. «Ich lief gerade durch den Washington Square Park, um dich zu besuchen. Ich hatte einen schlechten Tag an der Schule gehabt und wollte dich überraschen. Es war richtig kalt draußen, und ich wollte einfach zu dir, vielleicht eine heiße Schokolade mit dir trinken oder so was. Ins Kino gehen.»

«Vor Monaten?», fragte ich noch mal.

«Dann war da dieser Typ in Rasta-Mütze, der fragte, *Was zu rauchen?,* und ich schüttelte den Kopf, blieb stehen. Er trug ein Kapuzensweatshirt mit der Aufschrift *Worthen,* und das hatte mich stutzig gemacht. Ich konnte nicht mal sein Gesicht sehen, hab ihn aber sofort erkannt, Lark. Da war was mit seinen Schultern. Und seinen *Füßen.* Ich sagte seinen Namen, und dann lagen wir uns in den Armen, ganz, ganz lang lagen wir uns in den Armen, standen einfach da und drückten uns. Ich war so glücklich. Ich konnte mich nicht erinnern, wann ich das letzte Mal so glücklich gewesen war. Es war so, wie wenn man hundert Dollar auf der Straße findet – etwas richtig Gutes passiert, ohne dass man damit gerechnet hat.»

«So wie von der Juilliard angenommen zu werden.»

Sie schüttelte den Kopf. «Etwas, das keinen Haken hat», sagte sie. Jetzt lagen wir nebeneinander, ausgestreckt, Kopf an Kopf, und Robin erzählte der Zimmerdecke ihre Geschichte. Als wir noch klein waren, hatten wir oft im selben Bett geschlafen, wenn wir uns einsam oder traurig fühlten oder Angst hatten. Es hatte uns nie etwas ausgemacht, wenn wir übereinanderlagen.

«Und so ging ich, statt dich zu besuchen, mit Bernard in eine Bar. Er hat nachträglich seinen Highschool-Abschluss gemacht. Er wohnt in Jackson Heights bei seiner Tante und arbeitet bei Foot Locker.»

«Und verkauft Dope im Park.»

«Im Einzelhandel verdient man fast nichts, das weißt du doch.»

«Was ist mit seiner Mutter?»

«Sie ist wieder im Knast. Natürlich hätte ich ihm sagen können, dass das passieren würde – ich *habe* ihm gesagt, dass das passieren würde –, aber er meinte immer, sie ist seine Mom und damit Schluss.»

Bei dieser letzten Bemerkung trafen sich unsere Blicke. Wir waren das genaue Gegenteil von Bernard; wir waren vor unserer Mutter auf der Flucht, Waisenkinder auf eigenen Wunsch.

«Jedenfalls haben wir dort in der Bar eine Weile herumgeknutscht.»

«So genau wollte ich's eigentlich nicht wissen», sagte ich.

«Ich weiß, du hältst es wahrscheinlich für bekloppt, aber er beruhigt mich.»

«Natürlich tut er das. Er dealt mit Dope.»

«Das meine ich nicht», sagte sie. Ihr Gesicht war vom Schlaf zerknautscht, doch ihre Augen, das stimmte, blickten ruhig und klar in die Welt, und auch ihre Finger trommelten nicht auf ihre Schenkel, weil sie im Geiste gerade mal wieder irgendein Stück probte und es sich einprägte. Ich dachte an Glenn Gould, den jeder meiner Schwester gegenüber erwähnte, und an den Stuhl, auf dem er immer gesessen hatte, wenn er spielte. Sein Vater hatte die Beine abgesägt, damit er den perfekten Abstand vom Boden hätte. Der Stuhl war schäbig und wurde oft belächelt, sogar von Gould selbst. Er konnte darauf vor- und zurückkippeln, balancieren. Gegen Ende seines Lebens fiel die Füllung heraus, und man konnte nur noch auf einer der Holzleisten in der Mitte des Stuhles sitzen, doch Gould wollte sich nicht von dem Stuhl trennen. Er muss ihm einfach Trost gespendet haben. Oder vielleicht war er auch nur exzentrisches Beiwerk. Meine Schwester brauchte beides, Trost und Beiwerk. Vielleicht hätte ich ihr ja auch so einen Stuhl machen sollen, überlegte ich.

«Du kannst tagelang in einem Schneideraum verschwinden und an nichts anderes denken», sagte sie. «Für mich ist das nicht so.»

«Wie ist es dann?»

Sie legte sich wieder auf den Rücken und blickte an die Decke. Sie legte die Hände auf ihre Ohren, auf ihren Bauch, dann kreuzte sie die Arme vor der Brust und legte jeweils eine Hand auf ihre Schulter. «Es ist so … Jeder zerrt an mir herum», sagte sie. «Ich habe keine Kontrolle. Ich darf das nicht fühlen, was ich fühlen *will.*» Sie ließ sich gerade das Haar herauswachsen und züchtete aus einer asymmetrischen Punkmähne etwas anderes; die eine Seite war immer noch streng und raspelkurz geschnitten, mit einer blauen Strähne, die allmählich verblasste, und herausgewachsenen Ansätzen, während sich auf der anderen Seite ein Tuff aus weichem Babyhaar schüchtern hinter dem Ohr hervorstahl. Sie sah so hübsch aus; jeder Versuch, ihre Schönheit herunterzuspielen, ließ diese nur noch offensichtlicher zutage treten.

«Ich weiß, dass dein Unterricht stressig ist», sagte ich, obwohl ich wusste, wie wenig hilfreich das war.

«Meine Lehrer sagen, meine Sehnsucht nach Drama behindere mich. Und ich solle anstreben, ein Gefäß ohne eigenes Ego zu sein. Wenn ich mich auf die Technik konzentriere, komme der Ausdruck von allein. Und dass ich dem Klavier vertrauen soll, nicht mir. Einer meiner Lehrer, Stanley, steht neben mir, wenn ich spiele, und flüstert mir permanent zu: *Mehr Finger, weniger Hirn.* Ich kann ihn nicht mehr hören, Lark, ich halte es nicht mehr aus. Ich höre seine Stimme und könnte aus der Haut fahren. Ich will nackt sein, splitterfasernackt, bis nichts mehr von mir da ist. Ich will nichts sein.»

«Was zu rauchen?», sagte ich, und sie nickte, als hätte ich endlich verstanden, was sie meinte.

27.

Bernard schien sie tatsächlich sanfter zu stimmen, aber vielleicht war es auch wirklich das Gras. Wie auch immer – Robin verbrachte weniger Zeit in der Schule und mehr in der Wohnung, wo die beiden im Bett herumlungerten. Zu erfahren, dass sie monatelang ohne mein Wissen zusammen gewesen waren, hatte mich aufgerüttelt und beunruhigt; ich hatte das Gefühl, ich hätte meine Verantwortung, auf sie aufzupassen, vernachlässigt, und so begann ich, mehr auf Regelmäßigkeit zu achten und an mehreren Abenden die Woche zum Essen zu Hause zu sein. Manchmal kochten wir sogar zusammen und hörten dabei Musik, niemals Klassik, sondern Raubpressungen von Hip-Hop, die Bernard irgendwo in Queens kaufte. Die Bands kamen aus Slowenien, dem Senegal oder aus Israel; es waren abgekupferte amerikanische Songs, die mit Akkordeon, Drums oder der Kazoo begleitet wurden. Bernard konnte die Texte in- und auswendig, obwohl er keiner der Sprachen mächtig war, und hüpfte in der Küche herum und sang mit, während er Gemüse schnippelte oder Tecate-Bier-Dosen öffnete. Wenn ich ihn dann nach dem Text fragte, zuckte er nur mit den Achseln, und wollte ich wissen, warum ihm die Musik so gefiel, sagte er: «Wie kann die einem denn nicht gefallen?» Er hatte auf nichts eine Antwort, interessierte sich aber auch nicht für die Fragen. Er war einfach nur die ganze Zeit glücklich. Bernard hatte keine Ecken und Kanten, sondern war überall rund; er schien beschlossen zu haben, die Welt draußen einfach abprallen zu lassen, und war zu etwas geworden, das bunt und elastisch war, sozusagen das charakterliche Äquivalent zu einem Gummibänderball.

Er liebte meine Schwester, das war für mich deutlich zu sehen. Er brachte ihr Geschenke von der Straße mit: Bücher, die er auf irgendwelchen Treppen gefunden hatte, kleine, geklaute Spielsachen. Sie stellte diesen Schnickschnack auf dem Regal über ihrem Bett auf, wo sie Stunden zusammen verbrachten, Robin in ihre Noten vertieft, während Bernard ein Pfeifchen rauchte und an die Decke starrte, offenbar ohne etwas Besonderes zu denken. Finger ohne Hirn.

Er machte sie glücklich, doch ich brachte es einfach nicht über mich, ihn zu mögen; ich war immer misstrauisch. Einmal versuchte er Cola aus einer Flasche in ein Glas zu gießen und hatte vergessen, den Deckel abzuschrauben; darüber musste er fünf Minuten lachen. Er war ein Clown.

Vielleicht lag meine Abneigung auch daran, dass Robin mich nicht mehr so viel brauchte, seit Bernard da war. Manchmal stand Bernard mitten in der Nacht auf, um aufs Klo zu gehen, und seine knochigen Knie kamen so nah an meinem Bett vorbei, dass ich sie hätte berühren können, wenn ich gewollt hätte, aber das war nicht der Fall. Er war sehr dünn und seine Beine waren unbehaart und sehnig. Robin wachte nie in der Nacht auf. Wenn sie schlief, tauchte sie weit unterhalb der Grenzen des Bewusstseins ab, klaftertief. Ich hingegen lag wach und wälzte Probleme. Ich wusste, dass auch Bernard oft wach lag, denn ich roch das Dope, wenn er aus dem Bad zurückkam. Er und ich waren wie zwei Posten auf Patrouille, die meine schlafende Schwester bewachten und neben ihrem zwischenzeitlich wie ausgeknipsten Körper verharrten.

Bernard lebte in jenem Jahr mehr oder weniger bei uns, arbeitete immer noch bei Foot Locker und verkaufte Dope im Washington Square Park. Sein Plan war, sich am John Jay College für Kriminologie einzuschreiben und zum Brandschutzexperten ausbilden zu lassen. Als ich ihn fragte, warum, sagte er, Feuer sei ein heiliger Geist, und es unter Kontrolle zu halten, sei die größte Herausforderung für die Menschheit. Als ich dann wissen wollte, ob er außer Dope noch andere Drogen verkaufte, gab er mir keine Antwort. Ich sagte: «Du weißt aber schon, dass es ein harter Job ist, bei der Feuerwehr zu arbeiten, oder?» Auch darauf gab er mir keine Antwort.

Neben dem Brandschutz war sein zweiter Lebenstraum, sich um seine Mutter zu kümmern, an der er trotz der unzähligen Male, bei denen sie ihn enttäuscht und verraten hatte, immer noch hing. In sechs Monaten sollte sie entlassen werden, und er wollte sie nach New York holen und ihr eine Wohnung suchen. Für diesen Zweck sparte er seine gesamten Einkünfte aus dem Drogenhandel. Wie so viele Dinge, die Bernard tat oder sich erhoffte, kam mir auch das ebenso löblich wie töricht vor.

Robins asymmetrischer Schnitt wuchs langsam zu einem Bob raus, und als das Wetter wärmer wurde, trug sie kurze, geblümte Kleidchen und dazu klobige Combat Boots. Einmal, als ich gegen fünf auf dem Heimweg war, sah ich vor mir ein schönes Pärchen, das auf der Straße tanzte; sie hielten Händchen, und als der Mann den Arm hob und ausgestreckt nach oben hielt, drehte die Frau darunter eine Pirouette, wie die Ballerina auf einer Spieluhr, bis sie an seiner Seite landete und er sie tief nach unten beugte. Es waren Robin und Bernard.

Im April nahm Robin an einer Aufführung in der Schule teil, und zu meiner Überraschung kam auch Boris Dawidoff. Sie spielte ein Barockstück, mit dem ich nichts anfangen konnte, eine Sonate, bei der ihre Finger mit akkurater und trockener Genauigkeit auf die Tasten einhackten, während die Musik sich in komplizierten, fast mathematischen Variationen entfaltete und wieder zusammenrollte. Doch am Ende wirkte sie erhitzt, und ihr rascher, lächelnder Blick zur Seite ins Publikum zeigte mir, wie sehr sie sich angestrengt hatte. In der Lobby war sie hinterher von

Freunden und anderen Musikern, die aufgetreten waren, umringt, und ich stand etwas abseits und hielt mich an ein paar Butterkeksen fest, die ich in der Hand hatte. Boris bemerkte ich erst, als er direkt vor mir stand.

Er hatte Worthen verlassen, um an der Manhattan School of Music eine Stelle zu übernehmen, und glühte vor Stolz über diesen Aufstieg. Er war schön angezogen und trug ein blaues Hemd, eine gebügelte Wollhose und teure Loafers. Ein marineblauer Schal schlängelte sich um seinen Hals. Er sah aus wie ein steinreicher Playboy in einer Talkshow. Ich fragte ihn, wie es Olga gehe – obwohl ich oft an sie dachte, hatte ich ihr nur selten geschrieben, hauptsächlich aus Angst, ihre Zeit zu verschwenden –, und er hob die Schultern und sagte, er wisse es nicht. Das Verhältnis der beiden war mir immer schon ein Rätsel gewesen.

«Der Auftritt war nicht schlecht», sagte er. «Was auch immer Sie tun, machen Sie weiter damit.»

Ich hatte mir gerade einen ganzen Keks in den Mund gesteckt und brauchte peinlicherweise einen Augenblick, bis ich ihn ganz geschluckt hatte. Als ich sprach, spuckte ich ein paar Krümel auf sein Hemd. «Ich tue gar nichts», sagte ich.

«Wenn Sie das so sagen», erwiderte er. «Aber sie wird langsam erwachsen, unser Mädchen.»

Ich sagte nichts, weil mir dieses einvernehmende *unser* nicht gefiel, ich ihm jedoch nicht widersprechen wollte; so viel in Robins Leben hatte sie ihm zu verdanken.

«Sie kommt mir in letzter Zeit irgendwie glücklicher vor», sagte er.

«Sie hat einen Freund», platzte ich heraus und bedauerte es sofort.

Doch das schien ihn nicht zu überraschen. Er nickte. «Ja, Bernard», sagte er. «Ist nicht gerade der Hellste, aber deshalb auch keine Bedrohung für das Selbstvertrauen Ihrer Schwester. Eine kluge, wenngleich naheliegende Wahl.»

Ich stopfte mir noch einen Keks in den Mund. Es bereitete mir ein mulmiges Gefühl, dass jemand so abfällig über Robin redete und ihr unterstellte, sie führe bezüglich ihrer Bedürfnisse und Unsicherheiten Buch.

«Sie ist wie alle Künstler», sagte er. «Sie ist der obere Teil des Stuhls», hier hielt er die flache Hand über den Boden, um zu illustrieren, was er meinte, «und sucht immer nach den Beinen, die ihr Halt geben.» Ich dachte unweigerlich an Goulds Stuhl, der heutzutage – ohne Füllung – in einer Vitrine in einem Museum in Ottawa ausgestellt wurde. Ich stellte mir Bernard in einer Vitrine vor, wie er im Schneidersitz ein Pfeifchen rauchte, während kunstbeflissene Touristen ihn betrachteten.

Die Kekse wurden in meiner Faust zu klebrigen Krümeln. «Ich sollte zu ihr gehen, gratulieren», murmelte ich.

«Einen Moment noch», sagte er. «Ich muss mit Ihnen reden.»

Ich wartete. Die Menge um meine Schwester hatte sich gelichtet, und sie schaute mich quer durch den Raum an, hob eine Augenbraue, als wollte sie sagen: *Was ist los?* Ich schüttelte leicht den Kopf, *Mach dir keine Gedanken.* Dann traten weitere Gratulanten auf sie zu und versperrten mir die Sicht.

«Ich habe eine Gelegenheit zum Spielen für sie», sagte Boris. «Mehrere Auftritte in Europa, diesen Sommer. Kennen Sie Leda Makarowitsch? Sehr gute Pianistin und eine Freundin von mir, doch unglücklicherweise hat sie gesundheitliche Probleme und musste ihre Tournee durch Skandinavien absagen. Man sucht nach einem Ersatz, und ich habe Robin vorgeschlagen.»

«Ist sie nicht ein bisschen unbekannt?»

«Die Tournee ist selbst ein bisschen unbekannt», sagte Boris. «Kleine Spielstätten mit Orchestern aus der Gegend. Sagen wir, es ist ohne Schnickschnack. Sie brauchen jemanden ohne großes Ego, der mit dem Bus fahren kann und seine Tasche selber trägt. Jemand, der billig und verfügbar ist. Es ist eine perfekte Gelegenheit für sie. Wunderbare Erfahrung.»

«Warum fragen Sie mich das?», sagte ich. «Und nicht sie?»

«Weil sie auf Sie hören wird», erwiderte er. Er hielt die Handflächen wieder über den Boden. «Sie sind die Beine des Stuhls.»

«Ich kann nicht mitfahren», sagte ich. «Ich habe mein Studium hier.»

«Natürlich», sagte Boris, fast ungeduldig, als habe er mir das alles schon vor langer Zeit erklärt. «Sie wird die gesamte Zeit Gesellschaft haben.»

«Von wem denn?»

«Bernard natürlich.»

Auf einmal kam es mir so vor, als habe er das alles geplant; vielleicht hatte er sogar Bernard aus Baltimore geholt und ihn in den Washington Square Park verpflanzt, gerade rechtzeitig, damit ihm Robin über den Weg lief. Ich stellte mir die beiden in irgendeiner europäischen Stadt vor, wie sie Händchen haltend zu Kirchen emporschauten und über Kopfsteinpflaster spazierten. Robin, das wusste ich, würde schrecklich gerne reisen, jeden Tag eine andere Stadt; sie würde mit den Mitgliedern des Orchesters herumschäkern und sich für alle Spitznamen ausdenken, selbst für den Schnurrbärtigen, der Klarinette spielte, und sie würden sich alle in sie verlieben, doch Bernards Anwesenheit würde sie davor bewahren, auf die Schmeicheleien einzugehen, und sie würde jeden Abend vor einem hingerissenen Publikum spielen, ihm ihr Lächeln von der Seite schenken, und jeder würde sie lieben. Das alles konnte ich sehen.

«Es ist Zeit», sagte Boris, doch er meinte nur, dass die Lichter an- und ausgingen. Die Pause ging allmählich zu Ende. Ich sah, wie Robin sich langsam aus dem Raum bewegte, immer noch umgeben von einer Schar Bewunderer. Wir kehrten in den Zuhörersaal zurück. Ich ließ die Reste meiner Kekse, die nur noch Krümel waren, in einen Mülleimer fallen, und kehrte auf meinen Platz zurück, wischte die Hand an meinem Kleid ab. Später, in der Wohnung, brach Robin in Gelächter aus und zeigte auf meinen Unterleib, wo ich einen dicken Fettfleck hatte, der aussah, als hätte ich es nicht mehr rechtzeitig auf die Toilette geschafft. Waschen machte den Fleck nur noch schlimmer, und ich zog das Kleid nie wieder an.

28.

An einem Montagmorgen im Juni flogen sie von JFK nach Rejkjavik, von wo aus sie eine Verbindung nach Oslo hatten. Ich hatte Bernards Gepäck gesehen – einen Rucksack mit zwei T-Shirts, einer rostfarbenen Cordhose und einer Ausgabe von Hesses *Siddhartha,* die er irgendwo auf einer Treppe gefunden hatte – und war nur wenig zuversichtlich. Robins Sachen hatte ich sorgfältig selbst gepackt, ganz die Ersatzmutter, die ich immer noch gerne sein wollte. Wir rollten ihre Kleidung zusammen, statt sie zu falten, weil sie so weniger Platz einnahm, und kauften Shampoos und Duschgel in Reisegrößen sowie ein kleines Erste-Hilfe-Set mit Pflastern und antibiotischer Salbe. Mir schien es trotzdem unzulänglich zu sein. Ich nähte einhundert US-Dollar in das Futter ihres Rucksacks und dann eine kanadische Flagge auf die Außenseite. Wir verabschiedeten uns in der Tür, bevor sie nach unten zum Wagen gingen. Meine Schwester schlang die Arme um mich und drückte mich kurz, aber fest, flüsterte: «Bis bald», und dann ging ich zum Fenster und schaute ihnen dabei zu, wie sie ihr Gepäck im Kofferraum eines schwarzen Crown Victoria verstauten, der schon bessere Tage gesehen hatte. Ich winkte ihnen zu, doch der Wagen hatte vergitterte Fenster, und ich glaube nicht, dass sie mich sahen oder auch nur hochblickten.

In der darauffolgenden Woche verließ auch ich den Tunnel und ließ die Stadt mit ihren stotternden Klimaanlagen und den heißen U-Bahn-Winden hinter mir, um ins angenehm feuchte Pennsylvania zu fahren. Brian mache ein Praktikum bei einer Aeronautikfirma in Seattle und komme nicht nach Hause, sagte mir einer seiner früheren Kunden im Futterladen, der das Fehlen von «hochwertigen Produkten» bemängelte und hoffnungsvoll die Augenbrauen hob, als er mich sah, jedoch enttäuscht zu hören bekam, dass ich Brians Posten nicht einnehmen könne. Ich zog wieder in den Gartenschuppen und bemerkte, dass sich in meiner Abwesenheit einiges verändert hatte; es standen einige neue Bücher im Regal (ein gelesenes Exemplar von John Bergers *Sehen. Das Bild der Welt in der Bilderwelt* und ein druckfrisches von Platos *Politeia*) sowie ein kleiner Plastiktopf mit Alpenveilchen auf der Fensterbank, die jedoch verwelkt waren, weil niemand sie gegossen hatte. Wer auch immer die zwischenzeitliche Bewohnerin gewesen war, Wheelock erwähnte sie mit keinem Wort. (Ich ging davon aus, dass es eine Sie gewesen war.) Er war schwer mit der Arbeit an *Potato* beschäftigt, und jetzt, da ich mehr Distanz zu dem Film hatte, sah ich auch, wie wenig unsere Arbeit gemein hatte und um wie viel besser seine war. Im Nachhinein schämte ich mich dafür, ihm meine Sachen überhaupt gezeigt zu haben. Dennoch behandelte er mich respektvoll und lauschte meinen Meinungsbekundungen so aufmerksam, dass ich Wochen brauchte, bis ich bemerkte, wie gleichgültig sie ihm waren. Bald nahmen wir unsere alte Routine mit morgendlichem Kaffeetrinken und gemeinsamem Abendessen wieder auf, und als ich erst einmal gemerkt hatte, dass er keinen Alkohol mehr trank, tat ich dies auch nicht mehr. Der einzige andere Unterschied war, dass die Behälter mit den Zigarettenkippen weggeräumt worden waren. Eines Tages fragte ich Wheelock, wo sie denn hingekommen seien – in der Hoffnung, er würde mir dann auch verraten, wieso er sie ursprünglich gehabt hatte –, und er schaute mich nur an, als hätte er nicht den leisesten Schimmer, wovon ich redete.

Obwohl ich meine Kamera dabeihatte und manchmal mit dem Pickup herumfuhr und nach Dingen Ausschau hielt, die ich filmen könnte, weckte nichts meine Aufmerksamkeit wie im Jahr zuvor. Stattdessen mailte ich mit Olga, mit der ich vor einiger Zeit wieder Kontakt aufgenommen hatte; auf ihre impulsive Art hatte sie Interesse daran bekundet, mehr über die Zeit zu erfahren, die ich mit Wheelock zusammenarbeitete, und so begann ich, mir Notizen über unseren Alltag zu machen, über seine Arbeit an *Potato*, seine Methode im Allgemeinen, und tippte sie anschließend in einer Stadt, die eine Dreiviertelstunde entfernt war, in einem Computercafé ab – Wheelock hatte kein Internet. Doch irgendwie hatte ich das Gefühl, nicht richtig vermitteln zu können, wie es war, gleich neben diesem gelben Bauernhaus zu leben, wo jeden Abend die Glühwürmchen so intensiv glühten, als wollten sie es mit dem helleren Lichtschein in den Räumen in Wheelocks oberem Stockwerk aufnehmen. Was ich hingegen wirklich gerne getan hätte, wäre, ihn zu filmen: das geschwungene S seines Rückgrats, während er zusammengesunken im Schneideraum auf dem Stuhl saß und eifrig am Ende eines Kugelschreibers nagte, bis der Kunststoff weiß wurde. Doch Wheelock hätte das niemals zugelassen; er ließ sich nicht einmal fotografieren, wenn er ein Interview gab, und wenn Zeitschriften über ihn berichteten, mussten sie oft auf Fotos zurückgreifen, die jahrzehntealt waren und einen deutlich jüngeren Wheelock mit Zottelmähne zeigten, die ihm tief in sein sensibles, noch nicht zerfurchtes und gut aussehendes Gesicht fiel.

Während er noch den derzeitigen Film fertigstellte, plante Wheelock bereits den nächsten, der einer Gruppe von Wissenschaftlern folgen wollte, die sich mit dem Klonen von Tieren beschäftigten. Wheelock war wie besessen von dem Thema und redete oft darüber, wenn wir beim Essen saßen; dabei strich er ständig mit der Hand über die Tischdecke, was eine Art Tick von ihm war. Um den Film zu finanzieren, musste er sich bei Stiftungen um Unterstützung bewerben, eine Aufgabe, die er weitestgehend mir überließ, obwohl ich keine Erfahrung im Verfassen solcher Schreiben hatte und auch nur wenig Ahnung, wie ich dies bewerkstelligen sollte. Ich ging seine Unterlagen durch, auf der Suche nach anderen Bewerbungen, an denen ich mich orientieren könnte, doch meistens verirrte ich mich schnell im Labyrinth seines persönlichen Archivs – maschinengeschriebenen Durchschlägen von Briefen, alten Karbonkopien, Steuererklärungen, uralten Kontoauszügen. Wheelock vertraute mir und gewährte mir vollen Zugang zu diesen Unterlagen, was, wie ich wusste, weniger ein Zeichen seiner hohen Wertschätzung meiner Person war als seiner niedrigen Wertschätzung den Dokumenten gegenüber. Einmal fand ich einen Scheck über tausend Dollar, den er nie eingelöst hatte. Er war zehn Jahre alt. Als ich ihn ihm zeigte, zuckte er nur mit den Achseln. «Zu spät», sagte er ohne sichtliches Bedauern.

Ich tat mein Bestes. Besonders fähig war ich nicht, aber ich lernte, das zu tun, was er brauchte, denn ich wollte, dass er zufrieden mit mir war.

Zusätzlich zu seiner Arbeit im Bauernhaus hatte Wheelock eine Reihe von Terminen angenommen, bei denen er auftreten oder etwas vortragen sollte, was er nur um des Geldes willen tat. Er bat mich, mit ihm zu reisen, und da er nicht gern Auto fuhr, nahmen wir den Zug nach Albany und Boston und flogen nach Chicago und Denver. Auf all diesen Reisen blieb ich an seiner Seite und hütete zwei Notizbücher wie meinen Augapfel: Das eine war ein Kalender mit all seinen Engagements und das andere ein Tagebuch, in dem ich notierte, wen wir kennengelernt und was Wheelock gesagt hatte. Einen offiziellen Namen hatte mein Job nicht, und gewöhnlich stellte er mich, etwas unbeholfen nuschelnd, als «*my* … Lark» vor. Einmal, bei einem Empfang, stand auf meinem Namensschild tatsächlich *Mylark*.

Am Ende eines jeden Abends dankte Wheelock mir mit ernster Miene für meine Arbeit und verschwand in seinem Hotelzimmer. Am Morgen bestellte er sich Kaffee zum Frühstück – Roomservice war eines der wenigen Dinge, die er sich gönnte – und traf sich dann mit mir in der Lobby, stets frisch geduscht und rasiert und sauber, wenngleich etwas schäbig angezogen, in seinen alten Kragenhemden und zerschlissener Hose, wie ein Farmer, der in die Stadt kommt und sich nicht wohl in seiner Haut fühlt.

Die vielen Stunden, die wir zusammen verbrachten, ob in Zügen, auf Flughäfen oder in dem gelben Bauernhaus, schweißten uns zusammen. Ich erwähnte beiläufig meine Schwester, unsere Mutter, meine eigene Schüchternheit und das Gefühl, nirgendwo dazuzugehören, nicht einmal zu meinen Mitstudenten an der Filmhochschule. Weder ermunterte mich Wheelock zu derlei Vertraulichkeiten, noch entmutigte er mich; er schien immer zuzuhören, fragte allerdings nur selten nach oder tat seine Meinung dazu kund. Genau deshalb fühlte ich mich mit ihm auch wohler als mit anderen Menschen; mit ihm zu reden, war so, als redete ich mit mir selbst.

Während er meine Offenheit in privaten Angelegenheiten nicht erwiderte, sprach er gern über seine Filme, brummelte etwas über Schnitt oder Kameraführung und kommentierte gelegentlich auch die Landschaft, an der wir mit dem Zug vorbeifuhren. Einmal, auf dem Weg nach Albany, sprach er geschlagene fünfzehn Minuten am Stück über die Hudson River School und beschrieb minutiös eine besondere Bergszene auf einem Gemälde, das er bewunderte. Langsam dämmerte mir, dass er in diesen Gesprächen so persönlich war, wie es nur ging, einfach deshalb, weil seine Arbeit sein Leben war. Ich glaubte, dass wir uns sehr ähnlich waren, denn wir waren mit Einsamkeit vertraut; und wir zogen es beide vor, andere Menschen aus der Ferne zu beobachten. Diese Überzeugung gab mir das Gefühl, etwas Besonderes zu sein, eine Verbündete seines Genies.

Einmal, als wir am Flughafen bei der Sicherheitsüberprüfung Schlange standen und beobachteten, wie das Gepäck eins nach dem anderen im Schlund eines Röntgengerätes verschwand, sagte er: «Warst du als Kind kränklich?»

Er führte das nicht weiter aus, sondern schob nur seine Tasche weiter, weshalb ich nachhakte: «Warum fragst du?»

«Auf mich wirkst du so.»

«Ich wirke kränklich?»

«Du wirkst wie jemand, der seine Kindheit damit zugebracht hat, am Fenster zu sitzen und anderen Kindern beim Spielen zuzuschauen.»

Ich brauchte einen Moment, um das zu verdauen. Wheelock nahm seinen Gürtel ab, ließ den Schlüsselbund in eines der Körbchen fallen. Der Sicherheitsbeamte runzelte die Stirn und betrachtete die Kameraausrüstung mit Argusaugen, während sie durchlief.

Auf der anderen Seite angekommen, fragte ich: «Und du? Warst du kränklich?»

«Ziemlich», erwiderte Wheelock. «Manchmal. Ach, eigentlich gar nicht so sehr.»

Dann nahm er seine Tasche und ging zu einem Kiosk hinüber, wo Souvenirs für Touristen feilgeboten wurden. Wheelock machte sich an

Flughäfen immer selbstständig und ließ sich durch irgendetwas, das zum Verkauf stand, oder durch den Anblick der Männer, die Koffer verluden, ablenken. In Cleveland war er eines Tages so versunken in eine Schautafel über Amelia Earhart und das International Women's Air & Space Museum, dass wir unseren Flug verpassten und die Nacht in einem Hotel am Airport verbringen mussten.

Am Ende des Sommers fragte mich Wheelock, ob ich von der Hochschule abgehen und in Vollzeit für ihn arbeiten wolle. Er habe eine Finanzierung von einer privaten Stiftung erhalten, sagte er, und könne es sich leisten, mir einen anständigen Lohn zu zahlen, wobei er nicht näher darauf einging, was er unter «anständig» verstand. Ich könne Pausen einlegen, wann immer ich wolle, und weiterhin meine eigenen Filme drehen, doch circa dreißig Stunden in der Woche würde ich wie in den vergangenen zwei Sommern für ihn tätig sein. Im kommenden Jahr wollte er mit den Dreharbeiten zu seinem Film übers Klonen beginnen, und ich sollte ihn zu Interviews begleiten, mich um den Papierkram kümmern und alles andere organisieren. «Du könntest sogar an meiner Stelle mit Leuten reden und mir den Ärger ersparen», sagte er und verzog den Mund besonders grimmig, ein Ausdruck, von dem ich mittlerweile wusste, dass er scherzhaft gemeint war.

Ich fühle mich geschmeichelt, sagte ich zu ihm, müsse jedoch meine Schule zu Ende machen.

«Du lernst in drei Wochen mehr von mir als in dem gesamten missratenen Lehrplan dort», sagte Wheelock, was bei ihm das Maximum an Prahlerei war, das ich je aus seinem Munde gehört hatte. «Außerdem findest du es schrecklich dort», sagte er. «Was deinerseits ein Zeichen für guten Geschmack ist.» Diese letzte Bemerkung machte mich stutzig. Ich hatte nicht gesagt, dass ich den Unterricht an der Filmhochschule schrecklich fand, und es überraschte mich, dass Wheelock mir immerhin so gut zugehört hatte, um sich eine Meinung darüber zu bilden, was ich empfand.

Ich würde die Hochschule nicht verlassen, so unwohl ich mich dort auch manchmal fühlte, und zwar wegen Robin. Sie hatte noch zwei Jahre Juilliard vor sich, und unser Plan war es immer gewesen, zusammenzuwohnen, bis sie mit dem Studium fertig war. Ich bezahlte zwei Drittel der Miete und die Lebensmittel; ich konnte sie einfach nicht im Stich lassen.

Wheelock wirkte nicht beleidigt, als ich sein Angebot ablehnte. «Du gehörst zur gewissenhaften Sorte», sagte er. «Ich war nicht so. Wahrscheinlich hätte ich das sein sollen.»

Wir saßen nach einem abendlichen Snack aus Käse, Oliven und Brot am Küchentisch. Wheelock trug eines seiner zerschlissenen Button-Down-Hemden, und sein Dreitagebart war krisselig und schwarz-weiß, wie das Fernsehbild bei einer Störung. Auf seiner zur Schale geformten Handfläche hielt er drei kleine grüne Oliven, wie Eier im Nest. Der Himmel war dunkel und heiß, in der Ferne grollte der Donner. Es war ein extrem schwüler und feuchter Sommer gewesen, manchmal von heftigen Gewittern durchbrochen, die jedoch keine Linderung brachten; ich liebte diese Gewitter mittlerweile, auch wenn der Regen so laut auf das Dach des Gartenschuppens prasselte, dass ich die ganze Nacht nicht schlafen konnte und mir am nächsten Morgen den Weg zum Bauernhaus durch tiefe, schmatzende Schlammpfützen bahnen musste. All das hier würde ich vermissen, diese konzentrierte und vor Energie strotzende Ruhe, die vor allem von dem Mann ausging, der mir gegenübersaß.

«Und wie warst du?», fragte ich.

Er legte den Kopf in den Nacken und schaute zur Decke, die voller Wasserflecken und abblätterndem Verputz war. Er fühlte sich nie bemüßigt, auf Fragen zu antworten, die ich ihm stellte. Stattdessen warf er sich schwungvoll eine Olive in den Mund, kaute sie sorgfältig – früher in diesem Sommer hatte er mir erzählt, er habe sich einmal in Italien einen Zahn an einer Olive ausgebissen (eine der wenigen persönlichen Anekdoten, die er mir zuteilwerden ließ) und einen Zahnarzt aufsuchen müssen, dessen Instrumente noch von seinem Urgroßvater stammten – und sagte: «Lass es mich wissen, wenn du es dir anders überlegst.» Ich war mir sicher, dass das nicht der Fall sein würde.

29.

In New York wartete ich auf Robins Rückkehr. Während der Reise hatte ich nichts von ihr gehört und mir folglich selbst zusammenreimen müssen, wie ihr Sommer verlaufen war. Jetzt konnte ich es kaum erwarten, sie wiederzusehen und zu erfahren, wie nah die Wirklichkeit an den Bildern war, die ich im Kopf hatte.

Doch in diesem Sommer tat Robin nichts von den Dingen, die ich mir vorstellte. Sie schlug nicht die Tasten eines klapprigen Klaviers an und spürte, wie sich sein Inneres ächzend in Bewegung setzte, während sie vor leeren Reihen roter Samtsitze in einem Konzertsaal übte, der vor hundert Jahren noch prachtvoll gewesen war. Sie trank keinen Kaffee in einem Straßencafé, um sich vor der abendlichen Aufführung zu stärken, oder nippte an einem aromatischen Likör, den sie laut dem Cafébesitzer zumindest einmal probieren solle. Sie tauchte ihre Zehen nicht in fremdländische Flüsse. Sie spielte nicht Rachmaninoff – ich wusste mittlerweile, dass sie eine Rach-3-Pianistin war – vor verzückten Zuschauern. Sie hielt nicht Händchen mit Bernard und spazierte mit ihm am frühen Morgen über eine kleine Fußgängerbrücke, sein Haar getränkt von den Dünsten des starken Haschisch vor Ort, ihre Augen glasig und angenehm benebelt. Sie dachte überhaupt nicht an mich, dort in New York, im Tunnel. Und sie hatte noch lange nicht vor, nach Hause zu kommen.

Statt Robin kam eine Postkarte mit dem Bild eines kleinen blonden Mädchens mit Blumen im Haar und der Überschrift *Ytterby*. Robins Geschmack, was Postkarten angeht, war immer schon kitschig gewesen; sie nahm stets die geschmackloseste, die sie finden konnte, mit jeder Menge Comictieren oder Neonbuchstaben, und ich hätte nicht sagen können, ob dieses kleine Mädchen einfach nur süß oder, nach Robins

Dafürhalten, zu süß war, oder ob es die einzige Postkarte war, die zu haben war.

Ich brütete lange über dem Bild, weil das, was auf der Rückseite stand, so wenig Sinn ergab. Robin hatte nur einen einzigen, kurzen Satz geschrieben: *Such nicht nach mir.*

Ich war verwirrt. Warum sollte ich nach ihr suchen, wenn sie auf dem Weg nach Hause war?

Eines Dienstagsmorgens wurde ich durch einen Anruf geweckt. Am Abend zuvor hatte ich nur schwer einschlafen können, und das Klingeln drang nur langsam zu meinem benebelten Gehirn vor. Als ich abhob, klang der Mann am anderen Ende der Leitung verärgert.

«Wurde auch Zeit», sagte er gereizt. «Wo waren Sie?»

Mir kam das wie eine rhetorische Frage vor, und ich gab keine Antwort.

«Sind Sie noch dran?», fragte er.

«Ja.»

Erst jetzt erkannte ich, dass die tiefe Stimme mit der unverhohlenen Ungeduld Boris Dawidoff gehörte. Ich ging in Robins Zimmer hinüber, den einzigen Raum mit einem schmalen Fenster. Draußen war ein herrlicher Tag, einer dieser Morgen, wie sie nur New York aus dem Hut zaubern kann. Gestern war es drückend und schrecklich schwül gewesen, doch dieser Tag war aus einem ganz anderen Stoff gemacht. Die letzten Sommerblüten hingen üppig in den Bäumen, doch man roch bereits den Herbst. Der Himmel war weit und wolkenlos blau. Einen Augenblick lang hörte man keinen Verkehr, kein Geschrei, kein Hupen: ein kurzer Moment der Vollkommenheit, wie aus der Zeit gefallen.

«Kann ich mit Robin sprechen?», sagte er.

«Sie ist noch nicht zurück.» Ich war verwirrt.

«Haben Sie von ihr gehört?»

«Ich habe eine Postkarte bekommen», sagte ich.

«Nils Anderssen hat mich gestern Abend angerufen.»

«Ich weiß nicht, wer das ist.»

«Das werde ich Ihnen gleich sagen», antwortete Boris, sein Ton war zunehmend schnippisch und genervt. «Er ist der Kontaktmann, der Robins Tournee organisiert hat. Er hat die letzten Tage versucht, mich zu erreichen, doch ich war in Durban, um mit einem Komponisten an einem Auftragsstück über das neue Südafrika zu arbeiten.» Während der Pause, die er einlegte, sagte ich nichts. «Jedenfalls haben wir uns dann gestern Abend gesprochen. Robin hat die Tournee platzen lassen.»

«Platzen lassen?»

«Sie hat Nils eines Abends nach der Vorstellung gesagt, sie könne *die Musik nicht spüren.* Er fragte sie, ob sie mehr Zeit zum Üben brauche oder weniger Zeit. Es war nicht seine erste Begegnung mit einer Diva. Sie sagte, es tue ihr sehr leid, aber sie müsse gehen. Er erinnerte sie daran, dass sie Verpflichtungen eingegangen sei, doch sie erwiderte, sie *sei nicht mit dem Herzen dabei*, und als er erwähnte, vielleicht könne man ihr Herz mit einer kleinen finanziellen Aufbesserung wieder ins Boot holen, schüttelte sie den Kopf und sagte etwas über ihre Seele. Nils ist stinksauer auf mich, und ich werde wohl zu Kreuze kriechen müssen, um das wiedergutzumachen.»

Ich schüttelte den Kopf. Das Bild von Robin und ihrem schäbig-mondänen Leben auf Tournee, das ich mir zurechtgelegt hatte, war so lebendig, dass ich es selbst angesichts dieser neuen Information nicht aus dem Kopf bekam. «Was ist mit Bernard?»

«Nils sagte, der Junge sei getrennt von ihr abgereist.»

«Heißt das, sie haben sich getrennt?», fragte ich.

«Ich kann gar nicht genug betonen, wie schnurzpiepegal mir das ist.»

«Aber ist alles in Ordnung mit ihr?» Meine Stimme hob sich, wurde schrill vor Angst.

«Da können Sie ebenso gut Vermutungen anstellen wie ich», erwiderte er.

«Aber es ist schon eine Weile her, dass das passiert ist, oder? Wo ist sie also?»

Er sagte nichts, und ich begriff, dass er sich gar keine Sorgen um

Robin machte; er war stinksauer auf sie, würde es vermutlich auch bleiben, und da Robin nicht verfügbar war, übertrug er diese Wut auf mich. «Ich weiß es nicht», sagte er. «Aber wenn ich nicht bald von ihr höre ...»

Bevor er den Satz zu Ende sprechen konnte, legte ich auf, saß dort in der Stille des leeren Bettes meiner Schwester und betrachtete im Pyjama den wunderschönen Morgen.

30.

Ich wusste nicht, was ich machen sollte. Unsere Mutter anrufen? Die Polizei? Einen Flieger nach Europa nehmen und selbst nach Robin suchen? Vielleicht hatte meine Schwester Liebeskummer; vielleicht hatte sie auch den Verstand verloren. Ich hatte gelesen, Agatha Christie sei, nachdem ihr Ehemann sich anderweitig verliebt und sie um die Scheidung gebeten hatte, elf Tage lang verschwunden gewesen. Manche Leute glauben, sie habe versucht, ihrem Mann den Mord an ihr in die Schuhe zu schieben oder ihn zumindest in Verlegenheit zu bringen, andere meinen, sie sei durch ihre Enttäuschung so traumatisiert gewesen, dass sie in eine dissoziative Fugue verfiel und vergaß, wo sie war. Schließlich fand man sie in einem Hotel in Yorkshire, eingetragen unter dem Namen der Geliebten ihres Mannes, doch sie sprach niemals in der Öffentlichkeit über das, was in jenen elf Tagen passiert war. Möglich, dass sie es selbst nicht wusste.

Ich könnte alle Hotels in Skandinavien anrufen und fragen, ob eine junge Kanadierin bei ihnen abgestiegen sei, die offenbar nicht wusste, wer sie war.

Ich könnte nach Bernard suchen, doch ich hatte keine Ahnung, wo ich ihn finden sollte. Ich wusste weder den Namen seiner Tante noch den seiner Mutter.

Am Ende rief ich doch zu Hause an, nachdem es sonst niemanden gab, an den ich mich hätte wenden können. Meine Erwartungen, hier Hilfe zu bekommen, waren gering, doch sie wurden sogar noch unterboten.

«Ach, dann ist sie also weg», sagte Marianne ohne jegliches Anzeichen von Beunruhigung, als ich ihr die Situation erklärt hatte. Ich hörte, wie sie einatmete, wieder ausatmete.

«Rauchst du?»

«Natürlich nicht», sagte sie, und das Ausatmen hörte auf. Sie war eine miese Lügnerin, wahrscheinlich weil ihr sowieso egal war, ob sie jemanden hinters Licht führen konnte oder nicht.

«Ich mach mir Sorgen um sie.»

«Und du willst was genau von mir?», fragte sie.

Ich stand dort in der winzigen Küche des Tunnels, schloss verärgert die Augen und wünschte, ich hätte sie nie angerufen.

«Deine Schwester *fait comme elle veux,* die macht, was sie will, Lark. Sie will berühmt werden, sie versucht es. Dann hat sie genug und verschwindet. Sie ist eine Narzisstin.»

«Sie ist Künstlerin.»

«Sie nimmt sich heraus, das zu tun, was sie will, wenn du das meinst», sagte sie.

Für mich hatte sie sich gerade selbst beschrieben. Wir verfielen in Schweigen; die Situation war ausgereizt. «Ich kann es nicht glauben, dass du dir keine Sorgen machst», sagte ich schließlich.

«Sie hat mich verlassen, und jetzt hat sie dich verlassen», sagte Marianne, und ich hörte die Genugtuung in ihrer Stimme. «Jetzt weißt du, wie das ist.»

Ich schaute nach, wo Ytterby lag, und fand den Ort auf der Insel Resarö im Archipel von Stockholm. Dort waren wegweisende Forschungen zu den Metallen der Seltenen Erden betrieben worden. Wenn man hinfuhr, konnte man die historische Stätte der Ytterby-Grube besichtigen, wo vier periodische Elemente aus dem schwarzen Stein Gadolinium isoliert worden waren. Ytterby, so erfuhr ich, sei für das Periodensystem das, was für die Evolution die Galapagos-Inseln seien, ein kleiner Ort, an dem große wissenschaftliche Erkenntnisse das Licht der Welt erblickt hatten. Ich erinnerte mich daran, wie ich Robin für meinen Film in Worthen als Marie Curie verkleidet hatte, an die schimmernden Feenlichter der Strahlung in den Taschen ihres Laborkittels, und versuchte sie mir jetzt vorzustellen, wie sie mit Gadolinium in den Taschen durch das kleine Dorf Ytterby spazierte.

Die Mine war nicht auf der Postkarte abgebildet, die sie mir geschickt hatte.

Such nicht nach mir.

Ich pinnte eine Karte von Schweden an die Küchenwand, zog einen Kreis um das Gebiet des Archipels, jene unregelmäßig großen, felsigen Eilande in der Ostsee, und verband Resarö mit anderen Inseln und Städten, mit Norrtälje und Stockholm. Eine Linie, die quer durch einen Kreis gezogen wird, nennt man eine Sehne. Ich stellte mir Robin vor, wie sie kreuz und quer durch den Archipel reiste, von einer Sehne zur nächsten, einer musikalischen Geografie folgend, die nur sie hören konnte. Bevor sie gefahren war, hatten wir uns Bergmans *Die Zeit mit Monika* angesehen, in dem zwei Teenager aus der Stadt weglaufen und ein romantisches Idyll am Strand erleben, bevor die Wirklichkeit sie einholt und nach Hause zurückbringt. Robin hatte den Film langweilig gefunden. Sie sagte, er hätte besser *Ein nicht sehr interessanter Urlaub* heißen sollen. Doch vielleicht, dachte ich, hatte der Streifen ja einen tieferen Eindruck bei ihr hinterlassen, als sie sich hatte anmerken lassen.

Als ich bei der Polizei anrief, sagte man mir, da Robin aus eigenem Willen weggegangen und erwachsen sei, könne man von Polizeiseite aus nichts unternehmen. Die Beamten schlugen vor, ich solle die Kreditkartenabhebungen zurückverfolgen. Als ich darauf erwiderte, sie benutze keine Kreditkarte, sagten sie nichts mehr.

Aus Wochen wurden Monate, und Robin kam nicht zurück. Ich schlief schlecht, jeder Schritt auf dem Gang des Gebäudes weckte in mir die Hoffnung, es wäre sie. Da ich mich nicht konzentrieren konnte, schlief ich oft in der Schule ein, wenn Filme gezeigt wurden, ich reichte keine

Seminararbeiten ein. Ich aß kaum etwas und fühlte mich nie hungrig, obwohl mir oft schwindelig war. Im Campus-Laden schaute ich Kunden unfreundlich an und gab falsch heraus. Meine Chefin verwarnte mich. Meine Mitstudenten machten einen noch größeren Bogen um mich als sonst. Ich war wie im Nebel, weder anwesend noch abwesend, und ein Teil von mir war mit Robin auf Reisen, obwohl ich gar nicht wusste, wo sie war. Ich vergaß das Duschen, schlief in meinen Klamotten, ging am nächsten Tag im selben Outfit in die Arbeit.

«Meine Güte, Lark», sagte meine Chefin. «Du stinkst.»

«Sorry», murmelte ich. Sie schickte mich nach Hause. Ich ging den Broadway entlang, der Oktoberwind peitschte mir das Haar mit einer Kraft in die Augen, die ich persönlich nahm, und ich war so benommen, dass ich nichts von meiner Umwelt mitbekam, bis ich bereits an einer Frau vorbei war, die meinen Namen sagte. Durch irgendeinen unheimlichen Zufall war es ausgerechnet Olga. Sie trug Overknees und ein langes, graues Cape mit großen Messingknöpfen und sah aus wie der General einer Spielzeugarmee. Ihre Lippen waren rot und ihre Augen riesengroß vor Sorge, als sie mich sah.

«Alles in Ordnung mit dir?», fragte sie, und ich brach in Tränen aus. Olga hatte mich nie geduzt oder mir ihre mütterliche Seite gezeigt, doch jetzt legte sie mir einen Arm um die Schultern und führte mich zu einem Café, wo sie ihren Begleiter, einen Mann in einem Tweedsportmantel, verabschiedete, der uns noch eine große Kanne gesüßten Tee brachte und verschwand. Ich erzählte Olga in kurzen, unzusammenhängenden Sätzen von meiner Schwester, und sie nickte. «Ich kann deine Sorge verstehen», sagte sie. «Das ist sehr seltsam.»

Nachdem ich mich ein wenig beruhigt hatte, fragte ich Olga, was sie in New York mache, und sie erklärte mir, sie habe sich in Worthen eine Auszeit genommen und sei zu Forschungszwecken unterwegs. Als ich sie fragte, um welches Projekt es sich handele, lachte sie und schüttelte den Kopf. «Lass uns jetzt nicht darüber reden», sagte sie. «Aber schau, ich habe was für dich.»

Sie beugte sich zu der Ledermappe hinab, die zu ihren Füßen stand, und zog ein Buch heraus, das sie auf den Tisch zwischen uns legte. *Der Aufstieg der Nostalgie und das Ende des Bildes.* Es war ihre Monografie, an der ich in Worthen mitgearbeitet hatte. «Hier», sagte sie und schlug das Buch auf, blätterte darin. Ihr roter Fingernagel verharrte auf den Seiten wie ein schmaler Blutstropfen. Alles, was ich sah, waren die verschwommenen Zeilen auf den Seiten, dann wurde langsam alles scharf. Es war die Seite mit den Danksagungen, und mein Name war auch darunter. Wieder kamen mir die Tränen, und Olga zog das Buch weg, bevor ich es vollweinte. Ich spürte, wie sie ein Seufzen unterdrückte.

Sie begann mir von einem Film zu erzählen, den sie gerade gesehen hatte: *Die Reise nach Tokyo* von Ozu, einer ihrer Lieblingsfilme. Er wurde im Lincoln Center gezeigt, und Olga hatte früher in der Bibliothek Schluss gemacht, um ihn sich anzuschauen, obwohl sie ihn schon viele Male gesehen hatte. Ich unterbrach sie nicht, um ihr zu sagen, dass auch ich den Streifen am College gesehen hatte. Ich ließ sie reden. Der Film erzählt die Geschichte eines älteren Paares, das nach Tokio fährt, um seine Kinder zu besuchen, die viel zu tun haben und die beiden links liegen lassen; nur ihre Schwiegertochter ist nett zu ihnen. Ozus Stil ist sehr ruhig, die Geschichte einfach, und es bleibt am Zuschauer hängen, sich in die vielen unausgesprochenen Gefühle hineinzudenken. Selbst die Kameraeinstellungen sind ruhig. Ich wartete darauf, dass Olga mit einer Einschätzung des Filmes aufwartete, ihn zum Beispiel irgendwie mit ihrem Interesse am Thema Nostalgie in Verbindung brachte oder auch eine Parallele zwischen der Familie in dem Film und meinem eigenen Dilemma herstellte. Doch sie tat nichts dergleichen. Stattdessen beschrieb sie mir den Film, fast jede Einstellung einzeln, als betrachteten wir ihn gemeinsam, dort in dem Café. Wir tranken den Tee. Sie sprach. Ich hörte zu.

Mein Treffen mit Olga munterte mich auf, ebenso wie ihr Vorschlag, sich in ein paar Wochen wiederzutreffen. Deshalb, und weil es mir so peinlich war, in welchem Zustand sie mich an jenem Tag am Broadway angetroffen hatte, versuchte ich mich zusammenzureißen. Ich wusch meine Wäsche, wusch mein Haar. Dennoch war ich immer noch voller Sorge um meine Schwester, und ich nahm weiter ab, konnte mich nicht auf mein Studium konzentrieren. Der Lehrplan war umfangreicher als in Worthen, und ich studierte nur mit halber Kraft, kannte kaum einen von meinen Professoren, denen es gleichgültig war, ob ich eine Prüfung bestand oder in den Sand setzte, ob ich ging oder blieb. Ich hörte auf, Vorlesungen zu besuchen, schaute mir auch keine Filme mehr an. Die meiste Zeit lag ich auf meinem Bett im Tunnel und spürte, wie sich die unsichtbare Membran, die mich schon so lange von anderen Menschen trennte, langsam um mich herum zusammenzog und beklemmend, erstickend wurde. Und doch konnte ich nichts tun, um sie endlich zu durchbrechen.

An einem kalten, regnerischen Dienstag im November kam ich von der Arbeit nach Hause, und als ich die Tür öffnete, saß Robin drinnen auf der Couch, das dunkle Haar an die Wangen geklatscht. Sie trug Klamotten, die ich nicht kannte: einen schmuddelig weißen Fischerpullover, Jeans, die an den Knien zerrissen waren, und sie sah angegriffen und erschöpft aus. Ich lief zu ihr, blieb dann aber stehen, denn ich war mir nicht sicher, ob sie von mir berührt werden wollte. Ich war mir in nichts mehr sicher. Doch als ich mich setzte, schmiegte sie ihren Kopf an meine Schulter, als habe sie nur darauf gewartet, und ich legte die Arme um sie.

«Deine Klamotten sind nass», sagte ich, und sie nickte. Sie stand auf und hinterließ einen feuchten Vollmond auf dem Couchkissen. Ich zog ihr den nassen Pullover aus, dann die Jeans. Sie war so dünn, dass sie wieder aussah wie ein kleines Mädchen. Wir hatten keine Badewanne, und so stellte ich sie unter die heiße Dusche, bis ihre Wangen rosig durchblutet waren. Ich wusch ihr langes Haar, kämmte es mit meinen Fingern durch. Dann zog ich ihr einen Schlafanzug an und brachte sie ins Bett. Weil sie so zerbrechlich wirkte, schien es mir zu früh zu sein, sie zu fragen, wo sie gewesen war.

Als ich dann fragte, am nächsten Morgen, schüttelte sie den Kopf und sagte, sie wolle nicht darüber reden. Sie sagte, sie brauche etwas Zeit. Dabei benutzte sie genau diese banale Wortwahl, die sie sich offenbar wegen ihrer Harmlosigkeit bewusst zurechtgelegt hatte, um weiteren Fragen vorzubeugen. Als ich wissen wollte, warum sie ausgerechnet jetzt zurückgekommen war, sagte sie, weil sie bereit dazu sei. Somit konnte ich vorerst keines der Rätsel lösen: weder, warum sie verschwunden war, noch das Mysterium ihrer Rückkehr. Wieder und wieder prallte ich an ihrer Verweigerung ab, und diese ließ die Kluft zwischen uns von Tag zu Tag tiefer werden.

Als ich das Thema Bernard ansprach, zuckte sie nur die Achseln. Die Zeit ihrer Abwesenheit schien sie abwechselnd verletzlich und dann wieder schroff gemacht zu haben. Dafür war sie durchgängig gereizt, was mich anging. Sie beschwerte sich darüber, dass ich so früh aufstand. Sie beklagte sich über meine Haare in der Duschwanne. Ihr schmeckte das Essen nicht, das ich kaufte. Als ich sie fragte, ob ihr in Europa etwas Schreckliches zugestoßen sei, antwortete sie schnippisch: «Das Schrecklichste ist, dieses Gespräch mit dir zu führen.»

Als ich Marianne anrief und ihr mitteilte, dass Robin wieder da war, sagte sie nur: «Ich wusste, dass alles wieder in Ordnung kommt», in einem Ton, der implizierte, dass ich neurotisch und Robin einfach nur rücksichtslos war; mich machte das so wütend, dass ich auflegte, bevor sie noch etwas sagen konnte.

Ich nahm mir vor, geduldig zu sein. Ich verlegte mich ganz darauf, sie zu umsorgen, und wir verbrachten Weihnachten miteinander, nur wir beide im Tunnel, wo wir im Schlafanzug heiße Schokolade tranken. Ich schenkte ihr einen absichtlich hässlichen Pullover, den ich in unserem Lieblings-Secondhandladen gefunden hatte, ein Teil, das sie früher zum Lachen gebracht hätte, und sie sagte: «Der kratzt.»

«Ja», sagte ich, «das soll er ja auch.» Sie runzelte die Stirn.

Im neuen Jahr teilte mir Robin mit, sie würde nicht an die Juilliard zurückkehren. «Mir scheint es sinnvoll zu sein, dass du mal eine Auszeit nimmst», sagte ich, obwohl mir nichts von dem, was gerade geschah, sinnvoll erschien.

Robin schüttelte den Kopf. «Es ist keine Auszeit», sagte sie. «Es ist vorbei.»

Sie hatte wieder etwas zugenommen und war so schön wie immer, doch es war eine hochglanzartige Schönheit, die ich noch nie an ihr gesehen hatte. Ihre Haare wurden in einem brasilianischen Salon in Brooklyn geschnitten, sie begann Lippenstift zu tragen. Außerdem ließ sie sich lange, künstliche Nägel in leuchtenden Farben machen; als sie noch Klavier spielte, hatte sie keine langen Nägel tragen können, und jetzt ertappte ich sie manchmal dabei, wie sie ihre Krallen bewunderte. Sie fing an, enge Jeans und eine schwarze Motorradjacke zu tragen, die sie in einem Restaurant gefunden hatte; die habe jemand vergessen, sagte sie mit einem verschlagenen Lächeln, das in mir den Verdacht weckte, sie hätte sie gestohlen. Sie nahm einen Job als Barkeeperin an und begann Nachtschichten zu arbeiten und bis in den frühen Nachmittag hinein zu schlafen. Sie sprach kaum mit mir. Es war, als würde ich nicht existieren. Ich wusste nicht, was ich getan hatte, um so eindeutig zurückgewiesen zu werden, und als ich sie anflehte, es mir zu erklären, schaute sie mich nur verwirrt an, als spräche ich eine Sprache, die nur ich kannte.

Das ging monatelang so. Wenn ich diese langen Abende allein im Tunnel verbrachte und Robin bei der Arbeit war, saß ich oft da und weinte, und eines Tages, als wir uns auf einen Kaffee trafen, legte Olga ihre Hand auf meine und sagte sanft: «Das ist nicht gut, dein Leben, Lark.» Ich wusste, dass sie recht hatte. Jetzt war ich an der Reihe, zu gehen. Ich schrieb Wheelock und fragte ihn, ob der Job noch zu haben sei, und kaum hatte er dies bestätigt, schmiss ich das Studium. Als ich es Robin mitteilte, nahm sie mich in die Arme, doch es war eine mechanische Umarmung, mit steifen Armen, als fühle sie sich dazu verpflichtet, und ich wusste, sie konnte es kaum erwarten, dass ich ging. Ich hinterließ ihr meine Wohnungsschlüssel und sah sie erst fünf Jahre später wieder.

DRITTER TEIL

Mutterschaft

1.

Das Dörfchen Briar Neck lag am Ufer des Susquehanna River, wie ein Kind, das an einem Fluss sitzt und vorsichtig die Zehen ins Wasser taucht. Im Sommer war es hier beschaulich und pittoresk mit jeder Menge Grün – einschließlich der überall wuchernden, dornigen Brombeerhecken, die dem Ort seinen Namen gaben –, das sich vom Ort aus bis in die nahe gelegenen, sanft geschwungenen Hügel darüber erstreckte, und Touristen kamen, um Eis zu essen und in den Antiquitätenläden an der Main Street zu stöbern. Im Winter war das Dorf verlassen und noch hübscher, ein Weiler in Sepiabraun mit kräftigen Baumästen und milchigem Schnee. Das waren mir die liebsten Monate. Ich wohnte in einem kleinen Backsteinhaus mit roten Fensterläden und einem winzigen Vorgarten, der von einem Lattenzaun umgeben war; ein Häuschen wie aus einem Katalog für amerikanischen Lebensstil. In Briar Neck war ich jetzt schon drei Jahre, seit der durchschlagende Erfolg von Wheelocks Film *Hello Dolly* es ihm ermöglicht hatte, dort ein Büro aufzumachen, und ich kannte den Floristen des Dorfes, den Bäcker, den besten Mechaniker und den billigeren, aber dafür auch weniger vertrauenswürdigen Mechaniker. Jeden Morgen fuhr ich fünfundzwanzig Minuten auf kurvigen Landstraßen bis zu einem unscheinbaren Bürokomplex, der in den späten Neunzigern für eine Hightech-Firma errichtet worden war; diese hatte auf spektakuläre Weise geboomt, war dann innerhalb von fünf Jahren den Bach runtergegangen und hatte die gut ausgestatteten Büroräume leer zurückgelassen. Die Geschäftsidee der Firma war es gewesen, lokale Musikbands zu promoten, indem man im Internet nach ihnen suchte und dann Leute in ihrem Wohnort anmailte, die sie jedoch, wie sich herausstellte, längst kannten. Wheelock hatte das gesamte Anwesen für einen Apfel und ein Ei erworben, wenn man denn bei einer Immobilie von einem

Apfel und einem Ei sprechen kann. Als wir einzogen, war ich auf einen ganzen Raum voller Give-aways der untergegangenen Firma gestoßen – T-Shirts, Fleecewesten, Kaffeetassen mit ihrem Logo –, die Wheelock und ich zusammen mit einem ständig wechselnden Personal aus Praktikanten und Assistenten auftrugen beziehungsweise benutzten, wann immer wir bis in die späte Nacht arbeiteten und keine Lust darauf hatten, zu waschen oder Geschirr zu spülen.

Ich war Wheelocks Cutterin und seine rechte Hand, seine festangestellte Mylark, ein Job, der mit den Jahren zusammen mit dem Ansehen, das er zunehmend genoss, gewachsen war. Eigene Filme drehte ich nicht mehr, und ich hatte es auch nicht mehr vor. Der Ehrgeiz war von mir abgefallen wie eine Last, denn ich hatte zu viel zu tun. Als *Hello Dolly* herauskam, der Film, der die Arbeit und Arbeitsmoral des Klonens verfolgte, was von den Wissenschaftlern in ihren Laboren bis zum *Mäh* eines artifiziell hergestellten Schafes reichte, hatte er voll eingeschlagen, mehrere Preise und viel Lob eingeheimst und war sogar für den Oscar nominiert worden, ohne ihn jedoch zu gewinnen. Danach war Wheelock der Vorschlag gemacht worden, aus dem Film eine Serie fürs Fernsehen zu machen, die dann im ganzen Land gesehen und an Schulen gezeigt wurde, und etwas Ähnliches war mit seinem nächsten Projekt passiert, einem Dokumentarfilm über den Klimawandel. Diese neuen Projekte waren weniger ästhetisiert als seine frühere Arbeit, jedoch immer mit schönen Einstellungen gefilmt und hervorragend komponiert; sie waren zuschauerfreundlich, themenorientiert, und Wheelock hatte sich von einem Filmemacherfilmemacher (wie ihn die *New York Times* betitelte) weg zu einem Dokumentarfilmproduzenten entwickelt. Den Wheelock, den ich als Studentin kennengelernt hatte – einen zerbrechlichen, scheuen und dem Alkohol verfallenen Mann –, hätten all diese Veränderungen überwältigt, doch der Wheelock, für den ich jetzt arbeitete, war erfolgreich und selbstbewusst. Seine Persönlichkeit hatte sich ganz allmählich verändert, sodass ich erst im Rückblick erkennen konnte, was für eine Entfernung sie zurückgelegt hatte. *Es ist witzig, wenn ich daran zurück-*

denke, schrieb ich Olga, die mittlerweile in London unterrichtete, in einer E-Mail, *wie abgefuckt er einmal war.* Sie schrieb zurück: *Wie alle Männer glaubt er, der Erfolg sei ihm in die Wiege gelegt worden,* was in meinen Ohren verbittert klang, aber auch nicht vollkommen von der Hand zu weisen war. Wheelock selbst war großzügig gewesen, sowohl finanziell als auch sonst; er erwähnte meine Arbeit im Schneideraum immer im Abspann und erzählte in Interviews, wie viel er meinem Blick verdanke. Doch es war Wheelock, dessen Name zu einem Markenzeichen geworden war, Wheelock, der als «Genie» betitelt wurde, und es war auch Wheelock, der eingeladen wurde, um an Schulen, auf Filmfesten und bei Symposien zu sprechen – und all das, muss ich klar und deutlich sagen, war vollkommen okay für mich.

Wenn er in Briar Neck war, lebten Wheelock und ich im selben Haus, in getrennten Zimmern. Er hatte auch ein Studio-Apartment in New York, verbrachte jedoch viel Zeit unterwegs, in Künstlerresidenzen, auf Konferenzen oder Festivals. Normalerweise reiste ich mit ihm. Im dritten Jahr meiner Vollzeitanstellung bei ihm saßen wir in einem Zug in Italien. Wir hatten an einer Biotech-Konferenz in Mailand teilgenommen, bei der es um Genomsequenzierung ging – Wheelock war oft der einzige Nichtwissenschaftler, der zu solchen Veranstaltungen eingeladen wurde –, und befanden uns auf dem Rückweg in die Staaten, wo er in Chicago einen Vortrag vor Filmstudenten halten sollte. Wir erledigten viel Arbeit in Flugzeugen und im Auto, einem behaglichen Schwebezustand zwischen einer gerade bewältigten Aufgabe und der nächsten, die noch vor uns lag. Wheelock benutzte ein Aufnahmegerät, während ich mir Notizen auf meinem Laptop machte, der manchmal gegen das Fenster oder Wheelocks Schulter rumpelte, wenn der Zug beschleunigte oder langsamer wurde. Auch das war sehr behaglich. Als Kollegen arbeiteten wir auch körperlich eng zusammen, Seite an Seite. Wir verbrachten mehr Zeit miteinander als mit jedem anderen Menschen.

Während Wheelock seine Gedanken dem Diktiergerät anvertraute, tippte ich eine glattere, saubere Version davon in den Computer ein, indem ich die Übergänge glättete und manches von seinen Argumenten verdeutlichte, während er weitersprach. Ihn mit den Änderungen und Vorschlägen, die ich machte, zu verärgern, machte mir keine Bedenken, denn ich nahm an, genau deshalb habe er mich angestellt. Der Zug ruckelte, bebte, hielt schließlich an. Kein Bahnhof weit und breit. Die Landschaft draußen vor dem Fenster war hügelig und hellgrün bewachsen, Weinberge erstreckten sich terrassenförmig. Kaum hatten wir angehalten, wurde die Luft in dem Waggon stickig und beklemmend, und die Leute öffneten die Fenster, um eine nicht vorhandene Brise hereinzulassen. Wheelock öffnete den obersten Knopf seines Hemdes, fühlte sich sichtlich unbehaglich. Sein Gesicht war gerötet.

Ich speicherte das Dokument ab, während sich draußen auf dem Gang der Schaffner mit zwei plappernden Mechanikern im Schlepptau durchkämpfte. «Ich glaube, wir sind auf irgendwas draufgefahren», sagte Wheelock. «Sie streiten darüber, wie man es reparieren kann.»

«Ich wusste gar nicht, dass du Italienisch sprichst.»

«Ich habe diese Woche ein paar Worte aufgeschnappt.»

Um uns herum wurden in dem überfüllten Zug immer mehr Klagen laut. Ein kleiner Junge verschüttete sein Getränk, brach in Tränen aus, und seine Mutter schimpfte ihn aus, ob nun wegen des Verschüttens oder des Weinens, wusste ich nicht. Ich zog meinen Pullover aus und drückte noch einmal auf Speichern, obwohl wir nichts an dem Dokument geändert hatten. Ich wollte keine Daten verlieren.

«Ich frage mich, auf was wir draufgefahren sein könnten.»

«Entweder eine Schafherde oder einen Laib Käse», sagte Wheelock.

«Ein Laib Käse?»

«Mein Vokabular ist ziemlich begrenzt.»

Ich klappte den Laptop zu, um Akku zu sparen. Im Geiste war ich schon fast in Chicago und dann in Berlin, wo Wheelock *Hello Dolly* dem deutschen Publikum vorstellen sollte und meine Schwester kurzzeitig gelebt und als Assistentin eines Malers gearbeitet hatte. *Kein Kunstmaler,* hatte ihre Postkarte mich aufgeklärt, *sondern einer, der Wände streicht. Er heißt Axel und sieht aus wie Don Cherry.* Robin hatte New York kurz nach mir verlassen; einen Abschluss hatte sie nie gemacht, weder an der Juilliard noch sonst wo. Stattdessen reiste sie viel und arbeitete immer gerade genug, um sich über Wasser zu halten. Marianne sagte: «Sie war nie für ein geregeltes Leben geeignet», als habe sie von Anfang an voraussagen können, welchen Weg Robin einschlagen würde. Die Selbstgefälligkeit meiner Mutter ärgerte mich, und doch hatte ich, vielleicht um Robins Abwesenheit in meinem Leben auszugleichen, begonnen, Marianne ab und zu anzurufen, um ihr das mitzuteilen, was es in meinem Leben Neues gab, auch wenn wir mehr stritten, als uns normal zu unterhalten.

Was mich am meisten an Marianne frustrierte, war ihre Reaktion, wenn ich in diesen Gesprächen etwas aus der Vergangenheit erwähnte; so sprach ich über die Filme, die wir zusammen gesehen hatten, oder wie sie uns auf ihrem Magnavox-Plattenspieler Stevie Wonder vorgespielt hatte.

«Daran kann ich mich nicht erinnern», sagte sie. «Ich war nie ein großer Fan von Stevie Wonder.»

«Du liebtest *Superstition*», beharrte ich. «Du kanntest den ganzen Text.» Ich summte ein Stückchen von dem Lied, obwohl es mir peinlich war, wie schief das klang, und hörte bald wieder auf.

«Das glaube ich nicht», sagte Marianne entrüstet, als hätte ich sie beleidigt. «Nein, Donna Summer mochte ich. *Hot Stuff.*» Ihre Stimme klang auf einmal wehmütig. «Da haben meine Freudinnen und ich in der Disco dazu getanzt.» Ich hatte das Gefühl, an der Vergangenheit hing sie nur in einer Version, in der es uns nicht gab, und ich wechselte das Thema. Ich fragte sie nach dem Wetter in Montreal, ein Thema, zu dem sie immer endlose Kommentare beizusteuern hatte. Damals wusste ich oft mehr über die Wettervorhersage in meiner Heimatstadt als über die des Ortes, an dem ich lebte.

In der Zwischenzeit arbeitete Robin als Hilfskellnerin in Spanien oder schor Schafe in Neuseeland. Sie sagte nie, wie lange sie bleiben oder wo sie als Nächstes hinwollte. Einmal besuchten Wheelock und ich ein Filmfestival im Archipel von Stockholm; spät am Abend, als die Sonne endlich unterging, bestiegen wir zusammen mit anderen Festivalteilnehmern Boote und schauten uns Bilder an, die vom Ufer aus projiziert wurden und im Wind flatterten. Danach machte ich einen kleinen Abstecher nach Resarö, auf Robins Spuren sozusagen. Ich schaute mir den Gedenkstein in Ytterby an und kaufte mir eine Zimtschnecke in einem Café. Natürlich fand sich dort keine Spur von ihr; sie hatte keine hinterlassen. Immer wieder mal stellte ich mir vor, ihr auf dem Berliner Hauptbahnhof oder am Flughafen von Orly über den Weg zu laufen, wo wir beide zufällig zum gleichen Zeitpunkt durch die Sicherheitskontrolle gingen oder die Damentoilette aufsuchten und sich urplötzlich, beim Händewaschen, unsere Blicke im Spiegel begegneten. Doch weiter gingen diese Fantasien nicht, denn ich wusste nie, was ich sagen würde.

«Ich glaube mittlerweile, dass es Vögel sind», sagte Wheelock neben mir.

«Unser Zug ist mit Vögeln zusammengestoßen?»

«Möglicherweise Enten», sagte er.

Ich klappte den Laptop wieder auf und klickte mich durch unseren Reiseplan. Um drei Uhr hatten wir einen Flug, ein Termin, der durch die Verspätung des Zuges unangenehm nahe rückte.

«Wir werden spät dran sein.»

Wheelock zuckte mit den Achseln. Auf Reisen Verbindungen einzuhalten, machte ihn nie nervös; diese Sorge hatte er komplett auf mich abgewälzt.

«Wird schon klappen», sagte er und legte seine Hand auf mein Knie, was er noch nie getan hatte. Er hatte mir immer das Gefühl gegeben, ebenso unverzichtbar wie unsichtbar für ihn zu sein. Ich sagte nichts, rutschte auf meinem Sitz herum. Meine Beine klebten unangenehm an dem Kunststoffüberzug.

«Lark», sagte er. «Lark.»

«Warum sagst du immer meinen Namen?», fragte ich. In dem Zug war es viel zu warm, und wir saßen zu nah beieinander. Irgendein Kauderwelsch kam über den Lautsprecher. Der Laptop glühte auf meinem

Oberschenkel, er war schwer, und ich beugte mich vor, beengt, wie ich hier saß, und schob ihn mit Mühe in meinen Rucksack. Wheelock legte mir die Hand auf die Schulter.

«Lark», sagte er noch einmal, mit angespannter, drängender Stimme, und als ich mich aufrichtete, küsste er mich.

Wir waren weniger ein Paar als ein Zusammenschluss von Kräften. Wir hatten weder romantische Rendezvous noch aßen wir in Restaurants oder gingen ins Kino. Doch wir lebten und arbeiteten miteinander, wir atmeten dieselbe Luft, und wenn uns das Bedürfnis danach überkam, fanden wir zusammen, ob in seinem Bett oder in meinem. Zu meiner Überraschung entpuppte sich Wheelock als guter Liebhaber, er war aufmerksam und lässig zugleich, in dem Sinn, dass es nie irgendwelchen Druck gab. Er hatte keinerlei Erwartungen an mich, nur, dass ich Spaß daran hatte. Wenn ich müde war oder kein Interesse hatte, schien ihn das nicht weiter zu ärgern. Im Bett war er verspielt, und manchmal tollten wir herum wie Welpen oder Kinder, rollten hin und her, bis die Laken ein einziges Knäuel waren, und lachten. Es war eine Seite von ihm, mit der ich niemals gerechnet hätte, und sie machte ihn so anziehend für mich, dass ich einfach blieb. Mit jedem Jahr, das ich ihn mehr kannte, enthüllte sich mir ein neuer Aspekt seiner Persönlichkeit. Jedes Jahr wurde er zu jemand Neuem.

2.

Nicht alle neuen Erkenntnisse waren leicht hinzunehmen. Kurz bevor uns das gelbe Bauernhaus zu klein wurde und wir vierzig Meilen weiter nach Briar Neck zogen, fand ich heraus, wer noch in dem Gartenschuppen gewohnt hatte. Wir packten gerade Kartons – genauer gesagt, ich packte Kartons, während Wheelock im ersten Stock war und etwas anderes machte; es war ein kahler, glanzloser Tag Ende März. Der Frühling ließ dieses Jahr auf sich warten; die Bäume hatten noch nicht zu knospen begonnen, und im Garten lagen immer noch die letzten, schmutzigen Reste Eis. Ich hörte ein Fahrzeug über die kiesbestreute Auffahrt rumpeln und nahm an, es handele sich um den UPS-Boten; sonst kam nie jemand zum Haus. Doch dann sah ich aus dem Fenster, dass sich etwas bewegte, und erblickte ein schlankes, dunkelhaariges Mädchen in Motorradjacke, das aus einem schwarzen SUV stieg, den Hof überquerte und die Tür zum Gartenschuppen öffnete. Eine Sekunde lang dachte ich mit heftig klopfendem Herzen, es sei Robin, und ich sprang auf. Ich schrieb ihr alle paar Monate, zuerst per Post an den Tunnel und dann an eine E-Mail-Adresse, die sie allerdings offenbar nur sporadisch checkte. In meinen Mails beschränkte ich mich auf einige kurze und konkrete Einzelheiten über mein Leben; im Gegenzug bekam ich gelegentlich eine Postkarte sowie einmal einen Ausschnitt aus der Klatschspalte einer italienischen Zeitung mit dem Bild einer halbwegs berühmten amerikanischen Schauspielerin, die auf einer Party neben einem Mann im Seidenschal saß. Der Mann war Boris Dawidoff. Robin hatte ihm Teufelshörner aufgesetzt.

Draußen fiel die Tür des Schuppens ins Schloss. Wheelock kam die Treppe herunter, rannte im Affenzahn an mir vorbei, ohne ein Wort zu sagen, und schneller, als ich ihn jemals hatte laufen sehen. Dort unten in dem windigen Hof redete er mit dem Mädchen, das jetzt in Richtung Haus blickte. Es war nicht meine Schwester. Sie sah ziemlich jung aus, war vielleicht im College-Alter, trug dunklen Lippenstift und ein Lederhalsband mit Silberstacheln, und sie war schön. Wheelock sprach lebhaft mit ihr, doch ich konnte nicht hören, was gesagt wurde, noch sehen, ob seine Gesten mit der Hand wütend oder flehentlich waren. Dass er sich anderweitig beschäftigte, wenn ich nicht da war, überraschte mich nicht; irgendwo hatte ich sogar damit gerechnet. Was mich mehr beunruhigte, war, dass das Mädchen so jung war und so klein; sie reichte ihm kaum bis zum Schlüsselbein. Wheelock legte den Arm um sie und küsste sie auf das schwarze, glänzende Haar, führte sie ins Haus. Sie weinte, barg den Kopf in seiner Armbeuge. Ein unschönes Rotzglöckchen hing von ihrer Nase, und sie wischte es an seinem Pullover ab.

Als sie ins Wohnzimmer kamen, waren ihre Wangen dunkelrot von der Kälte.

«Das ist meine Tochter», sagte Wheelock. «Min.»

«Ich höre, du hast in meinem Bettchen geschlafen», sagte sie. «Wie das bescheuerte Schneewittchen.» Ihr Akzent war undefinierbar fremd, ein Hauch britisch mit noch etwas anderem.

«Ich bin Lark», sagte ich. «Die … Assistentin.»

«Meine Güte, ich weiß schon. Deine Anwesenheit wurde mir bereits *erläutert*.»

«Immer langsam, Min», sagte Wheelock.

«*Langsam*, ja, ja», äffte sie ihn nach. «Gibt es in dieser Bruchbude eigentlich was Anständiges zu bechern?»

«Wenn ich gewusst hätte, dass du kommst, hätte ich ein paar Flaschen Spiritus und Barbiturate gebunkert.»

«Haha», sagte sie. «Du bist der einzige Dad auf der Welt, der Witze über Entzugskliniken lustig findet.»

Diesen scheinbar verärgerten Schlagabtausch unterbrachen sie, indem sie einander mit unverhohlener Freude angrinsten. In diesem Augenblick bemerkte ich die Ähnlichkeit zwischen ihnen. Min ließ sich krachend auf einen Stuhl fallen, legte die Beine quer über die Armlehne und seufzte mit übertriebenem Überdruss. «Diese arme Frau. Wahrscheinlich hat sie die ganze Zeit gedacht, du bist normal.»

«Das möchte ich sehr stark bezweifeln», sagte Wheelock.

Ich brachte eines meiner typischen Dinner auf den Tisch, eine unansehnliche Masse klebrigen Reis mit gummiartigem Hühnchen. Während wir aßen, sagte mir Min, sie mache «eine Pause» (Dauer unbestimmt) von der «Schule» (Lehranstalt unbestimmt), und sie und ihre Mutter «bräuchten Platz» (Grund unbestimmt).

«Außerdem hat mir irgend so ein Depp das Herz gebrochen», sagte sie, und die Tränen, die ihr in die Augen stiegen, widersprachen ihrem höhnischen Ton. «Als das das letzte Mal passiert ist, habe ich's mit den Medikamenten übertrieben.»

Wheelock legte seine Hand auf ihre. So hatte ich ihn noch nie gesehen, besorgt und väterlich, und ich war beeindruckt, wie selbstverständlich er diese Rolle übernahm.

Mins Mutter Soo Jung, eine Kostümbildnerin, arbeitete an einem Theater in London. «Das ist bei Weitem nicht so glamourös, wie du denkst», vertraute mir Min an, obwohl ich nichts dergleichen geäußert hatte. «Hauptsächlich schnupperst du den Leuten an ihren müffelnden Achselhöhlen, wenn du versuchst, sie in irgendwelche bescheuerten Samtkleider zu nähen.» Min war sogar noch jünger, als ich gedacht hatte, vielleicht achtzehn, und ihre nervöse Energie wurde nur durch ihre überhebliche Art übertüncht. Nach dem Essen sagte Wheelock ruhig: «Dann rufe ich wohl besser mal deine Mutter an.» Min und ich wuschen ab, genauer gesagt, ich wusch ab, und Min lehnte am Küchentresen und redete. Sie erzählte mir alles über ihre Schule, dass sie Malerin werden wolle, das Produkt eines «kurzzeitigen Flirts» (Dauer unbestimmt) ihrer Eltern sei und diese nie zusammen erlebt habe. Sie und ihre Mutter seien ins Ausland gegangen, als sie zehn war, zuerst in die Tschechische Republik und dann nach England, woher auch ihr Akzent stammte. Ihre koreanischen Großeltern seien entsetzt über ihre lückenhafte schulische Laufbahn und die Aufenthalte im Entzug. Wheelock hatte keine lebenden Eltern, die entsetzt sein könnten. Sein einziger Bruder war bei einem Fabrikunfall ums Leben gekommen, als sie beide in den Zwanzigern waren. «Er spricht nie darüber», sagte sie. «Aber wenn du dir seine Filme genau anschaust, gibt es da immer einen Moment, in dem urplötzlich irgendwo eine Industriemaschine aufragt. Das geht von ganz normal bis zu wirklich bedrohlich und beängstigend. Er kann einfach nicht anders, als es so zu sehen. Es ist wie ein Geist, der immer noch bei ihm herumspukt, ohne dass es ihm bewusst ist.» In den zwei Stunden, die Min da war, hatte ich mehr über Wheelocks Leben erfahren als in den gesamten vorangegangenen zwei Jahren. Ich spülte den Soßentopf aus und stellte ihn aufs Abtropfgestell, trocknete mir die Hände an dem schmuddeligen Geschirrtuch ab, das Wheelock und ich immer vergaßen zu waschen.

«So», sagte Min und schälte einen Streifen schwarzen Nagellack von ihrem Daumennagel. «Wie amüsiert ihr euch denn eigentlich hier in Hicksville? Nur Alk und Hicks, oder was?»

«Im Futterladen gab es mal einen Typen, der mit Drogen dealte», sagte ich. «Aber der ist jetzt auf der Uni.»

«Ach, sind sie das nicht alle?», seufzte sie, wieder mal mit gespielter Weltläufigkeit.

«Ich schätze, wir könnten Monopoly spielen», sagte ich. Als Wheelock wieder herunterkam, besaß Min bereits alle Hotels und hatte jede Menge Kohle auf der Bank.

Min blieb sechs Wochen. Sie schlief jeden Tag bis Mittag und war offenbar selbst durch den größten Krach nicht zu wecken. Wie sich herausstellte, war sie eine versierte Köchin, die alles Erdenkliche auf den Tisch zauberte, von koreanischem Feuerfleisch bis zu Würstchen mit Kartoffelbrei, und ich überließ ihr mit Freuden die Küche. Oft saß sie im Wohnzimmer, während ich arbeitete, und stellte mir Fragen zu meinem Leben, die ich so schnörkellos wie möglich beantwortete. Die Version meiner selbst, die ich ihr schilderte, war reduziert und dröge. Meine Schwester lebte im Ausland. Meine Mutter arbeitete im Marketing. Ich hatte früh meinen Vater verloren und konnte mich nicht an ihn erinnern.

«Du bist der langweiligste Mensch, dem ich je begegnet bin», sagte sie einmal zu mir. «Wie hältst du das nur aus?»

«Ich krieg's schon irgendwie hin», erwiderte ich.

«Hast du dich an meinen Dad geklammert, weil er so viel interessanter ist? Du ernährst dich von seinem Interessant-Sein, so wie diese Parasiten, die bei Haien im Maul leben.»

«Haien?»

«Im Ernst. Das habe ich gerade erst in Zoologie gelernt. Die Ähnlichkeit ist unheimlich.»

Während der Tage, an denen Wheelock wie immer mit seiner Arbeit beschäftigt war, fiel mir die Aufgabe zu, Min zu bespaßen. Ich nahm sie mit in den Futterladen und ins Eiscafé; wir schwammen im Baggersee; all das deklarierte sie als öde und langweilig, doch obwohl sie jederzeit wieder hätte gehen können, tat sie es nicht. An ihrem letzten Tag nannte sie Wheelock «Daddy» und brach bei dem Gedanken, ihn zu verlassen, in Tränen aus. Und irgendwie musste sie doch ihren Spaß gehabt haben, denn danach kehrte sie etwa alle sechs Monate zurück, um uns zu besuchen; oft setzte sie eine Unterhaltung einfach fort, als hätten wir sie am Tag zuvor unterbrochen. Sie sprach indiskreterweise über das Liebesleben ihrer Mutter und über ihr eigenes. Sie kannte jeden einzelnen von Wheelocks Filmen in- und auswendig und war zu meinem Ärger sogar dazu in der Lage, mich in kleineren Punkten zu korrigieren. Sie hatte immer recht. Sie merkte es sofort, als Wheelock und ich «intim wurden», und sagte oft «intim werden», um mich zu quälen, weil sie wusste, wie unangenehm mir diese Formulierung war. Außerdem liebte sie es, mich «Stiefmutter» zu nennen, mit einer Stimme, die mit Ironie getränkt war, und bestand darauf, jedes Mal, wenn wir mit dem Auto unterwegs waren, aus vollem Halse die Titelmelodie aus dem Film *Stepmom* mit Julia Roberts, *Ain't no Mountain High Enough*, zu schmettern. Sie beendete die Highschool und wurde zum Kunststudium an einer renommierten Akademie in London angenommen. Einmal ließ sie auf meinem Bett ein Porträt von mir zurück, das sie so schnell mit Kohle gezeichnet hatte, dass ich es gar nicht bemerkt hatte. Auf dem Bild blickte ich auf meine Hände hinab, die Haare fielen mir ins Gesicht. Sie hatte mich knochiger gemacht, als ich es je gewesen war, und – ob nun als Kompliment oder spöttisch gemeint – auch schöner.

3.

Min inspirierte auch Wheelocks nächstes Projekt, bei dem es um das erbauliche Thema des Anstiegs weltweiter Epidemien ging. Während ihrer Schulferien war sie mit einer Freundin durch Südostasien gereist und hatte Thailand, Vietnam und Malaysia besucht. Anders als meine Schwester war Min eine ausgezeichnete Briefeschreiberin, die lange und unterhaltsame Mails über ihre Saufgelage am Strand oder abenteuerliche Fahrten mit dem Moped durch den chaotischen Verkehr in Großstädten schickte. Erst als sie bereits auf dem Flug nach Hause war, hatte sie begonnen, sich krank zu fühlen, und als der Flieger in Heathrow landete, war sie halb bewusstlos vor Fieber und musste direkt mit dem Rettungsdienst in ein Krankenhaus gebracht werden. Bei dem Virus, den sie sich eingefangen hatte, handelte es sich um einen Ableger der Vogelgrippe, von dem bislang nicht bekannt gewesen war, dass er von Tieren auf Menschen übertragbar war. Wheelock bestieg mit grimmiger Miene und stumm vor Sorge das erstbeste Flugzeug, um ihr zur Seite zu stehen. Ein paar Tage war es fast unmöglich, seiner habhaft zu werden, und meine Fragen am Telefon beantwortete er nur einsilbig. Ich hockte notgedrungen in Briar Neck fest und begann über die Geschichte der Grippe zu recherchieren. Ich las, dass der großen Grippewelle des Jahres 1918 fast dreißig Millionen zum Opfer gefallen waren, mehr, als im Ersten Weltkrieg gestorben waren. Von ihren Ursprüngen in China aus hatte sie ihre Reise rund um die Welt angetreten, war jedem Handelsweg und jeder Straße gefolgt.

Min selbst mailte mir den ersten Lagebericht in nennenswerter Länge. *Stell dir vor, ich werde überleben und euch doch noch ein paar Jahre auf die Nerven gehen. Ich sehe aus wie ein Skelett, aber meine Wangenknochen sind geil. Jetzt steht meiner Karriere als Supermodel nichts mehr im Wege.*

Trotz des flippigen Tons dieser Nachricht hatte die Erfahrung sie verändert – danach war Min ernster, ja, fast steif, auf eine Weise, die mich an ihren Vater erinnerte. Obwohl sie mit einer Schnelligkeit wieder gesund wurde, die ihre Ärzte beeindruckte, war ihr Körper nach der Grippe verändert; sie war immer schon dünn gewesen, doch nach der Erkrankung war und blieb sie bloß Haut und Knochen, ihr Körper gertenschlank und drahtig. Sie entwickelte eine leicht gebeugte Haltung, schob immer die Schultern vor, als müsse sie sich einer Welt entgegenstemmen, die sie ihrer Unverletzlichkeit beraubt hatte. Als sie das nächste Mal nach Briar Neck kam, räumte sie die Garage aus und machte ein Atelier daraus. Dort arbeitete sie stundenlang am Stück und fertigte Kohlezeichnungen an, die ich niemals zu Gesicht bekam, weil sie sie jeden Abend, wenn sie fertig war, zerriss und im Kamin verbrannte, so unzufrieden war sie damit. Doch das schien Min nichts auszumachen. Sie sagte, Vergänglichkeit sei ein Teil ihres Vorgehens. «Wenn ich mit nichts von hier weggehe», sagte sie, «dann ist das vollkommen in Ordnung. Denn genau so verlassen wir doch auch diesen Planeten, oder nicht? Mit nichts. Ich bin wie einer dieser Mönche mit ihrer Sandkunst, die sofort zerstört wird, wenn sie fertig ist.»

Wheelock konnte mit diesen Bemerkungen nicht viel anfangen; er hielt sie für unreif. Er nannte sie eine Zehn-Cent-Buddhistin, was auch immer das sein sollte, und die beiden diskutierten regelmäßig beim Abendessen darüber; Min hatte ein Curry oder ein Wokgericht mit Gewürzen gekocht, die sie in ihrem Gepäck mitgebracht hatte, weil die Supermärkte in Pennsylvania nie das hatten, was sie wollte. Nachdem sie wieder weg war, begann Wheelock in Ermangelung eines anderen Opfers mit mir zu diskutieren, und suchte sich dafür wahllos Themen aus, von der amerikanischen Außenpolitik und dem Krieg in Afghanistan bis zur Zukunft der Atomenergie. Doch ich war für ihn kein zufriedenstellender Gegner, denn ich knickte sofort ein; außerdem hatten wir sowieso in den meisten Dingen die gleiche Meinung. Folglich war ich weniger ein Sparringspartner als ein Schallkörper. Wheelock wurde immer frustrierter und reizbarer. Er zog sich in sein Büro zurück, fuhr, einer Eingebung folgend, nach New York, und als er zurückkam, teilte er mir mit, wir würden eine zehnteilige Serie über Seuchen, Epidemien und globale Gesundheit drehen. Das würde Jahre dauern.

«Ist in Ordnung.»

Doch ich hatte genug vom Reisen. Mir gefiel es in Briar Neck, und ich hatte keinen Spaß mehr an den endlosen Tagen mit Flughafenessen und dem Aufwachen in Hotelzimmern, ohne genau zu wissen, in welchem Land man sich gerade befand. Ich sagte zu Wheelock, er müsse lernen, allein klarzukommen, und er war einverstanden. Im darauffolgenden

Jahr verbrachten wir mehr Zeit getrennt voneinander als sonst. Ich arbeitete mit den beiden Assistenten Bikram und Javier zusammen, die ich frisch von der Uni angeheuert hatte; sie wohnten in einer winzigen Wohnung hinter der Elks Lodge. Die beiden kabbelten sich ständig, was ich rührend fand, und verstummten, sobald ich das Zimmer betrat. Sie waren folgsam und ein kleines bisschen verängstigt, und während ich ihnen beibrachte, was sie zu tun hatten, war es eine seltsame Erfahrung, als mir bewusst wurde, dass ich nicht mehr die jüngste oder am wenigsten sachkundige Person im Raum war.

Abends griff ich auf meine alte Collegegewohnheit zurück und füllte meine Wissenslücken, indem ich mir Filmklassiker anschaute und mir in einem kleinen Moleskin, den mir Wheelock zu Weihnachten geschenkt hatte, Notizen dazu machte. Ich führte mir den kompletten Kurosawa und das Gesamtwerk von Tarkowski und Fellini zu Gemüte und fühlte mich in bester Gesellschaft mit den flackernden Bildern. Die Einsamkeit war wie eine warme Decke, in die ich mich kuschelte; was nicht heißen soll, dass ich mich nicht wie eine Schneekönigin freute, wenn Wheelock nach Hause kam und mir sein neuestes Filmmaterial zu Füßen legte, wie eine Katze einen erlegten Vogel; ein dubioses Geschenk.

Ich sah mir dieses Material so viele Stunden an, dass sein Inhalt vollkommen in den Hintergrund trat und ich abgehärtet gegen die dort dargestellten, grauenerregenden Fakten wurde – gegen all die Pestilenzen, Epidemien und antibiotikaresistenten Keime, die die Erde heimsuchten. Wer einen Film bearbeitet, der bringt ein System hinein, er näht und schneidet. Er beobachtet und verbindet, schichtet einen Gedanken auf den anderen. Darin war ich gut. Mittlerweile kommunizierten Wheelock und ich per Kurzschrift miteinander und verwendeten Begriffe, die sonst niemand verstand. «Ich brauche hier eine Brücke wie Texas», sagte er dann, und ich wusste, er bezog sich auf eine Montage aus einem Film über Offshore-Bohrungen in Galveston, den er einige Jahre zuvor gedreht hatte. Wir hatten unsere eigene Sprache entwickelt, hatten uns Welten aufgebaut. Wenn ich ihm einen vorläufigen Schnitt zeigte, nickte er nur kurz, doch nachdem ich schon vor Jahren die Erfahrung gemacht hatte, dass er von selbst keine Komplimente machte, hatte ich gelernt, mir selbst kleine Zeichen für Bestätigung – im Heben einer Augenbraue oder dem Neigen des Kopfes – zu suchen, und wusste, dass er zufrieden war.

4.

Nachdem sie die Kunstakademie in London abgeschlossen hatte, zog Min nach New York, wo sie als Assistentin in einer Galerie arbeitete und Partys mit Modedesignern und aus dem Internet bekannten Indie-Musikern besuchte; danach kehrte sie spät in der Nacht in die Wohnung in Bushwick zurück, die sie sich mit drei anderen Mädchen teilte. Wenn ihr die Stadt zu viel wurde, vermietete sie ihr Bett – da es sich um ein Loft handelte, hatte sie kein eigenes Zimmer, nur eine Matratze in einer Ecke – und kam einen Monat zu uns nach Pennsylvania, wo sie im Atelier ihre Kunst machte und für uns kochte, im Gepäck eine gebündelte Ladung Energie, die ebenso erfrischend wie anstrengend war. Min kam und ging, wie es ihr passte, ohne um Erlaubnis zu fragen oder sich anzumelden, und es war ihr egal, ob ihr Vater da war oder nicht. Sie behandelte uns beide mit einer ungestümen Angriffslust, von der ich mittlerweile wusste, dass es ihre Form von Liebe war. Gerne zog sie Wheelock dafür auf, dass er langsam in die «Schlussverkaufsjahre» kam, wie sie es nannte, und sich der Einkaufsbeutelfraktion angeschlossen hatte, worunter sie alles verstand, was mit dem öffentlichen Fernsehen zusammenhing. Wheelock schien diese Anschuldigungen nie krummzunehmen, obwohl ich ihn manchmal dabei ertappte, wie er mir einen Blick zuwarf, als frage er sich, ob *ich* sie krummnahm. Doch das tat ich nicht. Mir war es viel unangenehmer, wenn Min sich mit mir verbündete – manchmal, weil wir jünger waren, manchmal auch, weil wir beide Frauen waren –, Wheelock aufs Korn nahm, ihn Daddy nannte, sich auf Reisen bezog, die sie unternommen hatten, als sie noch ein Kind war, und mit atemberaubender Geschwindigkeit zwischen uns hin- und herschaltete. Ich glaube nicht, dass es ihr dabei darum ging, uns gegeneinander auszuspielen; vielmehr war sie süchtig nach der Instabilität dieses Frontenwechsels. Zu viel Ruhe und Gleichmut waren ihr unangenehm; sie fühlte sich einfach nicht zu Hause darin.

Mir war es fast lieber, wenn Min und ich allein miteinander waren. Wir tranken spät in der Nacht Tee, und sie erzählte mir von ihren Liebschaften – den verflossenen, den aktuellen, den zukünftigen. Sie behauptete, sie könne sich die Männer, in die sie sich verlieben werde, bereits vorstellen, bevor sie sie kennenlernte.

«Zuerst wird es diesen gefährlichen Typen mit vielleicht einem Speed- oder Kreditkartenproblem geben», sagte sie dann verträumt und meuchelte einen Kamillenteebeutel mit ihrem Löffel. «Dann zum Beispiel einen Nerd, mit dem ich sesshaft werden und vielleicht ein oder zwei Kinder produzieren könnte. Und wenn ich dann sechzig bin, werde ich total auf heiße, junge Typen abfahren, die mich wegen meiner Beziehungen zur Kunstwelt schamlos ausnützen. Sozusagen der alte, geile Bock, nur andersrum.» Soweit ich wusste, war das alles nur Gerede. Ihre einzigen Dates in New York waren reine Bettgeschichten, Typen in den Zwanzigern, die so wenig Geld in der Tasche hatten wie sie und nichts zu bieten hatten außer ihrer Meinung. Solche Männer prallten an ihr ab wie Billardkugeln, die noch irgendwo kurz anrempeln und dann im Loch versinken.

«Aber was ist mit dir?», fragte sie mich einmal. «Willst du für immer Daddys Konkubine sein?»

Ich überging die Beleidigung. «Ich bin mit meiner Arbeit verheiratet», sagte ich.

«Du bist mit meinem Dad verheiratet, obwohl es weder einen Ehevertrag noch Jobsicherheit gibt», meinte sie. «Meine Mom sagt, eines Tages wirst du aufwachen und feststellen, dass er mit einer neuen *Assistentin* in Paris lebt. Genau das ist mit ihr passiert.»

«Ich dachte, das sei nur eine kurze Affäre gewesen.»

«Für ihn war es das», sagte Min und hob bedeutungsschwanger die

Augenbrauen. Sie wünschte sich so sehr, bei mir eine Wunde zu finden, in der sie herumstochern konnte. Doch bei mir kam sie damit nicht durch; ich war wie eine lackierte Oberfläche, ein Stein, der vom Wasser glatt geschliffen ist, und es war Wheelock, der über mich hinweggeschwappt und mich reingewaschen hatte. Ich liebte mein ruhiges Leben. Ich hatte einen Dokumentarfilm über eine Gruppe von Kartäusermönchen in Frankreich gesehen, die ein Schweigegelübde abgelegt hatten und jahrelang in einem Kloster in den Alpen zusammenlebten. Sie kommunizierten mittels eines Systems von Handsignalen miteinander und brachten ihre Tage in einer Routine zu, die niemals variierte: acht Stunden Arbeit, acht Stunden schlafen, acht Stunden beten. In ihrem Leben gab es keine Geräusche, keine Musik, kein gesprochenes Wort. Sie wohnten in kleinen Häuschen und beteten meistens für sich. Als man einen Besucher aus der Außenwelt fragte, was er an seiner Zeit dort am bemerkenswertesten gefunden hatte, sagte er, die Tatsache, dass die Mönche ohne Angst lebten.

Wenn Wheelock und ich allein waren, sprachen wir oft über Min. Er machte sich Sorgen um ihre Gesundheit und ihre berufliche Zukunft und fuhr öfter nach New York, um sie zu besuchen. Ihre Mutter wollte, dass sie zusätzlich einen «Brotberuf» wie Kunsttherapeutin lernte oder Jura studierte, doch Min wies darauf hin, dass ihre beiden Eltern es geschafft hatten, sich in künstlerischen Berufen über Wasser zu halten. *Über Wasser halten*, sagte Soo Jung. *Nicht mehr und nicht weniger.* Min beschwerte sich darüber bei Wheelock, der es wiederum mit mir diskutierte; wir drei waren wie eine Kette aus Gänseblümchen, die sich um Min sorgten und ihre Zukunft bekränzten.

Die Geschwindigkeit, mit der er arbeitete, blieb nicht ohne Folgen für Wheelock; sein Haar wurde grau, und er nahm ab. Einmal ertappte ich ihn dabei, wie er mit einer Ahle ein weiteres Loch in seinen Gürtel bohrte. Er war so überarbeitet, dass sein Gesicht fahl und faltig war, doch ein Urlaub kam für ihn nicht infrage.

«Was, ich soll alles hier stehen und liegen lassen?», sagte er, auf das

Büro deutend, wenn ich das Thema anschnitt. Ich wies ihn nicht darauf hin, dass er all das ja ständig stehen und liegen ließ, wenn er arbeitsmäßig unterwegs war. Er schlang die Arme um mich und legte das Kinn an meine Schulter, presste es so fest daran, dass es wehtat. «Ich bin gern zu Hause», sagte er, und das stimmte so lange, bis die Zeit kam und er wieder losmusste.

Ich unternahm meine eigenen Reisen. Ich flog nach Costa Rica zur Hochzeit meiner alten Zimmergenossin Helen – sie war dort als Zoologin in einer Forschungsstation tätig und studierte weißgesichtige Kapuzineräffchen – und stand im Sand, trank einen zuckersüßen Cocktail und trieb angestrengt Konversation mit Leuten, die ich seit dem College nicht mehr gesehen hatte. «Erinnerst du dich noch an diesen Gordon?», fragte mich eine aus dem Laufteam. «Hattest du nicht mal was mit dem?» Ich gab zu, ja. «Der ist mir in einer Bar in Atlanta über den Weg gelaufen.» Sie senkte die Stimme, und ich wappnete mich dafür, zu erfahren, was aus ihm geworden war: dass er Professor war, Farmer, Imker, oder dass er den Verstand verloren hatte. Alles schien mir möglich zu sein. «Er leitet einen Hedgefonds, der letztes Jahr fünfhundert Millionen gemacht hat», sagte sie. Ich versuchte, diese Information mit dem Stämmigen aus meiner Erinnerung in Einklang zu bringen, doch es gelang mir nicht. Als sie mein Gesicht sah, lachte die Frau und drückte meinen Arm. «Der hat sich damals abgesetzt, richtig? Sei nicht traurig. Er ist fett und kahl geworden.»

Später fuhr ich nach London, um Olga zu besuchen, und wir gingen ins Kino, saßen in Cafés und führten angenehme Diskussionen über die Filme, die wir gerade gesehen hatten. In einem Programmkino genehmigten wir uns ein weiteres Mal *Alles über Eva*, das mir zusammen mit Olga besser gefiel, weil sie den Film so sehr liebte und ganze Dialoge mitsprechen konnte. Sie behauptete, in seiner Darstellung, wie Frauenfeindlichkeit dazu führe, Frauen gegeneinander auszuspielen, sei der Film seiner Zeit weit voraus. Als Lloyd Richards Margo als «Körper mit Stimme» bezeichnete, schnalzte Olga mit der Zunge, und als er sagte: «Wird Zeit, dass das Klavier merkt, dass es das Konzert nicht geschrieben hat», pfiffen wir beide so laut durch die Zähne, dass sich die Leute vor uns umdrehten und uns böse anschauten. Bei der Zeile musste ich unweigerlich an Robin denken und an Boris Dawidoff, der ganz genauso herrisch ist wie Lloyd. Als wir hinterher in einer Bar saßen, erzählte ich Olga von dem Zeitungsausschnitt, den Robin mir geschickt hatte und der Dawidoff mit dieser Schauspielerin zeigte, und sie sagte: «Frauen sind notwendige Instrumente für ihn.»

Während ich packte, um nach Hause zu fahren, küsste Olga mich auf beide Wangen und sagte, sie würde nach Deutschland ziehen.

«Warum?», fragte ich etwas tumb. Davon war noch nie die Rede gewesen. Sie lächelte mich an, ihre Augen leuchteten. Sie hatte ein wenig zugenommen, Gesicht und Körper waren runder und weicher geworden, und ich hätte mich furchtbar gern an sie geschmiegt, tat es aber dann nicht. Für mich, das sehe ich jetzt, war sie eine Art Mutter, obwohl sie diesen Gedanken wahrscheinlich lächerlich gefunden hätte und ich aus reinem Instinkt meistens vor ihr verbarg, wie gern ich sie hatte.

«Berlin ist momentan sehr aufregend», sagte sie. «Nicht jeder bleibt immer an der gleichen Stelle wie du.»

Ich empfand das als Tadel und wollte schon etwas darauf sagen, als sie mir die Hand drückte und sagte, das Taxi warte draußen. Später schrieb ich ihr eine E-Mail, in der ich mein Leben in Briar Neck in Schutz nahm. *Es freut mich, dass du so glücklich bist*, schrieb sie zurück. *Für mich klingt das sehr dröge. Komm mich in Berlin besuchen.*

5.

Als Robin mit dem Reisen aufhörte, kehrte sie nicht in die Staaten zurück, wo, wie sie erklärte, durch das politische Klima nach 9/11 ein Leben für sie unmöglich geworden war. Stattdessen zog sie zu meiner Überraschung nach Montreal zurück, nahm sich ein kleines Apartment in Mile End und begann als Kellnerin in einem Restaurant in Saint-Laurent zu arbeiten.

Diese Neuigkeiten erfuhr ich von Marianne, die selbst auch umgezogen war und in einer Wohnung in Laval lebte, die ihrem Freund gehörte. Bei diesem handelte es sich um einen Zahnarzt, der aber «trotzdem», wie sie am Telefon betonte, «sehr lieb» sei. Sie sagte, Robin sehe furchtbar aus, abgemagert wie eine streunende Katze. «Wenn sie vorbeikommt, steht sie vor dem Kühlschrank und isst alles, was ihr in die Finger kommt. Vollkommen verwildert.»

Wenn ich in Briar Neck frühmorgens Geräusche hörte – Vögel, Leute, die ihren Hund ausführten, ein langsam fahrendes Auto, aus dem Zeitungen auf Veranden und Auffahrten gepfeffert wurden –, stellte ich mir manchmal vor, es sei Robin, die mit Gepäck in der Hand auf die Tür zuging, so wie damals vor vielen Jahren, als ich in Worthen war. Doch sie kam nie, und ich lud sie übrigens auch nie ein. Wir hatten gelernt, ohne einander zu leben. Nachdem sie ein Jahr wieder zurück war, fuhr ich über Weihnachten nach Montreal, und wir drei saßen in Mariannes Wohnzimmer und trieben mit dem Zahnarzt höfliche Konversation über Parodontose. Er legte uns Päckchen mit Zahnseide unter den Baum. Ich schaute verstohlen meine Schwester an, die genauso aussah wie früher und doch ganz anders; es fiel mir schwer, ihre Anwesenheit in Gänze zu erfassen. Sie trug einen wuchtigen roten Pullover mit weißen Schneeflocken darauf, der am Saum schmuddelig war, und ihr Haar, das sie offenbar irgendwann einmal blondiert, aber nie mehr nachgefärbt hatte, war von der Kopfhaut bis zu den Ohren dunkelbraun und von da ab bis zu den Schultern blond, alles zusammen ein aschiges Wirrwarr. Marianne hatte recht: Sie war dünn und knochig, ihre Haut schuppig, die Lippen verschorft. Sie sah aus wie ein verwittertes Haus mit abgeplatztem Verputz, um das sich schon seit Jahren niemand mehr kümmerte.

Marianne hingegen wirkte gepflegt; ihre Haare waren geschnitten und getönt, und sie trug einen Rollkragenpullover und Perlohrringe, wie es sich für eine Dame mittleren Alters geziemte. Wir aßen Tourtière, eine Art Fleischpastete, und schauten zu, wie draußen der Schnee fiel, als könne uns das besänftigen. Robin nahm sich von allem einen Nachschlag, manchmal sogar zwei. Der Zahnarzt starrte die Wand an und sprach über neueste Fortschritte in Sachen Implantate. Marianne rollte mit den Augen und legte sich einen Mantel über die Schultern, um mit nackten Armen draußen in der Kälte zu stehen und zu rauchen; drinnen ließ der Zahnarzt sie nicht rauchen, weil er wollte, dass sie damit aufhörte. Unter anderem, bemerkte er, sei es schrecklich fürs Zahnfleisch. Während sie mit ihrer Zigarette draußen stand, saßen wir drei schweigend am Tisch, Fremde, deren einzige Verbindung dieses dünne Band Weihnachten war.

Robin schenkte mir ein Buch über Landkarten. Ich schenkte ihr einen Schal.

Am zweiten Weihnachtsfeiertag küsste ich alle zum Abschied und fuhr über die Grenze zurück nach Hause, nach Briar Neck. Meine Schwester und ich hatten kein einziges richtiges Gespräch miteinander geführt. Als ich ging, hatte sie mich am Arm gepackt, ihre Finger wie Krallen an meinem Ärmel, jedoch nichts gesagt. Sie war knochig und stark. Mit dem gleichen festen Griff hielt sie auch ihre Kaffeetasse oder zog ihre Stiefel hoch. Hätte ich lieb reagiert, sie gar an mich gedrückt, hätte sie mich von sich gestoßen, davon war ich überzeugt.

6.

Ich hatte nie darüber nachgedacht, ob ich für den Rest meines Lebens in Briar Neck leben würde; die Zeit verging ohne besondere Vorkommnisse, im Fluss des Schneideraums, und hielt nie lange genug inne, damit ich sie ermessen konnte. Ich war zweiunddreißig Jahre alt. In der Arbeit überwachte ich Bikram und Javier, zusammen mit einigen anderen. Die Frau, die die Bäckerei betrieb, lud mich manchmal zum Essen oder zum Spazierengehen ein, und ich freundete mich mit dem älteren Paar an, das nebenan wohnte und nach dem ich schaute, wenn es eine Kältewelle gab oder der Strom ausfiel. Zu Hause veranstaltete ich «Pestnächte», zu denen Leute kamen und sich Filme wie den aus dem Jahre 1950 stammenden

Noir *Unter Geheimbefehl* oder *Der Omega-Mann* mit Charlton Heston aus dem Jahre 1971 anschauten. Nichts entspannte mich mehr, als den letzten Überlebenden der Erde dabei zuzusehen, wie sie sich erschütternden Widrigkeiten zum Trotz ans Leben klammerten. Diese Filmabende wurden irgendwann so bekannt, dass ich sie im Gemeindezentrum abhalten musste, obwohl ich mich weigerte, einleitende Worte dazu zu sprechen oder etwas, das die Frau dort «Gesprächsrunde» nannte, anzuschließen. Wheelock, der nur noch ab und zu in der Stadt war, immer noch den meisten Menschen dort ein Rätsel, neckte mich damit, dass ich eines Tages Bürgermeisterin werden würde.

Seine Filme über die Epidemien der Welt wurden mehrfach im Fernsehen gezeigt und prämiert, ein Erfolg, den sowohl Wheelock als auch ich für selbstverständlich hielten. Mittlerweile war er fast permanent unterwegs und immer viel beschäftigt, weshalb ich eine persönliche Assistentin für ihn angestellt hatte, während ich in Briar Neck blieb, um zu schneiden und das Personal zu überwachen. Unser Leben war wie ein Schal, der immer wieder aufgeribbelt und neu gestrickt wurde. Wenn Wheelock wieder da war, schlief er oft in meinem Bett, ohne dass wir Sex hatten; manchmal wachte ich auf, und er hielt mich an der Taille umschlungen, während sein Kopf auf meinem Schoß oder an der Hüfte ruhte, und er schnaufte im Schlaf, rutschte das Bett hinunter, als würde er ertrinken. Er küsste mich immer weniger, vertraute mir aber mehr an. Manchmal erzählte er von seiner Kindheit in Pittsburgh, wo sein Vater in einem Stahlwerk gearbeitet und seine Mutter geputzt hatte. Weil seine Eltern so viel arbeiteten, waren er und sein Bruder sich selbst überlassen gewesen und hatten nach der Schule meistens Stickball gespielt, um sich die Zeit zu vertreiben. Es war seltsam, nach so vielen Jahren zu entdecken, wie sehr sich unsere Kindheit geähnelt hatte, als habe es uns aus genau diesem Grund zueinander gezogen, ohne dass wir es wussten. Als Wheelock sieben gewesen war, war sein Bruder fast an Keuchhusten gestorben, und er hatte eine sehr deutliche Erinnerung daran, wie er an Maschinen angeschlossen gewesen war, die ihm halfen zu atmen, sein Körper dünn und schwächlich, das Gesicht fast blau. Bei der Arbeit an dem Film über Epidemien hatte er zahllose leidende Kinder gesehen, und er träumte nachts von ihnen, von diesen ausdruckslosen Gesichtern, dahingerafft von ansteckenden Krankheiten, die sie nicht begriffen.

Auch dies war eine neue Seite an Wheelock: sensibel, offen verletzt, auf seltsame und plötzliche Weise mitteilsam. Ich wusste, dass ich die einzige Person auf der Welt war, der er diese Dinge erzählte, und das band mich noch mehr an ihn.

An einem Wochenende fuhren wir zu einer schicken Preisverleihung in New York. Man schrieb das Jahr 2008, und ich war seit Jahren nicht mehr in der Stadt gewesen; mir fiel auf, wie sehr sie sich verändert hatte, mit all den Kaufhausketten und Coffeeshops an jeder Ecke. Überall konnte man Frozen Yoghurt kaufen. Natürlich hielten wir uns in anderen Vierteln auf als denen, wo ich gelebt hatte, und ich war keine Studentin mehr. Wheelock sah aus wie ein in die Jahre gekommener Zappelphilipp in seinem uralten Anzug mit den breiten Schultern, und ich trug ein schwarzes Kleid, das ich mir in Briar Neck gekauft hatte. Es war ein Vintage-Hemdblusenkleid mit einem weißen Spitzenkragen, das in Pennsylvania nach Shabby Chic ausgesehen hatte, in New York aber nur schäbig war. Ich blinzelte in die Lichter der Großstadt wie ein Maulwurf. Während ich meine Runde in der Lobby des Theaters drehte, bemerkte ich zu meiner Überraschung, mit welcher Lockerheit Wheelock mit anderen Leuten plauderte, wie er ab und zu ganz leicht die Hand an meinen Lendenbereich legte und mich von einem Gespräch zum anderen manövrierte. Er brauchte mich nicht mehr dazu, dass ich ihm etwas ins Ohr flüsterte, um ihn zu beruhigen; er war es, der mich beruhigte. Ich war Veranstaltungen dieser Art nicht gewöhnt und musste mir Mühe geben, dem Geplänkel zu folgen. Irgendwann flüchtete ich mich aufs Klo, und als ich zurückkam, blieb ich oben auf der Treppe stehen und blickte in die Lobby hinab. Unter mir stand Wheelock und plauderte mit einer Frau im roten Cocktailkleid. Sie hatte das Haar zu einem schmalen Knoten im Nacken zusammengesteckt; ein Tattoo schlängelte sich von ihren Rückenwirbeln bis zum Schlüsselbein. Unter dem Cocktailkleid trug sie kniehohe Combat Boots. Wheelock, der viel größer war als sie, legte den Kopf schief, als sie etwas sagte, und beide lachten.

Wir hatten schon vor einer Weile eine Übereinkunft getroffen: Er durfte machen, was er wollte. Das durften wir beide. Doch nur einer von uns konnte eine Frau wie die dort unten zum Lachen bringen. Nur einer von uns war berühmt.

Wheelock gewann den Preis, doch am Mikrofon zeigte sich, dass er trotz des Selbstvertrauens, das mir zuvor aufgefallen war, linkisch wirkte. Er las eine Rede vom Blatt, die ich ihm geschrieben hatte, und sprach dabei so schnell, dass die Worte miteinander verschmolzen, was unverständlich, aber auch irgendwie liebenswert war. Meinen eigenen Namen hatte ich nicht in die Liste derjenigen aufgenommen, denen er dankte, weil ich das narzisstisch fand, und als er zum Ende seiner Rede kam, runzelte er die Stirn, schüttelte den Preis in meine Richtung und verließ hastig die Bühne. Die anschließende Party schwänzten wir und gingen stattdessen mit Min essen.

«Ihr seht ja todschick aus!», sagte sie und gab uns einen Kuss. Sie wohnte immer noch in Bushwick, doch mittlerweile lebten in dem Loft nur noch sie und ihr Freund Jake, ein Finanz-Analyst aus Schenectady. An den Wochenenden besuchten sie Bauernmärkte und buken ihr eigenes Brot. Die Wirtschaftskrise hatte in Jake Zweifel bezüglich seines Berufes geweckt; er plane, so sagte er uns bei der Pasta, «in selbst gemachte Eiscreme» zu investieren und sich der «alternativen Comedy-Szene» anzuschließen.

«Alternativ ist sie, weil sie nicht lustig ist», sagte Min trocken. Sie liebte es, ihn zu necken, und seine Reaktion darauf war, dass er seine Brille höher auf die Nase schob und rot wurde. Ich erwähnte meine alte Mitbewohnerin Emma, deren Käse-Imperium in den Berkshires expandiert hatte und mittlerweile auch Joghurt und Eiscreme umfasste, und Jake beugte sich, sichtlich erregt, vor.

«Emma von *Emmas Käseparadies?*», rief er aus. «Mit der bist du *befreundet?*»

Wie es der Zufall wollte, hatte mir Emma erst kürzlich gemailt, und wir hatten begonnen, uns regelmäßig zu schreiben, da wir in unser beider Kleinstadtleben so manchen Anknüpfungspunkt hatten. «Heute habe ich im Drugstore bei einer Frau Tampons erstanden, die gestern bei mir Kürbiseis gekauft hat», schrieb sie. «Ist es beängstigend oder beruhigend, wenn es nichts mehr Privates in deinem Leben gibt? Ich bin mir nicht sicher.» *Keine Membran*, dachte ich. Sie fragte mich nach Robin, und ich teilte ihr das Wenige mit, das ich wusste, ohne zu erwähnen, wie selten ich sie selbst zu Gesicht bekam. Emma war mit einer Ziegenzüchterin namens Gretchen verheiratet. Sie besaß wieder ein Katzenpärchen namens Itsy und Bitsy und hatte eine vierjährige Tochter namens Oak, die den beiden ihre Namen gegeben hatte. Ich erzählte Min und Jake die Geschichte von dem Katzenbegräbnis, und wie es Emma dazu veranlasst hatte, ihr Leben zu ändern. Es kam selten vor, dass ich eine so lange Geschichte erzählte, und ich spürte, wie Wheelock mich beobachtete und ein feines Lächeln um seine Lippen spielte.

«Seltsam», sagte Min, als ich fertig war. «Du redest fast nie über deine Schwester.»

Ich nahm einen Happen von meinem Essen. Ich hatte geredet, während die anderen aßen, und ihre Teller waren leer. «Wir stehen uns nicht nahe», sagte ich.

«Aber sie hat doch die ganze Zeit mit dir zusammengewohnt.»

Wheelock legte seine Hand auf mein Knie, unter dem Tisch, und ich lehnte mich an ihn, dankbar für die Wärme und Solidität seines Körpers. «Sie ist wieder in Kanada», sagte ich.

«Spielt sie immer noch Klavier?», wollte Min wissen.

Wheelock warf ihr einen Blick zu. Dass er mich offenbar schützen wollte, überraschte mich – genauer gesagt überraschte mich sowohl die Tatsache, dass er so aufmerksam gewesen war, auf den Gedanken zu kommen, ich könne seinen Schutz brauchen, als auch, dass ich ihn tatsächlich nötig hatte. Ich legte meine Hand auf die seine. «Ich weiß es nicht», sagte ich und wandte mich wieder meinem Essen zu.

Später, in der Wohnung, sagte Wheelock: «Danke.»

«Wofür?»

«Ich kam nicht dazu, es in der Rede zu sagen», antwortete er. «Deshalb sage ich es jetzt.»

In Wheelocks Studio war gerade genug Platz für eine Ausziehcouch, die man zum Bett umfunktionieren konnte. Er hatte von allem nur eins: einen kleinen Tisch, einen Stuhl, eine Tasse, einen Teller. Eine Gabel. Doch die Wohnung war alles andere als karg. Überall lagen die typischen Wheelock-Dinge herum: Dosen voller Pennies und Knöpfe; Bilder, aus Zeitungen ausgeschnitten und mit Tesa an die Wand geklebt; ein Paar Herrenschuhe, die er auf der Fifth Avenue gefunden hatte. Sie passten ihm nicht, doch es seien «so schöne Schuhe», sagte er. Es stimmte, sie waren schön, aus cognacfarbenem, brüniertem Leder, mit einem Stempel auf der Seite, der besagte, dass sie in Italien hergestellt worden waren. Vielleicht waren sie ja maßangefertigt, mutmaßte ich und dachte an Hervé. Auf der Fensterbank lagen ein paar Kieselsteine in verschiedenen Grauschattierungen aufgereiht. Die Wohnung stimmte mich wehmütig, und ich sehnte mich nach dem alten Bauernhaus zurück, sogar nach den Glasbehältern mit den Zigarettenkippen, deren Sinn ich nie verstanden hatte. Wheelock war ein Sammler; er liebte es, seine Taschen zu füllen und auszuleeren, wenn er nach Hause kam, den ganzen Inhalt des Tages auf den Tisch zu legen und auf diese Weise sein Fortschreiten durch die Welt sichtbar zu machen. Vielleicht war es ja das mehr als alles andere, was ich an ihm liebte.

Ich legte mich auf die Ausziehcouch, die an den Stellen, wo sie zusammengeklappt gewesen war, mehrere Knicke hatte, wie ein Mensch, der eine unrettbar schlechte Haltung hat. Wheelock legte sich auf mich, seine Füße auf meine, seine Hände auf meinen, sodass wir aussahen wie zwei aufeinanderliegende Seesterne. Sein Atem roch nach Marinara-Sauce. Obwohl er grau geworden war, strahlten seine Augen noch immer jene fiebrige Energie aus, die ich schon damals, vor fast zehn Jahren, als wir uns kennengelernt hatten, in jener dunklen Bar wahrgenommen hatte.

«Sagst du denn gar nichts?», fragte er.

«Was denn?»

«So was wie *Bitte, gern geschehen*», sagte er. «Oder *Lawrence, das waren die besten Jahre meines Lebens.* So was eben.»

Ich runzelte die Stirn. Ich nannte ihn nie Lawrence, noch dachte ich jemals darüber nach, ob die vergangenen zehn Jahre die besten meines Lebens gewesen waren, obwohl ich niemals bereut oder in Zweifel gezogen hatte, dass ich zu ihm nach Pennsylvania gezogen war. Genauso gut hätte ich die Entscheidung in Zweifel ziehen können, Sauerstoff zu atmen oder aufrecht zu gehen. Diese Entscheidung war vor langer Zeit getroffen worden, und zwar weder bewusst noch verstandesmäßig. «Gern geschehen», sagte ich.

«Min findet, ich tue dir einen Bärendienst an, indem ich dich in Briar Neck versauern lasse. Sie findet, ich sollte dich wenigstens heiraten.»

«Ich wusste nicht, dass sie so altmodisch ist.»

Wheelock lachte, dann seufzte er. Er rollte von mir herunter und rieb sich das Kinn. «Das ist dieser Jake», sagte er. «Immer habe ich mir gewünscht, dass sie Stabilität findet, und jetzt, wo sie sie hat, befürchte ich, dass sie nach Schenectady zieht und Hausfrau wird.»

«Das wäre doch nicht das Schlechteste.»

«Aber ist es denn richtig, was sie sagt? Ich meine, über dich?»

«Ich mag Briar Neck.»

«Und das andere?»

«Darüber habe ich nie nachgedacht», sagte ich.

Wheelock legte seinen Kopf in meine Achselhöhle und stupste mich so lange an, bis ich mich auf die Seite drehte. Er schlang Arme und Beine um mich, bis er mich vollkommen umschlossen hatte; seine Wange kratzte an meinem Ohr. Um drei Uhr morgens wachte ich von dem Hupen draußen auf, und er lag immer noch da, so fest an mich gedrückt, dass ich kaum atmen konnte.

7.

Es war Min, die drei Jahre später unter die Haube kam, und heiraten wollte sie in Briar Neck, das sie beharrlich als das Zuhause ihrer «Vorfahren» bezeichnete, in einem Ton, der auf seltsame Weise ebenso verschmitzt-ironisch klang wie sentimental. Weil ich dort lebte, fiel mir auch die Aufgabe zu, mich um die Logistik zu kümmern. Da Wheelock auf Reisen war und an einem Special zu den Folgen des Tsunami in Japan drehte, besuchten Min, Jake und ich zusammen mögliche Locations und entschieden uns irgendwann für eine ausgebaute Scheune.

«Leute aus New York werden das vermutlich für putzig halten», sagte Min, und ich nickte, nicht sicher, ob das etwas Gutes war oder nicht. «Was meinst du, Jakey?»

Jake, der die meiste Zeit draußen stand und Anrufe auf seinem Handy entgegennahm, lächelte und reckte den Daumen hoch. Das machte er meistens. Das Einzige, wozu er immer eine deutliche Meinung hatte, war das Essen. Er und Min hatten zwei Stunden damit zugebracht, das Für und Wider einer Vorspeise mit Erbsensprossen zu diskutieren, und über Ricotta Salata eine längere, überaus hitzige, aber geflüsterte Unterredung geführt. Meine Meinung war nicht gefragt; Min sagte, was das Essen anging, sei ich eine Nichtgläubige, eine Atheistin, und sie hatte recht.

Min gestaltete die Blumenarrangements und die Einladungskarten selbst, und ihre Mutter nähte ihr Hochzeitskleid und bestickte es eigenhändig mit winzigen Süßwasserperlen.

Am Morgen der Hochzeit frühstückten Min, Soo Jung und ich im Haus, während eine Friseurin Blumen in Mins Haare flocht. Wheelock und Jake waren in der Scheune, um die letzten Dekorationen zu überwachen, und zwei von Mins weniger trinkfesten Brautjungfern lagen mit einem Kater auf der Couch, nachdem sie am Abend zu tief ins Glas geschaut hatten. Soo Jung sprach mit ihrer Tochter, als sei ich nicht im Raum. Ich glaube nicht, dass sie eifersüchtig auf mich war; sie war nur der Überzeugung, meine Anwesenheit sei nicht bedeutsam genug, um beachtet zu werden. Min war so nervös und kribbelig, dass sie wieder und wieder fragte, wie sie aussehe.

«Du siehst großartig aus, du Egomanin», sagte Soo Jung zu ihr. «Und es wird Millionen von Fotos geben, die diese Großartigkeit belegen, keine Sorge.»

«Ich fühle mich aufgedunsen.»

Langsam verlor ihre Mutter die Geduld. «Du siehst aus wie eine Göttin. Du hast das Gesicht eines Engels. Et cetera pp.»

«Mein Gesicht ist ein Ölteppich», sagte Min. «Und ich habe einen Pickel am Kinn, der so groß ist wie eine Kumquat. Ich glaube, ich muss gleich kotzen.»

«Hier, trink das», sagte ihre Mutter und hielt ihr einen Flachmann hin. Sie trug ein lila Seidenkleid und darüber eine Schürze aus Segeltuch mit jeder Menge Taschen, aus denen sie bereits den ganzen Morgen nützliche Gegenstände zauberte – einen Make-up-Pinsel, Sicherheitsnadeln, Tempos und jetzt Schnaps.

«*Mom*», sagte Min. «Ich habe seit einem Jahrzehnt nichts mehr getrunken.»

«Dann solltest du das vielleicht ändern», erwiderte ihre Mutter.

«Ich kann nicht», sagte Min. «Ich bin schwanger.» Plötzlich standen Tränen in ihren Augen, die sie mit den Handflächen wegwischte. Ihr Augen-Make-up sah aus wie ein kubistisches Gemälde. «Ich bin schwanger, und es werden Zwillinge, und Jake will nach Schenectady ziehen, weil dort die Schulen besser sind.»

Soo Jung und ich starrten uns an. Betont langsam streckte sie mir den Flachmann hin, und ich nahm ihn. Bevor die Zeremonie begann, hatten wir das ganze Ding ausgetrunken, nur wir beide.

Am Ende sah Min sehr hübsch aus, wie sie an Wheelocks Arm den Mittelgang entlanglief, ohne sich ihre Nervosität oder sonstiges Unbehagen anmerken zu lassen. Sie war frisch geschminkt, das Haar wundervoll frisiert. Alle sagten, das Essen sei köstlich. Ich wartete darauf, dass Jake nach dem Eheversprechen den Daumen heben würde, doch er tat es nicht. Beim Hochzeitsempfang brachte Wheelock einen witzigen Toast aus, in dem er es schaffte, das Thema Ehe komplett zu umschiffen, und sprach stattdessen über Min als kleines Mädchen, über ihren Appetit auf Abenteuer und Kunst. Min hörte ihm gerührt zu, die Augen schimmernd vor ungeweinten Tränen. Draußen vor der Scheune betupften Glühwürmchen die Nacht wie mit Sommersprossen. Nachdem er seinen Job gemacht hatte, ging Wheelock draußen auf dem kiesbestreuten Parkplatz auf und ab, betrachtete die kleinen Steinchen und steckte sich ein paar davon in die Taschen.

«Gott liebt dich», sagte Soo Jung beschwipst, die an meiner Seite aufgetaucht war. «Schon ein seltsamer Vogel.»

«Ja, denke ich auch.»

Drinnen bereitete Jakes Familie den jüdischen Hochzeitstanz, die Hora, vor. Min lachte, als sie hochgehoben wurde.

«Du hast vermutlich nichts dagegen, als Hohepriesterin seines Kults.»

Ich erbleichte, wich vor ihr zurück. Sie nahm mich am Arm. «Ach herrje, tut mir leid. Hochzeiten machen mich immer gemein.»

«Weil du selber nie eine hattest?»

«Nein, Blödsinn», sagte sie. «Ich finde sie einfach nur schrecklich.»

Wir standen eine Weile da und sahen Wheelock dabei zu, wie er auf dem Parkplatz herumschlenderte, sogar unter den Boden von Autos schaute, offenbar auf der Jagd nach was für einem Schatz auch immer. Drinnen johlten und tanzten die Gäste, die Klezmer-Klarinetten tönten laut in die Nacht hinaus. Am nächsten Tag würden Min und Jake in die Flitterwochen nach Amalfi fliegen, und so packten Soo Jung und ich für sie die Hochzeitsgeschenke zusammen und schickten sie zu Jakes Familie in Schenectady, das Soo Jung mit der schweren Ironie, die sie ihrer Tochter vererbt hatte, hartnäckig «das Gelobte Land» nannte.

Im UPS-Laden legte sie kurz beide Hände an meine Wangen und beugte sich zu mir, als wolle sie mir einen Kuss geben. «Du bist kein unscheinbares Wesen», sagte sie. «Du hast etwas Besseres verdient als das.»

Diese Einschätzung meines Lebens irritierte mich. «Besser als UPS?»

«Tu nicht so blöd», sagte sie. Dann stieg sie in ihren Mietwagen und fuhr davon.

Sieben Monate später trafen wir uns wieder, im Krankenhaus des Gelobten Landes, wo Mins Zwillinge, ein Mädchen und ein Junge, als Frühchen zur Welt gekommen waren und immer noch auf der Intensivstation lagen. Und da waren sie in ihren speziellen Behandlungsbettchen, und ihre gelbe Haut wurde jeden Tag ein bisschen mehr rosa. Ich war fasziniert von ihren winzigen Bäuchlein, ihren perfekt geformten Fingernägeln und dem feinen dunklen Haarflaum auf ihren Köpfchen. Es war eine schwere Geburt gewesen, und Min weinte danach tagelang, gebeutelt von der Hormonumstellung und den postoperativen Schmerzen. Niemand konnte sie beruhigen.

Soo Jung und ich hielten die Babys, sangen ihnen vor. Wir kannten die Krankenschwestern per Namen, die strenge Tagesschwester und die nette, die nachts da war. Wir wechselten uns darin ab, Sandwiches und Kaffee zu holen. Auch Jakes Eltern, Sarah und Artie, waren da, und manchmal gingen wir zu viert essen, wenn die Besuchszeit zu Ende war, und saßen im warmen Neonschein des quirligen Olive Garden in Schenectady. Wenigstens in diesen Momenten, wenn wir in der Umlaufbahn des Krankenhauses schwebten, benahmen wir uns wie eine Familie.

Wheelock, der in Japan war, brauchte fast eine Woche, bis er da war. Als er kam, hielt er Mins Hand und zeigte ihr Filmaufnahmen vom Reaktor in Fukushima, bis ich ihm den Laptop wegnahm. «Was denn?», fragte er verständnislos. Ich zog ihn in die Frühchenstation und zeigte ihm die Babys, und er und Soo Jung lächelten und schüttelten sich die Hand, gratulierten sich förmlich, als hätten sie gerade einen wichtigen geschäftlichen Deal abgeschlossen.

Dann war Min endlich so weit, dass sie nach Hause durfte, in das Haus, das sie und Jake gekauft hatten und in dem es ein Kinderzimmer in

Butterblumengelb gab. Soo Jung hatte ein Wandgemälde mit jeder Menge Häschen und Eichhörnchen und Vögeln gemalt, eine hübsche, gezähmte Wildnis. Wheelock und ich waren darauf eingestellt, uns bald zu verabschieden und nach Briar Neck zu fahren, doch im letzten Moment packte Min mich am Handgelenk, mit einer Kraft, die mich an meine Schwester erinnerte, und flüsterte mir ins Ohr: «Lass mich nicht allein in dieser Hölle.» Ich lachte, weil ich dachte, es sei ihre übliche Ironie, doch sie meinte es ernst. Ihre Augen waren riesig und voller Angst.

«Das wird schon», sagte ich zu ihr.

«*Wirklich?*», erwiderte sie.

Während wir langsam durch die Vorstädte fuhren, fühlte ich mich mies und traurig. Soo Jung, die noch einen weiteren Monat bei Min blieb, mailte Fotos von den Babys, die mittlerweile aus der Frühchenstation entlassen waren und fest gewickelt auf Mins viel zu vollem Schoß lagen; die junge Mutter entblößte die Zähne zu einem erschöpften Lächeln. Wheelock ging sofort wieder an die Arbeit, während ich zu meiner großen Überraschung einen Zusammenbruch erlitt.

Ich ging weinend zu Bett und wachte weinend wieder auf. Morgens stand ich auf, trank Kaffee und ging wieder ins Bett. Manchmal lag ich den ganzen Tag da. Nachts schaute ich mir auf der Couch Talkshows an, weil ich nicht schlafen konnte. Wheelock fragte mich, was los sei. Ich sagte ihm die Wahrheit – dass ich es nicht wisse. Vielleicht vermisse ich die Abendessen mit Sarah und Artie und Soo Jung, mutmaßte ich, und er bot an, mich ins Olive Garden auszuführen, wann immer ich wollte, doch ich schüttelte den Kopf, weinte wieder. Wheelock gab es auf und kehrte ins Büro zurück. Er wollte helfen, doch dazu hätte ich ihm sagen müssen, wie; es wäre ebenso fair gewesen, wie es unmöglich war.

Eines Nachts rief ich Soo Jung an. «Wollte nur mal hören, was es Neues gibt», sagte ich mit erzwungener Beiläufigkeit, als hätte ich sie jemals zuvor angerufen. «Was machen sie so?» Ich hörte deutlich, wie geknickt meine Stimme war, als könne ich jeden Moment wieder in Tränen ausbrechen.

Soo Jung klang so brüsk wie immer. «Sie schlafen und kacken ohne Ende», sagte sie. «Du klingst komisch.»

«Mir geht's gut. Wie ist es mit der Gelbsucht? Und sind die Krusten am Nabel schon abgefallen?» Im Krankenhaus hatte ich erfahren, dass die Nabelschnur, sobald sie durchtrennt und verbunden war, einen kleinen Stumpf hinterließ, der irgendwann austrocknete und abfiel; diese Information hatte mich fasziniert, und es war für mich enttäuschend gewesen, fahren zu müssen, bevor es passierte.

Es herrschte Stille in der Leitung. Irgendwo im Hintergrund konnte ich jetzt das Schreien eines Babys hören, das verstummte, dann ging es wieder los, ob es nun dasselbe Baby war oder sein Zwilling.

Soo Jung sagte leise: «Endlich passiert es.»

«Was passiert?»

«Du spürst es. Das Leben bricht über dir zusammen. Arme Lark. Es tut mir leid für dich, Liebes, es tut mir wirklich leid.»

«Ich weiß nicht, wovon du redest», sagte ich.

«Die Babys», sagte sie, und ihr Ton entbehrte völlig seiner sonst säuerlichen Note. «Die Babys.»

8.

Sie hatte recht. Es waren die Babys gewesen, die meinen Kummer verursacht hatten. Ich war fünfunddreißig Jahre alt. Zu heiraten hatte ich nicht das Bedürfnis; jahrelang hatte ich in glücklicher Zweisamkeit mit Wheelock zusammengelebt und war mit meinem Job verheiratet gewesen. Ich hatte verkündet, in Briar Neck glücklich zu sein, mit meinen Freunden, meiner Routine, meinen Tagen im Schneideraum, wo ich Stunde um Stunde Ordnung in Filmmaterial brachte. Es war das perfekte Leben für mich gewesen, doch das war es auf einmal nicht mehr.

In mir hatte sich ein Raum geöffnet, der nicht mit Arbeit auszufüllen war. Ich kann mir nicht erklären, wieso der Kinderwunsch in mir so lange brachgelegen hatte, schlafend und ungefühlt, um jetzt zu einem Desaster zu erwachen, das dringendst mein Handeln erforderte. Hatte ich deshalb so wenig Interesse an Kindern gezeigt, weil meine eigene Mutter so desinteressiert gewesen war? Wollte ich etwa ein Kind, um irgendeine Leere zu füllen? Oder war es umgekehrt wegen Marianne, dass ich dieses Verlangen so lange unterdrückt hatte, weil ich glaubte, man könne nicht etwas nachahmen, das man selbst nie gekannt hat?

Ich weiß keine Antwort auf diese Fragen. Ich kann nur eins sagen: Kaum hatte ich mir eingestanden, dass ich mir ein Kind wünschte, wurde dieser Wunsch überwältigend und unleugbar, ein körperlicher Schmerz wie eine Migräne, die nicht mehr weggeht. Ich war nie eines dieser kleinen Mädchen gewesen, die ständig ihre Puppe mit sich herumschleppen und so tun, als würden sie sie baden oder füttern; niemals hatte ich mir die Kinder vorgestellt, die ich einmal haben würde, noch hatte ich ihnen Namen gegeben oder ihre Gesichter vor mir gesehen. Und doch war es auch richtig, dass ich mich als Robins Mutter betrachtet und diese Aufgabe von Marianne übernommen hatte, die dafür nichts übrighatte. Und jetzt, als Erwachsene, wusste ich genau, was ich empfand; so unerwartet es auch gekommen war – das Gefühl war begleitet von Gewissheit.

Soo Jung meinte, es liege an meinem Alter und dem Gefühl, dass meine biologische Uhr ticke und es bald zu spät sein würde. «Jetzt ist es Zeit, meine Freundin», sagte sie am Telefon.

Es klapperte in der Leitung, dann war Min dran. «Tu es nicht», sagte sie. «Es ruiniert dir das Leben.» Eines der Babys begann zu blubbern, dann stimmte das andere mit ein; laut Min weckten sie sich ständig gegenseitig. «Aber, Spaß beiseite, Lark: Du wirst eine großartige Mutter sein. Komm in den Club.»

Ich legte auf. Als Wheelock aus dem Büro heimkam, hatte ich geduscht und mich angezogen. Wir bestellten uns eine Pizza und aßen in mechanischer, dröger Stille, bis ich ihm sagte, ich wolle ein Kind.

«Was – jetzt?», fragte er.

«Ja.»

«Na gut.»

«Wirklich?»

«Ich will, dass du glücklich bist.»

Ich lächelte ihn an. Wir saßen nebeneinander auf der Couch und wischten uns mit den mitgelieferten Servietten das Fett von den Händen. Wheelock fuhr sich mit einem der Papiertücher über den Mund und warf es zerknüllt in die Pizzaschachtel. Er war glatt rasiert und gesund; im vergangenen Monat war er hauptsächlich zu Hause in Pennsylvania gewesen, hatte mit dem Wandern angefangen und kam immer mit den Taschen voller Kiefernzapfen von seinen Touren zurück. Sein Haar, das fast ganz weiß geworden war, reichte ihm bis über die Ohren. Er sah verwittert, aber auch distinguiert und athletisch aus, wie ein altmodischer, sportlicher Adeliger – sagen wir, Edmund Hillary. Ich erinnerte mich, dass Hillary, als er noch lebte, zum vertrauenswürdigsten Bürger Neuseelands ernannt worden war. Seine erste Frau war bei einem Flugzeugunglück ums Leben gekommen, und seine zweite Frau, June Mulgrew, war die Witwe seines engen Freundes Paul Mulgrew gewesen, der starb, nachdem er Hillarys Platz als Sprecher auf einem Sightseeing-Flug in die Antarktis übernommen hatte. Auch dieser Flieger war abgestürzt. In einem Winter hatte ich in Briar Neck eine lange Biografie Hillarys gelesen, die ihm rund um die Welt folgte, auf all seine gefährlichen Reisen, während ich in meinem sicheren Nest zu Hause saß.

«Und, was wirst du tun?», fragte Wheelock höflich.

Ich faltete die Hände im Schoß. Dann zog ich die Knie unters Kinn und legte die Arme um meine Schienbeine. Ich machte mich kleiner und kleiner. Erst in diesem Moment wurde mir bewusst, dass die Diskussion für ihn nur eine theoretische war. Er rechnete nicht damit, etwas mit der Sache zu tun zu haben. Es mag seltsam klingen, dass ich – nach all dem Weinen der vergangenen Tage – nicht weinte, doch ich tat es nicht.

Ich dachte an Robert zurück, meinen alten Chef im Computerlabor in Worthen, und wie wir über Jimmy Stewart in *Vertigo* gelacht hatten, als er seine verrückte Forderung an Kim Novak stellt. *Judy, bitte, das kann dir doch nichts ausmachen.*

«Würdest du denn eventuell …», fragte ich.

«*My Lark.*» Wheelocks Stimme klang entschlossen. «Ich habe bereits ein Kind.»

Nichts in meinem ganzen Leben mit Wheelock hatte mich auf den Ausdruck auf seinem Gesicht vorbereitet, aus dem ein gewaltiges und glühendes Mitleid sprach. Mitleid gemischt mit Liebe. Ich hätte es nicht ertragen, wenn er sich bei mir entschuldigt hätte. Oder wenn er seine Selbstversunkenheit ins Feld geführt hätte, mit der ich schon lange zutiefst vertraut war. Ich hätte es nicht ausgehalten, wenn er – ein Mensch, den ich besser kannte als mich selbst – gesagt hätte, er habe mir meine Jugend gestohlen, wo ich mir doch vollkommen bewusst war, dass ich sie ihm gerne und aus freien Stücken geschenkt hatte, indem ich sie ihm mit der ganzen Begeisterung, die nur der Verzweifelte aufbringt, in die Hände legte.

9.

Mit meinem Job bei Wheelock hörte ich ebenso abrupt auf, wie ich ihn begonnen hatte. Als ich Briar Neck verließ, nahm ich nur ein paar ausgewählte Proben meiner Arbeit am Schneidetisch und einen Koffer voller Kleidung mit. In all den Jahren, in denen ich für ihn gearbeitet hatte, hatte ich nie Miete gezahlt, deshalb war mein Bankkonto gut gefüllt. Während er bei der Arbeit war, schrieb ich ihm eine Nachricht, dass ich eine Weile sein Apartment nutzen würde. Seit Min nach Schenectady gezogen war, stand die Wohnung meistens leer, und ich wusste, Wheelock würde nichts dagegen haben.

In New York schmiss ich alles bis auf das Ausziehsofa aus der Wohnung. Den gesamten Krimskrams von Wheelock, seine Sammlung von Dingen, die er auf seinen Streifzügen durch die Stadt gefunden hatte, die Herrenschuhe, die Pennies und Kieselsteine: Ich entsorgte alles. Ich versuchte, ihn aus meinen Gedanken zu löschen, doch nachts träumte ich oft von ihm und von uns, Träume, in denen wir auf ewig unterwegs waren, an Flugzeugsitze gefesselt oder aneinandergelehnt in den Abteilen von Zügen, die von der Küste abdrehten, aber nie irgendwo ankamen. Die Bedeutung dieser Träume war banal und offensichtlich, und es irritierte mich, dass mein Unterbewusstsein keine eindrucksvolleren Bilder zustande brachte. Als ich die Wohnung entrümpelt hatte, begann auch ich mit Streifzügen durch die Stadt. Ich besuchte Museen, schlenderte über Brücken, erklomm Gebäude, von denen es hieß, man habe von ihnen eine bemerkenswerte Aussicht. Ich rief niemanden an, schrieb keine Mails; ich war noch nicht bereit, jemandem zu erzählen, was passiert war, und fühlte mich wie in der Schwebe zwischen dem alten Leben, um das ich trauerte, und einem neuen, von dem ich noch nicht wusste, welche Gestalt es annehmen würde. Nur wenige Leute, meistens Min, riefen mich an, doch ich rief nie zurück. Nur einmal benutzte ich mein Handy in einem Gristedes-Supermarkt, wohin ich mich vor einem Gewitter geflüchtet hatte. Ich blätterte in ein paar Zeitschriften, als ich auf ein Foto von Boris Dawidoff stieß, rechts von einem Bild seiner Freundin, der Schauspielerin, die ziemlich berühmt geworden war; ein Blitz zerteilte die beiden Bilder. Sie hätten sich getrennt, hieß es in der Bildunterschrift. Boris' Gesicht war rund und gerötet, sein zerzaustes Haar grau. Ich fotografierte es ab und schickte es an Robin.

Die SMS ging nicht durch, und eigentlich plante ich, sie noch einmal zu schicken, vergaß es dann aber und setzte meine Streifzüge fort. New York war düster und verregnet, das öde Braun des Vorfrühlings legte sich über die Stadt wie ein Trenchcoat. Eines Tages wollte ich mir unsere alte Wohnung, den Tunnel, anschauen, konnte mich aber zu meiner Überraschung nicht mehr an die Hausnummer des Gebäudes erinnern. Das Viertel war nicht wiederzuerkennen; es war glamourös und schick geworden, mit teuren Klamottenläden und asiatischen Fusion-Restaurants. In dem Lokal, wo wir uns manchmal Eierstichsuppe zu zwei Dollar bestellt hatten, befand sich jetzt ein Nagelstudio, wo man sich für vierzig Dollar eine Hot-Stone-Pediküre machen lassen konnte. In einem Starbucks sah ich zwei Kinder, die sich um einen Gameboy stritten, während ihre Nanny halbherzig protestierte. Als sie merkte, dass ich sie beobachtete, brachte sie die Kinder rasch nach draußen, warf mir aber heimlich noch einen Blick über die Schulter zu. Ich war mir nicht sicher, ob sie dachte, ich würde die Kinder anschreien oder sie entführen, doch der Gedanke, dass ich offenbar in jedem Fall eine Bedrohung darstellte, war mir peinlich und stimmte mich traurig.

Draußen vor dem Starbucks wartete ich an einer Ampel. Als ich auf die Straße trat, hörte ich eines der Kinder aufschreien und drehte den Kopf in seine Richtung; zumindest habe ich so das Geschehene rekonstruiert. Tatsächlich jedoch kann ich mich nicht erinnern, was passierte. Ich weiß nur noch, dass ich nicht schaute, als das Taxi um die Ecke bog, in die Kreuzung fuhr und mich erwischte. Wie aus großer Entfernung hörte ich das Krachen meines Kopfes gegen den Rinnstein, bemerkte meine seltsam scharfe Landung auf dem Boden so beiläufig, wie man ein sonderbares Geräusch in seinem Wagen hört, kurz bevor die Bremsen versagen oder der Motor Feuer fängt.

Als ich aufwachte, fühlte ich mich schwerelos. Das Licht in dem Raum war sehr hell, und der Fernseher lief; eine Tiersendung, obwohl der Empfang schlecht und pixelig war. Zwei Löwenbabys balgten sich in der Savanne, und eine Stimme sagte: «Die Jungen lernen beim Spielen etwas über Rangordnung.» Der Fernseher stand in einem seltsamen Winkel und war viel kleiner, als ich ihn in Erinnerung hatte; teilweise war er durch die weiße Fläche eines Kissens verstellt. Erst jetzt begriff ich, dass ich gar nicht in der Wohnung war, sondern in einem Krankenzimmer, und dass sich eine Kanüle meinen Arm entlangschlängelte – zweifellos der Grund, warum ich mich so schwerelos fühlte. Das Kissen, das mir die Sicht auf den Fernseher verstellte, war in Wirklichkeit mein Fuß, der in einem ausladenden Gips steckte.

«Ihr Vater wird ihnen beibringen, wie man kämpft, während ihre Mutter sie nicht beachten wird», sagte die Stimme. «Die Jungen werden als Feinde aufwachsen, bis einer von ihnen sich als Alphamännchen des

Rudels etabliert.» Die Erzählung ging weiter, während die Löwenjungen herumtollten, ihrem Vater auf den Rücken kletterten und herunterfielen. «Ihr Vater lässt sie allein, und die Jungen scheinen zu fragen: *Was soll das, Papa?* Doch er muss tun, was er tun muss. So sind Väter. Die Kleinen werden erwachsen, sie kämpfen, jagen, kopulieren, bringen eigene Kinder zur Welt, und die werden auch wieder alleingelassen. So ist das mit Kindern in der Tierwelt.»

Die Erzählweise kam mir nicht sehr wissenschaftlich vor. Ich versuchte meine Hand zu bewegen, um nach der Fernbedienung zu suchen und umzuschalten, konnte es aber nicht.

«Mach dir keine Sorgen, du bist nicht gelähmt», sagte die Stimme. «Nur vollgepumpt mit Schmerzmitteln. Du hast dir das Fußgelenk gebrochen und eine ziemlich schwere Gehirnerschütterung.» Ich fragte mich, wieso man in einer Tiersendung so gut über meine körperlichen Schwächen Bescheid wusste. Mein Mund war voller Staub, meine Zunge wie abgeschabt, und ich hatte keine Stimme.

«Die Schwester bringt dir gleich Wasser», sagte die Stimme und kam näher. Ein Kopf tauchte in meinem Gesichtsfeld auf. Es war gar nicht der Fernseher, der da sprach. Es war Robin.

10.

Ich blieb eine Woche im Krankenhaus. Weil es sich um ein Lehrkrankenhaus handelte, kamen viele Leute zu mir ins Zimmer, um mich zu untersuchen, ganze Gruppen von Entchen, die hinter der Mutterente herwatschelten. Aufgrund der Gehirnerschütterung sah ich doppelt, weshalb ich auch statt fünf Entchen zehn sah oder sogar zwanzig, eine Zahl, die sich jedes Mal veränderte, wenn ich blinzelte. Doch trotz ihrer großen Zahl waren sie nicht sehr hilfreich. Sie setzten die Dosis meiner Schmerzmittel herunter, der Schmerz pochte in meinen Schläfen, und ich wollte die Hände gegen meine Stirn pressen, verfehlte sie jedoch und griff in die Luft. Ich sagte ihnen, das Licht sei zu hell. Sie meinten, ich solle die Augen zumachen. Ich sagte, mein Bettzeug kratze, und sie meinten, ich solle still liegen.

Ich hatte kein Einzelzimmer; ein blauer Vorhang hing um mein Bett herum, und wenn die Entchen kamen, zogen sie ihn so schwungvoll beiseite wie Schauspieler, die eine Bühne betreten. Auf der anderen Seite des Raumes, ebenfalls hinter einem Vorhang, lag eine weitere Patientin, die niemals etwas sagte, nicht fernsah oder sonst irgendein Geräusch machte. Auch sie bekam Besuch von den Entchen, die an ihrem Bett standen und über ihren Fall diskutierten, ihr jedoch niemals Fragen stellten. Einmal am Tag wurde eine Maschine hereingerollt und neben der Patientin aufgestellt, wo sie ein lautes Pumpen von sich gab. Ich war mindestens so interessiert am Zustand dieser Frau wie an meinem eigenen. Warum kam sie niemand besuchen? Wieso sagte sie nie etwas? Ich fragte die Entchen, doch sie gaben mir keine Antwort. Antworten zu geben, war nicht ihr Job, und ich war mir nicht sicher, ob ich die Frage überhaupt gestellt hatte.

Die Entchenrunde war für mich der einzige Hinweis darauf, dass die Zeit verging. Ansonsten verstrichen die Stunden ereignislos; bestenfalls hatte ich das vage Gefühl von Tagen, die zu Nächten wurden, und dann umgekehrt. Sie hatten meinen Fernseher ausgeschaltet und mir die Fernbedienung abgenommen. Bildschirme waren tabu für mich. Zusätzlich zu meiner Gehirnerschütterung litt ich an Schwindelanfällen, was die Entchen *vertigo* nannten, was sich allerdings als weniger unterhaltsam herausstellte als der gleichnamige Film. Die Anfälle kamen und gingen unvorhersehbar, und wenn es ganz besonders schlimm wurde, drehte sich das Bett endlos und kam nie zum Stillstand.

«Versuchen Sie zu schlafen», sagten die Krankenschwestern, und ich versuchte es.

Doch es gibt keinen schlimmeren Ort zum Schlafen als ein Krankenhaus. Selbst bei Dunkelheit flüsterten die Flure, und sie taten es mit voller Absicht. Rollstühle und Krankenbetten quietschten und eierten. Es wurde gemurmelt, Handys piepsten. Das Krankenhaus war ein Ort, an dem

Körper unter Schmerzen repariert wurden; es war Arbeit, und von Ausruhen konnte nicht die Rede sein. Wann immer ich versuchte, mich im Bett aufzusetzen, war das Kopfweh wieder da, und der Raum verschwamm. Ich legte mich wieder zurück, schloss die Augen, und dann legte ich mich wieder zurück und wieder und wieder.

Weil ich mich ständig über mein Kopfweh beklagte, setzten sie die Dosis wieder hinauf, und irgendwann schwebte ich über den Krankenhausgeräuschen und begann, innerlich Buch über die verschiedenen Gerüche und die Stimmen zu führen. Diejenigen, die nur vor sich hin quackelten, mochte ich nicht; mir war es lieber, überhaupt nicht beachtet zu werden. Eine Schwester gab es, die manchmal meine Hand hielt, um den Puls zu messen; ich sah, dass ihre Nägel abgekaut waren und die Nagelhaut in Fetzen hing. Deshalb traute ich ihr nicht; konnte sie denn nicht mal auf sich selbst aufpassen? Eine andere hatte lange Nägel, die in komplexen Mustern und schillernden Farben lackiert waren, und auch ihr traute ich nicht; war sie nicht frivol? Ich tat mir selbst sehr leid und begann zu glauben, man hielte mich gefangen und würde mich nie mehr hier rauslassen.

Jetzt wurde mir klar, dass ich mir Robin nur eingebildet hatte; sie war nie da gewesen. Die Schwestern fragten, ob es jemanden gebe, den sie anrufen sollten, und ich dachte an Wheelock, ließ den Gedanken aber wieder fallen; an ihn konnte ich mich nicht wenden, denn dann würde ich vielleicht nach Briar Neck zurückkehren und nie wieder weggehen. Helen war in Costa Rica bei ihren Kapuzineräffchen, Min hatte die Zwillinge, Olga war in Berlin und zu weit weg, und Emma hatte ihre Familie und ihre Milchprodukte. Es gab niemanden, den ich anrufen wollte. Doch dann kam Robin zurück.

«Sorry, dass ich die letzten paar Tage nicht da war», sagte sie beiläufig, als sie den Raum betrat und die Lichter einschaltete, was die Entchen strengstens untersagt hatten. «Ich hatte viel zu tun.»

Ich blinzelte sie an. Ich sah nicht mehr so verschwommen, aber auch noch nicht normal. Teile von Robin waren gestochen scharf, während andere irgendwie zerknautscht oder wie gedehnt aussahen. Ihre Proportionen ergaben überhaupt keinen Sinn für mich. «Bist du real?», fragte ich.

Sie lachte. «Das frage ich mich auch manchmal.»

Sie schob schwungvoll meinen Vorhang beiseite, und dann tat sie das Gleiche mit dem neben mir. Jetzt sah ich zum ersten Mal eine alte Frau oder wenigstens einen kleinen Körper, der von einem Puschel weißen Haares gekrönt war. «Wie geht's uns denn so, Mrs. Krugman? Immer noch am Kämpfen?»

Mrs. Krugman gab keine Antwort. Robin fischte etwas aus einer Plastiktüte, und ich hörte ein leises Ploppen. «Nichts den Schwestern verraten», sagte sie, an den Raum im Allgemeinen gerichtet, und begann Mrs. Krugman mit einem Plastiklöffel zu füttern. «Sie liebt Pudding», sagte sie zu mir. «Aber wer liebt den nicht?» Ab und zu hob sie eine Papierserviette an Mrs. Krugmans Lippen und wischte sie ab.

Ich war eifersüchtig auf das, was Robin da tat. War sie denn Mrs. Krugmans Schwester oder meine? Ich hätte auch nichts gegen ein bisschen Pudding gehabt. So lag ich da, ärgerte mich und betrachtete meine Schwester. Mit ihren zweiunddreißig Jahren sah Robin heruntergekommen und schön zugleich aus, ein hübsches Bild der Verwahrlosung. Sie trug eine dunkellila Cordhose und Arbeitsstiefel mit dicken Sohlen, dazu einen blauen Pullover, der mit schwarzen und braunen Fäden durchwoben war. Als sie näher kam, um den Puddingbecher in den Abfall zu werfen, sah ich, dass es sich bei den schwarzen Fäden um Tierhaare handelte. Ihr eigenes Haar hing bis weit über den Rücken hinab, zu einem Zopf geflochten, der aussah, als sei er schon ein paar Tage alt, und an den Rändern ausgefranst. Ihr Gesicht wirkte dünner als beim letzten Mal, als ich sie gesehen hatte, und ihre Augen sahen größer aus und schienen noch weiter auseinander zu stehen. Um den Hals trug sie eine Brille an einem roten Band. Ich sah ihr dabei zu, wie sie auf meiner Seite des Zimmers umherging, mit irgendwelchen Dingen beschäftigt, die sich mir nicht ganz erschlossen. Sie warf ein paar Hotelbroschüren in den Müll, wischte mit einem Zipfel ihres Ärmels den Staub vom Fernseher, ging hinaus, um mir ein Glas Wasser zu holen, verließ den Raum dann noch einmal und kam mit einem weiteren Becher und einer Zahnbürste zurück. Bis ich diese Utensilien sah, hatte ich gar nicht bemerkt, dass meine Zähne pelzig waren, meine Zunge schmeckte säuerlich. Ich putzte mir die Zähne, spülte mir den Mund aus, und sie nahm mir alles wieder ab. Dann kam sie zurück und drückte einen Knopf an meinem Bett, das hochfuhr, bis ich fast aufrecht saß. Ich hatte so lange gelegen, dass mir selbst von dieser einfachen Lageveränderung schwindelig wurde.

«Die sagen, du wirst bald entlassen», sagte meine Schwester und zog sich einen Stuhl an mein Bett.

«Wer sagt das, die Entchen?»

«Ja, die Entchen», erwiderte sie ungerührt. «Ich will dir ein paar Fotos zeigen.» Sie breitete ein paar farbige Fotokopien auf meinem Schoß aus; Holzböden, weiße Wände, ein Bad. Ich konnte mit den Bildern nichts anfangen. Vielleicht war es ja eine Art Test, bei dem ich mit Sicherheit durchfallen würde. Alles, was ich sah, waren leere Räume.

«Ich habe dir eine Wohnung gesucht», sagte sie. «In Brooklyn. Es ist eine Gartenwohnung mit einer kleinen Veranda hinten. Die Besitzerin sagt, du kannst eine Katze halten, wenn du willst, aber keinen Hund. Ich sagte, ich sehe dich nicht als Hundehalterin.»

Ich war verwirrt. «Ich ziehe nach Brooklyn?»

«Min und ich sind der Meinung, dass es nicht gut für dich ist, in der Wohnung von diesem Dingsbums zu wohnen.»

«Du hast mit Min gesprochen?»

«Es tut ihr sehr leid, dass sie nicht auch hier sein kann, aber sie hat alle Hände voll zu tun. Wie du weißt.» Hier legte Robin einen weiteren Fotoausdruck auf meinen Schoß: die Babys, rotgesichtig, mit ernsten Mienen und Strickmützchen auf dem Kopf. Min hatte ihnen die Namen Alma und Alvin gegeben. Ich streckte die Hand aus, um die Bilder zu berühren, langte aber daneben; ich hatte immer noch keine räumliche Orientierung für meinen Körper, konnte keinen Kontakt herstellen, wo ich ihn wollte.

Mein Kopf dröhnte, und ich blinzelte kleine, heiße Tränen weg. Ich glaubte, Robin betrachte mich, doch als ich die Augen aufmachte, beugte sie sich gerade nach vorn und stopfte die Fotos in einen Rucksack auf dem Boden. «Bleibst du?», fragte ich sie.

«Eine Weile, ja», antwortete sie.

«Woher wusstest du, wo ich bin?»

«Die Schwestern haben meine Nummer auf deinem Handy gefunden und mich angerufen. Sie sagten, ich sei die letzte Person gewesen, die du versucht hast zu kontaktieren. Irgendwas mit Boris. Schätze, du erinnerst dich nicht mehr.»

Ich konnte mich in der Tat nicht erinnern. «Bringst du mir Pudding mit?»

«Vielleicht», sagte sie.

11.

Die Wohnung lag in einer ruhigen, abgeschiedenen Gegend. Zehn Minuten ging man zur U-Bahn und zehn zum Supermarkt, jedoch nicht in derselben Richtung. Die gelben Backsteinbauten waren alt, aber reizlos, und es gab keine Bäume. Die Vermieterin, Elena Brown, erklärte, früher hätten mehrere große Ulmen mit vielen Blättern hier gestanden, doch sie seien alle einer Krankheit zum Opfer gefallen, und die Stadt habe keine neuen gepflanzt. «Wir stehen auf einer Art Warteliste», sagte sie. «Könnt ihr euch das vorstellen – eine Warteliste für Bäume?»

Bei Elena handelte es sich um eine Italienerin unbestimmten Alters; ihr Haar war leuchtend orange gefärbt, die Augenbrauen mit ruhiger Hand nachgezogen. Ich wusste, dass sie Italienerin war, weil sie mir das sogleich mitteilte und jedes Mal wieder erwähnte, wenn wir uns sahen. Sie hatte einen Afroamerikaner namens Ed Brown geheiratet, und der Verlust ihres Mädchennamens Caputo schien sie viel mehr zu schmerzen als der ihres Gatten, der vor Jahrzehnten an Herzversagen gestorben war. «Ich war mal eine Caputo», sagte sie dann sehnsüchtig. «Das waren noch

Zeiten.» Nach Eds Tod hatte sie ihre drei Kinder allein großgezogen, und sie hatten ihr ihre Dankbarkeit unter Beweis gestellt, indem sie sich nach Boston, Milwaukee beziehungsweise nach Chicago abgesetzt hatten. «Meine Enkelkinder sehe ich praktisch nie», sagte sie. «Könnt ihr das glauben, was das für eine Welt ist?»

Die Welt war voller Dinge, die Elena Brown nicht glauben konnte. Sie konnte nicht glauben, dass Robin und ich, zwei so hübsche Mädchen, noch keine Ehemänner und Kinder hatten. Sie konnte nicht glauben, dass UPS ihr Paket nicht an der Hintertür abstellte, obwohl sie den Paketdienst mittels einer auf eine herausgerissene Telefonbuchseite gekritzelten Nachricht explizit dazu aufgefordert hatte. Sie konnte nicht glauben, dass Amerika einen schwarzen Präsidenten hatte. Ed wäre bass erstaunt gewesen, sagte sie. Niemals hätte er gedacht, dass er diesen Tag erleben würde, und so war es ja auch gewesen. «Als Nächstes brauchen wir einen Italiener», sagte sie.

Wann immer Robin und ich in ihrem kleinen Garten saßen, stand Elena auf der Außentreppe über uns, die Arme verschränkt, schaute uns zu, redete mit uns. Wir baten sie immer, runterzukommen, doch sie schüttelte den Kopf und sagte: «Nein, nein, das ist euer Wohnraum, ich werde nicht in ihn eindringen», und dann fuhr sie mit ihren Kommentaren fort.

Ich mochte sie. Ich mochte es, dass ich hören konnte, wie sie herumging, ihre dumpf widerhallenden Schritte, das Schaben von Möbelstücken auf dem Boden und ein gelegentliches, rhythmisches Rumpeln, dessen Ursache mir immer ein Rätsel blieb. Manchmal, wenn es sehr still war, konnte ich sie niesen hören.

Robin schlief auf der Couch, die wir zusammen mit einer Matratze und einem Lattenrost bei IKEA gekauft hatten. Die übrige Wohnung richteten wir mit Sperrmüll ein und schleppten Küchenwagen, Beistelltische und Bücherregale, die andere Leute auf die Straße gestellt hatten, die Treppe hoch. Das heißt, Robin schleppte, da ich immer noch an Krücken ging. Als sie fertig war, sah es in dem Zimmer aus wie in der Villa

Kunterbunt, mit der neuen Couch, die makellos im Wohnzimmer stand wie eine Königin inmitten ihres Fußvolks. In einem Secondhandshop an der Atlantic Avenue hatte Robin eine Schachtel mit alten Postkarten aufgetrieben, kaufte ein paar alte Rahmen und hängte die Wände voll mit Bildern aus Paris, Los Angeles, Havanna und Detroit. Auf die Rückseite einer Ansicht der Küste von Maine hatte jemand gekritzelt: *Komm her und befreie dich von dir selbst.*

Während mein Fußgelenk heilte, begann es auch meiner Seele besser zu gehen, und in meinem erschütterten Gehirn herrschte immer mehr Klarheit. Meine Sehkraft kehrte zurück, so gestochen scharf, dass es fast wehtat. Auf einmal waren die Kontraste in der Welt viel zu stark, viel zu fein gekörnt. Manchmal starrte ich gebannt in Elenas Gesicht, auf den einen schiefen Zahn in ihrem Mund oder auf den Ring, den sie trug, einen goldenen Reif mit lila Stein, der ihr nicht besonders gut passte, weshalb sie permanent daran herumspielte und ihn drehte und drehte. Dann schrie ich innerlich auf: *Bitte hör auf!*, und sie merkte, wie ich sie anstarrte, und hörte erst recht nicht auf, ob um mich zu quälen oder sich einen Spaß mit mir zu erlauben, wusste ich nicht. Mein Fußgelenk schmerzte, doch schlimmer waren die Schwindelanfälle, durch die ich die Bodenhaftung verlor, während sich die Welt in den unvorhersehbarsten Momenten leicht entlang ihrer Achse neigte, sodass ich auf Sofas zur Seite kippte oder gegen Türstöcke stieß, tollpatschig und orientierungslos.

Es dauerte eine ganze Weile, bis mir einfiel, Robin für ihre Hilfe zu danken.

«Es klang schlimm, als die Schwestern mich anriefen. Sie sagten, du würdest lallen und lauter Unsinn reden. Als sie dich fragten, ob du getrunken hättest, sagtest du: ‹Ich nehme nie einen Drink von Herren an, die was gegen mich haben.›»

Das war ein Zitat aus *Frühstück bei Tiffany.* Warum ich das zu den Schwestern gesagt hatte, war mir schleierhaft.

«Ich dachte mir, du seist in schlechte Kreise geraten», sagte sie. «Was überhaupt nicht nach dir aussah. Deshalb ließ ich alles stehen und liegen und kam hierher.»

Wir saßen im Garten – der aus mehreren Betonplatten bestand, die von schmalen Streifen Erde eingerahmt waren –, auf zwei alten Stühlen, die wir in irgendeiner Garage gefunden hatten. Sie waren schmutzig und voller Flecken gewesen, doch Robin hatte sie geschrubbt und sie im richtigen Winkel zueinander aufgestellt, mit einem umgedrehten Milchkasten dazwischen, und auf den Kasten hatte sie einen Topf mit Geranien gestellt. In diesem zivilisierten Plastiktableau saßen wir und tranken Tee. Die Nachmittage wurden wärmer, und die Sonne streckte ihre warmen Fühler nach uns aus.

«Warum bist du weggegangen?», fragte ich. «Ich meine, wie ist das Leben, das du jetzt führst?» Ich hatte immer noch Probleme mit dem Sprechen, manchmal fielen mir Worte nicht ein oder landeten an den falschen Stellen. An diesem Morgen hatte ich im Badezimmer gestanden, nachdem ich auf Toilette gewesen war, und hatte versucht, mich an die Worte *Hebel* und *spülen* zu erinnern.

«Wie mein Leben ist?», wiederholte Robin.

«Ja», sagte ich.

«Ich bin nach Sainte-Agathe gezogen, das weißt du doch.» Vor ein paar Jahren waren Robins Großeltern – die Johnsons aus Fox Run, Minnesota, denen sie nur ein paarmal begegnet war – gestorben und hatten ihr eine gewisse Summe Geld hinterlassen. Mit diesem Geld hatte sie sich Land in den Laurentinischen Bergen gekauft, zwei Stunden nördlich von Montreal. Am Telefon hatte Marianne gesagt, Robin habe die Stadt verlassen, um sie zu ärgern. *Komm her und befreie dich von dir selbst.*

«Ich meine, wie wohnst du jetzt?» Unter größter Mühe, weil mein Kopf wieder dumpf zu pochen begonnen hatte, drehte ich mich zu ihr. Sie trug dieselben Sachen, Hose und Pullover, die sie auch im Krankenhaus angehabt hatte. Sie trug jeden Tag das Gleiche, mehr oder weniger. Manchmal flocht sie ihren Zopf neu.

Sie füllte ihre Wangen mit Luft, wie ein Kugelfisch, und stieß sie in einem langen Seufzer wieder aus. «Es ist ein Häuschen», sagte sie. «Auf etwas Land. Ich halte Tiere dort.»

«Tiere?» Ich stellte sie mir beim Reiten vor, oder wie sie Hühner fütterte. «Was für Tiere?»

Sie breitete die Finger ihrer Hand aus, als wolle sie sagen: *Alle möglichen.* «Ich mag den Wald. Ich hatte genug von der Großstadt. Ich kellnere in einem Lokal in der Stadt. In der Touristensaison kann man damit viel Geld verdienen. Du würdest es nicht glauben, wie viel die Leute Mitte Juli bereit sind, für einen Hamburger zu zahlen.»

«Hamburger», sagte ich grübelnd. In meinem Kopf hatte ein längerer Satz an diesem Wort gehangen, doch bevor er meinen Mund erreichte, hatten sich die Wörter in Luft aufgelöst.

Bei diesem einen Wortfetzen musste meine Schwester lachen. «Wir könnten heute Abend Burger essen, wenn du willst», bot sie an.

«Okay.»

«Ich erinnere mich, dass du immer gern die Cheeseburger von A & W gegessen hast. Mit Root Beer. Du hast überall in der Wohnung nach Münzen gesucht, im Couchpolster, in Mariannes Taschen, und wenn du endlich genug zusammenhattest, hast du mich zu A& W eingeladen.»

Das hatte ich vergessen, doch als sie darüber sprach, kam mit erschreckender sensorischer Genauigkeit die Erinnerung daran zurück: an den Staub und die speckigen Stellen der Couch, wo ich nach Pennies und Dimes tastete, an das Klimpern der Münzen, wenn ich sie in meiner kleinen Plastikgeldbörse verwahrte, an meine Schwester, die mich von der Seite betrachtete, so wie sie mich jetzt betrachtete.

«Bist du … lebst du allein?», fragte ich.

«Nicht ganz. Ich habe eine Menge Freunde. Du solltest kommen und sie kennenlernen.»

Ich schwieg. Ich wusste, ich hätte sagen sollen, ja, das würde ich gern, und ich hätte Robin auch sagen sollen, wie dankbar ich ihr war, dass sie gleich ins Krankenhaus gekommen war, dass sie mir eine Wohnung besorgt hatte und noch eine Weile bei mir blieb. Und doch konnte ich es aus irgendeinem Grund nicht; die Worte blieben mir im Halse stecken. Und so saß ich in der Sonne, legte die Hände in den Schoß und spürte, wie ein weiterer Schwindelanfall sich ankündigte.

Robin schaute mich immer noch an. «Es wird alles wieder gut, das weißt du», sagte sie, und ich nickte und packte die Lehne meines Stuhles, während um mich herum die Welt wackelte, zur Seite glitt und wegflog.

12.

Die Ersparnisse, die ich während meiner Zeit in Briar Neck angesammelt hatte, waren beträchtlich, und Wheelock, erfuhr ich, hatte die Krankenhausrechnungen bezahlt, die man mir an meine alte Adresse in Briar Neck geschickt hatte. Er muss diese Großzügigkeit als Geschenk betrachtet haben, als Beweis seiner Integrität, doch für mich fühlte es sich mehr an, als sei ich noch immer an ihn gebunden, wie durch ein Netz, aus dem ich doch befreit sein wollte. Zwar sagten die Ärzte, irgendwann würde ich in der Lage sein, wieder im Schneideraum zu arbeiten, doch vorerst war es mir verboten, in einen Bildschirm ganz gleich welcher Art zu schauen. Meine Schwindelanfälle ließen nach, doch ich hatte immer noch Beschwerden von meiner Kopfverletzung. Manchmal sah ich die Welt um mich herum klar und manchmal nicht; und nicht selten bekam ich so starkes Kopfweh, dass ich mich übergeben musste.

Min kam nach Brooklyn, um mich zu besuchen, und sie hatte die Kinder dabei. Sie war wieder so dünn wie vor ihrer Schwangerschaft, obwohl die Kanten ihres Gesichts ganz leicht gerundet waren, und sie hatte violette Ringe unter den Augen. Ihre Zwillinge waren eine perfekte Mischung aus beiden Elternteilen; sie hatten Jakes Nase und seine runden Wangen, aber Mins dunkles Haar und ihre schelmischen Augen. In Windeseile waren sie bereits im Krabbelalter angelangt, kletterten auf alle Möbelstücke und sprangen wieder herunter, schlugen sich die Köpfe an Tischen und am Boden auf, brüllten kurz und fingen dann wieder von vorne an. Obwohl Min äußerlich genauso aussah wie früher, hatte sie sich lauter neue Gesten zugelegt: wie sie zum Beispiel ihre Tochter aufhob, ihr einen Schnuller in den Mund steckte und mit derselben Bewegung ihrem Sohn einen schmiedeeisernen Kerzenständer wegnahm, den ich vergessen hatte, in Sicherheit zu bringen. Ich entschuldigte mich dafür, und sie schüttelte ungerührt den Kopf. Ihre Rolle als Mutter hatte ihre nervöse Energie kanalisiert und in permanentes Handeln verwandelt. Sie öffnete für den einen Zwilling eine Plastikdose mit Kräckern und schnüffelte gleichzeitig am gewindelten Hinterteil des anderen. Robin sagte: «Mir machen Kleinkinder keine Freude», und ging, ohne zu sagen, wohin.

Min lachte. «Ich wünschte, ich könnte manchmal auch einfach gehen», sagte sie.

Während ich in der Wohnung herumhumpelte und Tee machte, erzählte sie mir, sie und Jake würden nach Kalifornien ziehen, um dort einen Laden mit Designer-Donuts aufzumachen. Das war Jakes Traum, einer, den Min bereit war mitzutragen, solange sie dadurch aus Schenectady rauskam. Als ich die Nachricht hörte, fiel mein Gesicht in sich zusammen. In letzter Zeit hatte ich nicht viel von Min gehabt, und jetzt würde ich sie überhaupt nicht mehr sehen.

«Ach, bitte, komm», sagte Min nervös und streckte die Hände aus. Sie wollte mich umarmen, doch die Zwillinge hingen an ihren Fußgelenken und versuchten, sie zu einem Tunnel auseinanderzuziehen, damit sie durchkrabbeln konnten.

«Ist schon okay», sagte ich. Ich wandte mich ab und goss das heiße Wasser in zwei Tassen, wobei ich es verschüttete und mir die Hände verbrannte. «Zurück», sagte ich scharf, weil ich nicht wollte, dass die Kinder etwas davon abbekamen.

«Lark aua!», rief Alma, die mich kaum aus den Augen ließ, seit sie angekommen waren. «Lark weinen.» Alvin kam herüber, um sich das genauer anzusehen. Er packte mich mit überraschender Kraft am Bein; beide strotzten vor Gesundheit mit ihren runden Bäuchlein, keine Spur mehr von den zarten Frühchen, die sie bei ihrer Geburt gewesen waren.

«Ja», sagte ich und fuhr mir übers Gesicht. «Lark weinen.»

Meine Finger brannten. Der Schmerz lenkte mich ab. Außerdem zog Alvin so fest an meiner Hose, dass ich Angst hatte, sie könne herunterrutschen.

Dann endlich saßen wir mit unserem Tee im Wohnzimmer, und die Kinder amüsierten sich mit dem Herausreißen von Seiten aus einer Zeitschrift. Irgendwann setzte sich Alma auf meinen Schoß; sie war überraschend schwer und schmiegte sich an mich, als sei ich ein gemütliches Möbelstück. Ich roch ihre süßlich-säuerliche Haut, berührte den Haarflaum in ihrem Nacken, wie ein Mensch, der sich eine neue Gegend anschaut und überlegt, ob er sich dort ein Haus kaufen soll. Wenn ich die Hand auf ihren Rücken legte, konnte ich kaum glauben, wie schnell ihr Herz schlug. Min betrachtete mich, ohne etwas zu sagen. Wir sprachen eine Weile über Kalifornien und ihr Leben dort. Bald drehte sich das Gespräch nur noch um Details wie Grundstückspreise und Schulbezirke, schlief dann fast ein, und ich musste ein Gähnen unterdrücken. «Wir gehen bald», sagte Min.

Sie fragte, wie lange Robin noch bleiben würde, doch darauf konnte ich ihr ebenso wenig eine Antwort geben wie auf ihre Frage nach meinen weiteren Plänen. Über meinen Kinderwunsch sprachen wir nicht, obwohl dieses Verlangen immer noch in mir glühte wie ein unterirdisches Feuer. Ich wollte mehr denn je ein Kind; dabei konnte ich in meiner gegenwärtigen Situation kaum für mich selbst sorgen, geschweige denn für einen anderen Menschen. Ich hatte den Schwung meines neuen Lebens verloren, noch bevor es überhaupt in die Gänge gekommen war, und wann immer ich darüber nachdachte, machte sich ein Gefühl des Versagens in mir breit. Min muss etwas davon gespürt haben. Jahrelang hatte sie gestichelt, hatte nach einem wunden Punkt bei mir gesucht, doch jetzt, da sie einen gefunden hatte, verschonte sie mich. Dafür liebte ich sie.

«Du wirst schon was finden», sagte sie stattdessen. «Mein Dad hat dich nie richtig gewürdigt, weißt du. Du hast doch praktisch seine Arbeit für ihn gemacht.»

«Glaubst du denn, er kommt ohne mich nicht zurecht?», fragte ich und hasste gleichzeitig die Hoffnung, die in meiner Stimme anklang.

Sie schüttelte den Kopf. «Ich glaube, er wird einfach zehn Leute anstellen, die deinen Platz einnehmen.»

«Ich weiß nicht, was ich tun soll, Min.»

«Toll! Eine Midlife-Crisis also. Du solltest dir ein Cabrio kaufen und anfangen, mit Fünfundzwanzigjährigen ins Bett zu gehen.»

Ich runzelte die Stirn, und sie lachte. «Hör nicht auf mich. Ich habe seit zwei Jahren keine Nacht mehr durchgeschlafen und bin mir nicht sicher, ob ich Unterwäsche anhabe.»

«So genau wollte ich es nicht wissen», sagte ich. Wir saßen da und lächelten uns an, als wollten wir das Ende unserer Freundschaft noch ein wenig herauszögern. «Ich werde dich vermissen», sagte ich.

«Mama weinen?», fragte ihre Tochter aufgeregt.

«Nur ein bisschen», erwiderte Min.

Noch Tage, nachdem sie abgereist waren, fand ich Überreste ihres Besuchs. Cheerios unter der Couch, einen kleinen Plastikdrachen hinter der Toilette, einen roten Saftspritzer an der Fußbodenleiste der Küche, wie an einem Tatort im Kleinformat. Als hätten die Kinder in ihrem Chaos beschlossen, eine Spur zu hinterlassen.

13.

Auch Robin machte sich bereit, wieder zu gehen. Ich spürte deutlich ihre Ablenkung, eine zunehmende Ruhelosigkeit. Selbst an regnerischen Tagen brach sie zu langen Spaziergängen auf, ohne Schirm, und kehrte pudelnass und mit roten Wangen zurück. Sie hatte einen Friedhof gefunden, den sie mochte und auf dem sie stundenlang unterwegs war, um Vögel zu beobachten. Sie erzählte mir von den Spechten dort, wie sie einmal gesehen hatte, wie einer sein Territorium verteidigt habe und aggressiv auf einen anderen herabgestoßen sei und nach ihm gepickt habe und dann wieder an seinen Baum zurückgekehrt sei, um Löcher zu hacken.

Eines Abends sprach sie von einer Frau namens Phoebe Snetsinger, bei der Krebs im Endstadium diagnostiziert worden war, was sie dazu angespornt hatte, auf ihre letzten Tage eine ehrgeizige Vogelbeobachterin zu werden. Sie reiste durch die ganze Welt und war der erste Mensch, der über achttausend Spezies entdeckt hatte.

«Und dass sie all diese Vögel gesehen hat, hat sie geheilt?», fragte ich.

«Genauer gesagt, ist sie während einer Vogelerkundungstour unter einen Bus gekommen und gestorben», sagte meine Schwester.

Ich lachte, und sie verzog das Gesicht. New York machte sie griesgrämig. Ein paar Häuser weiter lebte ein berufstätiges Ehepaar in den Dreißigern, das die *New York Times* abonniert hatte. Wenn der Papiermüll abgeholt wurde, nahm Robin die alten Zeitungen von ihnen mit, und dann fand ich sie jeden Morgen am Tisch sitzend vor, den Kopf in die Hand gestützt, eine Tasse Tee neben sich, wie sie las, was in der vergangenen Woche passiert war, und schockiert den Kopf schüttelte. Sie motzte über Obamas halbherzige Umweltpolitik und den militärisch-industriellen Komplex Amerikas. Mit Thomas L. Friedmans Ansichten war sie so über Kreuz, dass sie gar nicht mehr aufhörte, darauf zu schimpfen, und ich hatte meine Not, ihr zu folgen. Hauptsächlich, so viel begriff ich, fand sie Amerika gewalttätig und korrupt, und den Präsidenten hielt sie für einen substanzlosen Blender.

«Du siehst doch, dass er Guantanamo *immer noch nicht* geschlossen hat», sagte sie. «Obwohl das eins der ersten Dinge war, die er versprochen hat zu tun. Ganz zu schweigen von den geheimen CIA-Gefängnissen in Europa. Erinnerst du dich noch an seinen alten Slogan – *Yes, we can!* Was für ein bedeutungsloses Geplapper. *Was* können wir denn nun? Einfach so weitermachen wie früher, als noch das alte Regime dran war?»

Ich war nicht daran gewöhnt, über Regimes nachzudenken. «Er sagt, der Wandel brauche seine Zeit», sagte ich vorsichtig. Mittlerweile fielen mir die richtigen Worte wieder schneller ein, und ich konnte sie auch zu einfachen Sätzen zusammenbauen, aber ich war mir nicht sicher, ob ich in der Lage war, ein komplexes Streitgespräch zu führen.

«Seine Vorstellung von Wandel ist vollkommen oberflächlich», sagte sie. «Alles, was er macht, ist schöne Reden zu halten.»

«Ich mag seine Reden», sagte ich, und meine Schwester seufzte tief.

«Du bemerkst nicht einmal, wie hohl sie sind. Du lebst schon zu lange hier», sagte sie. «Ich weiß gar nicht, wie du das aushältst.»

«So schlimm ist es nicht», sagte ich.

«Von wegen, *so schlimm ist es nicht*», äffte sie mich nach und schüttelte wieder den Kopf.

Manchmal dachte ich, wir diskutierten deshalb über Politik, weil diese Streitgespräche, so angespannt sie auch waren, immer noch leichter zu führen waren als jedes Gespräch über persönliche Realitäten. Ich wusste, dass an ihrem Leben in den Laurentinischen Bergen mehr sein musste, als sie mir sagte, und ich selbst verschwieg ihr den Abgrund, der sich manchmal in mir auftat, wenn ich die Möglichkeit in Betracht zog, dass ich vielleicht nie ein Kind haben würde. Das Thema war einfach zu heikel; hätte sie mich damit aufgezogen oder es infrage gestellt, wäre ich nicht in der Lage gewesen, das Gespräch durchzustehen. Und so verbrachten wir jeden Tag miteinander und gingen uns trotzdem aus dem Weg.

Manchmal hatte ich den Verdacht, sie wähle diese Themen raffinierterweise mit Bedacht, um sich selbst den Weg für ihre Abreise zu ebnen. Damit ich froh sein würde, wenn sie endlich weg war.

Der Frühling kam nach Brooklyn, und obwohl es in unserem Viertel keine Bäume gab, waren überall Blumen, die auf den Mittelstreifen der Straßen und in Blumenkästen sprossen. Robin fand einen kaputten Grill auf der Straße, bei dem zwei von drei Beinen abgeknickt waren wie bei einer halb toten Spinne, und reparierte ihn mit Holzspänen und einer kräftigen Umwickelung aus Isolierband. Sie lud Elena ein, die uns wie gewohnt von oben zuschaute, und sie kam mit einem Makkaroni-Salat und zwei Flaschen selbst gekeltertem Wein herunter, den ihr ein Cousin in Queens geschenkt hatte. «Er sagt, es sei ein Merlot-Verschnitt», sagte sie zweifelnd, als sie mir die Flaschen in die Hand drückte. «Ich weiß nur, dass man betrunken davon wird, wie von jedem anderen Wein auch.»

Robin benutzte alte Ausgaben der *Times*, um die Grillkohle anzuzünden, brachte aber nur kurzzeitig auflodernde und dann rasch wieder in sich zusammenfallende Stichflammen zustande. Als die Kohle endlich brannte, ging sie in die Wohnung und kam mit mehreren Weihnachtslichterketten zurück, die sie von der Feuertreppe bis zum hinteren Zaun aufhängte. Es trudelten Leute ein: der Mann aus dem Secondhandladen, bei dem Robin all die Postkarten gekauft hatte; das Paar, dessen Zeitungen wir immer lasen; ein Typ, den man mir nie vorgestellt hatte, der jedoch zufrieden auf einer umgestülpten Mülltonne Platz nahm und begann, auf einer Gitarre zu klampfen und Songs zu summen, die man jedoch bei dem Geplauder der Leute nicht hören konnte.

Ich saß auf der Treppe, nippte an einer Tasse Tee und schaute mir die Leute an. Eine Frau mittleren Alters mit lockigem braunen Haar setzte sich neben mich und fragte, wie es mir gehe.

«Alles gut», sagte ich. «Und wie geht es Ihnen?»

Sie lächelte seltsam. «Ich meine, wirklich. Wie geht es Ihnen *wirklich*?»

«Wirklich gut», erwiderte ich. «Möchten Sie einen Wein?»

«Hab ich schon», sagte sie und beugte sich vor, wo zwischen ihren Füßen ein Plastikbecher stand, den sie aufhob. Sie trug ein lila T-Shirt mit der Aufschrift: *Ich bin die Kraft und die Herrlichkeit*, und ich fragte mich, wer sie war und wo Robin sie aufgetrieben hatte. Sie folgte meinem Blick und blieb bei meiner Schwester hängen. «Robin ist toll», sagte sie.

Ich stimmte ihr zu.

«Sie können sich glücklich schätzen», sagte sie. «Meine Schwester ist crackabhängig und lebt mit ihrem vierten Ehemann in einem Wohnwagen in Florida. Sie meldet sich nur bei mir, wenn sie Geld braucht.»

Ich sagte, es tue mir leid, das zu hören.

«Na ja», sagte sie. «Familien sind doch nie perfekt, oder?»

Ich nickte.

«Sie wissen nicht, wer ich bin, stimmt's?» Ihre Frage klang nicht feindselig; es war mehr eine Feststellung. Sie war eine kleine, stämmige Person mit intelligenten Augen, die mich direkt ins Visier nahmen, um mir eine Antwort zu entlocken.

Ich schüttelte den Kopf.

«Ich bin Karen Madorsky.»

Das half mir auch nicht weiter, und das wusste sie. Sie tätschelte mein Knie, und erst jetzt bemerkte ich ihre langen, künstlichen Fingernägel, dekoriert mit gelben Gänseblümchen auf blauem Untergrund. Sie war eine von meinen Krankenschwestern auf der Station gewesen.

«Sie werden ganz wiederhergestellt», sagte sie. «Irgendwann.» Dann hievte sie sich von der Treppe hoch und goss sich noch etwas von Elenas hausgemachtem Wein ein.

Robin war damit beschäftigt, Grillgut zu wenden und es auf Papiertellern zu servieren. Später sangen sie und der Typ mit der Gitarre *Four Strong Winds* im Duett, und ihre Stimme war so süß und klangvoll wie immer. Um Mitternacht waren die Leute immer noch da, auch um ein und zwei Uhr, und am Ende ging ich zu Bett. Das letzte Mal, dass ich meine Schwester sah, war sie in einer Ecke des Gartens in ein Gespräch mit Elena vertieft, das privat und intensiv aussah; Elena schien eindringlich auf sie einzureden, Robin nickte. Als ich aufwachte, sah ich, dass Robin mir einen Zettel hingelegt hatte. *Musste meinen Bus kriegen, wollte dich nicht wecken.* Der Garten war blitzsauber aufgeräumt, und die Recyclingtonne quoll über von Papiertellern und Plastikbechern. Die Weihnachtslichterkette hing noch, unsichtbar in der Morgensonne.

14.

Ohne Robin darin kam mir die Wohnung sowohl leiser als auch lauter vor; ich hörte ein Knarzen und ein Scharren, das mir nie zuvor aufgefallen war, und selbst die Verkehrsgeräusche und Gespräche von draußen erschienen mir lauter, als habe Robin mich mit ihrem Körper davor abgeschirmt. Ich schlief nur schwer ein; einmal, ich wusste nicht mehr, wo, hatte ich gelesen, dass Leute, die am Meer aufwachsen, niemals woanders gut schlafen können. Das Rauschen kann nicht ersetzt werden. Robins Wirkung auf mich war ähnlich. Abends kamen meine Kopfschmerzen zurück, und ich legte mich flach auf den Boden, während der Raum um mich herum schwankte, und wünschte mir, sie wäre nicht fortgegangen.

Manchmal rief ich sie an, doch sie ging nur selten ans Telefon; und ich spürte sowieso, dass sie eine Pause von mir brauchte. Deshalb rief ich Min oder Marianne an, doch es tat mir weh, die vielen, chaotischen Hintergrundgeräusche in Mins Haus zu hören, ihr verzweifeltes Lachen, wenn eines der Kinder durchdrehte, der Soundtrack eines Lebens, das von dem meinen so weit entfernt war. Was Marianne anging, so klang sie immer überrascht, wenn ich mich am Telefon meldete – «Ach, du bist's», sagte sie, um sich dann in langen Kommentaren über irgendwelche Geschichten aus der Presse auszulassen, die ich nicht verfolgt hatte und die sich mir nicht erschlossen. Das störte mich nicht; doch irgendwann kam sie dann jedes Mal unweigerlich auf mich zu sprechen und fragte: «Und – was hast du jetzt vor?» Eine Frage, auf die ich keine Antwort wusste, und so beendete immer ich das Gespräch und fühlte mich fremder und alleingelassener als je zuvor.

Nach wie vor durfte ich weder ins Kino noch fernsehen; meiner Erinnerung nach war es die längste Zeit meines Lebens, die ich ohne Filme verbrachte, und auch das gab mir das Gefühl, den Halt verloren zu haben, abgetrennt von den Gewohnheiten der Vergangenheit zu sein. In einem Seminar in Worthen hatte ich von einem amerikanischen Piloten gehört, der während des Zweiten Weltkrieges verwundet worden war. Größtenteils gelähmt und dazu gezwungen, sein Leben in liegender Haltung zu verbringen, hatte er die Jahre seiner Hospitalisierung genutzt, um sich selbst das Malen beizubringen, und war zu einem angesehenen abstrakten Expressionisten mit Ausstellungen in Europa und Japan geworden. Selbst am Ende seines Lebens, als er auch noch an Krebs litt, hatte er weitergemacht und winzig kleine Bilder nur mit seiner Linken gemalt. Ich wünschte mir, auch malen zu können; einmal versuchte ich sogar, eine Katze zu zeichnen, doch das Ergebnis war misslungen und verzerrt, ein schielendes Monster mit dem Bauch eines Wales.

Stattdessen begann ich, langsame und genüssliche Spaziergänge zu unternehmen. Ich erkundete die Nachbarschaft, humpelte an Spielplätzen, Heimwerkerläden und Diners vorbei. Am nächsten Tag ging ich noch einmal dieselbe Strecke, und am Tag darauf wieder. Ich begann immer dieselben Leute zu sehen, die zur gleichen Zeit unterwegs waren – ein Mann, der auf dem Bürgersteig schlief, eine Frau, die ihre Kinder in die Schule brachte –, und wenn sie mich erkannten und mir zunickten, spürte ich, dass ein weiterer Teil meines Gehirns, das wie mit Gestrüpp überwuchert war, sich klärte.

Irgendwann schaffte ich es, Zeitung zu lesen, in den Computer zu schauen und Wörter in die richtige Reihenfolge zu bringen. Ich konnte es kaum erwarten, wieder an die Arbeit zu gehen; mein Leben brauchte dringend ein Gerüst, und diese Stütze war immer die Arbeit gewesen. Während meiner Jahre mit Wheelock hatte ich, obwohl ich in Briar Neck weitab vom Schuss lebte, eine ganze Reihe von Leuten kennengelernt. Der Gedanke, mit ihnen Kontakt aufzunehmen, machte mich nervös, weil ich befürchtete, sie über meine derzeitigen Lebensumstände aufklären zu müssen, doch als ich es dann tat, stellte ich fest, dass alle bereits im Bilde waren. Ein Nebeneffekt von Wheelocks Bekanntheit war ein andauerndes Interesse an seinem Privatleben. Wenn ich den Leuten mailte, dass ich nach New York gezogen war, kamen die Antworten prompt, und sie waren begeistert. Jeder wollte mit mir essen oder etwas trinken gehen. Doch was die Leute tatsächlich wollten – und was ich in den Restaurants, den Cafés und Bars, in denen wir uns trafen, herausfand –, war Klatsch. Kaum waren etwa zwanzig Minuten Small Talk vorüber, stützte sich die betreffende Person auf einen Ellbogen und fragte mit gesenkter Stimme, was denn nun *wirklich* passiert sei. Ich gab dann die banalste Antwort, die mir einfiel – «Es war einfach Zeit für eine Veränderung», sagte ich meistens –, und wechselte das Thema.

Arbeit gab es nicht, niemand hatte etwas zu tun; das war auch der Grund, warum alle so viel Zeit hatten, sich auf Cocktails oder Kaffee zu treffen. Filmjobs waren nichtexistent, weil niemand mehr ins Kino ging; ich hatte bereits eine Stunde bei Sushi mit einer Produzentin zusammengesessen, von der ich hoffte, sie könne mich anstellen, als diese sich nach vorn beugte, ihren eigenen Lebenslauf aus der Tasche zog und ein wenig errötete. «Vielleicht haben Sie ja mal was für mich», sagte sie und lächelte ingrimmig.

Ich sandte von mir geschnittenes Probematerial an einen Typen, der beim öffentlich-rechtlichen Fernsehen gewesen war, bevor er in die Werbung ging. Ich hatte ihm einmal einen Gefallen getan, indem ich ihn einem Headhunter vorstellte, und als ich nichts mehr von ihm hörte, hakte ich nach. «Ich fand Ihre Arbeit großartig», sagte er am Telefon, ohne sich dafür zu entschuldigen, dass er sich nicht mehr gemeldet hatte. «Etwas so Langsames und Schönes sieht man heutzutage nirgendwo mehr.»

Und weiter ging's; einen Namen nach dem anderen strich ich von meiner Liste, bis ich zu Javier Fernandez kam, der in Briar Neck mein Assistent gewesen war. Ich hatte ihm seinen allerersten Job gegeben, hatte ihm das Schneiden beigebracht und mit ihm über Baz Luhrmann diskutiert, dessen Filme er verehrte, den ich aber für den Inbegriff von Mittelmäßigkeit mit aufgedrehter Lautstärke hielt. Javier arbeitete jetzt bei einer Realityshow im Fernsehen, bei der sich alles um Zirkusleute drehte. Sie hieß *American Freaks*; ihre Hauptfigur war die Dame mit den Tattoos, die ein Techtelmechtel mit einem Rockmusiker hatte und oft in Klatschmagazinen auftauchte.

«Bist du endlich bei mir angekommen?», sagte Javier am Telefon. Es klang so, als würde er lächeln. «Ich hab schon gehört, dass du die Runde machst.»

«Ich suche Arbeit», sagte ich.

«Und da fragst du *mich*? Aber du bist *die* Lark Brossard, Muse und Managerin des großen Lawrence Wheelock, und ich bin nur der kleine Javier.»

«Du brauchst nicht abfällig zu werden», sagte ich. «Ich hab dich zum Bourbon eingeladen und dir AutoCAD beigebracht.»

«Ich bin nicht abfällig», protestierte Javier. «Ich verstehe einfach nur nicht, was hier abgeht. Du bist in der Welt des Schnitts schließlich berühmt.»

«In der Welt des Schnitts gibt es keine Berühmtheiten», sagte ich. «Kannst du mir helfen?»

«Du hast doch alles gehasst, was mit Show zu tun hat, und dieser Job stellt im Grunde genau das her – Show.»

«Zu wissen, dass *Moulin Rouge* ein Dreck ist, den man nicht anschauen kann, heißt noch lange nicht, dass man alles hasst, was mit Show zu tun hat.»

Am anderen Ende der Leitung trat eine Pause ein. Er räusperte sich, schien zu einer Entscheidung zu kommen. «Lark», sagte er leise. «Ich hatte immer Angst vor dir.»

Ich hielt den Atem an. Er gab mir eine Adresse.

15.

Als ich ihn das letzte Mal gesehen hatte, trug Javier enge Button-Down-Hemden über einem hervorstehenden Bauch und züchtete einen Dreitagebart, von dem er glaubte, er würde ihn reifer aussehen lassen, der allerdings zu spärlich war, um überzeugend zu wirken. Das Fläumchen sah immer aus wie ein Schmierfleck, den ich versucht war wegzuwischen. Als er mir nun in der Lobby eines renovierten Bürogebäudes in Chelsea entgegenkam, war er dünner, durchtrainierter und so glatt rasiert, dass er wie poliert aussah. Er trug dunkle Skinny Jeans und schwarze Schuhe mit glänzenden eckigen Absätzen. In Briar Neck hatte ich mir nie für die Arbeit etwas Besonderes angezogen, und unter all den Dingen, die Robin mir besorgt hatte, war keine Kleidung gewesen. Ich trug eine braune Hose und einen leichten blauen Pullover, der immerhin, wie ich an diesem Morgen zu meiner Freude festgestellt hatte, weder

Flecken noch Löcher hatte. Ich sah, wie Javier mein Outfit, das offenbar ein ästhetischer Affront für ihn war, in Augenschein nahm, sich aus Höflichkeit jedoch einen Kommentar verkniff. Er küsste mich auf beide Wangen und sagte: «Du siehst aus wie immer.» Eine diplomatische Feststellung.

«Ja», stimmte ich ihm zu.

«Bist du wirklich bereit für das hier? Deine Zehen in die verrückten Gewässer der Realityshows zu tauchen? Du weißt, das alles ist der Wahnsinn. Bikram war hier ganze zwei Tage, bevor er wieder kündigte und ein Studium in Bibliothekswissenschaft anfing. Er lebt jetzt in Asheville und schreibt Blogs über selbstgebrautes Bier.»

Ich wollte ihn unbedingt beruhigen. «Ich schaff das schon», sagte ich. «Schließlich komme ich vom Dokumentarfilm, und das ist die Urmutter der Realityshow.»

Er wirkte gequält. «Sag das bloß nicht da oben.»

«Okay.» Ich folgte ihm in einen altersschwachen Fahrstuhl mit einer Ziehharmonikatür, die sich quietschend und ächzend seinem Versuch, sie zuzuziehen, widersetzte.

«Die Leute hier lieben das Ding. Sie sagen, es sei so *authentisch*», sagte er. «Ich finde, es nervt.» Als er den Kampf gegen die Ziehharmonika gewonnen hatte, lehnte er sich an die Wand des Fahrstuhls, die Beine an den Knöcheln verschränkt, als würde er für ein Foto in einer Zeitschrift posieren. «So», sagte er. «Dann bist du also aus deinem Käfig ausgebüxt. Bist du geflohen oder wurdest du rausgeschmissen?»

Diese Fragen waren der Preis, den ich zu zahlen hatte. «Beides», sagte ich. «Es war Zeit für eine Veränderung.»

«Hm», sagte er. «Ich bin mir nicht sicher, ob ich dir das glauben soll.»

Ich schaute auf seine Füße hinunter und dann auf meine, die in Laufschuhen mit klobigen Gummisohlen steckten. Obwohl sich meine Schwindelanfälle fast vollständig verflüchtigt hatten, hatte ich ab und zu immer noch das Gefühl umzukippen, als habe sich die Welt urplötzlich um neunzig Grad geneigt und als rotiere der Boden in Richtung Wand. In diesen Schuhen – den einzigen, in denen ich mich sicher fühlte – sah ich aus wie eine ältere amerikanische Touristin, die zu einer Museumstour aufbricht.

«Es kursieren Gerüchte, das verrückte Genie hätte dich betrogen», sagte er, während der Fahrstuhl sich langsam nach oben schlich. «Und dass du irgendwann genug hattest.»

«Javier», sagte ich warnend.

«So heißt es jedenfalls», berichtete er und hob die Hände, als wasche er sie in Unschuld. «*Ich* habe gesagt, ich hätte immer gedacht, ihr beiden hättet eine Art Übereinkunft. Eine Übereinkunft der Co-Abhängigkeit und Dysfunktionalität.»

Ich hatte nicht vor, den Köder zu schnappen. «Ich hatte einfach genug von Briar Neck, das ist alles», sagte ich liebenswürdig.

Er schob das Kinn vor, klares Zeichen seiner Enttäuschung. Der Fahrstuhl blieb stehen, und er zerrte an der Tür. Muskeln spielten unter seinem T-Shirt. Die Tür klemmte. «Lass mich mal», sagte ich und zog das Gitter mit einem Ruck beiseite.

«Sauber», sagte er, was ein Kompliment war.

Oben trafen Javier und ich uns mit einer Produzentin, die mich im Schnelldurchlauf mit der bisherigen Handlung vertraut machte und meine vorläufigen Aufgaben umriss. Eine junge Frau mit Zöpfen, die alle zwei Minuten ihre Fingerknöchel knacken ließ, führte mich im Büro herum. «Ich weiß, es ist grauenvoll», murmelte mir Javier ins Ohr, als er mich bei ihr ablieferte. «Aber sie hat was mit irgendeinem hohen Tier.»

Ich nahm in dem Schneideraum Platz, den sie mir zeigte, und die Tür ging zu. Die Produzentin hatte mir gesagt, ich solle eine Stunde Filmmaterial aus einem Tattoostudio auf fünfundvierzig Sekunden zusammenschneiden. «Fünfundvierzig interessante Sekunden, wohlgemerkt», fügte sie hinzu. Ich schaute mir die Stunde mit Ohrstöpseln im Ohr an, machte mir Notizen auf einem Blatt Papier und legte dann los. Die Ärzte hatten mir gesagt, ich solle meine Zeit mit elektronischen Medien begrenzen, sonst würden die Kopfschmerzen und die Schwindelanfälle zurückkehren, und ich hatte seit Monaten nicht mehr als zehn Minuten am Stück vor dem Computer verbracht. Es war wie ein Fasten gewesen, und als ich jetzt wieder damit anfing, merkte ich, wie gierig ich danach war. Ich spulte zurück, ich klickte und sortierte aus, ohne auf den Schmerz zu achten, der sich rund um meine Augen kristallisierte. Irgendwann warf ich auf der Toilette ein Schmerzmittel ein und ging wieder an die Arbeit; das vertraute, pixelige Gewusel war wie Balsam für mein Gehirn. Wheelock hatte immer deutliche Vorlieben gehabt, was das Schneiden seines Filmmaterials anging; er fand, der Übergang von einer Einstellung zur nächsten solle, so organisch wie möglich, die Bewegung des menschlichen Auges nachahmen, das seinerseits die Bewegung menschlichen Denkens nachahme. Wenn wir müde werden, blinzeln wir; wenn wir mehr wissen wollen, verweilt unser Blick auf etwas. Wheelock hasste Übergänge, die zu viel Aufmerksamkeit auf sich zogen. Ein Sichtfeld durch ein anderes zu ersetzen, erklärte er, von einem Ort zum nächsten zu springen oder von einem Moment zum anderen, sei wie eine Reise durchs Bewusstsein. Der Zuschauer dürfe nicht merken, dass man ihn auf eine Reise mitnahm; er solle denken, er sei sein eigener Navigator. In Großbritannien, sagte er, redeten Filmemacher darüber, wie man Einstellungen zusammenfüge, nicht, wie man sie schneide. Und es war genau dieses Zusammenfügen, das er sich wünschte.

Als seine Cutterin, die unsichtbare Vollstreckerin seiner Ideen, hatte ich mich bemüht, Wheelocks Wünsche zu erfüllen, war jedoch gleichzeitig auch meinen eigenen Instinkten gefolgt. Dass er unauffällige Cuts wollte, funktionierte gut bei informativen Sequenzen, brachte jedoch das innere Drama von Menschen nicht immer adäquat zum Ausdruck; manchmal war ein scharfer Schnitt nötig, um die Spannung eines Moments zu lokalisieren und ihr als emotionale Erfahrung eine Gestalt zu geben. Die Stunde Filmmaterial, mit der ich hier zu tun hatte, war ziemlich dröge. Die Hauptfigur der Sendung verbrachte sie hauptsächlich damit, sich ein weiteres Tattoo auf ihren sowieso schon stark tintengestrahlten Rücken verpassen zu lassen; sie lag auf dem Bauch, das Gesicht komplett vor der Kamera verborgen. Wenn sie mit dem Tätowierer überhaupt kommunizierte, so war es hauptsächlich ein Stöhnen. Bei dem Tattookünstler handelte es sich um eine Person zweifelhaften Geschlechts mit gebleichtem Haar, das an den Ansätzen herausgewachsen war; sie oder er trug eine Jeans und ein schwarzes T-Shirt mit Totenkopf. Das Tattoo selbst zeigte eine Bulldogge, und es war ein verstörender Anblick, wie die runden Konturen des Hundegesichts auf einem Schulterblatt erschienen, die Haut gedehnt und mit Blutströpfchen überzogen. Ich machte einen Cut von der Bulldogge zur stöhnenden Hauptfigur, als führten Hund und Mensch ein Gespräch miteinander; nachdem sie wieder gestöhnt hatte, sprang ich zum Tätowierer, der seufzte, als verurteile er sie dafür, dass sie Schmerz zeigte. «Was?», sagte sie, und ich ließ es empört klingen, als verteidige sie sich gegen seinen Vorwurf. (In Wirklichkeit hatte sie gesagt: «Was machst du später? Ich geh vielleicht auf einen Burrito.») Die Antwort des Tätowierers – «Nix» – wurde dadurch zur pampigen Spitze ihr gegenüber. Das Schneiden war die Kunst, Reaktionen hervorzuheben. Als ich mit dem ersten Teil der Szene fertig war, kamen die beiden als eingeschworene Feinde herüber, die Parallelmontage wurde zu einer Art Kriegsführung, und jeder Moment, der verging, war wie ein angespannter Showdown am Grenzzaun.

An einem Punkt während der Stunde sagte sie: «Ich brauch einen Kaffee. Ich bin so müde. Letzte Nacht habe ich nicht gut geschlafen.» Ich zeigte den Tattookünstler, der an ihrem unteren Rücken zugange war, schwenkte dann zu der Hauptfigur, die sagte: «Ich bin so müde», und auf einmal wurde der Moment zärtlich, als käme ein Schmerzmittel aus der Nadel statt Tinte. Mit dem Kopf nach unten schien sie buchstäblich unter der Welt zusammenzubrechen. Dann der Cut zurück zum Tätowierer: «Ich weiß», sagte er und hielt kurz inne, anscheinend aus Mitgefühl mit ihr, und um ihr eine Pause zu gönnen. Am Ende war ich es, die ihr Erleichterung verschaffte: Ich zeigte sie, wie sie aufblickte, verweilte auf ihrem Gesicht, gab diesem Blick Bedeutung, als hätten die beiden miteinander angebandelt, obwohl sie in der eigentlichen Szene nur um eine

Pause gebeten hatte, um auf die Toilette zu gehen. Dann legte ich noch etwas sanfte Musik darunter, und die Szene war fertig: Es war eine Lovestory daraus geworden, und das Tattoo eine Geschichte des Konflikts und daraus entstehender Zuneigung.

Als ich aufblickte, war es fünf Uhr nachmittags. Javier stand hinter mir und schaute sich an, was ich gemacht hatte. «Nicht schlecht», sagte er, und in seiner Stimme konnte ich wieder den jungen Mann hören, der er in Briar Neck gewesen war, den ich unterrichtet und unter meine Fittiche genommen hatte. «Schätze, du hast gemerkt, dass die beiden mal was miteinander hatten, bevor Mickey seine Geschlechtsumwandlung hatte.»

Ich zuckte mit den Achseln. Um mich herum war es still in dem Büro, jeder arbeitete hinter geschlossenen Türen. Ich drehte mich auf meinem Stuhl, reckte den Hals. In genau diesem Moment sackte der Boden unter mir weg, und ich musste mich mit beiden Händen am Schneidetisch festhalten, während sich vor meinen Augen lauter kleine Rädchen drehten, eine Parade in Neon. Ich schloss die Augen und hielt sie geschlossen. Als der Anfall vorüber war, ging ich vorsichtig den Flur entlang zu den Fenstern und blickte auf die schwarzen Dächer hinab; in der Ferne der Fluss. Unter mir kroch der Verkehr dahin, leises Hupen. Meine Augen, meine Ohren, meine Handgelenke, mein Rücken – alles schmerzte.

Ich würde alles tun, dachte ich, um diesen Job zu kriegen.

16.

Die Produzentin war zufrieden. Man gab mir einen Vertrag und sagte mir, ich solle alle bereits gesendeten Episoden überarbeiten. Ich lernte die ganze Geschichte der Tätowierten auswendig, von ihren Kindern und Ex-Liebhabern und Ex-Freunden und den aktuellen. Javier hörte auf, mich nach Wheelock zu fragen, und behandelte mich stattdessen mit der beiläufigen Direktheit, die er, wie ich erfuhr, jedem Menschen in seiner Umgebung zuteilwerden ließ. Er war beliebt in der Firma. Die Leute brachten ihm Süßigkeiten, die er sich weigerte, anzunehmen, indem er auf seine Low-Carb-Diät verwies. «Ich habe nicht vor, nach Pummelhausen zurückzukehren», erklärte er dann. «Und ihr werdet mich nicht in Versuchung führen, Leute!» Später aß er das Zeug dann trotzdem, weil er einfach nicht widerstehen könne, wie er zerknirscht zugab. Er nannte mich Grandma und machte sich über meinen Aufzug lustig, doch die Grausamkeit in seiner Stimme war verpufft. Die Frau mit den Zöpfen, die Kenzie hieß, fragte, ob mich das Knöchelknacken störe, und erklärte, noch bevor ich antworten konnte, sie könne sowieso nichts dagegen machen. «Ich habe eine Zwangsstörung, und das Knacken beruhigt mich», sagte sie. Sie erzählte mir alles über ihre Ernährung, die glutenfrei war und auf Milchprodukte verzichtete, mit der Ausnahme von Hartkäse. Jeden Morgen, wenn ich in die Küche kam, rief sie «Hallo», schwenkte ein Käsestäbchen in meine Richtung und sagte, wie zur Rechtfertigung: «Das ist Hartkäse!», als hätte ich ihr vorgeworfen, sich an weichem Käse vergriffen zu haben. All die anderen Cutter waren Männer, die in der Büroküche über Sport plauderten, ohne sich auch nur die Mühe zu machen, mich einzubeziehen. Manchmal redeten wir übers Wetter oder darüber, wer als Nächster Kaffeekapseln kaufen musste. Nach drei bis fünf Minuten verliefen unsere Gespräche im Sand. Irgendwann entwickelte ich ein gewisses Geschick dafür, mich durch diese kleinen Ausbrüche von Interaktion zu navigieren. Ich erwähnte den Regen, beschrieb etwas Absonderliches, das ich in der U-Bahn gesehen hatte. Um zehn sagte ich «Guten Morgen» und «Tschüss» um sechs. Fast so, als gehörte ich dazu.

Nachdem die Frage der Arbeit geregelt war und es meinem Kopf allmählich besser ging, stand die Aufgabe an, meinem Leben eine neue Gestalt zu geben. Ich wollte ein Kind, und das bedeutete, nach jemandem Ausschau zu halten, der auch eins wollte – oder etwa nicht? Es fiel mir schwer, mir vorzustellen, mit einem anderen Mann zusammen zu sein als mit Wheelock; noch immer fügte sich mein Körper an seinen, wie ein Puzzleteil an das andere, und machte im Bett automatisch Platz für ihn. Doch ich hatte fest vor, daran zu arbeiten, dass sich das änderte. Elena Brown hatte mich darüber informiert, dass sich die Leute heutzutage über das Internet kennenlernten und Dates hatten. So hatte auch sie ihren neuen Freund, den Metzger des Viertels, kennengelernt, obwohl sie doch in derselben Gegend wohnten. «Man kann einfach nicht mehr *wahllos* herumschauen», belehrte sie mich. «Man muss *eine Wahl treffen.*» Sie half mir dabei, auf einer Dating-Plattform ein Profil anzulegen und machte mit ihrem Handy ein Foto von mir. «Das hier ist nicht ganz so schrecklich», sagte sie und hielt es hoch. «Du könntest für fünfunddreißig durchgehen.»

Ich sagte ihr, ich sei sechsunddreißig.

«Oh, Hase», meinte sie, «das darfst du aber nicht verraten.»

Ich schaute mir die Profile bei den Partnerbörsen an, klickte sie an. Zeigte Interesse. Ich verabredete mich. Einmal ging ich mit einem Mann aus, der geschrieben hatte, er sei eins achtzig groß, in Wirklichkeit war er jedoch nur eins sechzig. Die Größe eines Mannes war mir nicht wichtig, doch die Taktik machte mich neugierig. Glaubte er denn, er würde damit durchkommen?

«Ich dachte, wenn wir uns erst persönlich treffen, würde ich dich mit meinem Charme erobern», sagte der Mann und schob sich eine Handvoll Oliven in den Mund. Ich mochte ihn. Er war dunkel und wild, mit glitzernden schwarzen Augen und Haaren, die vor Gel glänzten. Er hatte ein Restaurant ausgesucht, von dem er wusste, dass es schrecklich war, damit wir darüber lästern und auf diese Weise eine Bindung aufbauen könnten; eine Strategie, die mir schlau vorkam. Die Kellnerin brachte uns die falschen Drinks und seufzte tief, als wir sie auf ihren Irrtum hinwiesen. «Auch recht», sagte sie und nahm sie wieder mit, ohne Ersatz zu bringen.

«Guter Job, Maggie, weiter so», rief mein Date ihr hinterher. «Ich komme oft hierher», sagte er. Ich amüsierte mich gut, doch dann biss er sich an einer Olive einen Zahn aus – was mich an Wheelock erinnerte – und eilte davon, die Hand an die Wange gelegt. Ich hörte nie wieder von ihm.

Dann traf ich mich mit einem Mann namens Martin Dax. Sein Name klang so angenehm für mich, dass ich ihn mir oft vorsagte, und er hatte einen sehr kurzen Haarschnitt, der zeigte, dass er eine attraktive Schädelform besaß. Er war Naturwissenschaftler, kam aus Deutschland und sprach sehr einfach und direkt, weil es ihm Sorgen bereitete, ob man ihn verstand oder nicht. Wenn er sagte: «Du weißt, was ich meine?», wartete er immer auf eine Antwort, bevor er weiterredete. Er sprach über seine Kindheit, über die Nachmittage, die er in vernieselten Wäldern außerhalb von Hamburg verbracht hatte, und ohne es ihm einzugestehen, stellte ich mir vor, wie es wäre, gemeinsam Familienausflüge dorthin zu unternehmen und dort gekaufte mundgeblasene Glaskugeln an unseren Weihnachtsbaum zu hängen. Wir sahen uns fünfmal, und an unserem letzten Abend machte ich den Fehler zu gähnen – ich war es nicht gewöhnt, den ganzen Tag zu arbeiten und dann abends noch auszugehen –, was ihn zutiefst beleidigte. «Für meine Ex-Frau war ich nicht interessant genug», sagte er kummervoll, «und ich sehe, dass das bei dir genauso ist.»

«Es war ein langer Tag, das ist alles», beeilte ich mich zu sagen.

«Du musst nicht höflich sein», sagte er. «Amerikanische Frauen sind immer so ausweichend. Man weiß nie, wo man steht.»

«Da, wo du stehst, ist doch in Ordnung», sagte ich, doch er schüttelte nur traurig den Kopf und verließ bald das Restaurant, wobei er einen nagelneuen Hundertdollarschein auf dem Tisch liegen ließ. Ich fuhr mit der U-Bahn nach Hause, in mich zusammengesunken und mit geröteten Augen. Als ich dort ankam, saß Elena auf der Treppe vor unserem Haus und rauchte.

«Und, wie war's?»

Ich schüttelte den Kopf.

«Na ja», sagte sie. «Wenigstens bist du wieder auf dem Markt.»

«Ja, ich bin wieder auf dem Markt», sagte ich und meine Stimme brach.

«Ach, Mäuschen», sagte sie. All ihre Koseworte stammten aus dem Tierreich. Ich lehnte den Kopf an ihre Schulter und hörte, wie sie schnüffelte. «Hattest du was Scharfes? Ich rieche was Scharfes.»

Ich nickte, wischte mir über die Nase.

«Vielleicht solltest du dir mal was anderes bestellen», sagte sie. «Kleiner Tipp von mir.»

Ich fragte mich, ob ich Martin Dax wegen zu scharfen Essens verloren hatte. An jenem Abend mailte ich Robin und schilderte ihr mein letztes Fiasko. Ich versuchte, amüsant zu sein, denn ich wünschte mir sehr, dass das Band, das sich in letzter Zeit zwischen uns ausgerollt hatte, nicht wieder zerriss; ein Faden zwischen zwei Dosen. *Kein Verlust*, schrieb sie mir am nächsten Tag zurück. Sie schrieb *Kein Verlust* zu fast allem, jedem abgesagten Treffen, jedem gescheiterten Date. Manchmal fragte ich mich, ob sie überhaupt wusste, was das hieß: *Kein Verlust.*

17.

Eines ruhigen Samstags saß ich an meinem Laptop und trank einen Tee mit fünf Stück Zucker, eine Angewohnheit, die ich von Javier übernommen hatte, als Marianne mich anrief. Sie hatte sich in letzter Zeit häufiger bei mir gemeldet, und sie wirkte oft bedrückt, obwohl mir die Gründe unklar blieben.

«Das Problem», sagte sie, als ich dranging, «ist, dass die Eichhörnchen und die Vögel um dieselben Ressourcen kämpfen und ich sie nicht auseinanderhalten kann.»

«Wer tut was?»

«Jeder will mehr, als ich ihm geben kann», sagte sie. «Ich bin kein Gemischtwarenladen, *tu sais?*» Ihre Stimme klang verschleimt, rau vom Rauchen, oder vielleicht war sie auch erkältet.

«Fang von vorne an», schlug ich vor.

«Vorne? Was ist denn vorne?», fragte sie verärgert.

Ich warf noch einen Blick auf meinen Bildschirm und klappte ihn widerstrebend zu. Ohne ein Bild, das mich ablenkte, klang Mariannes Stimme noch rauer, und ich hielt mir das Telefon vom Ohr weg. «Ich bin mir nicht sicher, ob ich verstehe, was dich so aufregt», sagte ich.

«Natürlich verstehst du das nicht. Niemand versteht mich, ich bin hier ganz allein. Immer allein, seit ich jung war.»

«Hast du mit Robin geredet?», fragte ich.

«*Robin*», fauchte meine Mutter, und es klang wie eine Verwünschung. «Die ist doch immer bei ihren Tieren in ihrem Zoo.»

«Was für ein Zoo?»

«Ach, du weißt doch», sagte sie. Allmählich verlor ich den Faden des Gesprächs, er glitt davon wie ein Zug, den man verpasst hat. Ich hörte Mariannes Tiraden noch ein paar Minuten zu, bis sie schließlich unvermittelt auflegte, so wütend, wie sie es zu Beginn schon gewesen war.

Ich rief Robin an. Ihr Telefon schaltete gleich auf Anrufbeantworter – das tat es immer, und ich war mir nicht sicher, ob sie ihn überhaupt abhörte –, und ich hinterließ ihr eine umständliche Nachricht, die nur wenig Sinn ergab. Als ich auflegte, kam mir die Luft in der Wohnung auf einmal stickig und verpestet vor, mehr wie in einem Gefängnis als in einer Zuflucht. *American Freaks,* die Show, an der ich mitarbeitete, würde nicht mehr lange ausgestrahlt werden, und ich hatte bald nichts mehr zu tun. Noch bevor ich es mir anders überlegen konnte, klappte ich meinen Laptop wieder auf und buchte einen Flug nach Montreal.

Der August in der Stadt meiner Kindheit war ein glühend heißer und geselliger Monat: Alles saß draußen, trank und rauchte und sog den Sommer in sich auf, bis die Lungen platzten. Auf der Duluth, wo ich mich auf einen Drink mit Robin traf, sah ich ein Pärchen, das auf dem Kopfsteinpflaster ins Stolpern geriet, weil die beiden sich geküsst hatten, statt auf den Weg zu schauen, und noch im Stolpern küssten sie sich weiter, aneinandergeklammert, und richteten sich wieder auf.

Robin kam zu spät; sie trug Jeans, Boots, die mit Schlamm verklebt waren, und ein ausgewaschenes rotes T-Shirt, das ihr zwei Größen zu klein war. Ihr Haar war an diesem Morgen nicht gekämmt worden oder überhaupt nicht in letzter Zeit. Noch bevor wir uns begrüßten, zog sie eine Zigarette aus einer Schachtel und zündete sie an. Sie hatte eine Reihe neuer Tattoos auf dem rechten Arm, mehrere dunkelblaue Kringel, die aussahen wie Stacheldraht.

«Seit wann rauchst du denn?», fragte ich, eine Frage, die sofort abwertend klang, obwohl ich es nicht so gemeint hatte. Ich war einfach nur überrascht.

«*De temps en temps*», sagte Robin und zuckte mit den Achseln. Sie bestellte sich ein Bier und schaute auf die Straße hinaus, wo die Passanten sie anscheinend mehr interessierten als ich.

«Ich wollte mit dir über Marianne reden», sagte ich. Ich hatte unsere Mutter noch nicht gesehen; zuerst hatte ich in einem Hotel eingecheckt und plante, sie am darauffolgenden Tag in ihrer Wohnung aufzusuchen.

«Was ist mit ihr?»

«Sie ruft mich ständig an. Sie wirkt aufgebracht.»

«Aufgebracht», wiederholte Robin. «Wann ist sie denn *nicht* aufgebracht?»

«Ich vermute es nur. Aber in letzter Zeit redet sie eine Menge Unsinn.»

«Sie wird einfach alt, das ist alles.» Robin legte ihre Zigarette ab und rieb sich das rechte Auge mit der Handfläche, richtig fest, wie ein Fensterputzer, der es mit einem besonders hartnäckigen Flecken zu tun hat. Als sie das Auge wieder öffnete, war es knallrot.

«Sie ist nicht alt», sagte ich.

Meine Schwester drückte ihre Zigarette aus und stieß seufzend den Rauch aus. «Sie war immer schon eine Drama Queen, das weißt du doch. Sie lässt sich gehen, gibt ihren Launen nach. Und im Moment geht es ihr nicht gut, weil der Zahnarzt ihr den Laufpass gegeben hat.»

Der Zahnarzt hatte ein Techtelmechtel mit einer der Zahnhygienikerinnen gehabt und war mit ihr an den South Shore gezogen. Auch damals hatte Robin *Kein Verlust* gesagt.

Ich lehnte mich in meinem Stuhl zurück. Jetzt begegneten sich unsere Blicke, langsam wechselte ihr Auge von Rot zu Weiß zurück, und ihr Blick war direkt und unverstellt. Ich wünschte, ich würde rauchen; dann hätte ich sie um eine Zigarette gebeten oder mir eine genommen. «Du redest nie mit mir über das, was hier passiert.» In dem, was ich da sagte, war ein Anklang an Marianne, ein summender Vorwurf.

Meine Schwester zuckte erneut die Achseln.

«Robin.»

«Du scheinst genug Probleme damit zu haben, für dich selbst zu sorgen», sagte sie. Sie machte die Kellnerin auf sich aufmerksam und tippte an ihr Glas.

«Es geht mir besser.»

Jetzt schaute sie mich zum ersten Mal richtig an, wie prüfend, und dann nickte sie, schien sich ein wenig zu entspannen. «Das freut mich», sagte sie.

«Was sollen wir mit Marianne machen?», fragte ich. «Geht es ihr einigermaßen?»

«Wir werden gar nichts machen. Ich habe jede Menge zu tun, weißt du. Der Sommer ist die hektischste Zeit im Restaurant. Ich bin ausgebucht.»

«Ausgebucht?»

«Ich habe ein Leben», sagte sie. «Das meine ich.»

In jenem Moment erinnerte sie mich sehr an unsere Mutter: wie schnell sie aufbrauste und wie nachdrücklich sie auf ihrer Freiheit bestand. Ich wusste, dass sie regelmäßig in die Stadt fuhr, um Freunde zu besuchen, und dann nach Marianne sah; was sie nervte, war, um etwas gebeten zu werden, das nicht sie allein bestimmen konnte.

Sie zündete sich wieder eine Zigarette an, und die Kellnerin brachte ihr noch ein Bier. Die Stadt um uns herum hatte sich hübsch gemacht, Frauen mit schimmernden Ohrringen und hochhackigen Sandaletten, die Männer in figurbetonten Anzügen, eingenebelt in Aftershave-Wolken. Zwei Typen schlenderten an uns vorbei, einer mit einem Ghettoblaster auf der Schulter, und lauschten den Beats, als habe ihnen noch niemand gesagt, dass die Achtziger schon lange vorbei waren. Vielleicht waren sie aber auch wieder da. Auf der Straßenseite gegenüber saß eine

Frau auf einer Feuertreppe und versuchte ein Kätzchen auf ihren Schoß zu locken. Als es nicht folgte, packte sie es im Nacken und ließ es in der Luft baumeln, als könne sie es dadurch gutes Benehmen lehren. Doch das Kätzchen ließ sich nicht beeindrucken, und als sie es absetzte, saß es da und putzte sich, als sei nichts geschehen.

Ich streckte die Hand aus und schob eine Haarsträhne aus Robins Auge. Sie lächelte mich an, geistesabwesend, aber immerhin lächelte sie. Ihre Hände, bemerkte ich, waren verwittert und zerkratzt, und auf ihren Nägeln waren rote Punkte, die ich zunächst für die Überreste von Nagellack gehalten hatte, doch nun sah ich, dass es getrocknetes Blut war. Sie sah aus wie ein wildes Tier, und später kam ich zu dem Schluss, dass es genau das war, was sie sein wollte.

Das Hotel hatte ich wegen seines niedrigen Preises und nicht wegen seines Komforts ausgesucht, und ich schlief nicht gut in jener Nacht. Am Morgen las ich Zeitung in einem Café, meine Blicke wanderten immer wieder über die Zeilen hinweg, all die Fakten über Katastrophen und Not. In Asien hatte es einen Taifun gegeben, in Neuseeland war ein Vulkan ausgebrochen. Die Situation in Syrien verschlimmerte sich. In der Antarktis war wieder einmal ein großes Stück eines Gletschers geschmolzen. Nach zu viel Lesen und zu viel Kaffee ging ich mit scheppernden Nerven die Saint Catherine Street entlang, wo die Striplokale und neonbeleuchteten Bars zum größten Teil Shopping-Mall-Läden gewichen waren. Eine Gruppe junger Mädchen in kurzen Röcken stand auf dem Gehweg vor mir, betrachtete sich in den Schaufenstern und brachte kleine Korrekturen an ihren Outfits an: Hier wurde Stoff über den Hüften glatt gestrichen, dort wurden Schultern eingezogen, um Brüste zu verbergen, oder ein Dekolleté gestrafft, um sie zu zeigen.

Ich ging bei einer Bäckerei vorbei, um Gebäck für Marianne zu kaufen, die Schoko-Croissants, die sie am liebsten mochte. Seit ihrer Trennung von dem Zahnarzt war sie zurück in unser altes Viertel gezogen. Als ich an der Tür des Hauses klingelte, machte niemand auf. Schließlich kam ein Mann heraus und hielt mir die Tür auf, ohne zu fragen, zu wem ich wollte.

In der Eingangshalle des Gebäudes roch es muffig und leicht feucht, nach Putzmitteln, die gegen den Dreck nicht mehr viel ausrichten konnten. Mariannes Apartment lag im dritten Stock, nach hinten, und als ich klopfte, hörte ich drinnen Geräusche. Als sie an die Tür kam, wirkte sie verwirrt, als hätten wir nicht erst am Tag davor miteinander gesprochen, als hätte ich nicht gerade an der Tür geläutet. Sie war sehr dünn. Sie trug einen blauen Kittel und hielt einen Staubwedel in der Hand, wie eine Hausfrau aus dem Jahre 1954.

Ich küsste sie auf beide Wangen.

Marianne trat kommentarlos beiseite, um mich hereinzulassen. Früher hatte sie zu Unordnung geneigt – sie drapierte einen abgelegten Schal über ein Möbelstück oder ließ Schuhe einfach dort stehen, wo sie sie ausgezogen hatte –, doch an diesem Morgen war ihre Wohnung so blitzblank und aufgeräumt, wie ich sie noch nie gesehen hatte. Nicht einfach nur sauber – leer. Im Wohnzimmer standen ein Sofa und ein Couchtisch, sonst fast nichts. Die Wände waren nackt. Nirgendwo lagen Teppiche. Ich reichte ihr die Schachtel mit dem Gebäck, und sie stellte sie auf den Couchtisch, bedankte sich mit einem höflichen Murmeln. «Möchtest du Tee?»

Ich bejahte. In der Küche, die genauso makellos sauber und karg eingerichtet war, öffnete ich den Kühlschrank und machte ihn, als sie missbilligend zischte, gleich wieder zu, hatte aber trotzdem bemerkt, wie wenig Essen darin war. Sie holte zwei Tassen aus dem Schrank, füllte jede mit Wasser und stellte sie in die Mikrowelle. Als das Wasser heiß war, tauchte sie einen Teebeutel zuerst in die eine und dann die andere Tasse und legte ihn anschließend auf einen kleinen Teller neben der Spüle. Ich arrangierte die Croissants auf einem Teller und folgte ihr zurück ins Wohnzimmer.

Wir saßen uns gegenüber, die Hände im Schoß gefaltet. Sie fragte mich nicht, wie es mir ging oder warum ich gekommen war.

«Als wir uns das letzte Mal gesprochen haben, hatte ich den Eindruck, du hättest dich über etwas aufgeregt», sagte ich.

«Ach, wirklich? Du musst immer übertreiben. Wenn jemand seine Gefühle zeigt, macht dich das nervös. Das hast du von deinem Vater.»

Das überraschte mich; sie hatte nur sehr selten über meinen Vater gesprochen, anscheinend wollte sie nicht einmal zugeben, dass ich überhaupt einen hatte. Mehr als alles andere machte mir genau das auf einmal Sorgen um ihren geistigen Zustand.

Sie legte den Kopf schief und musterte mich, auf dem Gesicht einen Ausdruck finsterer Verschmitztheit. «Ich habe manchmal von ihm gehört, weißt du», sagte sie.

«Von wem?»

«Von deinem Vater Todd.»

«Ach, wirklich?», sagte ich. Ich hatte keinen Grund ihr zu glauben. Seit meiner Kindheit war sie unberechenbar und launisch gewesen, konnte abwechselnd verletzend und dann wieder liebevoll sein, je nachdem, wie es ihr in den Kram passte, und ich wusste es besser, als zu glauben, dass ausgerechnet jetzt eine solche Enthüllung von ihr kommen könnte. «Was wollte er denn?»

«Wissen, wo du bist. Sich vergewissern, dass du nicht darunter gelitten hast, dass er einfach gegangen ist. Ich habe ihm gesagt, du wärst so besonders, dass du keinen Vater brauchtest. Und das stimmte. Den hast du nie gebraucht.»

«Danke.»

«Du hast nie begriffen, wie besonders du bist, Thérèse.»

«Wer ist Thérèse?», fragte ich.

«Ich wollte dich immer Thérèse nennen. Es ist ein schöner, frommer Name. Dein Vater war dagegen.» Sie schüttelte den Kopf. Sie hatte den Flederwisch neben sich auf die Couch gelegt und strich ganz langsam darüber, so wie man ein Tier streichelt. «Namen sind ein Akt des Beherrschens, und deine Schwester und du seid der Beweis dafür. Ich hätte nie nachgeben dürfen.»

Die Unterredung war so, wie wenn man in einem Boot steht und sieht, wie das Ufer langsam verschwindet: Du schaust und schaust, und einen Moment lang ist es unmöglich zu sagen, wer sich bewegt – du oder das Land. Alles, was du weißt, ist, dass die Entfernung immer größer wird. So war das mit Marianne immer gewesen. Es hatte keinen Sinn, zu versuchen, sie auf irgendetwas festzunageln. Ich schaute aus dem Fenster, auf das Vogelhäuschen, das sie aufgehängt hatte, vermutlich den Schauplatz der erwähnten kriegerischen Auseinandersetzungen zwischen Eichhörnchen und Vögeln. Momentan ruhten sie; vielleicht hatte Marianne auch alle verscheucht.

«Wer gewinnt denn nun den Kampf um die Ressourcen?», fragte ich.

Sie schaute mich an, als sei ich verrückt, und gab keine Antwort. Wir saßen lange da, in unbehaglichem Schweigen, die Croissants unberührt vor uns auf dem Tisch.

Ich zermarterte mir das Gehirn nach etwas, das ich sagen könnte. «Lass mich dir helfen.»

«Mit was helfen?», fragte sie misstrauisch.

Ich schaute mich in ihrem picobello sauberen Zuhause um. «Ich kann dir beim Putzen helfen», sagte ich.

Sie strahlte. Dann gab sie mir einen Besen, und wir wischten zusammen unsichtbaren Dreck weg, entfernten unsichtbare Spinnweben. Danach verspeisten wir die Croissants und tranken den kalt gewordenen, schwachen Tee, den meine Mutter gemacht hatte.

18.

Ich blieb eine Woche in Montreal. Wenn ich in unserem alten Viertel unterwegs war, erkannte ich niemanden; der Häuserblock hatte sich deutlich verändert und beherbergte jetzt Sushi-Lokale, Teeläden und Secondhandshops mit staubiger Ware, die kunstvoll in den Schaufenstern arrangiert war. Mrs. Gasparians Haus war abgerissen worden und an seine Stelle ein Restaurant mit mauritischer Küche getreten, in dem niemand saß. Als ich noch ein Kind war, war dieser Block mein Universum mit ungekannten Grenzen gewesen, und es war verstörend zu sehen, wie endlich diese Welt war und wie leicht man ihr entfliehen konnte.

An manchen Tagen begrüßte mich Marianne mit argwöhnischer Diplomatie, als sei ich ein Besucher aus einem vormals feindlichen Land. An anderen Tagen schien sie auf meine Anwesenheit überhaupt nicht zu reagieren und begann mitten in einem Satz zu sprechen, als greife sie eine Unterhaltung wieder auf, die wir am Tag zuvor geführt hatten, was jedoch gar nicht der Fall war.

Auf einem meiner Streifzüge ging ich in einen Elektronikladen und kaufte aus einem Impuls heraus eine kleine, tragbare Videokamera. Als ich dann das nächste Mal wieder bei Marianne war, fragte ich sie, ob ich sie filmen dürfe. Ich hatte mit ihrem Protest gerechnet, doch stattdessen straffte sie die Schultern, als wolle sie sich putzen, wie ein Vogel. Sie verließ den Raum, und als sie zurückkehrte, hatte sie sich das Gesicht gepudert und – etwas schief – Lippenstift aufgetragen. Sie durch das Objektiv anzuschauen statt von Angesicht zu Angesicht, fühlte sich für mich ganz natürlich an, und auch sie schien sich zu entspannen. Kaum war die Kamera zwischen uns, plauderten wir angenehm miteinander, auch wenn es sich wohl kaum um tiefschürfende Gespräche handelte. Sie sprach über Montreal, ihre Nachbarn, über einen Zeitungsartikel, den sie gelesen hatte und in dem es um Arsen in Reis ging. Ich dachte nicht groß über die Komposition einer Aufnahme nach oder über die Beleuchtung im Raum. In mancher Hinsicht war das Filmen eine Übung ohne Sinn – und doch auch wieder nicht, denn es versetzte uns seltsamerweise beide in eine angenehme Stimmung.

An meinem letzten Morgen in Montreal stand ein Karton mit Geschirr vor ihrer Tür, als ich zu ihrer Wohnung kam.

«Das gebe ich weg», sagte sie zu mir, als ich danach fragte.

«Aber worauf willst du dann essen?»

«Auf dem Tisch natürlich», sagte sie, als sei das eine vollkommen abwegige Frage.

«Aber …»

«Ich gebe keine Dinnerpartys. So eine Frau bin ich nicht. Ich lasse mir das Essen nach Hause liefern, mittlerweile macht das jeder so.»

Sie stand da, die Arme in die Hüften gestützt, das Kinn nach vorne gereckt, und wartete darauf, dass ich einen Streit mit ihr vom Zaun brach: Sie war die gleiche Marianne, die sie immer gewesen war, die Frau, die Forderungen ablehnte, die man gar nicht an sie gestellt hatte. Ich küsste die Luft rechts und links von ihren Wangen und verabschiedete mich.

Im Hotel packte ich meine Tasche und bereitete mich auf den Heimflug vor. Und dann, ohne Veranlassung und ohne lange darüber nachzudenken, überlegte ich es mir anders. Statt zum Flughafen zu fahren, bestieg ich einen Bus und fuhr nach Norden, in die kühle Luft der Laurentinischen Berge, wo ich in Saint-Agathe ausstieg, meine Schwester anrief und ihr mitteilte, ich sei auf dem Weg zu ihr.

Robin holte mich mit einem roten, matschbespritzten Pick-up ab. Ihr Anwesen, das fünfundvierzig Minuten außerhalb und an einer langen Schotterstraße lag, war einmal ein Bauernhof gewesen; es bestand aus einem kleinen weißen Häuschen und, ein paar Hundert Meter entfernt, einer verwitterten Scheune, in der früher Milchkühe untergebracht waren. Ohne es zu wollen, fühlte ich mich an Wheelocks Bauernhaus erinnert und an den Tag in jenem ersten Sommer, als er mich abgeholt hatte; mir schien es, als sei es erst kürzlich gewesen und ewig her zugleich, als handele es sich ebenso um das Leben von jemand anderem wie um mein eigenes.

Die vorherigen Besitzer von Robins Anwesen hatten die Landwirtschaft aufgegeben und waren in die Stadt gezogen, erzählte mir Robin, und als sie es entdeckt hatte, waren beide Gebäude fast Ruinen gewesen. «Es hat eine Weile gedauert, aber jetzt ist alles wieder solide», sagte sie. Ich hatte den Eindruck, sie habe die Instandsetzungsarbeiten selbst gemacht, und fragte mich, wo sie sich diese Kenntnisse angeeignet hatte. Es gab so vieles in ihrem Leben als Erwachsene, das ich nicht wusste. Als ich ihr ein Kompliment machte, schüttelte sie ablehnend den Kopf, aber ich merkte, dass es sie freute.

Ihr Haus hatte unten eine kleine Küche und ein Wohnzimmer mit Kamin sowie eine Reihe kleiner Schlafzimmer im oberen Stockwerk. Das Zimmer, das sie mir zeigte, war gemütlich, mit einem Flickenteppich auf dem Boden. Durch das offene Fenster hörte man das Knirschen von Bäumen im Wind. Meine Schwester zeigte vage nach draußen. «Mach es dir gemütlich», sagte sie. «Ich habe zu tun.» Bevor ich sie fragen konnte, was genau sie denn zu tun hatte, war sie weg.

19.

Ich klappte meinen Laptop auf und lud das Filmmaterial von Marianne hoch. Auf stumm gestellt, betrachtete ich die verwitterte, blasse Landschaft ihres Gesichts, sah, wie sich ihre Lippen bewegten. Dem Blick der Kamera zu begegnen, lag ihr wesentlich mehr als jede Begegnung mit mir. Sie auf diese Weise zu sehen, anwesend und doch zurückgezogen und fern, war seltsam einlullend, und ich legte mich aufs Bett, mit ihr an meiner Seite, und döste weg. Zitternd wachte ich auf, mein Nacken schmerzte. Draußen schimmerte das dünne, helle Licht des Sommers, doch die Brise, die durch das Fenster hereinwehte, war spürbar herbstlich. Es roch nach Essen, ich hörte Stimmen, und so zog ich mir einen Pullover über und ging hinunter.

Robin stand in der Küche und rührte in einem großen Topf. Bei ihr waren zwei Männer, der eine holte gerade einen Laib Brot aus dem Ofen, der andere deckte den Tisch. Der Tischdecker war groß, spindeldürr und kahlköpfig, seine großen Augen waren braun. Die Kombination dieser jugendlich dreinblickenden Augen mit der schwer von Akne gezeichneten Haut war erschütternd; er sah aus wie eines dieser bemitleidenswerten Kinder mit *senilitas praecox,* einer Krankheit, die sie frühzeitig altern lässt. Als er mich erblickte, lächelte er breit und zeigte braune und zerklüftete Zähne. Er kam zu mir herüber und umarmte mich in einer

Wolke aus Kiefernwald und Zigaretten. Der andere Mann, der Bäcker, nickte mir kurz zu, sagte aber nichts; er bedachte das Brot mit einem kritischen Blick, als entspreche das Backwerk nicht seinen Erwartungen.

«Was kann ich tun?», fragte ich.

Robin nickte in Richtung Schrank. «Mach den Wein auf», sagte sie.

Ich füllte die Gläser. Robin und der Bäcker tranken schnell ihren Wein, rührten abwechselnd in der Suppe und gingen dann nach draußen zum Rauchen. Sie schlugen laut mit der Tür, während sie ein und aus gingen, und führten dabei eine Diskussion, die offenbar schon eine ganze Weile lief – über Politik, den Aufstieg des IS, den Konflikt im Nahen Osten. Sie stritten sich über die Rolle der Palästinensischen Autonomiebehörde und die Möglichkeit einer Zwei-Staaten-Lösung. Der Kahlköpfige sagte wenig und rauchte viel, auch er ging zum Rauchen nach draußen. «Robin mag es nicht, wenn das Essen nach Rauch riecht», sagte der Kahle, als hätte ich ihn um eine Erklärung gebeten. Draußen war es sieben und noch hell, der Himmel ein starkes, vielfältiges Blau, das sich weit über den umstehenden hohen Kiefern erstreckte, als würde der Tag ewig währen. Ich musste an Frida Kahlos berühmtes blaues Haus in Mexico City denken, wo sie gelebt und gemalt hatte und ans Bett gefesselt gewesen war; darüber hatte ich einen Film gesehen, ohne selbst dort gewesen zu sein, was für so viele Dinge in meinem Leben galt. Besonders hatte ich die Aufnahmen von ihrem Bett in Erinnerung, an dessen Kopfende ein totes Kind abgebildet war, und am Fußende eine Montage von Stalin, Lenin, Marx und Mao. Ich fragte mich, wie sie in einem solchen Bett schlafen konnte, doch andererseits hatte Kahlo zeit ihres Lebens an so großen Schmerzen gelitten, dass sie ja vielleicht nirgendwo gut geschlafen hatte.

Dann endlich aßen wir und redeten. Wenigstens redeten Robin und einer der Männer, der Derya hieß, während der Kahlköpfige und ich schwiegen. Die Fingernägel meiner Schwester waren schwarz vor Dreck, ihre Augen blutunterlaufen vor Müdigkeit und vielleicht auch vom Weingenuss, doch sie wirkte quicklebendig, ihre Aufmerksamkeit wechselnd und doch immer komplett auf das gerichtet, wo auch immer sie landete – auf uns, dem Essen, dem Gespräch.

«Dann seid ihr also Schwestern», sagte Derya und schaufelte sich Suppe in den Mund. Er hielt den Löffel fest in der Faust, als könne er herausrutschen, und beugte den Kopf tief über den Teller. Als er mich von unten anschaute, nickte ich. Er schaute sie an, dann mich, dann wieder sie. «Du bist die Ältere», sagte er.

«Stimmt.»

«Ich bin ein Zwilling», sagte er.

«Nein, bist du nicht», warf Robin ein.

«Das ist etwas, das du nicht von mir weißt, aber es stimmt.» Er lehnte sich in seinen Stuhl zurück und wischte sich mit der Serviette den Mund ab, klopfte sich dann auf den Bauch, als wolle er ihn dafür loben, dass er einen so guten Job gemacht hatte. «Er war im Mutterleib. Am Anfang der Schwangerschaft meiner Mutter waren wir zu zweit. Und dann, eines Tages, ging meine Mutter zum Arzt, und der andere Zwilling war nicht mehr da.» Er bleckte die Zähne, grinste. Robin schüttelte den Kopf. «Der Doktor sagte, ich hätte ihn aufgezehrt. Das heißt, dass er jetzt in mir drin ist.»

«Du scheinst stolz darauf zu sein», sagte ich.

«Du isst immer zu viel», sagte meine Schwester.

«Ich bin ein Mann mit großem Appetit», antwortete er.

Das Licht war weg. Ich war mit dem Gespräch so beschäftigt gewesen, dass ich den Einbruch der Nacht erst bemerkte, als von draußen eine Reihe von Schreien kam, ein dünnes, gequältes Wimmern, wie von Babys, die alleingelassen oder krank sind. Mir lief ein Schauder über den Rücken, die Härchen an meinen Armen stellten sich auf. Sonst reagierte keiner.

«Was ist das?», sagte ich, und meine Schwester antwortete ruhig: «Die Wölfe.»

Wir aßen Nachtisch und tranken Kaffee, während draußen die Wölfe heulten. Außer mir schien niemand von ihnen Notiz zu nehmen. Ich stellte mir die ganze Zeit vor, dass da draußen ein Rudel war, das langsam immer näher kam, angezogen von den Essensgerüchen. Ihr Heulen war harmonisch und unregelmäßig, wurde manchmal leiser, verstummte, und setzte dann wieder ein, wie bei einem Chor, der einen Kanon singt. Jedes Mal dachte ich, jetzt seien sie fertig, doch dann begannen sie von Neuem, eine geisterhafte Musik aus der Ferne, die näher kam und sich dann wieder entfernte.

Die beiden Männer gingen zum Rauchen hinaus. Durch das offene Küchenfenster wehte der Zigarettenrauch herein, zusammen mit der kühlen Abendluft. Der Bäcker lachte, ob nun über uns oder über etwas anderes, konnte ich nicht sagen. Robin rutschte auf ihrem Stuhl herum, ihr Mund war ein schmaler, dunkelroter Strich, und mir kam der Gedanke, dass sie ja vielleicht darauf wartete, dass ich ihr meinen plötzlichen Besuch erklärte.

«Ich wollte …», hob ich an und sah dann, wie sie eine Zigarette aus der Schachtel fischte, sie auf dem Tisch abklopfte, bereit, rauszugehen. Die beiden Männer kamen wieder herein, und ich verstummte; ich hatte sowieso nicht so recht gewusst, was ich sagen sollte. Ich begann die Nachtischteller abzuräumen, und der ruhigere von den beiden Männern streckte die Hand aus. Ich trat vom Tisch zurück und gab ihm mit einem Kopfschütteln zu verstehen, dass ich keine Hilfe brauche, und dabei stießen wir aneinander. Zwei Teller fielen zu Boden und zerbrachen. Uns gegenseitig entschuldigend, gingen wir beide in die Hocke und fingen an, die Scherben aufzulesen, stapelten sie auf dem Tisch. Einen kurzen Moment lang, dort unten am Boden, hielt der Mann meine rechte Hand in der seinen. «Ist schon in Ordnung», sagte er milde. Seine Augen waren groß und vertraut, und erst da erkannte ich ihn: Bernard.

Am nächsten Tag führte mich Robin herum. Es war ein Tag im Spätsommer, doch die Luft war noch immer stickig und schwül. Müdes, lakonisches Vogelgezwitscher, die Zweige bewegten sich kaum, die Wolken waren nur vage Umrisse. Auf Robins Vorschlag fuhren wir das Land mit dem Pick-up ab, manchmal bogen wir auf Schotterstraßen ab oder fuhren gleich Offroad. Während der Fahrt erklärte sie mir alles: Die Wölfe, die wir in der vergangenen Nacht gehört hätten, seien streng genommen nicht wild; sie waren Tiere, die gerettet worden waren. Von dem gesamten Grundstück bewohnte Robin nur ein Zehntel; der Rest diente als Reservat. Dort lebten drei verschiedene Rudel Grauwölfe, durch stabile Stacheldrahtzäune voneinander getrennt, um den Frieden zu wahren; außerdem gab es Füchse, Rotluchse, Falken und andere Raubvögel. Die Rudel waren klein und bestanden nur aus drei bis vier Tieren; als ich überrascht schaute, erklärte sie mir, dass sie in unterschiedlichen Tonhöhen heulten, damit es sich so anhörte, als seien sie mehr. Sie sprach darüber, dass Wölfe große Reviere brauchten, weil sie von Natur aus viel unterwegs seien, und über ihren nicht gerechtfertigten Ruf als gewalttätige Tiere.

«Tatsache ist, dass sie Rollen und Persönlichkeiten besitzen. Manche Wölfe sind freundlich und andere Vollidioten.»

«Und du kennst sie? Ihre Persönlichkeit?»

«Natürlich», sagte sie.

Sie sprach fünfzehn Minuten lang über eine bestimmte Spezies von Schildkröten in Quebec, die vom Aussterben bedroht seien und deren Habitat sie schützen wolle. Schaumbläschen bildeten sich auf ihren Lippen, während sie redete. Sie sei dabei, ein Testament zu verfassen, damit garantiert sei, dass das Land niemals bebaut oder bewirtschaftet würde. Von ihren Tieren sah ich keins; wir hatten an einem Zaun geparkt, hinter dem Land wellig auf und ab wogte, durchsetzt mit Felsbrocken und Kiefern. Dort hätte sich alles Mögliche verstecken können.

Ich fragte sie, warum sie die Wölfe mir gegenüber noch nie erwähnt hatte, und sie zuckte mit den Achseln. «Ich dachte, das interessiert dich nicht», sagte sie.

«Es interessiert mich schon. Aber wie hat das alles angefangen – mit diesen Haustieren?»

Ihr Augenrollen machte mir klar, dass ich das Falsche gesagt hatte.

«Das sind keine *Haustiere.* Ich gebe ihnen dieses Land zurück. Die Wölfe sind hier schon viel länger als der Mensch.»

«Aber *du* lebst doch hier», sagte ich. Noch so eine Aussage, die vermutlich bewertend rüberkam, und ich ärgerte mich über mich selbst.

«Es ist eine Koexistenz», sagte sie.

Jetzt rumpelte der Truck über ein matschiges Feld, und ich hielt mich am Haltegriff fest, wappnete mich. Die Abgase des Pick-ups und sein lauter Motor umhüllten das Fahrzeug, die Fenster standen offen. Plötzlich blieb Robin stehen, stieg aus, begann zu gehen. Ich folgte ihr; soweit ich sehen konnte, gab es keinen Weg, und auch Markierungen waren nicht zu erkennen. Doch Robin schien genau zu wissen, wohin sie wollte; sie ging trittsicher und zielstrebig ihres Weges. Schließlich öffnete sie ein Gatter im Stacheldraht, und wir gingen hindurch, wanderten eine Weile unter einem dichten Baldachin von Kiefern entlang, wo es überraschend kühl war, wie in einer Höhle. Ich rechnete jeden Moment damit, dass die Wölfe aus der Deckung kamen und sich an uns heranschlichen, um uns zu begrüßen oder zu verscheuchen. Doch es war weit und breit nichts von ihnen zu sehen.

Ich fokussierte meinen Blick auf Robins Rücken, während ich ihr folgte, konzentrierte mich auf das Gewebe ihres Shirts, die welligen Haare. Ihre Schultern, ihren Hals. Dann blieb sie stehen. Die Bäume wurden spärlicher, und auf einmal standen wir auf einem Felsvorsprung aus großen Granitblöcken, die von Wasser und Zeit abgerundet waren. Unter uns floss ein schmaler, klarer Bach, darüber kreiste verträumt und hoch am Himmel ein Geier über einem nicht sichtbaren Kadaver. Robin sagte nichts. Wir setzten uns, sahen dem Bach zu, der sich durch sein zerklüftetes Bett im Felsgestein schlängelte und in den Wäldern verschwand. Ich hörte meine Schwester atmen und bemerkte, wie ich meinen Atemrhythmus an den ihren anpasste. Lange saßen wir so da, ohne etwas zu sagen, während sich der Himmel vom Blassblau des Morgens in ein sattes Tagesblau verwandelte. Leuchtend weiße Wolken türmten sich sauber am Horizont auf. Nirgendwo Dunkelheit. *Kein Verlust.*

20.

An jenem Abend machten Robin und Derya wieder Essen. Während Bernard und ich den Tisch deckten, erzählte er mir von seinem Leben, doch die Version war so kurz, dass ihr nur wenig bis gar nichts zu entnehmen war. Nachdem er und Robin sich in Europa getrennt hatten, war er nach Baltimore zurückgekehrt und hatte wieder mit dem Drogendealen angefangen, war dann erwischt worden und im Knast gelandet, insgesamt zweimal. Beim zweiten Gefängnisaufenthalt hatte er an einem Therapieprogramm teilgenommen, und als es dabei darum ging, etwas wiedergutzumachen, schrieb er Robin, und sie schrieb zurück. Irgendwann hatte sie ihm von dem Land erzählt, das sie gekauft hatte, und ihn zu sich eingeladen. Mittlerweile verbrachte er immer mehrere Wochen am Stück hier und arbeitete gegen Kost und Logis als Mädchen für alles. «Und du?», fragte er.

Meine Version war sogar noch kürzer. «Ich hatte einen Job und eine Art Partner, und dann bin ich nach New York und hab noch mal von vorn angefangen.»

Er lächelte mich an. Seine Augen blickten ruhig.

«Wie geht es deiner Mutter?», fragte ich.

«Sie ist gestorben.»

Ich sagte zu ihm, das tue mir leid, und hätte ihn noch mehr gefragt, doch Robin und Derya hatten angefangen, sich zu streiten, und wir schauten uns stattdessen nach ihnen um. Derya schrie etwas über seine Familie: Türken, die aus ihrem Land geflohen waren, zunächst in die Schweiz und dann nach Kanada, wo sie darum gerungen hätten, sich einen Platz in einem Land zu erobern, das von Wärme und Willkommen spreche, in der Praxis jedoch mit nichts davon aufwarte. Dies ist nur eine Zusammenfassung. In Wirklichkeit war die Diskussion lang und verlief sehr wütend, denn Robin unterbrach ihn immer wieder, nahm Kanada und die Kanadier in Schutz – so denke ich jedenfalls –, ebenso wie ihr eigenes Leben, ihre Bindungen und Verpflichtungen, ihre Ideologie. «Ich bin offen», sagte sie wieder und wieder, als müsse er wissen, was das bedeutete, als sei das, was sie sagte, universell und klar, doch als Derya dann sagte: «Was meine Familie durchgemacht hat, wirst du nie verstehen!», schien sie das erst recht zu empören; außerdem war zu allem Überfluss auch noch die Lasagne dabei, anzubrennen. Ich bat Bernard mit einem Blick um Beistand, und er zuckte mit den Achseln, als wolle er sagen: *Damit haben wir nichts zu schaffen.* Das Gesicht meiner Schwester wurde immer verzerrter, je mehr sie sich verteidigte, und Derya zeigte mit dem Finger auf sie, Speichel traf ihr Gesicht, während er weiterschimpfte.

Ohne nachzudenken, trat ich zwischen die beiden. «Hör auf, so mit ihr zu reden», sagte ich. «Hör auf jetzt. Lass sie *in Ruhe.*»

Zu meiner Überraschung brachen Derya und Robin in Gelächter aus.

«Siehst du, Derya?», sagte sie zu ihm. «Deine Familie ist nicht die Einzige mit Loyalitäten.»

Er grinste. «Ich wusste nicht, dass ihr beiden euch so nahesteht», sagte er in spöttischem Ton. Ich merkte, dass ich zitterte, wie nach einem Unfall, bei dem man sich wider Erwarten nicht schwer verletzt hat.

«Bitte, die Lasagne», sagte Bernard von der anderen Seite des Raumes. Seine Stimme klang so unstet wie meine, und Robin lachte wieder und sagte, ebenfalls spöttisch: «Jetzt beruhig dich mal wieder, mein Freund. Wir machen den Kindern Angst.»

Obwohl wir uns Zeit mit dem Essen nahmen, war es gerade erst Abend geworden. Das Licht, das durchs Fenster hereinfiel, war silbrig blau, und die Dunkelheit schien noch in weiter Ferne zu liegen. Ich fing an, den Tisch abzudecken, doch meine Schwester sagte: «Lass es stehen» und bedeutete uns, nach draußen zu gehen.

Sie schlug den Weg ein, der zur Scheune führte, was ich als Einladung verstand. Ich folgte ihr, Derya und Bernard kamen ein paar Schritte hinter uns; ich hörte ihre leisen Stimmen, nicht aber, was sie sagten. Der Zigarettenrauch mischte sich mit dem Duft der Kiefern, eine Kombination, die ich als ebenso angenehm wie künstlich empfand; so roch es in der Herrenabteilung eines Kaufhauses.

Meine Schwester, die uns weit voraus war, schob bereits die Scheunentüren auf, und Bernard lief zu ihr, um ihr zu helfen, obwohl ich bezweifelte, dass sie Hilfe benötigte. Als ich mich umdrehte, sah ich, dass Derya zurückgeblieben war und mit dem Handy telefonierte. Er winkte ab, als er meinen Blick sah, als sei er ihm unangenehm.

Die Scheune hatte Robin und Bernard verschluckt. Ich trat ein; in dem Gebäude roch es schwach nach Mist. Die Luft hier drinnen war blassblau und staubig, nur ein paar kleine Fenster, hoch oben auf jeder Seite, ließen ein wenig Licht herein. Die Stallungen, die früher Kühe beherbergt hatten, waren immer noch da, und sie waren nicht leer; in jedem Abteil waren die großen Umrisse von irgendwelchen Tieren zu erkennen, die jedoch keine Geräusche von sich gaben. Robin und Bernard waren nirgendwo zu sehen.

Ganz langsam, während sich meine Augen an die Dunkelheit gewöhnten, erkannte ich mehr. Die Fenster standen offen, kleine Vögel flatterten zwischen den geschwungenen, hölzernen Deckenbalken umher, emsig beschäftigt und zwitschernd. Meine eigenen Schritte waren durch die Staubschicht gedämpft, und jetzt schien sich auch mein Gehör angepasst zu haben, denn ich konnte Stimmen hören.

Leises Gemurmel, Lachen. Die Klänge einer privaten Sprache. Am anderen Ende der Scheune öffneten Robin und Bernard eine weitere Tür und ließen frische Luft herein. Es wurde auch heller, und jetzt erkannte ich, dass die Umrisse in den Stallungen keine Tiere waren, sondern – Klaviere. Ich ging an ihnen vorbei, um sie mir anzuschauen, wobei ich irgendwie das Gefühl hatte, beobachtet zu werden. Ich sah einen Stutzflügel, ein Standklavier, ein Spinett.

Dort, wo die Stallungen endeten, öffnete sich ein großer Raum, der wie eine Bühne leer geräumt war. Dort standen zwei Klaviere einander gegenüber. Derya nahm an einem davon Platz.

Ich schaute zu Robin, die sich mit Bernard über ein elektronisches

Gerät beugte. Beiläufig sagte sie zu mir: «Die habe ich auch gerettet. Keiner will sie mehr, also haben sie bei mir Unterschlupf gefunden.»

«Bist du bereit?», sagte Bernard, und sie nickte.

Sie durchquerte den offenen Raum und nahm an dem Klavier gegenüber von Derya Platz. Die beiden schauten sich lange an, alle vier Hände schwebten über den Tasten. Ich war so erschüttert über die Wendung der Ereignisse, dass ich nicht wusste, was ich tun sollte – ich stand einfach nur da, die Hände aus obskurem Grund zu Fäusten geballt. Irgendwie hatte ich das Gefühl, es könnte gefährlich sein, sich zu bewegen, als könnte ich mit einem einzigen Wort oder einer Geste das zum Stillstand bringen, von dem ich gedacht hatte, ich würde es nie wiedersehen: meine Schwester, die Klavier spielt. Ich versuchte mich unsichtbar zu machen. Vielleicht klingt es preziös, wenn ich behaupte, die Zeit schien sich zu verlangsamen, und sollte besser sagen, dass ich sie deutlicher wahrnahm. Ich spürte, wie jede Sekunde zur nächsten führte. Keine Pausen, keine Sprünge. Nur das Flattern und Zwitschern der Vögel, das Knirschen der Holzbalken, der Wind.

Als ich danach die Scheune verließ, sah das Licht draußen genauso aus wie vorher, obwohl wir eine Ewigkeit drinnen gewesen waren – als sei der Abend dort am Himmel gestreckt worden und befinde sich auf unabsehbare Zeit in der Schwebe.

Doch vorher – spielten sie. Es war ein Duett für vier Hände – Beethoven, schätzte ich, obwohl ich seit Jahren keine klassische Musik mehr gehört hatte und mich folglich leicht täuschen konnte. Es begann mit einer munteren Melodie, exakt und fast affektiert gespielt, ein absurder Kontrast zur Umgebung, wie mir schien. Man sah Menschen vor sich, die in überladenen Kostümen ein Menuett dazu tanzten. Die Töne klangen hager und trocken. Als Robin noch an der Juilliard gewesen war, so erinnerte ich mich, hatten sie und ihre Freunde oft über die Akustik in den Räumen gesprochen, in denen sie spielten: Räume, in denen die Töne widerhallten, nannten sie feucht, und diejenigen, die sie verschluckten, waren trocken. Bevor ich das hörte, hatte ich nie darüber nachgedacht, dass Klänge dreidimensional sein können, gebunden an den Raum, in dem sie ertönen. Jetzt stand ich da und fragte mich, ob die Musik trocken war oder die Scheune; ich war mir nicht sicher, fühlte mich aber seltsamerweise enttäuscht davon. Ich hatte mit etwas Wildem gerechnet, das modern und exzentrisch war, vielleicht mit einem Stück, das Robin selbst komponiert hatte. Für mich hätte es durchaus einen Sinn ergeben, wenn sie beschlossen hätte, an diesem verborgenen Ort, an dem sie lebte und sich versteckte, ihre eigene Musik zu machen. Doch sie performte wie in einem Konzertsaal, ihr Gesicht ernst und regungslos.

Das Motiv setzte sich durch, schritt voran, kehrte um. Sie und Derya waren wie in ein Gespräch versunken, obwohl die beiden Klaviere nicht miteinander harmonierten. Ich weiß nicht einmal, ob sie überhaupt gestimmt waren. Alle paar Sekunden klang ein Ton schief oder falsch. Nach einer Weile gewöhnte ich mich an diese permanenten Dissonanzen, als seien sie Teil der Partitur. Dann waren da die Vögel über unseren Köpfen, immer noch beschäftigt, die sich rein gar nicht für die Musik interessierten; auch Grillen waren zu hören, und an einem bestimmten Punkt das dumpfe, mechanische Brummen eines Flugzeugs, das über uns hinwegflog.

Robin spielte ohne den Hang zum Drama oder zum Romantischen, für den sie kritisiert worden war, als sie noch jünger war. Sie spielte kontrolliert, fast beiläufig. Doch ich konnte immer noch die Ausbildung hören, die sie erfahren hatte, und die Frühreife ihres Spiels. Seine Genauigkeit, sein Fließen. Wie sie jeden einzelnen Ton zu Gehör brachte. Derya war nicht so gut wie sie, doch meistens konnte er mithalten, und wenn er doch über manche Noten stolperte, schien es keinem von beiden etwas auszumachen.

Sie spielten noch ein Stück, und dann noch eins. Als sie fertig waren, stand Robin auf, streckte sich und nickte Bernard zu, der auf eine Taste des Kassettenrekorders drückte und eine Kassette auswarf, die er mit dem Datum beschriftete und in einen Pappkarton warf. In dem Karton waren haufenweise Bänder. Soweit ich weiß, hörte sie sich nie eins davon an.

21.

Ich blieb noch eine Woche bei Robin und machte mich mit den Rhythmen ihres Lebens vertraut. Die meisten Tage hatten eine feste Struktur, die sich um die Pflege und Erhaltung des Anwesens drehte, und abends kellnerte sie. Robin schien über unendlich viel Energie zu verfügen. Obwohl das Haus so abgeschieden lag, lebte sie dort nicht isoliert. Menschen gingen bei ihr ein und aus: ein Gartenbauunternehmer, der ihr dabei half, ein Treibhaus zu bauen; Studenten von der Laval, die sich um ein Stipendium für das Studium von Raubvögeln bewarben; ein Unternehmer aus Slowenien, der auf Geschäftsreise in Montreal gewesen war und einen Abstecher zu ihr gemacht hatte, weil er sich für Wölfe interessierte. Woher er von Robins Wölfen wusste, konnte ich nicht sagen. Robin wollte ihn um finanzielle Unterstützung bitten und führte ihn herum, lud ihn zum Essen ein und zeigte ihm das eingezäunte Gelände mit den Wölfen. Ich hätte darum bitten können, mitkommen zu dürfen – ich selbst hatte die Wölfe noch nicht gesehen, sondern sie nur nachts heulen gehört –, doch es machte mir Angst, ganz gleich, wie solide die Einzäunung gewirkt hatte; außerdem lud Robin mich nicht ein, sie zu begleiten. Am Ende der Tour schrieb ihr der Geschäftsmann einen Scheck aus; die Summe konnte ich nicht erkennen, schloss aber aus Robins zufriedenem Blick, dass sie beträchtlich war. Am nächsten Morgen kam ein glänzender schwarzer Wagen, um ihn abzuholen, und rumpelte über die lange Schotterstraße davon.

Zuerst glaubte ich, Robin habe etwas mit Derya; dann dachte ich, sie habe sich wieder mit Bernard zusammengetan. Manchmal mutmaßte ich, sie sei mit beiden zusammen, eine Art Arrangement mit wechselnden Vorzeichen, ohne Regeln oder Beschränkung. Ich fragte nicht; unsere Angewohnheit, uns gegenseitig ins Vertrauen zu ziehen, hatten wir nicht wieder aufgenommen. Obwohl sie sich darüber zu freuen schien, dass ich blieb, war sie auch distanziert, unnahbar, und ich spürte nur wenig Unterschied zwischen den anderen Gästen und mir. Da sie immer beschäftigt war, ob im Restaurant, auf dem Grundstück oder mit Gästen, bekam ich sie sowieso wenig zu Gesicht, zumindest nicht allein. Seltsamerweise war Bernard die Person, mit der ich die meiste Zeit verbrachte. Am Morgen machten wir uns Tee und tranken ihn draußen, wenn das Wetter gut war. Ich bemerkte, dass er immer noch in ein Notizbuch zeichnete, kleine Skizzen von Menschen, die vorbeikamen, oder das Haus, die Wälder, genauso, wie er es als Junge getan hatte. Den größten Teil seiner freien Zeit verbrachte er mit Lesen, alte Taschenbücher mit winziger Schrift, bei denen er die Augen zukneifen musste, sodass sein Gesicht, wenn er aufblickte, ganz zerknittert wirkte, wie eine Landkarte, die ihre Knicke behält, wenn man sie aufklappt. Seine Auswahl war unvorhersehbar. Die Gedichte von Emily Dickinson. *Wie man Freunde gewinnt*. Ein Krimi mit dem Titel *Die Leiche auf dem Mount Royal* mit einem blutrünstig-altmodischen Cover, das eine leicht bekleidete Femme fatale zeigte, die auf einen Mann im Anzug einschlug. Es stellte sich heraus, dass er die Bücher in einem Sommerhaus am Ende der Straße gefunden hatte, bei dessen Renovierung er mitgeholfen hatte. Die Bücher rochen nach Moder und dem Rauch längst vergangener Feuer. Das Lesen fiel ihm nicht leicht, und er kam nur langsam voran, fragte mich gelegentlich nach der Bedeutung des einen oder anderen Wortes. Nach dem Abendessen spülten wir zusammen ab, wobei wir uns beim Abwaschen und Abtrocknen abwechselten; die gemeinsame Aufgabe ging uns gut von der Hand.

An dem Abend, bevor ich fuhr, war es Bernard, der noch eine Weile mit mir aufblieb. Robin und Derya waren schon im Bett, und so fanden wir uns nach dem Abspülen in der Küche wieder. Ich hatte die ungezwungene Kameraderie, die Robins Zuhause förderte, genossen, und es tat mir leid, gehen zu müssen.

«Wir könnten uns mailen», sagte ich.

Bernard lächelte bedauernd. «Ich habe keinen Computer», sagte er.

Ich nickte. «Wo lebst du denn eigentlich sonst, in Baltimore? Was tust du da?»

Er zuckte mit den Achseln. «Mit Freunden abhängen. Geld verdienen. Warten, bis ich wieder hierherkann.»

«Du könntest mich in New York besuchen», sagte ich aus einem Impuls heraus. «Ich habe eine Couch. Robin hat da auch geschlafen.»

«Hast du Arbeit?»

Ich hatte nicht mehr darüber nachgedacht, was mir peinlich war. «Ich bin mir sicher, ich finde wieder was.»

«Natürlich», sagte er zuversichtlich, in einem Ton, der genau das Gegenteil bedeutete. Er legte seinen Arm um mich, aber es war eine fast väterliche Geste, wie ein Onkel seine Nichte umarmen würde. Er hatte den ganzen Tag gearbeitet und roch nicht besonders gut. Ich übrigens auch nicht. Nach ein paar Minuten lösten wir uns voneinander. Bevor Robin mich am nächsten Tag an die Bushaltestelle fuhr, steckte ich einen Zettel mit meiner Telefonnummer und Adresse in eines der Bücher, die Bernard noch nicht gelesen hatte, doch ich weiß nicht, ob er den Zettel jemals gefunden hat. Er meldete sich nie.

22.

Zurück in Brooklyn, wurde ich für eine weitere Realityshow engagiert. Diese hier, die den wenig appetitlichen Namen *Der Fleischmarkt* trug, drehte sich um eine Gruppe von jungen Leuten Mitte zwanzig, die alle in einem Steakhouse in San Diego arbeiteten und sich abwechselnd stritten oder miteinander ins Bett gingen. Man kokste auf der Toilette, spuckte unfreundlichen Gästen ins Essen und lebte in Gruppen von zwei oder drei in Apartments zusammen, die von der Show gesponsert wurden, um Konflikte oder romantische Verwicklungen zu fördern; natürlich machte das auch die Dreharbeiten einfacher. Ich fand die Geschichte unterhaltsam, und es machte mir Spaß, die Szenen zusammenzuschneiden, indem ich aus dem Chaosleben, das diese Leute führten, ganze Plots schneiderte, in denen es um Wut und Eifersucht und Liebe ging. Der weibliche Bösewicht war ein Mädchen namens Mikaela mit scharfen, ausdrucksvollen braunen Augen, und bald kannte ich ihr Gesicht besser als mein eigenes und konnte jede ihrer Stimmungen abbilden, ob es nun durch das leichte Anheben ihrer Augenbrauen oder den Ausdruck ihrer aufgespritzten Lippen war. Gemeinsam mit zwei anderen Mädchen buhlte sie um die Aufmerksamkeit eines Typen namens Chad, und ich war mir ebenso sicher, dass sie als Siegerin vom Platz gehen würde, wie, dass sie schnell die Lust auf ihre Trophäe verlieren und dem Knaben das Herz brechen würde. Doch obwohl ich all diese Dinge wusste und obwohl ich stundenlang über den Einstellungen brütete, war ich trotzdem vollkommen fasziniert davon. Diese Leute waren keine Schauspieler im engeren Sinn, aber sie waren Profis der Selbstdarstellung und wussten ganz genau, wofür man sie engagiert hatte. Sie stellten reales Leben dar, das nur zwecks besserer Wirkung überhöht war.

Als ich mit Olga aß, die zu einem Kurzbesuch aus Berlin kam, erklärte ich ihr, wie interessant ich meine Arbeit fand. Ich sagte, für mich überschreite das Reality-TV die Grenze zwischen dem Realen und dem Fiktionalen, was eine ganz ähnliche Erfahrung sei, wie wenn man sich die Filme von Kiarostami anschaue, dessen Streifen *Close-Up* vor so vielen Jahren einen solchen Eindruck bei mir hinterlassen hatte. Kürzlich hatte ich mir seinen Film *Die Liebesfälscher* angesehen, in dem Juliette Binoche und William Shimell durch Italien fahren. Sie spielt eine Antiquitätenhändlerin und er einen Schriftsteller, in dessen Buch es darum geht, dass Authentizität irrelevant ist und die Reproduktion eines Kunstwerks genauso viel Wert besitzt wie das Original. Im Verlaufe eines Tages diskutieren die beiden über diese Themen und scheinen sich während dieser Zeit in ein Paar zu verwandeln, das seit Jahren verheiratet ist. Oder spielen sie diese Verwandlung nur? Der Film wartet nicht mit einer Erklärung auf. Siehst du, sagte ich zu Olga in einem Café, und das Gleiche passiert mit dem Reality-TV. Die Zuschauer wissen, dass es sich um eine konstruierte Wirklichkeit handelt, doch sowohl die Konstruktion als auch die Wirklichkeit haben das gleiche Gewicht.

Olga schüttelte über ihrem Cappuccino den Kopf. «Es ist gut, dass dir deine Arbeit gefällt», sagte sie, etwas herablassend, und wechselte das Thema.

Es ist möglich, dass sie recht hatte; vielleicht war ich so glücklich darüber, wieder als Cutterin zu arbeiten, dass ich meiner Tätigkeit mehr Wert zumaß, als diese es verdiente. Doch auch wenn das so sein sollte, war es mir egal. Meine Kopfschmerzen waren verschwunden, und ich schaffte es, stundenlang zu sitzen, in angenehmer, entrückter Einsamkeit. Ich fühlte mich unsichtbar und glücklich. Die Typen, die mit mir zusammenarbeiteten, behandelten mich mit Gleichgültigkeit. Wenn ich neben zweien von ihnen stand, die sich gerade einen Kaffee holten, rempelte mich einer vielleicht an – nicht unhöflich gemeint, sondern weil es ihn überraschte, dass ich da war. Es machte mir nichts aus. Die Existenz meines eigenen Reviers – ein Arbeitstisch, ein Bildschirm, ein Platz für meine Kaffeetasse – war genug. Ich holte mir mein Mittagessen und verzehrte es rasch an meinem Tisch, wischte die Krümel von der Tastatur und machte dann mit meiner Arbeit weiter. Dass ich gut darin war, stand außer Zweifel.

Eines Tages fragte mich Matt, ein Praktikant, im Pausenraum, was ich am Wochenende gemacht hätte.

«Nichts», sagte ich.

«Wie jetzt – buchstäblich nichts?»

«Ich habe in meiner Wohnung gesessen und die Wände angestarrt, bis es Zeit war, wieder hierherzukommen.»

Er lachte, peinlich berührt. «Hast du eine Katze?»

Ich warf ihm einen Blick zu und holte dann meinen Joghurt aus dem Kühlschrank. Matt war über eins achtzig groß und schlaksig, seine Wangen mit Aknenarben übersät, und er hatte lange Wimpern wie eine Frau – die Art von Junge, der als Kind immer verhätschelt worden ist und das immer noch erwartet.

«Wir haben Wetten abgeschlossen, weißt du? Du schienst uns ein Mensch zu sein, der eine Katze hat.»

Damit meinte er, *eine Frau, die eine Katze hat.* Eine Frau ohne Familie muss notgedrungen eine Katze haben. Ich sagte nichts.

«Hab verstanden. Nicht über Katzen reden», sagte er schließlich und trat beiseite, blieb aber noch eine Weile in der Küche stehen, schief und krumm wie ein Straßenschild, das von einem Auto umgefahren wurde.

Ich verbrachte den ganzen Tag im Büro, kam spät nach Hause, hielt einen kurzen Plausch mit Elena – was allerdings weniger wurde, da die Nächte kühl waren und sie nicht mehr so oft auf der Treppe saß – und arbeitete dann weiter an meinem PC. Ich bastelte immer noch an den Aufnahmen von Marianne. Immer wieder setzte ich sie neu zusammen, ein Wort hier, eine beiläufige Bemerkung da. Zwar hatte ich nichts Besonderes mit diesem Projekt im Sinn, doch es ließ mir trotzdem keine Ruhe. Einerseits fürchtete ich, dass es ein grausames, viel zu unschmeichelhaftes Porträt werden könnte, aber es schenkte mir auch ein Gefühl der Nähe zu ihr: als komponierte ich ein Bild meiner eigenen Erinnerung, indem ich meine prekäre Beziehung zu Marianne, der schwierigen Mutter, dokumentierte, die ich so dringend hinter mir lassen wollte. Auf einmal stellte ich fest, dass ich mich nach ihr sehnte oder zumindest nach ihrem Bild, wie ein Geist, den ich immer noch dazu aufforderte, bei mir zu spuken.

Ich hörte auf, mich mit Männern zu treffen oder auch nur welche kennenzulernen. Im Grunde hatte die Sehnsucht, die ich empfand, weder mit Männern noch mit Sex zu tun, und das verurteilte mehr als alles andere jede potenzielle Beziehung zum Scheitern. Mit dem Herzen war ich nie dabei gewesen, denn was ich mir am meisten wünschte, war etwas ganz anderes. In meinem Körper war ein schmerzliches Sehnen, das sich physisch anfühlte, und oft wachte ich nachts auf und hatte die Hände flach auf meinen Bauch gedrückt, als wünschte ich mir verzweifelt, dort drin wäre etwas. Einen Mann zu finden, der ähnlich empfand wie ich, würde Ewigkeiten dauern, und eine Ewigkeit stand mir nicht zur Verfügung. Und so saß ich eines Tages, nervös die Hände knetend, im Sprechzimmer einer Klinik in Manhattan und sagte dem Arzt, was ich wollte. Er wartete mit einer Miene geduldiger Langeweile, bis ich ihm alles erklärt hatte.

Doch so schwer es mir fiel, auszudrücken, was ich mir wünschte – für ihn war es Routine.

«Das können wir machen», sagte er.

Ich hätte ebenso gut ein Fahrrad oder ein Sofa kaufen können. Ich blätterte in Broschüren über Samenspender, erwog das Für und Wider ihres Ausbildungsgrades, ihrer beruflichen Ziele, ihrer Körpergröße, doch eigentlich waren mir all diese Dinge egal. Alles, was mich interessierte und wonach ich in diesen ausgewerteten Fragebogen suchte, war ein Mann, der irgendwann einmal eine eigene Familie haben wollte. Mit Wheelock hatte ich jahrelang in einer Welt gelebt, die rein gar nicht von Leidenschaft geprägt war, und ich wollte einen Mann, der sich für Kinder erwärmen konnte. Nach einigen Tagen des Abwägens wählte ich einen Mann aus; er war nur durch eine Nummer identifiziert, die ich auswendig lernte, so wie man sich das Passwort zu einem Geheimkonto einprägt. Nachts träumte ich von Babys, rotwangigen, gurgelnden Wesen, von Ärmchen, die sich um meinen Hals schlangen, und Köpfchen, die sich an meine Brust schmiegten, ein zartes Gewicht, so real, dass es mich todtraurig machte, wenn es beim Aufwachen nicht mehr da war.

Das Büro des Doktors war ganz in verschiedenen Schattierungen von Weiß gehalten. Der Empfangstresen war aus Papierstapeln gebaut, die lauter kleine Nischen bildeten, und in jeder Nische lag ein winziges, vollkommenes Keramik-Ei. Zumindest hielt ich es für Keramik; ich berührte die Eier nie, obwohl ich sie jedes Mal, wenn ich die Klinik besuchte, betrachtete und von ihrer Weiße und Vollkommenheit fasziniert war. Es waren Wunscheier, die Eier, die wir weiblichen Patienten alle haben wollten. Ein Objekt, das das perfekte Sperma dargestellt hätte, gab es nicht. Die männlichen Patienten, die ich im Wartezimmer sah, hielten sich nicht lange auf; sie meldeten sich an und begaben sich rasch zu einem Raum am Ende eines Flurs, um das zu tun, was jeder von uns bewusst war, woran wir aber bemüht waren, nicht zu denken. In der Zwischenzeit saßen wir Frauen in unseren dehnbaren Yogahosen da, die leicht an- und auszuziehen waren, und starrten die Eier an.

Mein Arzt war dünn, hatte einen üppigen Schnurrbart und einen Kugelschreiber, dessen Mine er während der Gespräche permanent mit einem Klick hervor- und wieder zurückschnellen ließ, ein nervöser Tick, der auf drastische Weise phallisch wirkte, was ich ihm auch sagte. Er schaute auf den Stift in seiner Hand, als habe er vergessen, dass er da war. «Ich kann verstehen, dass Sie das so interpretieren», sagte er neutral, mit der Distanziertheit eines Mannes, der über die Jahre schon viele wirre Aussagen von hormonell gestörten Frauen gehört hat. Ich mochte ihn nicht besonders. Doch genau die Eigenheiten, die ich nicht an ihm mochte – seine Arroganz, seine statistisch exakten und sorgfältig formulierten Antworten, selbst die akribische Genauigkeit, mit der er sich die Hände mit Desinfektionsmittel einrieb, bevor er mich untersuchte –, schienen seine medizinische Kompetenz zu unterstreichen und waren deshalb der Grund, warum ich immer wieder zu ihm zurückkehrte, obwohl ich in seiner Obhut Monat für Monat darin scheiterte, schwanger zu werden.

Möglicherweise waren ja ich und meine alles andere als perfekten und nicht aus Keramik bestehenden Eier das Problem. Vielleicht wollten sie das Sperma meines Spenders nicht akzeptieren, trotz der Herzenswärme, der er in der Kartei Ausdruck verliehen hatte, und der Andeutung, dass er das Geschenk des Lebens teilen wolle.

Vielleicht hatte ich zu lange gewartet.

Was als eine einfache Reihe von Prozeduren begann, wuchs an Komplexität und Kosten. Auf Anweisung des Arztes nahm ich Pillen, dann bekam ich Hormonspritzen, und mein Bauch blähte sich auf, spannte unter der Kleidung wie eine Wurst in der Pelle. Als ich mit Javier beim Japaner zu Mittag aß, schlug er mir vor, auf Kohlehydrate zu verzichten. «Ich vermisse nicht einmal Brot», murmelte er, wenig überzeugend, und nahm ein Stückchen Sashimi zwischen seine Stäbchen. Ich erwiderte, das klinge nach einer guten Idee. Ich sagte ihm nicht, warum meine Brüste so spannten und mein Bauch so aufgedunsen war oder warum ich kein Koffein mehr zu mir nahm. Ich sagte niemandem irgendetwas. Mein Körper war mir peinlich, als offenbare er jedem, der hinschaute, meine

Sehnsucht nach einem Kind, meine sonderbare Beziehung zu Wheelock und die ganz besonderen und von Fehlern geprägten Entscheidungen, die ich in meinem Leben getroffen hatte. Ich entschuldigte mich, stand vom Tisch auf, ging zur Toilette und jagte mir eine Nadel in den Bauch, indem ich eine Hautfalte zwischen die Finger nahm, sie zusammendrückte und hineinpikste. Es war etwas Befriedigendes an dem, was ich da tat, und wie dieses winzige metallene Instrument für einen Moment in meinem Körper verschwand. Es war ein Opfer, das ich einem größeren Schmerz brachte: Es sagte, ich sei bereit für mehr.

An den Ultraschall hatte ich mich rasch gewöhnt, und das Eindringen der ärztlichen Sonde wurde zum Alltag; beide betrachteten wir die schwarzen und weißen Follikel in meinem Körper mit akademischem Interesse. Er maß; wir warteten. Nach Tagen der Injektionen und der Überwachung am Bildschirm waren meine Eier bereit für die Entnahme. Die Schwester sagte mir, der Eingriff würde unter Betäubung stattfinden, und wollte wissen, wer mich hinterher nach Hause bringen würde. «Ich bringe mich selbst nach Hause», sagte ich. Ohne auch nur die Augenbraue zu heben, notierte sie sich das in meiner Patientenakte. Dafür werde ich sie immer lieben, diese Schwester namens Natalie, die ich nie wiedersah – dafür, dass sie nicht gefunden hatte, es sei eine große Sache, wenn ich allein nach Hause ging.

Ich schlief während der Entnahme, wachte auf, bekam etwas Apfelbrei und fuhr in die Wohnung zurück. Einige Tage später rief mich der Arzt an und teilte mir mit, wir hätten mehrere wunderschöne Eier in Topqualität erschaffen, eine Formulierung, die mich an die Lobpreisung des Roastbeefs auf der Speisekarte des *Fleischmarkt* erinnerte. Endlich klang seine Stimme warm. Ich lauschte nach dem vertrauten Klicken seines Kugelschreibers, konnte es aber nicht hören. Was mir in jenem Moment als die aufregendste Entwicklung von allen erschien: Die Nachricht war so gut, dass er seinen Stift beiseitegelegt hatte.

23.

Manchmal, wenn ich meinen Monatszyklus und die Injektionen in ein kleines Notizbuch eintrug, dachte ich über Marianne nach, die ihre Kinder so beiläufig, so zufällig bekommen hatte, und empfand eine zehrende Eifersucht auf sie, ein Gefühl, das umso mehr Wucht hatte, weil es so irrational und ungerecht war. In dieser Stimmung war meine Wut darüber, wie unglücklich sie als Mutter gewesen war – weil sie sich von einer Situation belastet fühlte, für die ich selbst alles gegeben hätte, um sie zu erlangen –, so groß, dass ich Stunden damit zubrachte, über den Ungerechtigkeiten meiner Kindheit zu brüten, über Mariannes Launen, ihre häufige Abwesenheit, ihr mangelndes Interesse an Robins Musik oder an meinen schulischen Leistungen. Ich begann mich zu fragen, ob ihr Desinteresse an uns weitreichende Konsequenzen gehabt hatte. Andere Frauen unseres Alters hatten Familien und Häuser, in denen sie mit ihren Lebenspartnern zusammenwohnten, und sparten für die Rente, während ich einen geschwollenen Bauch mit blauen Flecken von den Spritzen hatte und Robin ein paar Rudel Wölfe und eine Scheune voller Tasteninstrumente. Warum lebten wir dieses seltsame Leben? Es *musste* doch die Schuld unserer Mutter gewesen sein. Meine Sorge um Mariannes Geisteszustand schwand dahin, und Schuldzuweisungen blühten und gediehen an ihrer Stelle.

In diesem starken, ja, fast lebhaften Zustand der Wut – für die, wie ich erst heute begreife, zumindest teilweise auch die Hormonbehandlungen verantwortlich waren – rief ich manchmal meine Mutter an, um sie mit Vorwürfen zu überschütten, bruchstückhaften und gestotterten Sätzen, die von ihrer Seite mit Schweigen quittiert wurden. Marianne reagierte nicht, weder verteidigte sie sich, noch schien das Ganze sie aufzuregen; sie hatte keine Ahnung, wovon ich redete. Es war so, als würde ich ihr das Wetter eines Ortes vorhersagen, der weit von ihr entfernt lag. Was kümmerte sie schon ein Schneesturm in Montana oder Regen auf den Philippinen? All das hatte mit ihrem Leben nichts zu tun. Wenn überhaupt, reagierte sie mit Beschwerden, wie über ihren Nachbarn von oben, dessen Schritte in der Wohnung zu laut waren, oder über den Vermieter, der es immer noch nicht geschafft hatte, den Wasserhahn an der Badewanne zu reparieren.

Nach diesen Telefonaten stürzte ich mich als Nächstes auf meine Schwester, weil ich wollte, dass sie meiner Wut beipflichtete und meine Opferhaltung teilte. Doch Robin ging nur ab und zu ans Telefon, und wenn sie dann abnahm, war sie oft außer Atem. Ich hatte ihr nichts von meinen Fruchtbarkeitsbehandlungen erzählt oder auch nur von meinem Kinderwunsch, und heute verstehe ich, wie verwirrend und ärgerlich mein Verhalten ohne diesen Kontext gewesen sein muss – und vermutlich auch sogar mit ihm. Sie muss, das wird mir jetzt klar, sehr viel Geduld mir gegenüber aufgebracht haben. Robin hörte sich meine Klagen an, sagte mir aber nie, ich solle aufhören, oder dass ich mich täuschte.

«Sie ist eine Narzisstin», sagte ich einmal und erinnerte mich im selben Moment, dass Marianne genau das von Robin behauptet hatte. «Sie hätte gar nicht erst Mutter werden sollen.»

«Und wo wären wir dann jetzt?», fragte Robin trocken.

Sie nahm Marianne nicht in Schutz. Doch sie wollte auch ihre eigenen Kritikpunkte nicht anbringen, und so erhob sie nur ein einziges Mal Einwände gegen meine Klagen, als ich mich darüber beschwerte, wie verkorkst unser Leben sei, und dass wir, mit anderen Eltern und einer anderen Kindheit, vielleicht erfolgreicher und glücklicher geworden wären.

«Da sprichst du nur für dich selbst», erwiderte sie gereizt. «Was sind das für Begriffe, die du da verwendest – *Glück, Erfolg?* Du willst also wirklich ein Haus in der Vorstadt und einen Mann im Business-Anzug? Dann such dir doch einen.»

«Alle sind längst verheiratet», sagte ich und begann zu weinen, weil die Formulierung *Haus in der Vorstadt* in mir das Bild von Frauen heraufbeschworen hatte, die den ganzen Tag ihre Kinder im Park spazieren fuhren, sie in Einkaufswagen im Supermarkt hinein- und wieder hinaushievten und ihnen auf die Finger klopften, wenn sie nach den zuckrigen Varianten im Müsliregal greifen wollten – ein Leben, das mir während meiner Zeit in Briar Neck banal vorgekommen wäre und mir jetzt als absolut perfekt und lebenswert erschien.

«Dann spann irgendeiner Frau den Ehemann aus», sagte meine Schwester. «Die Leute machen das die ganze Zeit.»

Ich lachte, obwohl ich mir ziemlich sicher war, dass sie das als ernsthaften Vorschlag gemeint hatte. Die Stille am anderen Ende der Leitung fühlte sich so an, als sei Robin mit den Gedanken ganz woanders. Ging sie überhaupt mal ans Telefon, machte sie immer etwas anderes nebenher, und wenn eine Pause im Gespräch eintrat, wusste ich nie, ob sie sich nur mit ihrer Antwort Zeit ließ oder mich überhaupt nicht gehört hatte. Dieses Mal vernahm ich ein Rauschen, wie den Sog einer U-Bahn, ein Zeichen dafür, dass sie im Freien war, und ein lautes Knattern und Rumpeln, das wie der Motor ihres Pick-ups klang. «Was ist denn los?»

«Es ist Katharina von Aragon», sagte Robin. «Sie ist verletzt.» Meine Schwester hatte einige der Wölfinnen nach den Gemahlinnen Heinrichs des Achten benannt. Ein weiteres Rudel trug die Namen von tödlichen Pflanzen (Nachtschatten, Belladonna, Oleander) und wieder ein anderes die von Waffen (Schwert, Pfeil, Speer). Sie sprach von den Wölfen wie von Freunden: *Schwert hat heute ein Kaninchen gefangen.* Oder: *Jane Seymour hinkt.* Wenn ich Robin fragte, warum sie den Tieren immer so finstere Namen gab, sagte sie, ich hätte keinen Humor, was damals wahrscheinlich auch der Fall war. Nun hob sich ihre Stimme vor Sorge – um die Wölfin, nicht um mich. «Letzte Woche fiel mir auf, dass sie den rechten Hinterlauf nicht belastete. Heute scheint es auch der linke zu sein.»

«Glaubst du, sie hat sich die Beine gebrochen?», fragte ich, weil ich nicht wusste, was ich sonst sagen sollte.

Meine Schwester atmete abgehackt, was für mich der Hinweis darauf war, dass sie schnell unterwegs war, obwohl ich keine Ahnung hatte, wohin. «Wir wissen es nicht. Ich habe Michel hier» – ich wusste nicht, wer Michel war, fragte aber nicht nach – «der ihr eine Beruhigungsspritze verpasst. Wir bringen sie in eine Großtierpraxis in Montreal. *Tu es prêt?*», schloss sie, offenbar an Michel gerichtet. Es kam ein Schnaufen und Kratzen, als würde jemand ein schweres Gewicht hochheben, zum Beispiel einen Tierkäfig, dann gemurmelte Bemerkungen und Anweisungen. Die Türen des Trucks gingen auf, fielen wieder ins Schloss.

«Na ja», sagte ich ernüchtert. «Halt mich auf dem Laufenden. Und alles Gute für Katharina.» Jetzt war kein Lärm mehr zu hören. Ich wusste nicht, ob Robin aufgelegt oder sich das Handy nur in die Hosentasche geschoben hatte. Es konnte auch sein, dass der sowieso nur schwache Empfang in den Bergen zusammengebrochen war. Robin hielt grundsätzlich nicht viel von Abschiedsgrüßen.

24.

Ich war sehr gut in der Herstellung von Embryonen. Genauer gesagt, war ich gut darin, Embryonen für mich herstellen zu lassen, hinter verschlossenen Türen, von Embryo-Elfen. Ich hatte die grundlegendste Form der Herstellung menschlichen Lebens outgesourct und war zu einer Großunternehmerin mit Fließbandproduktion geworden. Der Arzt zeigte sie mir durch ein Teleskop, ihre Oberflächen marmoriert und fremd, wie die Mondoberfläche. «Das sind erstklassige Blastozysten», teilte er mir mit. «Sie können stolz auf sich sein.»

Ich errötete, weil ich mich sonderbarerweise vor einem Mann schämte, der seit Monaten regelmäßig in meinen Körper vordrang. «Danke», sagte ich, als hätte ich diesen Schaffensakt selbst erledigt, was nicht stimmte; er hatte es getan, in seinem Labor, deshalb hätte ihm das Kompliment gebührt. Mein Job war es gewesen, mir das Vokabular der Blastozysten und der Ei-Entnahme anzueignen, mich in Internetforen herumzutreiben, in denen Frauen sich über ihre Partner austauschten, ob diese denn *gute Schwimmer* oder *schlechte Schwimmer* hätten, wo sie einander eine glückliche Befruchtung und jede Menge Feenstaub wünschten, wo direkt unter ihren optimistischen Nutzernamen (Regenbogen412 oder Mutterinspe16) eine Latte von Abkürzungen und Symbolen ihre immer noch andauernde Reise in Richtung Mutterschaft zusammenfassten. *KiWu seit 2 J, Engelchen 11 W., immer in meinem Herzen, IVF Nr. 2 für April geplant.*

Ich las immer nur und postete nie, weil ich es nicht ertragen konnte, mir einen Nutzernamen zu geben und mich in diese Parade aus Aberglauben, Hoffnungen und Enttäuschungen einzureihen. Doch ich besuchte diese Chatrooms mit der gleichen Besessenheit, die ich früher der Schule oder dem Kino entgegengebracht hatte; überall sammelte ich selbst die kleinsten Informationen und benutzte sie, wo auch immer ich konnte; ich nahm alle Nahrungsergänzungsmittel, die mir andere Leute empfahlen. Eine Zeit lang trank ich grünen Tee, dann gab ich ihn wieder auf und aß Ananas und Yamswurzeln. Ich las über die Bedeutung der Reduktion von Stress, der meinen Körper vergiftete und es den Embryonen schwer machte, sich einzunisten – Embryonen könnten Stress spüren, hieß es, so wie Hunde riechen, wenn jemand Angst hat.

«Sie haben eine großartige Ausbeute», hatte der Doktor gesagt. «Damit können wir jetzt eine Weile arbeiten.»

Meine Tage verbrachte ich zwischen dem Schneiden im Büro und dem Labor; sie waren strukturiert durch Arzttermine und Hormonpräparate, durch Bluttests und Messungen der Dicke meiner Gebärmutterwand. Niemals zuvor war ich so genau ärztlich überwacht worden, hatte den kleinsten Veränderungen meines Körpers eine solche Aufmerksamkeit geschenkt, und nie war mir so viel Blut abgenommen worden. Eines Tages übermannte mich so sehr das Selbstmitleid, dass ich Elena anvertraute, in welcher Situation ich mich befand, doch die schüttelte nur den Kopf, ohne einen Funken Mitleid.

«Ach, mein Hühnchen», sagte sie. «Was für eine Zeitverschwendung. Wenn du ein Kind willst, adoptier doch einfach eins. Die Heime quellen über von ihnen.» Das untermalte sie mit einer Geste, die die Überfüllung der Waisenhäuser verdeutlichen sollte. Sie fand also, ich solle mich um eine Adoption bemühen und der Welt etwas Gutes tun, anstatt mein

Geld – das sie «Reichengeld» nannte – für erstklassige Blastozysten auszugeben. Später kam sie herunter in meine Wohnung und hatte einen Artikel der *New York Times* über rumänische Waisenhäuser in der Hand, wo Babys mit Misshandlungen und Vernachlässigung aufwuchsen.

«Wenn du so fest entschlossen bist, Mutter zu werden», sagte sie, «dann such dir eins von diesen Babys aus, das es nötig hat. Oder nimm ein älteres Kind. Die älteren will niemand. Du könntest schon morgen fünf davon haben. So sagt man jedenfalls.»

«Wer sagt das?»

«Leute», erwiderte sie. «In den Nachrichten. Jeder weiß das mit den älteren Kindern.»

In gewisser Weise gab ich ihr recht, und ich studierte den Artikel lange. Diese armen rumänischen Kinder taten mir leid, wie sie da einsam in ihren Bettchen lagen, die Köpfe platt in die Matratzen gedrückt, brüllend, ohne dass jemand sie hörte. In der Zwischenzeit arbeitete ich mich durch die Embryonen wie ein Spieler, der eine Pechsträhne hat. Mein Vorrat schwand dahin. Ich schrieb mich für einen Vorbereitungskurs für Adoptionswillige ein. Mein Arzt war zunehmend abwesend, im Urlaub oder auf Konferenzen, und ein anderer übernahm meine Termine. Ich glaubte, das liege daran, dass er mich und meinen unglückseligen Körper, der seine wunderschönen Blastozysten abstieß, nicht mehr sehen wollte. Und so saß ich mit anderen Frauen schweigend im Wartezimmer, blätterte wie sie in Zeitschriften oder starrte auf mein Handy, und alle gähnten, weil wir kein Koffein zu uns nahmen. Augenkontakt wurde vermieden, denn niemand wollte die eigene Traurigkeit in einer anderen Frau verkörpert sehen, wo sie so deutlich zutage trat und nicht mehr zu ignorieren war.

Ich füllte ein Formular bei einer Adoptionsagentur aus und versuchte es wieder in der Klinik; diesmal war die Ausbeute nur *mittelmäßig, aber solide.* Ich dachte, vielleicht würde sich mein Körper dieses Mal, befreit von allzu hohen Erwartungen, nicht von der Fülle des Ergebnisses einschüchtern lassen. Wir hätten immer noch ein paar schöne Blastozysten, sagte der Doktor und bewunderte sie wie die Teilnehmerinnen eines Schönheitswettbewerbs. Doch mein Körper sagte *Nein, danke* zu diesen schönen Blastozysten; er war zum Experten in Sachen Verweigerung geworden.

In der Zeitung las ich einen Artikel über Leihmütter in Indien, und wie Europäer und Israelis und Nordamerikaner indische Frauen dafür bezahlten, dass sie ihre Babys austrugen, zu einem Bruchteil dessen, was derlei anderswo kostete. Dabei war ein Foto von einer jungen, schönen Frau abgebildet, die auf einem Stuhl am Fenster saß und mit zufriedener Miene auf etwas schaute, das man nicht erkennen konnte. Vielleicht war sie erschöpft oder auch einfach nur still und traurig. *Ausbeutung oder Chance?*, lautete die Überschrift. Ich stellte mir meine Embryonen vor, wie sie im Flieger nach Indien transportiert wurden, um dort einer Fremden zu begegnen, deren Körperklima aufnahmebereiter war als das meine, und verspürte auf einmal eine tiefe Beunruhigung, wie die langsame Verschiebung von tektonischen Platten. Manchmal hätte ich gerne selbst ein Flugzeug bestiegen und einfach nicht mehr daran gedacht, was diese Embryonen für meinen Körper bedeutet hatten, für meinen fieberhaften Kinderwunsch, meine Launen. Und doch blieb die Sehnsucht, sie floss durch meine Adern, und ich kehrte jeden Monat in die Klinik zurück, weder dazu in der Lage noch gewillt, meine Hoffnung aufzugeben.

25.

Meine Schwester rief mich an, um mich um Geld zu bitten. Ich versuchte gerade zu meditieren, als mein Handy klingelte. Ich hasste Meditieren, es war der am wenigsten beruhigende Teil des Tages, und ich griff schon nach dem ersten Klingelton zum Telefon. Als ich «Hallo!» sagte, spürte ich die irritierende Reibung der kleinen Silberkugeln, die mir meine Akupunkteurin ans Ohr geklebt hatte, zu welchem Zweck, konnte ich mich nicht mehr erinnern. Sie hatte es auch mit Moxibustion probiert – ein Stab wurde an meinem Bauch angebracht und dann angezündet, sodass er rauchte und sich seine weihrauchartigen Dämpfe über meinem Bauchnabel ausbreiteten – und mit Schröpfen, erhitzten Glasglocken, die auf die Haut gesetzt wurden und sich festsogen. Ich fand all diese Methoden schrecklich, aber wenigstens sprach die Nadelfrau nicht von meiner Ausbeute.

«Katharina von Aragon ist gelähmt», sagte Robin. Ich sagte ihr, das tue mir leid. Zur Abwechslung schien sie diesmal beim Telefonieren nicht gleichzeitig etwas anderes zu tun, und ich bemerkte, wie still es hinter ihr im Bauernhaus war. Auf der Filmhochschule hatte ich einmal eine Vorlesung besucht, in der es um das Phänomen des sogenannten Raumtons im Film ging – des akustischen Fingerabdrucks des Drehorts, verursacht durch die Position des Mikros im Verhältnis zu den physischen Gegebenheiten des Raumes, in dem der Film gedreht wurde. Beim Schneiden war es wichtig für uns, zusätzliche Momente des Raumtons aufzunehmen. Die Professorin, die die Vorlesung hielt, hatte eine ganze Theorie zum Thema Raumton aufgestellt, von der ich allerdings keine Einzelheiten mehr im Kopf habe, weil ich sie von vorneherein gar nicht verstanden hatte. Was mir allerdings in Erinnerung blieb, waren die geräuschlosen Szenen aus berühmten Filmen, die sie uns vorspielte – aus *Casablanca* oder *Das siebte Siegel* –, ohne die Bilder dazu: einige satt, andere knisternd, ein Soundtrack, der sowohl nichts als auch nicht-nichts war, während wir dort in dem Raum saßen und zuhörten. Sie stelle ein Archiv aus Raumtönen her, sagte sie, eine Art Schatzkästlein aus Hintergrundgeräuschen. Einige der Studenten rollten mit den Augen, andere sagten, es sei die beste Vorlesung, die sie jemals gehört hätten, und zwei von ihnen gründeten später eine Band namens Room Tone, die Coversongs spielte und mit Momenten der Stille unterlegte.

Der Raumton meiner Schwester war kühl. Menschenleer. Ich hatte den Eindruck, dass sie ganz allein zu Hause war, was selten genug vorkam. «Ich weiß, dass du Geld hast», sagte sie. «Du hast all die Jahre keine Miete gezahlt.» Ich wäre nie auf die Idee gekommen, dass Robin sich mit meiner finanziellen Situation beschäftigt hätte. Nachdem ich Wheelock verlassen hatte, hatte ich tatsächlich einiges auf der hohen Kante gehabt, doch die Fruchtbarkeitsbehandlungen hatten fast alles aufgebraucht, und mittlerweile lebte ich von Honorarscheck zu Honorarscheck. Ebenso wenig hatte ich mich um Robins Finanzen gekümmert; was ich mitbekommen hatte, war nur, dass sie mit ihrem Erbe jenes Land gekauft hatte, aber nicht viel mehr; ihr Wolfsprojekt finanzierte sich aus Spenden.

«Ich möchte dich bitten, dieser Wölfin zu helfen», sagte Robin. Sie wollte sich also nichts leihen, sondern etwas geschenkt haben, und ich wusste ihre Direktheit zu schätzen. «Wir holen einen Spezialisten her, der sie mit hoch dosierten Antibiotika, täglicher Akupunktur und Physiotherapie behandelt. Ich habe schon sehr viel für chirurgische Eingriffe ausgegeben, die nichts gebracht haben. Ich dachte, vielleicht willst du Katharina unterstützen.»

Ich hatte keine besondere Affinität zu den Wölfen; sie machten mir Angst, und immer wenn Robin zu ihnen gegangen war, um sie zu füttern – soweit ich verstanden hatte, warf sie gefrorene, überfahrene Tiere in die Einzäunung und schaute dabei zu, wie die Wölfe sie rissen –, hatte ich so getan, als müsse ich arbeiten. Ganz gleich, wie hoch oder gut verankert der Zaun war – insgeheim glaubte ich, dass die Wölfe durchaus in der Lage waren, ihn zu überwinden, und dass sie uns keineswegs wohlgesinnt wären.

Jetzt wartete Robin darauf, dass ich eine Entscheidung traf. Ich schaute mich in der Wohnung um, die mit Präparaten aus Nachtkerzenöl und Broschüren von Adoptionsvermittlungen und Visualisierungsvideos übersät war. Mein Raumton war der eines vermüllten Käfigs. Die aktuellen Folgen von *Fleischmarkt* würden bald abgedreht sein; wenn ich meine Arbeit beendet hatte, plante ich, einen neuen Behandlungszyklus mit meinen verbliebenen Embryonen anzufangen, und ich fürchtete mich vor der Möglichkeit eines erneuten Scheiterns, ebenso wie vor der Diskussion mit meinem Arzt, ob es an der Zeit sei, aufzugeben.

«Ich geb dir, was du brauchst», sagte ich. «Unter einer Bedingung. Kann ich eine Weile bei dir bleiben?»

«Du kannst zu mir kommen, wann immer du willst», sagte Robin. «Du musst keine Bedingungen stellen.»

Doch das musste ich schon; ich brauchte dringend das Gefühl, dass es wenigstens einen Bereich meines Lebens gab, so klein er auch sein mochte, in dem ich einen Handel zu meinen eigenen Bedingungen abgeschlossen hatte.

26.

Ich landete an einem dunklen Tag Mitte März in Montreal; die Stadt war eine unansehnliche Ansammlung von Schneematschpfützen und salzverkrusteten Gehwegen. Überall lagen rußige Schneehaufen, die mit Zigarettenkippen gespickt waren. Ich verbrachte zwei Tage bei Marianne, die für uns beide unangenehm waren. Zu Beginn meines Besuches erwähnte ich, dass etwas mit ihrem Kopf nicht stimme, und schlug ihr vor, einen Arzt aufzusuchen. Sie war fuchsteufelswild.

«Du glaubst, ich werde dement», sagte sie. «Eine alte Frau, mit einem Bein im Grab.»

«Ich mach mir Sorgen um dich, das ist alles.»

Als ich das sagte, wurden ihre Augen schmal und unverhohlen skeptisch. Wir saßen beim Abendessen in einem steifen Restaurant in der Nähe ihrer Wohnung. Marianne stellte mich der Kellnerin mit den Worten vor: «Das ist meine Tochter, die glaubt, ich wäre gaga», und als ich ging, quittierte sie meinen Abgang mit wenig mehr als einem kurzen Nicken.

Als Robin mich an der Bushaltestelle in Sainte-Agathe abholte, wirkte sie abgekämpft und schmal, dunkle Ringe lagen unter ihren Augen. Sie hatte alle Leute des Hauses verwiesen, um eine ruhige Atmosphäre zu schaffen, und direkt neben der Küche eine Art abgesicherten Zwinger für Katharina gebaut. Ich war einem Wolf noch nie so nah gekommen und war nervös, doch die Wölfin ähnelte weit mehr einem Hund, als ich erwartet hatte. Es half, dass sie auf einer Art Bett lag, wie eine Patientin im

Krankenhaus. Ihre Läufe waren lang, spindeldürr und zart, mit großen Pfoten, wodurch sie wie ein Welpe aussah. Obwohl es sich um einen Grauwolf handelte, wies ihr Fell, aus der Nähe betrachtet, verschiedene Schattierungen auf; an manchen Stellen war es silbrig oder weiß durchwirkt, an anderen rötlich braun. Sie hatte genug Platz, um auf und ab zu gehen, wenn sie gekonnt hätte, doch stattdessen lag sie auf der Seite, und in ihren gelblich grünen Augen flackerte eine Mischung aus Verwirrung und Wut. Jedes Mal, wenn die Tierärztin kam, um sie zu behandeln, müsse sie sediert werden, sagte mir Robin, und mittlerweile wusste das Tier, wann es wieder eine Spritze bekommen würde, und begrüßte die Ärztin mit einem kehligen Knurren, aus dem Trotz und Angst sprachen.

Meine Schwester konnte nicht schlafen. Ihr Haar sah grauer aus als beim letzten Mal, als ich sie gesehen hatte, und fast weiße Strähnen zogen sich durch ihren langen Zopf, obwohl doch weniger als ein Jahr vergangen war. Nachts rauchte sie und ging im Haus auf und ab, als würde sie für den Wolf gehen, der dies ja nicht konnte, und ihre Schritte knarzten auf den alten Dielen der Treppe. Am Anfang hatte die Tierärztin es für eine Verletzung der Nerven gehalten, war mittlerweile aber zu dem Schluss gekommen, dass es sich um eine bakterielle Infektion durch den Genuss von verfaultem Fleisch handelte – leider eine weitverbreitete Gewohnheit dieser Tiere. Offenbar mochten sie es, die Karkassen der Kadaver, die sie nicht auffressen konnten, irgendwo zu verstecken und später wiederzukommen, um das mittlerweile verweste Fleisch zu verzehren. Die Veterinärin, eine bekannte Expertin für solche Fälle, kam regelmäßig aus dem Staat New York herüber, um der Wölfin Antibiotika zu verabreichen und ihren Körper mit bunten Akupunkturnadeln zu spicken. Ich sah ihr dabei zu und fragte mich, ob die Wölfin diese Prozedur genauso hasste wie ich.

Während die Tierärztin die Nadeln setzte, saß Robin auf dem Boden, bettete Katharinas Kopf in ihren Schoß und sprach leise auf sie ein, Worte, die ich nicht verstehen konnte, die aber zärtlich klangen. Ich blieb auf der anderen Seite des Zwingers; ich hatte selbst in ihrem sedierten Zustand Angst vor der Wölfin. Katharina bleckte die scharfen Zähne und machte ein Geräusch, das halb Wimmern und halb Knurren war. Meine Schwester sang ihr Beatles-Songs vor, Volkslieder, *Au Clair de la Lune.* Schließlich stand die Tierärztin auf, ihre Arbeit mit den Nadeln war getan. «Jetzt warten wir», sagte sie.

Robin verbrachte so viel Zeit mit der Wölfin wie möglich. Wenn sie ihre Schicht im Restaurant hatte, ließ sie mich für alle Fälle bei Katharina sitzen, die Nummer der Tierärztin war an die Wand gekritzelt. «Leiste ihr Gesellschaft», sagte sie. «Red mit ihr. Das sind soziale Geschöpfe.»

Ich saß neben dem Zwinger und fuhr jedes Mal zusammen, wenn die Wölfin mit den Gliedern zuckte oder ein Schauder durch ihr Fell ging. Ich beobachtete, wie ihre Brust sich hob und senkte, und dachte, vielleicht könnte ich ja eine mystische Bedeutung darin erkennen und zu tieferen Erkenntnissen über Wildnis und Schönheit gelangen, doch ich spürte nur, dass meine Angst ganz allmählich abnahm und etwas Banalerem wich. «Na, Katharina», sagte ich unbeholfen, «wie geht es uns denn heute?» Die Wölfin hob niemals den Kopf, beachtete die Frage gar nicht, die es allerdings auch nicht anders verdient hatte. Wenn Robin mit ihr redete oder ihr etwas vorsang, schien das natürlich für sie zu sein, doch kaum war ich allein mit Katharina, fühlte es sich absurd an, mit einem Wolf Small Talk zu machen. Eines Nachmittags kam mir dann die Idee, ihr etwas vorzulesen; auf Robins Regal hatte ich ein Buch über Wölfe gefunden und dachte, dann könnte ich gleich auch noch etwas über sie lernen. Ich schlug das Buch mittendrin auf und begann eine Passage über einen deutschen Offizier namens F. W. Remmler zu lesen, der Adler dafür abgerichtet hatte, Wölfe zu jagen, was offenbar eine gängige Praxis in Mittelasien war. Um die Adler abzurichten, kleidete er Kinder in Lederrüstungen und befestigte Streifen rohen Fleisches an ihrem Rücken. Sobald die Adler es schafften, Kinder zu erlegen, ging Remmler zu den Wölfen über. Später war er nach Kanada ausgewandert und hatte den Rest seines Lebens in einem Reservat auf einer Insel im Lake Erie verbracht. Entsetzt über diese letzte Information, hörte ich auf zu lesen, stellte das Buch ins Regal zurück und öffnete es nie wieder.

Mir war es lieber, wenn Robin mir andere Aufgaben zuteilte. Ich übernahm das Kochen, kaufte ein und ging ans Telefon. Gelegentlich rief ich Marianne an, weil ich den Schaden, den mein letzter Besuch bei ihr angerichtet hatte, wiedergutmachen wollte; ich brachte sie bezüglich der Wölfin auf den neuesten Stand, und sie berichtete mir etwas aus ihrem eigenen Leben. Manche ihrer Neuigkeiten waren allgemeiner Natur (das Wetter schlecht, ihre Gesundheit schlecht), andere spezifischer (sie konnte ihre Brille nicht finden und war davon überzeugt, dass jemand sie ihr gestohlen hatte, während sie schlief). Oft erzählte sie mir etwas, das sie mir schon am Tag davor erzählt hatte; unsere Gespräche waren wie Strudel, die sich immer um die gleichen Themen drehten, doch ich wusste, sie würde böse auf mich sein, wenn ich sie auf die Wiederholung aufmerksam machte. Ich fürchtete diese Telefonate, ohne dazu in der Lage zu sein, damit aufzuhören, und hatte oft den Eindruck, dass auch Marianne Angst vor ihnen hatte, es aber nicht schaffte, nicht ans Telefon zu gehen.

Bevor sie in die USA zurückkehrte, brachte die Tierärztin Robin bei, wie sie Katharinas Physiotherapie ausführen konnte. Robin ließ mich auf dem Boden sitzen und die Wölfin in einer Art Geschirr halten, während sie sich an ihren Beinen zu schaffen machte, eine Pfote nach der anderen drückte, das Bein beugte und dann wieder streckte. Die Wölfin roch irre; eine Mischung aus Wald und Fell und Metall. Obwohl sie sediert war, war sie bei Bewusstsein, und ich glaubte, spüren zu können, wie sehr sie innerlich gegen die Unterdrückung ihrer Energie ankämpfte. Es war, als wolle man eine Lawine aufhalten.

Robin wischte sich die Hände an der Hose ab. «Fertig», sagte sie. «Gut gemacht.»

«Danke», sagte ich.

Robin rollte mit den Augen. «Ich habe nicht dich gemeint», sagte sie.

Als wir an jenem Tag zu Abend aßen – ich hatte ein immerhin essbares, wenn auch unspektakuläres Chili zustande gebracht, das Robin kommentarlos in sich hineinschaufelte –, schob sie mir die Schlüssel des Pick-ups über den Tisch. «Bernard kommt morgen Nachmittag mit dem Bus an. Um drei Uhr müsste er da sein.»

«Okay», sagte ich. «Aber ich dachte, du wolltest im Moment keine Besucher hier haben.»

«Bernard ist kein *Besucher*», sagte sie. «Er gehört zur Familie.»

Ich fragte mich, was genau sie damit meinte. «Seid ihr beiden denn eigentlich noch … na ja, du weißt schon?»

«Na ja, du weißt schon …», veräppelte mich meine Schwester, und ich wurde rot. Ich wusste, dass sie erschöpft von der Sorge um Katharina und vom Schlafmangel war, fühlte mich aber trotzdem angegriffen. Ihre Launen erinnerten mich an Marianne, daran, wie genervt sie oft geseufzt hatte, als wir noch Kinder gewesen waren, und so sehr diese Parallele mich störte, trug sie doch auch dazu bei, dass ich mich zu Hause fühlte.

Als Bernard aus dem Bus stieg, trug er eine rot-schwarz karierte Jacke und eine dunkelblaue Mütze, unter der, als er sie im Truck abnahm, ein dicker Haarschopf zum Vorschein kam. Er sah wieder ganz so aus wie früher, in den Tagen des Tunnels, als er Gras verscherbelte und internationalen Hip-Hop hörte. Ich war so überrascht, dass ich immer wieder zu ihm hinüberschaute und er mehrfach ins Steuer greifen musste, weil er Angst hatte, wir würden von der Straße abkommen.

«Tut mir leid», sagte ich. «Nur hattest du eine Glatze, als wir uns das letzte Mal gesehen haben.» Was ich nicht sagte, war, dass ich davon ausgegangen war, er rasiere sich den Kopf, weil ihm die Haare ausgingen.

«Ich brauchte die Wärmedämmung», sagte er und zündete sich eine Zigarette an. Ich machte das Fenster auf, und die kalte Luft, die in den Wagen strömte, rauschte so laut, dass ein Gespräch unmöglich war. Mit den vielen Haaren sah Bernard jünger aus, die braunen Augen waren weich und groß, und er schien auch etwas zugelegt zu haben, keine Muskeln, sondern Fett, wie ein Tier, das sich für den Winter eine Speckschicht anfrisst.

«Und, wie geht's unserem Mädchen?», fragte er. «Am Telefon klang sie ziemlich durchgeknallt.»

«Sie ist gestresst», sagte ich. «Macht sich wirklich Sorgen um Katharinas Zustand.»

«Ja, das hat sie mir gesagt.» Bernard nickte. «Wenn es um diese Tiere geht, ist sie nicht zu bremsen. Stell dir mal vor, sie hätte ein Kind.»

«Ja, stell dir das mal vor.» Bei dem Gedanken gab es mir einen Stich.

«Aber sie lässt sich nichts sagen. Das war schon immer so.»

«Stimmt», pflichtete ich ihm bei. Und fügte dann hinzu: «Sie gibt jede Menge Geld für Tierarztrechnungen aus.» Das war eine Art Testballon; ich wollte herausfinden, ob Bernard für etwas, das Robin tat, seine Missbilligung zeigen würde, denn ich fragte mich, ob ein Mensch, der im Knast gewesen und in einem Heim aufgewachsen war, Robins Verhalten nicht lächerlich und überzogen fand. Heute ist mir bewusst, dass ich damals unbewusst auch sein Urteil mir gegenüber auf die Probe stellte, gegenüber meinen lächerlichen und überzogenen Ausgaben. Doch wenn Bernard es für blöd hielt, dass Robin so viel Geld für eine Wölfin ausgab, zeigte er es nicht. Er schien das als einen normalen Teil von Robins Leben zu akzeptieren, so normal, wie es eben war, überhaupt ein Reservat für Wölfe aufzubauen. Er nickte nur und sagte: «Diese Tierärztin aus New York ist teuer. Soll aber die beste sein.»

«Findest du nicht …», begann ich und unterbrach mich. «Vielleicht …»

Bernard wandte sich mir zu und lächelte. «Da unterbreche ich dich lieber gleich», sagte er. «Robins Entscheidungen stellst du besser nicht infrage.»

Als ich vor dem Haus parkte, öffnete er seine Tür und stieg aus, steckte dann aber noch einmal den Kopf zu mir herein. Er roch nach Rauch und Schweiß. «Nicht, wenn dir dein Leben lieb ist.»

27.

Nach zehn Tagen Akupunktur und Physiotherapie konnte die Wölfin ihren linken Hinterlauf um sieben Zentimeter strecken, und zwar ganz von allein. Robin war selig, konnte nicht aufhören, darüber zu reden, trank drei Glas Wein beim Abendessen und lächelte mit aufgesprungenen Lippen. Wir aßen ein Brathähnchen, das Bernard gemacht hatte – sehr zu meiner Erleichterung hatte er sogleich das Kochen übernommen –, und redeten über die Wölfe. Als ich aufstand, um das Geschirr abzuräumen, geriet die Welt um mich herum auf einmal ins Wanken, und das Besteck in meiner Hand fiel klirrend zu Boden. Ich setzte mich, versuchte wieder klar zu sehen.

Bernard war sofort an meiner Seite und legte mir seine große Hand auf die Schulter. «Alles okay?»

«Das ist nur einer meiner Schwindelanfälle», sagte ich. «Die habe ich immer noch manchmal.» Die Wand neben mir wackelte, kam dann zum Stillstand. Die Schwestern hatten mir gesagt, ich solle mir in einem solchen Fall einen festen Punkt suchen und ihn anschauen – wenn ich die Augen schloss, würde es nur schwerer sein, mich zu stabilisieren, hatten sie gesagt. Man kann sich auf seinen inneren Kompass nicht verlassen, wenn dieser innere Kompass kaputt ist. Die Wand bestand aus blau gestrichenen Brettern, und ich suchte mir an einem von ihnen ein Astloch aus und begann es zu fixieren. Es war nur ein winzig kleiner Wirbel, doch je länger ich hinschaute, desto größer und zugleich unbedeutender schien er mir, ein sich ausdehnendes und willkürliches Universum, so wie ein Wort immer seltsamer aussieht, je länger man es fixiert, weil man sich merken will, wie man es schreibt und was es bedeutet.

Robin schaute mich an und stand auf, um selbst das Geschirr abzuräumen. Bernard ließ seine Hand auf meiner Schulter liegen, und dieses tröstliche Gewicht beruhigte mich mehr als das Astloch, denn es gab mir den Kontakt zum Boden zurück. Nach einer Weile konnte ich mich wieder auf dem Stuhl aufrichten und meinen Blick auf meine Schwester konzentrieren, die bereits das Geschirr gespült hatte und sich die Hände an einem Tuch abtrocknete. Sie hob eine Augenbraue, fragte mich, ob es mir gut gehe, und ich nickte.

«Passiert das oft?», fragte Bernard.

«Manchmal», wiederholte ich. Ich hatte das Gefühl, es sei angebracht, mehr dazu zu sagen, doch die Worte entglitten mir, schwammen wie durch dunkles Wasser davon, von Algen umschlungen.

Stunden später, als ich wach lag, weil ich nicht schlafen konnte und jedem Knirschen und Ächzen des Hauses lauschte, ging ich nach unten und schenkte mir ein kleines Glas von Robins Whiskey ein. Ich stand in der Küche und trank, als ich ein Stöhnen hörte. Einen Moment lang dachte ich, es sei der Wind, doch als es wiederkam, wusste ich, dass das nicht stimmen konnte. Auf Socken tapste ich zu dem Zwinger hinüber, wo Katharina untergebracht war. Es war kurz vor Morgengrauen, der Himmel ein rußiges Grau. Die Wölfin schlief, und meine Schwester lag neben ihr, einen Arm über den Hals des Tieres gelegt. Mit einem Bein presste sie sich an Katharinas Rücken. Robin stöhnte im Schlaf, und ich wusste nicht – weiß es bis heute nicht –, ob vor Schmerzen oder weil sie schlecht träumte. Blinzelnd öffneten sich die Augen der Wölfin und schauten an mir vorbei, als sei ich gar nicht da.

Am nächsten Tag sah alles seltsam kristallin aus, und die funkelnden Umrisse der Dinge wurden von der Sonne noch verstärkt, die nach mehreren bewölkten Tagen wieder mit voller Kraft schien. Manchmal passierte mir das, wenn ich einen meiner Schwindelanfälle gehabt hatte – als bekomme die Welt, wenn sie wieder zurechtgerückt war, eine solidere, schärfere und klarere Beschaffenheit. Zum ersten Mal ging ich mit Robin zu den Wolfsgehegen hinaus und sah dabei zu, wie sie gefrorene Rehkeulen über den Zaun warf. Die Wölfe stürzten sich auf das Fleisch und rissen eine Keule nach der anderen, einer Rangordnung folgend, die sie unter sich aufgebaut hatten. Meine Schwester beobachtete sie aufmerksam, packte mit einer Hand den Zaun.

Wieder im Haus, saß ich mit Katharina auf meinem Schoß da, während Robin ihre Glieder bewegte. Die Wölfin leckte sich die Lippen, was laut Robin wahrscheinlich eine Bitte um Fressen und damit ein Zeichen dafür war, dass ihr Appetit zurückkehrte. An diesem Abend aßen wir schnell und im Stehen ein paar Sandwiches, die Bernard in der Stadt gekauft hatte. Dann ging jeder seiner Wege. Ich legte mich mit einem Buch hin, las aber nicht. Als ich nach einer Weile Zigarettenrauch roch, ging ich auf die hintere Veranda hinaus, wo Bernard saß, Tee trank und in Grant Allens *What's Bred in the Bone* las. Ich streckte die Hand nach einer Zigarette aus, und er gab mir eine. Ich sog tief den Rauch ein, zusammen mit der kühlen Nachtluft. Monatelang hatte ich meinen Körper wie eine wissenschaftlich kontrollierte Lebenswelt behandelt, die durch den geringsten Fehltritt kontaminiert werden könnte – einen Schluck Kaffee, ein Pommes frites –, und der ungesunde Geschmack des Tabaks war zutiefst befriedigend. Vielleicht, dachte ich, würde ich ja alles aufgeben. Würde nach Australien auswandern und an einem Strand leben, bis ich eine glückliche, verhutzelte, braune Hülle war. Oder ich würde zurück nach Montreal ziehen und zu einer dieser alten Damen werden, die ich immer in unserem Viertel sah, wie sie sorgfältig in ihren orthopädischen Schuhen dem Schneematsch auswichen, in der Hand eine Plastiktüte aus dem Supermarkt mit einem Apfel und einer Dose Suppe darin.

In dem gelben Verandalicht schwirrten Nachtfalter neugierig um Bernards Kopf herum, als würde auch ihnen der Rauch gefallen. «Und, findest du es gut?», fragte ich und nickte in Richtung Buch.

Er runzelte die Stirn. «Das hat mir Robin gegeben. Sie sagt, es ist ihr Lieblingsbuch.»

Das war mir neu. «Und?», fragte ich.

«Ich verstehe kaum was davon», sagte er. «Ich hätte doch nicht die Schule abbrechen sollen.»

«Du kannst immer noch zurück», sagte ich altklug.

Er zuckte mit den Achseln, beugte sich dann vor. «In diesem Buch gibt es einen Engel und einen Dämon», sagte er. «Der Dämon glaubt, widrige Umstände könnten einen Menschen stärker machen, und dem Typen, um dessen Leben es geht, passieren schreckliche Sachen, Krieg und Nazis und dergleichen, ich weiß auch nicht. Ich finde, widrige Umstände sollte man einfach vermeiden, wenn man kann.»

«Klingt vernünftig», stimmte ich ihm zu.

«Deine Schwester ist irgendwie wie dieser Dämon», sagte er. «Sie glaubt, wir müssen auf die Probe gestellt werden.»

«Und was glaubst du?»

Er klappte das Buch zu, entschlossen und fast ein wenig triumphierend. Dann wandte er sich mir zu, fast geschäftlich, förmlich, als habe er die ganze Zeit auf diesen Moment gewartet, sich darauf vorbereitet. Als er noch jung gewesen war, sagte er – er sprach mit mir wie mit einer Fremden –, seien Robin und er nach Europa geflogen. Im Flieger hätten sie sich unter eine Decke gekuschelt und geknutscht, ohne auf die genervten Blicke der anderen Passagiere zu achten. Er sei in einer Art Trance gewesen, obwohl das möglicherweise auch an den Drogen lag, die er nahm. Damals war er immer umnebelt gewesen, ein Nebel, der sowohl dem Dope als auch seiner Verliebtheit in Robin geschuldet war, die damals seine Sonne und sein Mond gewesen sei. Ich erinnere mich, dass er das jetzt, als Erwachsener, genau so formulierte – *Sie war meine Sonne und mein Mond* –, ein erwachsener Mann mit Aknenarben und traurigen Augen, und ich erinnere mich auch, dass er über sein früheres Selbst lächelte, ohne dass es spöttisch war. Er war glücklich, dachte ich, einmal so jung gewesen zu sein.

Bernard war damals noch nie außerhalb des Landes gewesen. Er sagte, er habe nicht geahnt, wie alt Städte sein können. Sie hätten Kirchen gesehen, die aus dem Mittelalter stammten, Burgen aus verrußtem Gestein, die unter der Last der Jahrhunderte bröckelten. Er habe mit Rittern gerechnet, die auf ihren Pferden über den Burggraben ritten – wo hatte er bloß dieses Bild gesehen? Bernard war nicht mit Büchern aufgewachsen und konnte keinen einzigen Film benennen, in dem er einen Ritter gesehen hätte. Es war einfach etwas, das er im Kopf hatte, ein Samenkorn, von unsichtbarer Hand gepflanzt.

Robin schien damals alles zu wissen – wohin man ging, was man aß; Freundschaften zu schließen, fiel ihr ebenso leicht wie das Klavierspielen. Er bewunderte sie sogar noch mehr als zu Hause und versuchte, ebenso furchtlos zu sein wie sie. Während sie probte, schlenderte er in den Städten herum, versuchte Drogen aufzutreiben oder schaute sich um. Schon bald hatte er sein eigenes Navigationssystem entwickelt und sprach die universelle Sprache der Rauschmittel. Er fand immer Leute, mit denen er high werden konnte, und die hatten wiederum Freunde, und selbst wenn man dort nicht viel Englisch sprach, gab es diesen gemeinsamen Kodex aus bekifftem Gelächter, aus Bargeld, das von Hand zu Hand ging, und ein Nicken bedeutete *Danke, Mann.* Er hatte seine Leute gefunden, und sie waren dort im alten Europa genauso, wie sie zu Hause gewesen waren.

Eines Morgens – okay, es war schon Nachmittag – wachte er auf, und der kleine Mann aus dem Orchester stand vor ihm und brüllte ihn an. Es ging um Robin. Bernard brauchte eine Weile, bis er kapierte, was passiert war: Robin hatte die Probe sausen lassen. Ihm schien das keine große Sache zu sein; jeder lässt doch mal was sausen. Wäre er nüchtern gewesen, hätte er vielleicht schneller begriffen, was wirklich los war. Der kleine Mann bemühte sich nach Kräften, ihm klarzumachen, dass Robin schon seit einer Weile nicht mehr gesehen worden war. *Haben Sie das nicht bemerkt?*, fragte er so heftig, dass Spucketropfen auf Bernards Gesicht landeten. *Haben Sie nicht gemerkt, dass sie weg ist?*

Bernard hatte es nicht gemerkt.

Der kleine Mann konnte nicht glauben, dass Bernard nicht wusste, wo sie war. Dass sie ihn nicht in ihre Pläne eingeweiht hatte. Bernard brauchte eine Weile, um es selbst zu glauben, und noch länger brauchte er, um sich bewusst zu machen, dass auch er jetzt aufgeschmissen war. Ohne Robin gab es keinen Grund für ihn, in Europa zu sein, er wusste nicht, wo er wohnen sollte, hatte keine Tourneetermine. Alles, was er hatte, waren das Geld in seiner Tasche und sein Pass.

«Und weißt du», sagte er mir jetzt, all die Jahre später, und rauchte noch eine Zigarette, «Robin sah, dass ich mich verirrt hatte, und sie gab mir dieses Geschenk.»

«Was für ein Geschenk?», fragte ich.

«Sie brachte mich dazu, herauszufinden, wie ich nach Hause kommen würde», sagte er. «Sie riss mich aus dem Nebel. Ich war» – er suchte lange nach dem richtigen Wort, und wir warteten beide geduldig – «selbstgefällig geworden, und davon hat sie mich befreit. Es war ein Geschenk.»

Ich fand das absurd. Bernard hatte damals seinen Weg nach Hause finden müssen und war später im Knast gelandet, weil das Drogendealen für ihn die einzige Methode war, sich seinen Lebensunterhalt zu verdienen. In welchem Kapitel dieser Geschichte hatte Robins Verhalten ihm denn genützt? Nicht zum ersten Mal wunderte ich mich darüber, wie ergeben er ihr war, und dass seine Bereitschaft, ihr zu verzeihen, offenbar keine Grenzen hatte.

«Sie hat dich im Stich gelassen», sagte ich, «und du findest, das ist ein Geschenk?»

Er lächelte mich an und drückte die Zigarette am Türrahmen aus. Sie versprühte Funken in die Dunkelheit. «Ich weiß, dass es das war», sagte er.

28.

«Und, was willst du?», fragte mich Robin.

«Woher weißt du, dass ich etwas will?»

«Du willst immer was, selbst wenn du nicht weißt, was es ist», sagte sie.

Es war mein letzter Abend, und wir beide saßen in der Küche. Bernard hatte sich verdrückt.

«Ich meine, jeder will doch irgendetwas», sagte sie und zündete sich eine Zigarette an. «Du bist nur besessener davon als andere Leute. Du scheinst zu denken, es sei eine Charakterschwäche, wenn man sich etwas wünscht. Marianne sagt, das liegt daran, dass dein Vater sich abgesetzt hat.»

«Wovon redest du eigentlich?»

«Sie glaubt, weil Todd gegangen ist, als du noch ein Kind warst, möchtest du immer beweisen, dass du niemanden brauchst. Du willst niemanden um etwas bitten. Du schottest dich ab, um zu beweisen, dass man dich nicht verletzen kann.»

«Ich war jahrelang mit Wheelock zusammen.»

«Genau», erwiderte meine Schwester. «Du hast dir eine Maschine ausgesucht.»

Ich nahm mir eine von ihren Zigaretten, roch daran, legte sie wieder hin. «Er hat mich trotzdem verletzt.»

«Ich weiß», sagte Robin.

«Außerdem bist du diejenige, die sich abgeschottet hat. Du lebst hier mit deinen Wölfen und deinen Besuchern. Was bedeutet dir Derya eigentlich, oder Bernard? Sie kommen und gehen, nichts ist permanent. Vielleicht liegt das ja an *deinem* Vater.»

Sie schüttelte den Kopf, sah aber kein bisschen verärgert aus. Ich kam einfach nicht an sie heran. «Ich habe das Leben, das ich mir wünsche», sagte sie. Sie rauchte ihre Zigarette und streifte die Asche in einer leeren Bierflasche ab, die auf dem Tisch stand. Dann fügte sie leise hinzu: «Arme Marianne. Sie hat sich bemüht.»

«*Arme* Marianne?», sagte ich. «Sie hat doch alle vergrätzt.»

«Ich weiß. Aber sie wollte, dass wir glücklich sind, auf ihre Weise wenigstens. Erinnerst du dich nicht, wie sie immer diese Männer angeschleppt hat? Sie hat versucht, einen neuen Vater für uns zu finden.»

«Sie hat uns diesen Männern vorgeführt, uns antanzen lassen wie kleine Marionetten.»

«Wir sind nicht angetanzt. *Die* sind angetanzt.»

«Selbst Hervé?»

Darauf gab sie keine Antwort. «Ich sage nur, du denkst, dass du nie Macht in einer Situation hast. Das ist dein Problem.»

Ich wusste nicht, ob das stimmte, oder wie ich darauf antworten sollte, deshalb sagte ich nichts. Mir fiel auf, dass Robins Zähne vom Rauchen vergilbten, und wie viele Lachfältchen ihre Augen umgaben. Ich sah diese Details, konnte sie aber nicht wirklich verarbeiten. Kein Aspekt ihres Alterns erschien mir real; sie würde immer meine kleine Schwester bleiben. Sie drückte ihre Zigarette aus, zündete sich eine neue an, betrachtete mich.

Robin hatte recht, dass ich etwas wollte. Ich hatte tagelang überlegt, ob ich mit dieser Bitte an sie herantreten sollte, hatte darüber gegrübelt, sie infrage gestellt, doch sie ging mir nicht mehr aus dem Kopf. Es schien mir lächerlich und unmöglich zu sein, jemanden darum zu bitten. Und doch hatte ich gesehen, wie meine Schwester eine Wölfin auf ihrem Schoß wiegte, wie sie bei Nacht neben ihr schlief. Wenn es einen Menschen gab, der das notwendige Vorhandensein des Lächerlichen im Leben verstehen und sich Sehnsüchte vorstellen konnte, die andere vielleicht absurd fanden, dann war sie es.

«Ich will ein Kind», sagte ich. «Das ist es, was ich mir am allermeisten wünsche.»

«Dann nix wie los. Lass dir eins machen.»

Ich dachte an eine Frau, deren Gespräch am Telefon ich in der Praxis meines Arztes mitangehört hatte. Sie weinte. «Ständig sagen mir die Leute, mein Körper wisse, was zu tun ist», klagte sie unter Tränen. «Und ich sage, mein Körper weiß es *nicht.* Mein Körper ist ein Vollidiot.»

Genau das hätte ich am liebsten zu Robin gesagt. *Mein Körper ist ein Vollidiot.* «Das ist nicht so leicht.»

«Dann adoptier eins», sagte sie leichthin. «Gibt es da nicht eine Million Mädels in China?»

Ich seufzte. Ich wollte mit ihr über die Impulse des Körpers reden, über eine Sehnsucht, die so tief verwurzelt war, als gehöre sie zum Erbgut, doch ich wusste nicht, wo ich anfangen sollte. Stattdessen sagte ich: «Es ist nicht so, als würde man im Supermarkt einen Liter Milch kaufen.»

Einen Moment lang herrschte Stille. Robin wirkte auf einmal vollkommen distanziert, fast gespenstisch abwesend, als habe sie sich kurz aus ihrem Körper subtrahiert, dann kehrte sie wieder in ihn zurück. Schließlich nickte sie, in einem dieser Quecksilbermomente des Begreifens, die auf unsere Kindheit zurückgingen. «Du willst es anders machen», sagte sie.

Auch ich nickte. Ich erklärte ihr alles so sorgfältig, wie ich konnte, das Prozedere, die Zeit, wie es funktionieren würde, wie die Arrangements sein würden. Sie hörte mir zu und sagte nichts. Und nichts. Und nichts.

Ich faltete die Hände. Ich konnte sie nicht darum bitten. Sie würde von selbst Ja oder Nein sagen müssen.

«Denkst du darüber nach?»

«Ja, ich denke darüber nach», sagte sie.

Wir gingen zu Bett. Ich saß in dem kleinen Schlafzimmer, meine Blicke wanderten über die Seiten eines Buches hinweg, das ich auf dem Regal gefunden hatte, und ich dachte an die Klinik in New York, an die Schwestern in ihren dunkelblauen Kitteln, an die Frauen im Wartezimmer mit den zusammengekniffenen Lippen. Im Haus roch es nach Zigaretten, und ich wusste, dass auch meine Schwester noch wach war. Es war kalt im Zimmer, und ich zog mir einen Pullover über den Pyjama. Die Nacht verging, die Sonne ging auf; es war Morgen, und ich brachte es nicht über mich, das Zimmer zu verlassen. Dann klopfte Robin leise an meine Tür, kam herein und setzte sich aufs Bett. Sie sagte: Ja, sie würde es tun. Sie würde mir helfen, ein Kind zu bekommen.

29.

An einem eisigen Morgen Anfang Dezember verschwand Marianne.

Robin rief mich an, um es mir zu sagen, und ich nahm den Flieger. Als ich in Montreal landete, war es ein strahlend sonniger Nachmittag, doch bis ich mit dem Taxi die Gegend erreicht hatte, wo meine Mutter wohnte, hatte sich der kurze Wintertag bereits wieder verabschiedet. Vor ihrem Haus hatte jemand ein Fahrrad an ein Parkschild gekettet; seine Reifen waren klumpig vor Schnee. Daneben gab es einen Laden, den ich noch nicht kannte, mit Klamotten im Schaufenster, die schräg und witzig aussahen. Robin und Bernard waren schon da: Meine Schwester ging auf und ab, Bernard war in der Küche und machte Tee, was meine Mutter bestimmt gestört hätte, wäre sie da gewesen. In der vergangenen Woche hatte sie Robin mehrere Tage am Stück angerufen und Nachrichten auf Band hinterlassen, die nichts anderes als lange Litaneien von Beschwerden waren. Marianne regte sich über den Verkehr auf der Straße auf, über den Lärm, den ihre Nachbarn von oben machten. Ich fragte Robin, wie sie geklungen hatte, als sie zurückrief; war es ihr denn gelungen, sie zu beruhigen? Meine Schwester schüttelte den Kopf. Sie hatte nicht zurückgerufen. Als sie es dann doch geschafft hatte, ging Marianne nicht mehr dran, und als Robin und Bernard am vorigen Abend in die Stadt gefahren waren, war sie verschwunden gewesen.

Bernard brachte uns den Tee in den winzigen Tässchen unserer Mutter. In seinen großen Händen sahen sie aus wie Puppentassen, wie entweiht durch die gelben Raucherfinger. Nachdem er uns den Tee serviert hatte, blieb er wie ein Butler neben dem Tisch stehen, seine Augen auf Robin gerichtet. Sie und ich stellten eine Liste auf, wo man suchen könnte, wir riefen die Polizei und bei Krankenhäusern an, teilten dann das Viertel unter uns auf und machten uns an die Arbeit.

Ich suchte Mariannes Lieblingsdiner auf, wo sie manchmal eine billige Mahlzeit am Tresen verzehrte und mit der Kellnerin plauderte. Ich zeigte ihr ein Bild von ihr, das vergangene Weihnachten aufgenommen war und auf dem sie gequält lächelte. Man erkannte sie kaum. In Wirklichkeit hatten ihre Augen einen boshaften, lebendigen Schimmer, doch in der Zweidimensionalität eines Fotos hätte Marianne mit ihrem kurzen Haar, der Brille, den altersfleckigen Händen irgendeine Dame mittleren Alters sein können. Diese Hände hatte sie mir einmal hingehalten und verbittert gesagt: «Ich fühle mich nie alt, nur wenn ich meine Hände anschaue. Das Leben macht dich zum Monster.» Als ich der Kellnerin das Foto zeigte, schüttelte sie nur den Kopf, als würde sie meine Mutter überhaupt nicht erkennen.

Es war unmöglich zu sagen, wo sie sein könnte. Ich lief in Mount Royal herum, besuchte diesen und jenen Ort, der sich wahrscheinlich kaum verändert hatte, seit ich ein Mädchen gewesen war: einen Buchladen, ein Plattengeschäft, das immer noch Vinylscheiben verkaufte, ein Café. Es war windig und dunkel, ein schneidender Wind pfiff durch die Straßen, und ich hoffte, dass sie irgendwo drinnen war.

Ich rief Robin an. «Und?»

«Nichts, und du?»

«Nichts.»

Ich fuhr mit dem Taxi nach Carré St. Louis, was meine Mutter immer als den hübschesten Ort in ganz Montreal bezeichnet hatte. Als sie noch ein Mädchen gewesen war, hatte sie davon geträumt, einmal dort zu leben. Ich musste an Claude Jutra denken, der dort gewohnt hatte und dessen Film *Mein Onkel Antoine* mein Geschichtslehrer uns einmal vor den Weihnachtsferien gezeigt hatte. In den Achtzigerjahren war der Filmemacher, der schon früh an Alzheimer litt, im Saint Lawrence River tot aufgefunden worden. In seiner Tasche steckte ein Zettel, auf dem stand: *Je m'appelle Claude Jutra.*

Jetzt schneite es, flaumige Flocken, gelb im Lichtkegel der Laternen, und ich stand an einer Ecke und hoffte, meine Mutter würde wie durch Zauberhand erscheinen. Stattdessen sah ich einen Mann, der unter einer schmutzigen Decke auf einer Parkbank lag, eine Frau, die ihren Hund ausführte und ihn bat, sich mit seinem Geschäftchen zu beeilen.

Robin rief an. «Und?»

«Nichts», sagte ich. «Und bei dir?»

«Nichts.»

Es war die Polizei, die sie schließlich fand. Marianne hatte einen Bus nach Trois-Rivières bestiegen und sich dort ein Zimmer in einem kleinen Hotel genommen. Warum war sie dorthin gefahren? Sie wollte es nicht sagen. In ihrer Handtasche befanden sich eine Schachtel Zigaretten und mehrere Packungen Schokorosinen von Glosette. Als diese ausgingen, hatte sie versucht, bei einem Spätkauf welche zu stehlen. Doch Marianne war keine sehr geschickte Ladendiebin. Als man sie an der Kasse zur Rede stellte, wurde sie patzig, und man rief die Polizei. Der wollte sie ihren Namen nicht angeben, doch der Officer erinnerte sich, dass in Montreal eine Frau vermisst wurde, und fand ihren Ausweis in ihrer Handtasche.

Was sie sonst noch in Trois-Rivières getan hatte, behielt Marianne für sich. Das Hotel, das ganz in der Nähe der Bushaltestelle lag, war schmuddelig und heruntergekommen. Es gab einen kleinen Fernseher im Zimmer, eine Duschkabine, milchig vor Abnutzung, eine Kaffeemaschine. Das weiß ich von Online-Bewertungsportalen, nicht von meiner Mutter, die nie darüber sprach. Als der Polizist zu dem kleinen Supermarkt kam, war sie folgsam mit ihm gegangen, wie eine Kriminelle, die weiß, wann es vorbei ist. Doch reden wollte sie nicht mit ihm. Ich weiß nicht, ob es daran lag, dass sie ihm nichts sagen wollte, oder ob sie selbst die Antworten auf die Fragen, die er stellte, nicht wusste.

Robin und ich holten sie an der Polizeistation von Trois-Rivières ab. Man hatte ihr Tee in einem Pappbecher gebracht, an dem sie mit angewiderter Miene nippte. Ihr Wintermantel hing über der Lehne ihres Stuhles. Sie trug eine blaue Strickjacke im Zopfmuster mit einer Silberbrosche und schien ihren kleinen Ausflug unbeschadet überstanden zu haben. Als sie uns hereinkommen sah, zog sie die Stirn in Falten.

«Wir sind hier, um dich nach Hause zu bringen», sagte meine Schwester. «Zeit zu gehen.»

Unsere Mutter stellte den Tee ab und stand auf. «Ihr habt aber lange gebraucht, bis ihr hier wart», sagte sie.

«Du bist diejenige, die weggegangen ist.»

«Das sagt ihr immer», antwortete unsere Mutter wütend. «Ich vermute, ihr glaubt beinahe selbst, dass das stimmt.»

«Es stimmt ja auch», sagte Robin genervt.

Ich hob die Hand, um den Streit zu beenden. «Marianne», sagte ich, «du solltest netter zu Robin sein.»

«Warum?», fragte unsere Mutter, und ihre Stimme bebte vor Missmut.

«Weil sie schwanger ist», sagte ich.

Unsere Mutter schüttelte den Kopf. «Damit habe ich nichts zu schaffen», sagte sie.

In den Monaten, die folgten, und während es unserer Mutter immer schlechter ging, kam ich zu der Überzeugung, dass sie niemals aus Trois-Rivières zurückgekehrt wäre, wenn sie es gekonnt hätte. Sie wäre aus freien Stücken gegangen, als sie dazu noch in der Lage gewesen war. Sie wusste, was ihr bevorstand, und um jenen Bus zu besteigen, hatte sie die letzten Überreste ihres Trotzes zusammengenommen. Wenn ich heute um sie trauere, wie ich es immer noch tue, denke ich, wie sehr ihr wohl daran gelegen hatte, ihren eigenen Abgang zu inszenieren und in ihren letzten Tagen eine Kontrolle über ihr Leben auszuüben, die ihr so oft verweigert worden war; und ich denke an ihren letzten und größten Verlust, wie er sie geschmerzt haben und wie sehr sie sich gewünscht haben muss, an ihm festhalten zu können: ihren Stolz.

30.

Robin war damals im dritten Monat. Während des Sommers war sie bei mir in New York geblieben, überließ das Haus der Obhut von Bernard und Derya, und unterzog sich den Behandlungen – mitsamt Papierkram, Medikamenteneinnahme und Einpflanzung – mit der gleichen Effizienz, mit der sie damals eine Wohnung für mich gesucht hatte. Elena und die anderen Nachbarn begrüßten sie mit einer Wärme, die keinerlei Zweifel daran ließ, dass ich immer nur ihre zweite Wahl gewesen war. Wenn sie uns auf Drinks und zum Abendessen einluden, bat Robin um Wasser; sie hatte sowohl mit dem Rauchen als auch mit dem Trinken aufgehört. «Ich werde ein Schrein sein», sagte sie mit gespieltem Ernst und fuhr sich mit der Hand über den Bauch.

Wir gingen zu einer anderen Klinik als der, die ich zuvor aufgesucht hatte – ich wollte eine Veränderung, weil ich glaubte, das würde uns Glück bringen –, und diesmal war die Person im weißen Kittel eine schlanke, dunkelhaarige Frau, die sich am Krankenbett noch unpersönlicher benahm als mein früherer Arzt. Sie fragte nichts zu unserer persönlichen Situation – wir hätten ebenso gut ein lesbisches Paar sein können – und sprach nur in Zahlen: Das hier seien Robins Werte und jenes die Tage, an denen wir für Tests zurückkommen sollten. Auf den erforderlichen Formularen gab Robin ihr Geburtsdatum an; sie beschrieb ihre Gesundheit als ausgezeichnet und beantwortete die Fragen nach bisherigen Schwangerschaften (eine) und nach Kindern (keins). Ich wollte so sehr nach der *einen* Schwangerschaft fragen, brachte es aber nicht über mich. Es war wie eine Wand, auf die ich langsam zuging, an die ich die Handflächen legte und von der ich mich dann wieder abwandte.

Doch Robin wusste, dass ich die Eintragung gesehen hatte; ihr muss klar gewesen sein, dass ich sie gerne danach gefragt hätte. Wenn ich etwas von Robin begriffen hatte, dann, dass Druck bei ihr überhaupt nicht funktionierte; sie gab nur das preis, was sie preisgeben wollte, und nicht mehr.

Mir fiel wieder die Postkarte ein, die sie mir aus Schweden geschickt hatte – *Such nicht nach mir* –, und stellte keine Fragen.

Der Arzt von früher schickte die restlichen Embryonen. Ich fragte meine neue Ärztin nicht, was sie davon hielt; ich wollte sie nicht sagen hören, sie seien hübsch oder eben auch nicht. Am Tag der Verpflanzung nahmen Robin und ich ein Taxi nach Midtown. Ich erinnerte mich gut an die Tage, als ich mich zurückgelehnt und meine Finger gekreuzt hatte, versucht hatte, ruhig zu bleiben. Jetzt spielte es keine Rolle mehr, ob mein Körper zu gestresst war, um ein Kind in sich wachsen zu lassen; ich konnte so nervös sein, wie ich wollte, und die Sorge wuchs in mir wie Unkraut, leichter zu nähren als Hoffnung. In der Klinik schloss meine Schwester die Augen, ihr langes Haar fiel in Strähnen über ihre Brust. Die Schwestern hatten ihr ein leichtes Beruhigungsmittel gegeben, und sie lächelte wie eine Heilige. Als sie zurückkamen, um nach uns zu sehen, schnarchte sie.

Zwei Wochen später kamen wir zu einer Blutuntersuchung wieder, und am Nachmittag rief die Schwester an, um uns mitzuteilen, dass Robin schwanger war. Das Humane Choriongonadotropin, das Schwangerschaftshormon, abgekürzt HCG, sei deutlich nachweisbar. Robin schlug vor, mit Champagner anzustoßen. «Natürlich nur du.» Ich sagte, zum Feiern sei es zu früh, und wir sollten noch ein paar Wochen warten, um auf der sicheren Seite zu sein.

«Wie sicher willst du es denn noch haben? HCG *deutlich nachweisbar* klingt für mich nach einer Bestätigung.»

«Es ist zu früh», wiederholte ich.

«Wann ist es denn spät genug für dich? Wenn das Ding aus meinem Körper kommt?»

«Nenn es nicht Ding», sagte ich. Ich hatte Tränen in den Augen.

Robin hob die Hand. «Lark», sagte sie. «Es hat gerade erst angefangen, und du machst mich jetzt schon verrückt.»

Ich war geneigt, niemandem von unserem Plan zu erzählen, so wie ich ihn vorher für mich behalten hatte, denn ich wollte mich vor der Möglichkeit eines weiteren Scheiterns schützen. Doch meine Schwester war nicht wie ich; sie kehrte ihre Ängste von innen nach außen und wollte nichts verbergen. Sie sagte es Bernard, sie sagte es Derya; sie sagte es unserer Mutter, die der Geschichte mit einer Ungeduld lauschte, die zu verbergen sie sich gar nicht die Mühe gab.

«Ich weiß nicht, warum ihr mir das alles sagt», erwiderte sie schließlich. «Ihr beide habt doch sowieso immer gemacht, was ihr wollt.»

«Wir bitten dich nicht um Erlaubnis», sagte Robin. «Wir wollen es dich nur wissen lassen, dass du ein Enkelkind bekommst.»

Bei der Selbstsicherheit, mit der sie das sagte, zuckte ich zusammen. Die Augen unserer Mutter wurden schmal, und ihre Hand zitterte, als sie ihre Teetasse an die Lippen führte.

«Keine von euch weiß, wie es ist, Mutter zu sein.» Mariannes Verbitterung war permanent geworden, wie ein Knochen, der in ihr gebrochen und schief verheilt war; gerade richten konnte man ihn nicht mehr. «Marianne», sagte ich, und hielt ihr meine Hand hin. Sie nahm sie nicht.

«Lass gut sein, Lark», sagte meine Schwester. «Du wirst ihre Meinung nie ändern können.»

Sicher, Mariannes Meinung konnte ich nie ändern, doch sie änderte sie sowieso dauernd; ihre innere Landschaft war wie ein Strand, an dem das Wasser kommt und geht. An einem Tag war sie liebenswert, am anderen voller Hass. Am nettesten war sie, wenn sie vergaß, wer wir waren.

31.

Ich blieb einige Tage bei Marianne, nachdem sie gefunden worden war; Bernard und Robin waren zusammen in die Laurentinischen Berge zurückgekehrt, und ich merkte, dass ich meiner Mutter allmählich auf die Nerven ging. Es gefiel ihr nicht, mich morgens auf der Couch schlafen zu sehen, wenn sie sich ihren Tee machte. Sie begann ihren Tag immer noch mit der Zeitung, obwohl ich bemerkt hatte, dass sie manchmal die Ausgabe vom vorigen Tag vor sich hatte, als sei diese nicht weggeräumt worden, und sie las, ohne zu merken, dass sich alles wiederholte. Zu anderen Zeiten saß sie einfach nur schweigend da und schaute aus dem Fenster, während ihr Tee abkühlte, in was auch immer für Gedanken versunken.

Eines Tages, als ich aus der Dusche kam, ertappte ich sie dabei, wie sie in meinem Koffer wühlte, den ich in einer Ecke des Wohnzimmers abgestellt hatte; meine Sachen waren wild durcheinander. Sie blickte zu mir auf und war sich anscheinend keiner Schuld bewusst. «Aha», sagte sie und hielt meine Digital-Videokamera hoch, als sei sie belastendes Beweismaterial. «Was machst du damit?»

«Ich weiß nicht», sagte ich und warf mein Handtuch auf die Couch, was sie nervte, wie ich wusste, und zog mich rasch an. «Die habe ich eigentlich immer dabei. Für alle Fälle.»

«Was für Fälle?», hakte sie nach, wie ein Staatsanwalt, der eine Zeugin in die Mangel nimmt.

«Für den Fall, dass ich sie benutzen will», sagte ich. Bei Robin hatte ich ab und zu etwas gefilmt. Ich hatte die Bäume während eines Unwetters gefilmt, die Außenseite der Scheune, wahllose Momentaufnahmen, die, wie mir schien, als ich sie mir zu Hause in New York anschaute, nichts vom Flair dieses Ortes einfingen und die ich dann gelöscht hatte. Meine Mutter drehte und wendete die Kamera in ihren Händen, ganz vorsichtig, als könne sie jeden Moment in die Luft fliegen.

«Weißt du noch, als du mich mal gefilmt hast?»

Ich hatte ihr die Aufnahmen nie gezeigt. Irgendwie tat mir das jetzt leid, obwohl ich mir nicht sicher war, warum. Vielleicht, weil ich gedacht hatte, dass es ihr nicht gefallen würde, was ich gefilmt hatte, oder weil ich das Schneiden des Materials aufgegeben hatte, da ich es zu deprimierend fand.

«Komm, lass uns das noch mal machen», sagte sie.

Die nächsten paar Tage filmten wir. Es war das Erste, was sie in der Frühe machen wollte, und das Letzte, bevor sie zu Bett ging. Sie drapierte sich auf dem Sofa, legte Lippenstift auf und zeigte sich der Kamera. Sie wollte nicht, dass ich Fragen stellte. Sie hatte viel zu sagen, und Meinungen sprudelten nur so aus ihr heraus, als sei es ihr lange verwehrt gewesen, sie zu äußern. Sie fand, dass die Frauen heutzutage viel zu sehr Männern ähnelten. Sie fand, wir alle sollten uns Sorgen wegen der Epidemien machen, die bei Reisen um die Welt an Bord von Flugzeugen nach Nordamerika gelangten. Ich erinnerte sie nicht daran, dass ich mich selbst ausgiebig mit diesem Thema beschäftigt hatte. «Es ist die Strafe dafür», sagte sie in die Kamera – im Gegensatz zu den meisten anderen Menschen tat sie sich viel leichter damit, in die Kamera zu sprechen, als mit einem menschlichen Gegenüber wie mir –, «dass wir den indigenen Völkern Kanadas so viele schreckliche Krankheiten gebracht haben. Pocken und so.»

Von den Pocken kam sie zu einer Erörterung ihres eigenen Gesundheitszustandes; dann erzählte sie eine Geschichte von einem Mädchen, das sie als Kind gekannt hatte und das an Hirnhautentzündung gestorben war, und zog schließlich ausführlich über eine Apothekerin in ihrem

Viertel her, die ihren Mann wegen eines anderen verlassen hatte. «Sie meint, sie hat was Besseres verdient», sagte sie, «aber das hat sie nicht.»

Wenn ich endlich einmal zu Wort kam, fragte ich sie nach ihr selbst, nach den Jahren von Robins und meiner Kindheit, erkundigte mich sogar, mit einem gewissen Zögern, nach Hervé, doch die Antworten, die ich bekam, hatten in keiner Weise mit der Frage zu tun. Vielmehr schien Marianne einer Art innerem Inquisitor Rede und Antwort zu stehen, dessen Stimme deutlich gebieterischer war als meine. Manchmal unterbrach sie sich mitten im Satz und wechselte das Thema, als sei man ihr ins Wort gefallen und habe sie auf den rechten Weg zurückgeführt. Dann wieder, wenn sie besonders ausführlich gesprochen hatte, schaute sie mich an, überrascht, ja, fast beschämt, als habe sie vergessen, dass ich da war. Doch wenn sie es vergessen hatte, mit wem hatte sie dann gesprochen?

Dieses Mal verwendete ich größere Sorgfalt darauf, wo und wann ich die Aufnahmen machte. Zufällig fielen sie mit einer ganzen Reihe von sonnigen Tagen zusammen, wodurch Mariannes Wohnung lichtdurchflutet und fröhlich wirkte, und sie zog sich sorgfältig an, trug jeden Tag eine andere Bluse und eine Kette mit passenden Ohrringen. Sie sprach zur Kamera, als sei sie das Publikum, auf das sie ihr ganzes Leben gewartet hatte.

Ich bekam eine gereizte E-Mail von Javier, der mein Produzent bei einer neuen Show war; dabei handelte es sich um eine Dokusoap über Mutter und Tochter, die einmal reich gewesen, jetzt aber knapp bei Kasse waren und ein Comeback versuchten, indem sie ein Geschäft für Gourmet-Hundefutter aufzogen. Sie bereiteten das Essen selbst in der Küche eines Musterhauses in Phoenix zu, basierend auf ihrer eigenen Ernährung, die paläo-organisch war. Ihr Haus war voller Hunde, die über Tische und Bänke sprangen und im Bett schliefen; im Supermarkt saßen sie aufrecht im Einkaufswagen und schauten sich die Regale an. Das permanente Gebell machte die Arbeit am Schneidetisch zu einem Albtraum, doch die beiden Frauen waren überraschend lustig, und ich vermisste die Stunden, in denen ich versuchte, ihre geharnischten Streitereien einzufangen, die Art und Weise, wie die Tochter ihrer Mutter einen Klaps auf die knochigen Hüften gab, weil sie ihr in der Küche im Weg war, oder wie sie Gänseleber in einen Mixer gab und sagte: «Ach, das ist doch ein Klacks. Vierhundert Dollar für nichts.» Ich hatte einen Notfall in der Familie vorgeschützt, als ich fuhr, doch unser Abgabetermin näherte sich, und der Sender wurde allmählich ungeduldig. *Wenn dir nicht gerade ein Körperteil fehlt,* schrieb Javier, *dann ist es höchste Zeit, zurückzukommen. Und selbst dann kommt es noch darauf an, um welches es sich handelt.*

Marianne hatte das Filmen satt und außerdem eine leichte Erkältung, die sie noch quengeliger machte als sonst. Sie lag den ganzen Tag im Bett, und wenn ich anbot, ihr Suppe oder einen Tee zu bringen, schaute sie mich nur finster an und bellte, ich solle sie in Ruhe lassen. Ich weiß nicht, warum ich eigentlich noch blieb, obwohl ich nicht willkommen war. Auch Robin wollte nicht, dass ich sie besuchte. Sie befürchte, dass ich ihr ständig auf der Pelle hocken und Besitz von ihrem Körper ergreifen würde, «als hättest du ihn gepachtet», sagte sie. Ich hatte eine Nacht im Cottage verbracht, und selbst das war zu viel für sie gewesen. Sie ging früh zu Bett, woraufhin ich nach Bernard suchte und ihn beim Lesen störte, weil ich nicht allein sein wollte.

Er legte sein Buch beiseite und fragte mich: «Und, wie werdet ihr es nennen?»

«Kommt drauf an», sagte ich vorsichtig. Natürlich träumte ich von der Zukunft, stellte mir dieses Wesen in meinen Armen vor, das doch noch gar nicht auf der Welt war. Doch darüber reden konnte ich nicht, ebenso wenig wie ich darüber sprechen konnte, wie oft sich diese Träume in Albträume verwandelten, in denen das Baby zu Schaden kam. Es war immer meine Schuld – es gab Autounfälle und Erdbeben und plötzlich klaffende Risse im Boden –, und jedes Mal glitt mir das Baby aus den Armen, fiel in ein Nichts, und dieses Nichts war das Einzige, was übrig war, wenn ich aufwachte.

«Glaubst du, es wird ein Junge oder ein Mädchen?»

Wir hatten der Ärztin gesagt, wir wollten es nicht wissen. «Keine Ahnung», sagte ich.

«Ich glaube, es wird ein Mädchen», sagte er.

«Hören wir auf, davon zu reden. Es macht mich nervös.»

«Okay», sagte er. «Aber kann ich dich eine Sache fragen?»

Ich presste die Lippen aufeinander und nickte.

«Kann ich sie besuchen kommen?», fragte er.

«Natürlich», sagte ich, und er lächelte.

«Ich hatte eine kleine Schwester», sagte er. «Das Jugendamt hat sie mitgenommen. Ich kam gut mit ihr klar. Aber ich war zu jung, um mich um sie zu kümmern, und meine Mom, na ja, du weißt ja, was mit ihr war.»

Ich schaute ihn mir genauer an, doch sein Gesicht wirkte so ungerührt wie immer, seltsam heiter. «Ich wusste nicht, dass du eine Schwester hast. Was ist denn aus ihr geworden?»

Bernard zuckte mit den Achseln. «Ich weiß es nicht», sagte er. «Sie kam in ein Heim und wurde dann adoptiert. Meine Mutter hat nie rausgefunden, wo sie hinkam. Wir dachten immer, vielleicht würde sie ja nach uns suchen, aber das hat sie nicht. Schätze, sie kann sich nicht an uns erinnern.»

Ich versuchte auszuloten, wie traurig das war, aber es wollte mir nicht gelingen. Eine solche Nachricht war wie ein tiefer, dunkler Brunnen, dem man nicht auf den Grund blicken konnte. Doch sie erklärte etwas an Bernard: seine Weichheit, seine Freundlichkeit Frauen gegenüber, und wie sehr er sie brauchte. Irgendein Teil von ihm schien in der Kindheit festzustecken, wie in einem Morast. Als warte er immer noch auf dieses Mädchen.

«Das hat mir Robin nie erzählt», sagte ich.

«Sie weiß es nicht.»

Ich war verblüfft. Warum hatte er mir das erzählt und nicht meiner Schwester, der er doch viel näherstand, und das so lange Zeit schon? Später kam ich zu dem Schluss, er habe es instinktiv vor ihr geheim gehalten, weil er begriffen hatte, dass sie ebenso Distanz von ihm brauchte, wie sie ihn an sich band. Darin, wie in vielen anderen Dingen, kannte er sie gut, und das war einer der Gründe, warum sie einander immer so verbunden geblieben waren.

«Ich hoffe, sie erinnert sich an dich», sagte ich zu ihm.

Er zuckte mit den Achseln. «Ich nicht», sagte er. «Das macht sie vielleicht traurig.»

Ich fragte ihn, ob er denn nach ihr gesucht habe, wie sie heiße, wie sie ausgesehen habe, doch für ihn war das Gespräch beendet. Er stand auf und sagte mir mit sanfter Endgültigkeit, es sei Zeit, ins Bett zu gehen.

32.

Robin und ich planten, Marianne in ein betreutes Wohnen umziehen zu lassen. Im darauffolgenden Monat würde ein Platz frei, mit einer kleinen Küche und eigenem Bad. Dort könnte sie sich ihren Tee machen und hätte Aussicht auf ein Feld, auf dem manchmal, wie man uns gesagt hatte, Rehe zu sehen seien. Ob sie denn Freude an der Natur habe, hatte die Direktorin gefragt, als man uns in dem Heim herumführte. Wir schüttelten den Kopf. Die Direktorin wirkte enttäuscht. «Unsere Bewohner finden diese Aussicht recht beruhigend», sagte sie trotzdem.

Woran hatte unsere Mutter überhaupt Freude? Es war eine Frage, die wir uns schon unser ganzes Leben lang gestellt und auf die wir nie eine Antwort gefunden hatten. Marianne beklagte sich gern über die Welt, über uns. Schließlich sagte Robin: «Sie liest gerne Zeitung», und die Direktorin konnte uns die tägliche Lieferung einer Zeitung versprechen. Dann gingen wir weiter.

Anschließend trafen wir uns mit dem Arzt, der Mariannes Gesundheitszustand einschätzte und ihre Pflege überwachen würde. Robin sagte: «Ist es nicht zu früh, um so zu sein? Sie ist noch nicht einmal sechzig.»

Der Arzt, ein freundlicher, bärtiger Mann, lächelte väterlich und sagte: «Für die meisten Dinge ist es nie zu früh.»

«Was soll das bedeuten?», fragte Robin.

Die Stimme des Arztes war ruhig. «Es bedeutet, dass die Dinge geschehen, wenn sie geschehen», sagte er.

In Vorbereitung auf den Umzug half ich Marianne beim Packen und Organisieren. Viel zu tun gab es nicht; sie hatte bereits so viele Dinge weggeworfen. Ich wollte mich nützlich machen, wollte ihr den Übergang von einem Platz zum nächsten leicht machen, doch stattdessen stritten wir uns ständig. Jedes Mal, wenn ich irgendetwas in die Hand nahm, schrie sie auf, als würde ich es kaputt machen. Am Ende gab ich es auf, brüllte sie an, sie sei unvernünftig, und verließ die Wohnung. Als ich zurückkam, war sie zerknirscht und versuchte, sich lieb Kind bei mir zu machen. «Es tut mir leid», sagte sie steif.

Ich legte die Arme um sie, küsste sie, etwas unbeholfen, auf den Kopf. Was kam nur über mich, meine Mutter auf den Kopf zu küssen? Gesten der Zuneigung gingen uns nicht leicht von der Hand; sie waren eine Sprache, die wir nicht beherrschten.

Das war das letzte Mal, dass ich sie sah.

Ich flog nach New York zurück und machte mich an die Arbeit. Als ich mehrere Wochen später für den geplanten Umzug nach Montreal zurückkehrte und bei Marianne an der Haustür klingelte, reagierte sie nicht. Das war an sich nichts Ungewöhnliches, selbst wenn sie zu Hause war und mich erwartete. Sie hörte gut, doch wenn sie gerade mit etwas beschäftigt war – Zeitunglesen, Wäsche falten, sogar nur aus dem Fenster schauen –, schottete sie sich offenbar so komplett von der Welt ab, dass nichts mehr zu ihr durchdringen konnte. Irgendwann hatte ich ihre Schlüssel genommen und sie nachmachen lassen, damit ich in die Wohnung konnte, wann immer ich wollte. Es war ein Mittwochabend etwa um neun, und ich hatte noch nichts gegessen. Ich stand auf der Vordertreppe des Gebäudes, und mein Blick fiel auf das Restaurant gegenüber, das, wie immer, menschenleer war. Wie es überlebte, konnte ich mir nicht vorstellen. Marianne glaubte, das Restaurant sei nur Tarnung, und in

Wirklichkeit steckten illegale Geschäfte dahinter – Drogen, sagte sie, oder Geldwäsche für eine dieser Motorradgangs –, und ich hatte ihr gesagt, da gehe die Fantasie mit ihr durch, doch tatsächlich hatte Marianne in solchen Dingen oft recht. Auch wenn sie geistig verwirrt war – die Behauptungen, die sie aufstellte, trafen oft zu. Das machte ihre Demenz weniger greifbar, weil sie sich mit Phasen abwechselte, in denen ihr Verstand glasklar war.

Nachdem ich anstandshalber eine Weile gewartet hatte, schloss ich mir selbst auf und stieg die Treppe hoch. Die Morgenzeitung lag zusammengefaltet auf dem Fußabstreifer vor ihrer Wohnungstür; das war das erste Anzeichen dafür, dass etwas nicht stimmte. Als ich die Tür öffnete, spürte ich die Stille in der Wohnung. Ruhig war meine Mutter oft, doch diese Ruhe war anders.

Sie war einfach eingeschlafen und nicht mehr aufgewacht. Sie lag auf dem Rücken, ihr Gesicht war ausdruckslos.

Ich rief Robin an, und Bernard fuhr sie in die Stadt. Ich wartete auf die beiden im Wohnzimmer, als wollte ich meine Mutter selbst im Tode nicht stören. Erschrocken und wie erstarrt saß ich zwei Stunden dort auf der Couch, die Hände auf den Knien, weil ich nicht wusste, was ich sonst tun sollte.

Wir drei versammelten uns in ihrer Wohnung wie an dem Tag, an dem sie verschwunden war. Später sagte der Arzt, er vermute, sie sei an einer Embolie gestorben. Ich war mir da nicht so sicher. Zwar glaubte ich nicht, dass Marianne Tabletten oder so etwas genommen hatte, aber irgendwie hatte ich trotzdem das Gefühl, sie habe es mit Absicht getan. Mit der gleichen Trotzhaltung, die sie ihr ganzes Leben angetrieben hatte, der gleichen Wut, dem gleichen Streben nach Unabhängigkeit, hatte sie sich hingelegt und ihrem Körper mit Willenskraft befohlen, nicht wieder aufzuwachen.

33.

Nichts überraschte mich mehr als die Tatsache, wie sehr der Tod unserer Mutter Robin mitnahm. Einen Moment lang war sie voller Energie, eine bombastische und entschlossene Person, die immer das zu tun und zu denken schien, was sie wollte, und im nächsten Moment war sie wie gelähmt und schaffte es kaum mehr, von der Couch aufzustehen. Sie kam einfach zum Stillstand. Das zu sehen, schockierte mich so sehr, dass meine eigenen Gefühle in eine dunkle Ecke huschten und sich versteckten, wo ich sie lange Zeit nicht finden konnte. Ich hatte mich an diese energiegeladene, patente Robin gewöhnt, und plötzlich war eine Robin an ihre Stelle getreten, die den ganzen Tag weinte und sich weigerte, das Bett zu verlassen.

Ich übernahm das Ruder und tat, was nötig war. Wir beerdigten Marianne auf einem kleinen, hässlichen Friedhof in Laval, wo sie sich vor Jahren aus uns unbekannten Gründen eine Grabstelle gekauft hatte. So vieles von ihr blieb uns ein Rätsel. Sie hatte Anweisungen bezüglich des Begräbnisses hinterlassen, hatte bestimmt, sie wolle unter gar keinen Umständen, dass wir Kontakt zur Familie aufnähmen, der sie seit ihrer Jugend entfremdet gewesen sei. *Bitte verbrennt mich nicht,* schrieb sie auch, und wir befolgten ihren Wunsch. Wir trugen Kleider und hochhackige Schuhe, und der Wind pfiff um unsere Beine, die in Strumpfhosen steckten. Ihr alter Freund, der Zahnarzt, kam, sowie einige Freunde aus der Nachbarschaft, und sie drückten uns die Hand und huschten dann eilig zu ihren Autos zurück, um der Kälte zu entfliehen. Ich fand, wir hätten Musik spielen oder vielleicht etwas singen oder etwas sagen sollen. Mir fiel wieder ein, wie Robin damals in Worthen das Begräbnis für Emmas Katze organisiert hatte, wie sie einen Beatles-Song gesungen hatte. Doch jetzt machte ich ihr nicht den Vorschlag, etwas zu singen; sie konnte sich kaum auf den Beinen halten. Sie lehnte sich an mich, den aufgeknöpften Mantel wie einen Vorhang vor ihrem Schwangerschaftsbauch, und wischte sich mit der flachen Hand über die laufende Nase. Ich hatte ihr Tempos gegeben, die sie ständig verlor. Wir konnten uns nicht entscheiden, was wir auf den Grabstein schreiben sollten, und so ließen wir nur Mariannes Namen, ihr Geburts- und ihr Todesdatum eingravieren, die nackteste Klammer für ein Menschenleben, die man sich vorstellen kann, und dann gingen wir in ihre Wohnung zurück, wo Bernard und ich Whiskey tranken und Robin auf der Couch lag und weinte. Ich setzte mich neben sie, tätschelte ihr die Schulter, spürte aber, wie sie sich anspannte; meine Berührung war ihr kein Trost. Sie hielt die Augen geschlossen. Ich schaute Bernard hilflos an, und er stand auf und schaltete das Radio ein. Eine Klaviersonate ertönte, leise und zart, doch das schien Robin wütend zu machen, denn sie richtete sich lange genug auf, um zu sagen: «Schalt diese Scheißkiste ab», legte sich dann wieder hin und weinte weiter.

Ich schickte sie mit Bernard nach Norden zurück und räumte allein die Wohnung aus; die meisten von Mariannes Habseligkeiten spendete ich der Kirche am Ende der Straße, die ab und zu einen Flohmarkt veranstaltete. Viel gab es sowieso nicht zu spenden. Sie hatte das Apartment bewohnt, als handele es sich um ein Hotelzimmer. In einer der Schubladen ihrer Kommode stieß ich auf ein einzelnes Farbfoto eines schönen jungen Mädchens mit langem Zopf und schaute es mir eine Weile an, fragte mich, wer das wohl sei. Als ich es umdrehte, entdeckte ich, dass es ein Foto war, das in einem Bilderrahmen mitgeliefert wurde, wie man ihn im Laden bekam; den Rahmen fand ich dann leer in einer anderen Schublade. Am Ende putzte ich die Wohnung und überreichte dem Vermieter die Schlüssel, der sie vollkommen gleichgültig entgegennahm, als habe Marianne nicht jahrelang dort gelebt, als sei sie nicht gerade gestorben, und dann setzte ich mich in eine Bar in der Nähe, mit einem doppelten Wodka, trockenen Auges und erfüllt von einem farblosen Kummer, von dem mir flau war. Ein älterer Mann zwinkerte mir zu und bestellte mir einen Schnaps. Ich lehnte ab, und er beschimpfte mich als Nutte und Lesbe, und ich verließ die Bar, erleichtert darüber, dass meine Trauer eine so hässliche Wendung genommen hatte; ansonsten hätte ich den ganzen Tag dort gesessen.

Als ich nach Hause nach Brooklyn kam, teilte ich Elena mit, dass unsere Mutter gestorben sei, und sie überschlug sich mit Trauerbekundungen, brachte mir einen Auflauf und eine Flasche Wein vorbei. Sie sprach über ihre eigene Mutter, was für ein guter Mensch sie gewesen sei, streng und doch warmherzig, und dass der Verlust der Mutter für eine Tochter wie ein Riss im Herzen sei, der nie mehr zuheile. Ich saß da und hörte ihr zu, und dabei fühlte ich mich wie taub und ein wenig provoziert; nichts von dem, was sie sagte, schien auf Marianne und mich zuzutreffen.

«Du musst weinen, mein Lämmchen», sagte sie zu mir und legte eine Hand auf meine.

«Es ist kompliziert», sagte ich. «Meine Mutter ...»

Sie drückte meine Hand so fest, dass mir Tränen in die Augen traten. «Sie ist immer noch deine Mutter», sagte sie bestimmt.

Mir war der Typ in der Bar, der mich beschimpft hatte, fast lieber gewesen.

Die Arbeit tröstete mich, so wie das immer gewesen war. In der Dokusoap hatten Mutter und Tochter halb gescriptete Meinungsverschiedenheiten, was die Zukunft der Hundefutterfirma anging, und ich erhöhte die Dramatik ihrer angespannten Meetings mit potenziellen Kunden und Vertretern. In der B-Storyline datete die Tochter den Kellner eines mexikanischen Restaurants, und die Mutter fand, er wolle nur an ihr Geld. Die Tochter sagte, sie sei paranoid und rassistisch. Man trank jede Menge Margaritas und sagte jede Menge dummes Zeug. Die Tochter trug viel zu tief ausgeschnittene Tops, aus denen jederzeit etwas heraushüpfen konnte, was selbst für das Kabelfernsehen zu viel war. Ihre Mutter schimpfte, sie sehe aus wie eine Nutte, die's nötig hätte, und die Tochter sagte, da hätte sie ein prächtiges Vorbild gehabt.

«Soll das heißen, das bin ich?», fragte die Mutter. «*Ich* bin für dich die

Nutte, die's nötig hat?» Ich machte einen Schnitt, bevor beide zu weinen anfingen.

Eines Abends aß ich mit Olga, die wieder einmal in der Stadt war, zu Abend und erzählte ihr von Marianne und Robin. Sie bemerkte, das klinge nach turbulenten Zeiten, und ich stimmte ihr zu.

«Und doch wirkst du auf mich nicht unglücklich. Es kommt Bewegung in dein Leben, es stagniert nicht», sagte sie, wie immer mit der besonderen Begabung, aus der Distanz etwas zu sehen, das ich selbst nicht erkennen konnte. Dann fragte sie mich nach meiner Arbeit. Seit wir uns das letzte Mal gesprochen hatten, hatte sie ihre Abneigung gegenüber dem Reality-TV verloren und war zu dem Schluss gekommen, dass es sich um eine wichtige und sich weiterentwickelnde Kunstform handele. Ich erinnerte sie daran, dass ich ihr genau das damals gesagt hatte, und sie schaute mich ausdruckslos an.

«Jeder weiß, dass es keine Realität ist, sondern etwas Gemachtes, doch es sind gerade die verschwimmenden Grenzen zwischen dem Realen und dem Nicht-Realen, die seinen Reiz ausmachen», predigte sie mir, als hätte ich ihr nicht genau dasselbe damals schon gesagt.

«Ja», erwiderte ich. «Außerdem sehen die Leute gut aus und benehmen sich schlecht.»

Olga legte den Kopf schief und begann mir von ihrem derzeitigen Buchprojekt zu erzählen, das den Titel *Die Epistemologie des Schnitts* tragen sollte und in dem sie sich mit den Konventionen des Cuttens beschäftigte. Es ging darum, dass wir die abrupte Verschiebung von Raum und Zeit als gegebenes Element des Erzählens akzeptierten, obwohl es doch in Wirklichkeit ein Konstrukt sei. Wie bei so vielen Dingen, sagte sie, verhalte man sich so, als sei etwas natürlich, das doch künstlich sei, und umgekehrt. «Die Terminologie selbst ist doch schon kritisch», sagte sie. «Handelt es sich denn um einen Schnitt oder um ein Zusammenfügen? Wusstest du, dass das manchmal auch so genannt wurde?»

Ich sagte, das wisse ich, doch ich glaube, sie hörte mich gar nicht. Sie sprach über den Althusser'schen Bruch. Ich ließ ihre Stimme über mich hinwegströmen und dachte daran, dass der Literaturtheoretiker Althusser verrückt geworden war und seine Frau umgebracht hatte. Ich fragte mich, warum mir ausgerechnet das Detail von Althussers Verbrechen im Gedächtnis geblieben war, und dachte an eine Szene in *Vertigo* zurück, als Jimmy Stewart auf den verschlungenen Knoten am Hinterkopf einer Frau blickt. Der Film behandelt diesen Moment wie die Entdeckung einer wichtigen Wahrheit, obwohl es sich herausstellt, dass es nur eine konstruierte Täuschung durch seinen schurkenhaften früheren Freund ist. Das Gefühl eines entscheidenden Geheimnisses, das enthüllt wird, liegt im Blick der Kamera, auch nachdem die Geschichte es entlarvt hat. Vielleicht meinte Olga das ja mit Epistemologie. Oder ich war selbst so seltsam wie Jimmy Stewart, mit Details wie dem verschlungenen Haar am Hinterkopf einer Frau beschäftigt. Ich hörte, wie Olga etwas über Reproduzierbarkeit sagte, und zuckte erschrocken zusammen, weil ich dachte, sie meine Fortpflanzung und spreche über Robin. Doch Olga, die nie Interesse an Kindern gehabt hatte, hatte die Nachricht von der Leihmutterschaft meiner Schwester nur mit einem Nicken entgegengenommen. Jetzt jedoch sprach sie über Walter Benjamins Essay *Das Kunstwerk im Zeitalter seiner technischen Reproduzierbarkeit*. Ich hörte auf, ihren Gedankengängen zu folgen, oder vielmehr gestand ich mir ein, dass ich damit schon eine Weile aufgehört hatte. Stattdessen trank ich meinen Tee und bewunderte Olga dort im Kerzenlicht, wie flink sie ihre Gedanken bewegte, als seien es Marionetten, an deren Strippen sie zog und die sie nach ihrer Pfeife tanzen ließ.

Als ich an jenem Abend nach Hause kam, war eine Nachricht von Bernard, der mich noch nie angerufen hatte, auf dem Anrufbeantworter. Es sagte, Robin gehe es nicht gut.

«Ist was mit dem Baby? Ich kann hier gerade nicht weg», sagte ich, als ich ihn zurückrief. «Wir müssen diese Episode bis nächste Woche fertigkriegen, und ich arbeite momentan zwölf Stunden am Tag. In zwei Wochen bin ich da.»

«Ja, das ist cool», sagte Bernard, klang aber irgendwie unglücklich.

«Ich meine nur, na ja, wie soll ich sagen, ich weiß nicht, in welchem Zustand Robin in zwei Wochen sein wird.»

«Was meinst du damit?», sagte ich. «Was ist denn los da oben?»

Es trat eine Pause ein, dann war zu hören, wie er einen Zug nahm, und der Raumton wurde von Bernards langatmigem Zwischenspiel mit seiner Zigarette überlagert. «Schätze, sie tickt allmählich aus», sagte er.

«Mehr als zuletzt bei meiner Abreise?»

Wieder Schweigen, wieder tiefes Luftholen. «Sie will bei den Wölfen schlafen», sagte er. «So wie damals, als Katharina krank war. Bloß dass keiner von ihnen da ist.»

«Und?»

«Und jetzt sucht sie nach ihnen.»

Ich schloss die Augen, rieb mir über die tiefe Furche, die sich dabei zwischen meinen Augen bildete, ohne sie glätten zu können. «Wovon redest du eigentlich?» Ich sah Robin vor mir, wie sie in einem weißen Nachthemd und bloßen Füßen durch die kalten Wälder streifte, wie die geistesgestörte Heldin eines viktorianischen Romans, und nach den Wölfen heulte.

«Außerdem isst sie nichts Richtiges», sagte er.

«Na ja, ist schon in Ordnung, wenn sie ab und zu ein bisschen Junkfood zu sich nimmt», sagte ich. «Ist eine harte Zeit für sie.»

«Ich rede nicht von Junkfood.»

«Sondern?»

«Sie isst Sachen, die man eigentlich nicht essen kann. Papier. Kieselsteine.»

«Robin isst Steine?»

«Was sie wirklich mag, ist Erde. Letztens komme ich ins Haus, und da sitzt sie am Küchentisch und isst Erde aus einer Schüssel, mit dem Löffel.»

«Was zum Teufel … Das ist doch Wahnsinn.»

«Sag ich ja», erwiderte Bernard. «Sie wird wahnsinnig.»

34.

Javier hatte mir gesagt, wenn ich wegführe, hätte ich keinen Job mehr, und so hatte ich eben keinen Job mehr. Ich versuchte nicht an meine schwindenden Ersparnisse zu denken; stattdessen flog ich nach Montreal, mietete mir ein Auto und war bis zum Abend in den dunklen Bergen. Als ich vor dem Haus vorfuhr, öffnete ich das Fenster und lauschte dem Knirschen des Kiesbelags der Auffahrt, das meine Ankunft verriet. Es brannte kein Licht. Bernard begrüßte mich an der Tür, wo er offenbar nach mir Ausschau gehalten hatte. Wir umarmten uns rasch, und ich roch seinen Nikotinatem und den besseren, holzigen Geruch seines Pullovers. Nur in der Küche brannte Licht, und dorthin führte er mich, wir beide auf Zehenspitzen, wie Eltern, die ein Kind nicht wecken wollen.

«Sie macht früh schlapp», sagt er. «Besser so.»

«Wie war es heute?»

Er zuckte mit den Achseln. «Wie gestern.»

Ich rieb mir wieder die Stirn, an derselben Stelle mit der nicht zu glättenden Furche. In der Hundefuttershow war die Tochter einmal mit der Familie ihres mexikanischen Lovers zu einer wilden Party gegangen, wo man ihr Kuttelsuppe serviert und sie ihren Freund in Verlegenheit gebracht hatte, indem sie sich übergeben und hinterher in ihrem Auto eingeschlossen hatte. Später sagte sie in die Kamera: «Tut mir so leid, ich war außerhalb meiner Wohlfühlzone.»

Ich fühlte mich auch außerhalb meiner Wohlfühlzone. Ich blickte Bernard an, und wir lächelten uns müde an. Er legte seine Hand auf meine, eine willkommenere Berührung, als es die von Elena gewesen war, und eine, von der mir viel wahrscheinlicher die Tränen kommen würden.

«Das habe ich ihr angetan», sagte ich und meinte die Schwangerschaft damit.

Bernard schüttelte den Kopf. «Sie hatte immer schon ihre wahnsinnige Seite», sagte er ohne Wertung. Er rollte einen seiner Ärmel auf und zeigte mir eine Narbe an seinem Unterarm, direkt unter dem Ellbogen.

«Da hat sie mir mal ein Stück Fleisch rausgerissen», sagte er. «Das war, als wir unterwegs in Europa waren.»

«Sie hat dich gebissen», sagte ich. Die Narbe an seinem Arm war wulstig und blass, ein zerklüftetes Loch, das mit der Zeit zugewachsen war.

«Nee. Korkenzieher», sagte er. «Wir haben uns in einem Park gestritten. Sie hat ihn mir hier reingerammt.» In seinem Ton schwang auch ein Hauch Bewunderung mit, ein kleines bisschen Nostalgie und nur wenig Gekränktheit. «Ich hatte es verdient, weißt du», sagte er.

«Und ich?», fragte ich. «Habe ich es auch verdient, meine ich.»

Er wich meinem Blick aus, woraus ich schloss, dass er das bejahte. Ich fuhr mit der Fingerspitze über die Narbe und zog dann meine Hand weg. Seine Haut fühlte sich warm an, und ich zitterte. Es war hier immer so viel kälter, als ich es in Erinnerung hatte.

Oben schlich ich mich in das Zimmer meiner Schwester. Die Tür war zu, und ich öffnete sie, halb in der Hoffnung, das Quietschen würde sie wecken, doch das war nicht der Fall. Ich sah ihren in sich zusammengesunkenen Körper in der Dunkelheit, hörte ihr raues Atemgeräusch. Dann betrat ich den Raum, setzte mich neben sie und legte meine Hand an ihre Stirn, die feucht verschwitzt war. Obwohl es kühl in dem Raum war, hatte sie alle Decken abgeworfen, und von ihr ging eine Hitze aus, zusammen mit einem angenehm hefigen Geruch, wie aufgehender Teig. Ich hatte das Gefühl, sie wusste, dass ich da war, selbst im Schlaf, und so legte ich mich neben sie, zog den Quilt über mich, obwohl ihr Körper mich sogar noch gründlicher wärmte. Ich berührte sie an der Schulter, dem Ellbogen. Sie drehte sich um, kehrte mir den Rücken zu. Langsam gewöhnten sich meine Augen an die Dunkelheit, und ich fühlte mich lebendig und klar und wach. Sie hatte das Fenster gekippt, der kleine Spitzenvorhang flatterte, kam dann zur Ruhe. Während ich so dalag, kuschelte sie sich an mich, bis unsere Körper ganz und gar aneinandergeschmiegt waren, und ich drückte mich an sie und wachte über ihren Schlaf.

Am Morgen kam sie langsam zu sich, wischte sich den Schlaf aus den Augen und stützte sich auf den Kissen auf. «Was machst du hier?»

«Ich habe mir Sorgen um dich gemacht. Ich habe gehört, du wirst langsam wahnsinnig.»

«Könnte sein, ja», sagte sie. «Dann pass mal lieber auf.»

«Es tut mir leid», sagte ich und legte die Arme um sie, aber sie schüttelte mich ab. «Es tut mir leid, dass du das alles meinetwegen durchmachen musst.»

«Ist egal.»

«Ist nicht egal.»

«Was ich meinte», sagte sie, «war, dass es zu spät ist, um sich Sorgen zu machen.»

Sie setzte sich auf, bettete den Kopf in die Hände. Allein diese kleine Bewegung schien sie anzustrengen, und sie legte sich wieder hin. Ich brachte ihr Tee und Toast ans Bett und schlug ihr dann vor, einen Spaziergang zu machen, und sie folgte mir mit schweren, schleppenden Schritten über das Grundstück. Wir schlossen die Scheune auf, und sie setzte sich ans Klavier, sagte dann aber, ihr sei nicht danach zu spielen.

Bernard machte uns Nudelsuppe mit Huhn, und ich zwang Robin dazu, etwas davon zu essen, löffelte sie ihr in den Mund. Sie verzog das Gesicht, als sei es Gift. Gewöhnliches Essen schmecke schrecklich, sagte sie, wie Metall in ihrem Mund. Sie hätte Gelüste auf verbrannte Zündhölzer und auf Steine. Sie zeigte mir einen kleinen, grauen Stein, den sie in ihrer Jackentasche mit sich herumtrug. Er war sauber gelutscht.

«Aber du kannst dich doch nicht vor eine Schüssel mit Erde setzen und die essen», sagte ich.

Eine kurze Recherche im Internet hatte mich darüber informiert, dass man Robins Essstörung Pica nannte und dass sie manchmal bei Schwangeren vorkam. Der Name rührte von der lateinischen Bezeichnung für die Elster, *pica,* her, ein Vogel, der fast alles aß. Ich erinnerte mich, dass ich mich früher selbst als Elster gesehen hatte, weil ich die kleinsten Informationen wie glänzende Objekte gesammelt hatte; doch auch das, erfuhr ich, war ein Ammenmärchen, denn es hatte sich herausgestellt, dass Elstern gar keine glänzenden Objekte mögen. Wissenschaftler hatten ein Experiment angestellt und bewiesen, dass der diebische Charakter der Elster ein Mythos war. *Die Elster wurde entlastet,* hatte einer der Wissenschaftler geschrieben. Als ich all das Robin erzählte, war sie wenig beeindruckt. Stattdessen bat sie mich, im Internet nach Ton zu suchen, den man unbeschadet essen könne.

Ich weigerte mich. Stattdessen brachte ich sie zum Arzt, der ihr ein Eisenpräparat und leichte körperliche Ertüchtigung verschrieb. Und so gingen wir jeden Tag spazieren, wanderten auf dem Grundstück umher, Robins Gesicht rundbackig, windgepeitscht und besorgt. Nachts schlief ich bei ihr im Zimmer, manchmal bei ihr im Bett, öfter jedoch in einem Schlafsack auf dem Boden, und wenn wir nachts wach wurden, murmelten wir uns etwas zu. *Wird regnen morgen. Erinnere mich daran,* sagten wir. *Ich muss die Plane über den Holzstapel ziehen. Und ich darf nicht vergessen, Milch zu kaufen.* Manchmal schliefen wir mitten im Satz wieder ein und flüsterten uns nur noch zu: *Erinnere mich daran.*

35.

Ich hatte meinen Computer mitgebracht und verbrachte einige Zeit damit, meine Aufnahmen von Marianne zu schneiden. Ich fügte ihre Pausen zusammen, ihr Stammeln, die Augenblicke, wenn sie zur Decke hoch oder aus dem Fenster blickte, als wolle sie Ordnung in ihre Gedanken bringen oder sie auch nur sammeln, und darin scheiterte.

Meine Schwester konnte nicht verstehen, wie ich es schaffte, stundenlang das Gesicht unserer Mutter anzuschauen, ihre Stimme zu hören. Doch ich war wie gebannt, fand Muster und Rhythmen; kurz bevor Marianne das Thema wechselte, bemerkte ich, blickte sie immer zur Seite, aus dem Fenster, als werde sie eines Geräusches gewahr, das die Kamera und ich nicht erfassten. Wenn sie über ihre Eltern sprach, leckte sie sich die Lippen, wenn sie jedoch über Leute in der Nachbarschaft herzog, presste sie sie ganz fest aufeinander, als bringe sie deren Verdammung auf sicheres Terrain zurück. Ich merkte mir die Momente, wenn ihre Blicke distanziert wurden, sich nach innen richteten; und dann die Momente, wenn sie wieder scharf wurden, oft vor Wut, was für Marianne offenbar der sicherste Weg zurück zu geistiger Klarheit war. Ich versuchte, an genau diesen Stellen einen Cut zu machen, wenn das Pendel zwischen dem Beginn der Umnachtung und der Rückkehr zur Klarheit ausschlug. Die eigentlichen Geschichten nahm ich heraus, die sinnlosen Litaneien von Anekdoten, und schnitt das Material auf einen steten Strom ihres Gesichts zusammen, aus dem Konzentration verschwand und dann wiederauftauchte. Ich nahm mein ganzes Wissen aus dem Reality-TV zusammen – das Augenmerk auf die winzigsten Veränderungen im menschlichen Ausdruck, und wie diese Geheimnis, Drama oder Gefühl signalisierten – und wandte es auf meine Mutter an. Es war eine Studie ihrer Bemühung, sich dem Niedergang ihres Verstandes zu widersetzen. Irgendwann komponierte ich daraus einen sechsminütigen Film, dem ich den Titel *Marianne vergisst* gab. Robin weigerte sich, ihn anzusehen; Bernard hielt höflich durch und sagte hinterher, er verstehe nicht, worum es gehe, aber Marianne sehe nett aus.

Alles in meinem Leben schien sich in der Schwebe zu befinden und angespannt auf das zu warten, was kam. Wenn ich an jenes Frühjahr zurückdenke, so erinnere ich mich an Robins Launen, ihre ausweichende Art, ihre Benommenheit, ihr häufiges Weinen und dann ihr nachlassendes Weinen. Ich erinnere mich an die Vögel. Ich hatte mein Leben in geschlossenen Räumen verbracht, im summenden Neonlicht eines Schneideraums, meine Ohren mit den Kabeln von Kopfhörern behängt wie mit Girlanden. In Robins Haus schlief ich bei offenem Fenster, und die Vögel weckten mich. Ich lernte sie auseinanderzuhalten, die Finken, die Kardinale, die Schwalben. Die kleinen, braunen Lerchen, meine Namensschwestern. Einmal sagte mir Robin auf einem Spaziergang, sie habe ihren Namen immer gehasst. «Er ist so gewöhnlich», sagte sie. «Rotkehlchen gibt es überall, mit ihrer wie ausgestopften, langweiligen, roten Brust. Und der Name ist so altmodisch.»

«Lark finde ich nicht so schlecht», sagte ich. «Aber es ist ein bisschen hippie.»

«Zu dir hat es überhaupt nicht gepasst», sagte sie. Natürlich hatte sie recht. Das Rotkehlchen war ein gewöhnlicher, bodenständiger, wenig bemerkenswerter Vogel; die Lerche ein Winzling, bekannt für seinen Gesang und seine flüchtige Art. Wir hätten tauschen sollen, waren aber einfach bei unseren Namen geblieben, und jetzt war es zu spät, um noch etwas daran zu ändern.

36.

Ich brachte Robin Dinge, von denen ich glaubte, sie hätte Freude daran: ein ergonomisch geformtes Kissen, bequeme Schwangerschaftskleidung. Das Kissen benutzte sie, doch die Klamotten quittierte sie mit reiner Verachtung; ihr waren Männerjeans und Holzfällerhemden lieber, die irgendwelche Gäste zurückgelassen hatten. Das Einzige, worum sie mich bat, war ein Ganzkörperspiegel, den sie sich hinter die Tür ihres Schlafzimmers hängte. Während ihr Bauch wuchs und wuchs und ihre Stimmung besser wurde, begann sie, sich selbst darin zu betrachten. Wenn ich klopfte, traf ich sie manchmal nackt vor dem Spiegel an, wie sie sich drehte und wendete und aus allen Perspektiven betrachtete. «Schau dir das an», sagte sie, nicht stolz, sondern mit unvoreingenommenem Interesse, als gehöre ihr Körper jemand anderem.

«Du siehst schön aus», sagte ich, was der Wahrheit entsprach.

Doch Robin wollte keine Komplimente hören. «Ich bin wie ein *Brutkasten.*»

Sie sagte, sie könne spüren, wie sich das Baby bewegte, doch wenn ich meine Handfläche auf ihre Haut legte, passierte nichts. Das Baby schien immer woanders zu sein und sich vor mir zu verstecken, wie ein Fisch in einem Aquarium, und ich versuchte ihr nicht zu zeigen, wie sehr mich das bekümmerte und mir Sorgen bereitete, als habe das Baby, wie all die Blastozysten vor ihm, gespürt, dass mit mir etwas nicht stimmte.

«Ich habe die ganze Zeit das Gefühl, unter Wasser zu schwimmen. Als würden mir Kiemen wachsen, weißt du?»

Ich wusste es nicht. Sie schickte mir diese Postkarten aus der Welt der Schwangerschaft, und ich las sie mit einer Kombination aus Neugier und Dankbarkeit, Neid und Trauer. Wenn ich Robins schwangeren Körper betrachtete, verspürte ich eine Faszination, so intensiv, so körperlich, dass sie der Lust sehr nahekam. An einem bestimmten Punkt fragte ich sie, ob ich sie filmen könne, um zu dokumentieren, wie das Baby wuchs, und sie schüttelte den Kopf und sagte mir, ich starrte sie jetzt schon viel zu viel an. Und ich würde mir eben alles von selbst merken müssen.

«Denk an Marianne», sagte sie jetzt, «mit sechzehn und dann wieder mit zwanzig. Mit zwei verschiedenen Typen.»

Sie starrte ihren Bauchnabel an, der nach vorne ragte wie ein Kieselstein im Gebirge. Leuchtend blaue Venen durchzogen ihre gedehnte Haut. Ich sah Tränen in ihren Augen.

«Kein Wunder, dass sie so verdammt durchgeknallt war», sagte sie.

Bernard kehrte nach Baltimore zurück; vielleicht hatte er Bedenken, uns zu stören, oder vielleicht brauchte er auch Abstand. Bevor er wegfuhr, war mir nicht bewusst gewesen, wie seltsam es war, mit Robin allein zu sein; wir hatten uns daran gewöhnt, in Dreierkonstellation zu leben. Das Haus fühlte sich viel zu groß für uns beide an, und wir eierten darin herum und eckten ständig an, wie die Kugeln auf einem Billardtisch.

Eines Abends saßen wir nach dem Essen draußen. Robin war es immer noch ständig heiß, ihre Wangen waren rosig, trotz der Kühle in der Luft, die mich dazu veranlasst hatte, nach drinnen zu laufen und mir einen Pullover zu holen. Zuvor hatte es geregnet, und wenn eine Brise aufkam, schüttelten die Tannenzweige die verbliebenen Tropfen ab. Robin sagte, sie wolle in dieser Nacht draußen schlafen, und mir wurde flau im Magen. Sie schaute mich mit gerunzelter Stirn an.

«Stell dich nicht so an», sagte sie. «Drinnen ist es so stickig.» Sie ließ alle Fenster offen stehen, manchmal sogar die Türen, und in dem Haus war es immer zugig, was das unheimliche Gefühl der Leere noch verstärkte. Eines Morgens, als ich in die Küche kam, saß eine Schwalbe auf dem Tisch und pickte Krümel. «Vielleicht sollte ich das Baby hier bekommen. Mich einfach auf ein bisschen Heu in der Scheune legen und der Natur ihren Lauf lassen.»

An der Art, wie sie dabei die Augenbraue hob, erkannte ich, dass sie das sagte, um mich zu provozieren. Wir hatten einen Arzt im Krankenhaus in Rivière-Rouge. Ich hatte die Fahrzeit dorthin gestoppt; in fünfundzwanzig Minuten konnten wir in einer sterilen medizinischen Umgebung sein. Angst vor jenem Moment hatte ich dennoch; eine Mischung aus Bangigkeit und Nervosität, die sich auch nicht gelegt hatte, als ich gesehen hatte, wie Robin jene Formulare ausfüllte und eine vorangegangene Schwangerschaft auflistete, die jedoch nicht zu einer Geburt geführt hatte.

«In Schweden», sagte sie jetzt, «verbringen die Menschen fast den ganzen Sommer draußen. Die Kinder laufen nackt herum. Es ist ...» Sie strich sich mit der Hand über den Bauch. Wir saßen in Adirondack-Stühlen, die Bernard als Schnäppchen bei einem Hinterhofflohmarkt in der Stadt gefunden hatte, und ich erinnere mich, wie ich über die flachen Armlehnen meines Sitzmöbels strich und Robin damit instinktiv imitierte.

«*Die Zeit mit Monika*», sagte ich und dachte daran zurück, wie wir uns den Bergman-Film zusammen angeschaut hatten, bevor sie abreiste, und dass Robin ihn langweilig gefunden hatte und lieber *Independence Day* sehen wollte.

«Monika?», fragte Robin. Ich war mir sicher, dass sie sich weder an den Film noch an ihre eigenen Klagen darüber erinnern konnte. Als sie für jene sechs Monate verschwunden war, hatte jedes Gespräch, das wir einmal geführt hatten, auf einmal dreifache Bedeutung für mich gehabt; ich hatte diese Unterredungen durchkämmt, jedes Wort, das gefallen war, durch das Sieb meiner Erinnerung rieseln lassen. Doch Robin war weg, auf Reisen, auf Entdeckungstour, was auch immer sie damals getan hatte; wahrscheinlich hatte sie keinen einzigen Gedanken an jene Gespräche verschwendet.

«Die Sommer dort sind so hell», sagte sie. «Die Leute segeln zu kleinen Inseln, sie machen Lagerfeuer und grillen und reden. Das Licht macht die Leute verrückt, niemand will ins Bett gehen.»

In der Stille, die folgte, fielen ein paar Regentropfen, ein leichtes Nieseln, das so schnell zu Ende war, wie es begonnen hatte. Sie rutschte auf ihrem Stuhl herum, strich sich über den Bauch und dann wieder über die Armlehnen, und ich dachte daran zurück, wie sie damals, als wir noch zusammenlebten, nachts mit den Fingern auf der Bettdecke Klavier gespielt und die Stücke eingeübt hatte, die sie zu der Zeit gerade lernte. Jetzt hingegen streckte sie Zeige- und Mittelfinger aus, als halte sie eine Zigarette dazwischen.

«War es das, was du damals getan hast – rund um die Inseln segeln?»

«Ein bisschen. Ich lernte ein paar Leute kennen. Hing an verschiedenen Orten rum. Machte Straßenmusik, sang.»

«Klingt nach Spaß», sagte ich, konnte den säuerlichen Unterton in meiner Stimme jedoch nicht unterdrücken. Ich dachte an meine Anrufe bei der Polizei, an die Postkarte, die sie aus Ytterby geschickt hatte – *Such nicht nach mir* – und an meine eigenen schlaflosen Nächte. Und wie ich in der Arbeit und an der Uni ins Schleudern geraten war.

Sie sprach, als habe sie mich gar nicht gehört. «Aber wenn der Sommer zu Ende ist, ändert sich alles. Die Leute gehen raus, klar, aber sie meiden Kontakte. Niemand schaute mir ins Gesicht. Sie sind alle auf Distanz gegangen. Ich hatte das Gefühl, ich sei gar nicht da. Das hat mir Angst gemacht.»

«Und deshalb bist du zurückgekommen?»

Jahre später, erwachsen und viel schwerer geworden, schüttelte meine Schwester den Kopf, und eine Haarsträhne blieb an ihrer Lippe hängen. Sie holte tief Luft, legte den Kopf in den Nacken, schaute in den Himmel und atmete aus.

«Nein», sagte sie. «Ich habe etwas Ähnliches durchgemacht wie das hier. Seltsam, jetzt darüber nachzudenken.»

Ich brauchte einen Moment, um zu begreifen, was sie mit *etwas Ähnliches* meinte.

«Wie bitte?», sagte ich. Obwohl ich es ja schwarz auf weiß gesehen hatte, war die Information für mich nur schwer zu verdauen. Ich war mir nicht sicher, was schwerer zu ertragen war – dass das meiner Schwester widerfahren war oder dass sie mir nichts davon gesagt hatte. Beides.

«Ich war noch nicht so weit wie jetzt», sagte sie. «Es war gleich zu Beginn. Ich bin aus der Tournee ausgestiegen, weil ich nicht wusste, was ich machen sollte und weil ich allein sein wollte. Um herauszufinden, was ich tun soll.»

Ich schaute sie an, doch sie starrte immer noch nach oben, zu der tintenschwarzen Linie der Kiefern und dem dunklen Himmel darüber. «Dann wart Bernard und du …»

«Ich habe es ihm nicht gesagt. Du weißt doch, wie Bernard war – wie ein junger Hund. Er hätte eine solche Bürde niemals tragen können.» Ich erinnerte mich an Bernard als jungen Mann und wusste, was sie meinte – wie arglos er gewesen war, wie sanft, wie unbestimmt.

Es stand ein weiterer Stuhl in der Nähe, und meine Schwester erhob sich, zog ihn zu sich heran, ohne meine Hilfe in Anspruch zu nehmen, und legte die Füße darauf, faltete die Hände über ihrem Bauch. «Ich wollte nie Mutter werden», sagte sie. «Und ich will es immer noch nicht. Nichts für ungut.»

Ich legte den Kopf schief. *Alles klar.*

«Natürlich habe ich in letzter Zeit öfter darüber nachgedacht», sagte sie und blickte auf sich hinab, auf ihren veränderten Körper. «Es war eine seltsame Zeit. Ich stieg aus der Tournee aus, weil es mir nicht mehr wichtig schien. All das Üben, ständig durch einen Reifen zu springen, und wofür? Um andere Leute zu erfreuen. Ich war meines Lebens so überdrüssig. In gewisser Weise war das, was passiert ist, nur ein Vorwand, um das alles zurückzulassen. Ich ging und … war einfach eine Weile unterwegs. Es fühlte sich gut an. Meine ganze Existenz bis zu jenem Punkt hatte darin bestanden, dass mir Leute sagten, was ich zu tun hatte. Mrs. Gasparian. Boris. Alle an der Juilliard. Sogar du.»

Ich musste mir das verkneifen, was ich fast gesagt hätte. Ich hätte mich entschuldigt, mit Erklärungen aufgewartet; ich hätte gesagt, dass ich es nur gut gemeint hatte, doch ich wusste, Robin wollte nicht, dass ich etwas sagte. Was sie wollte, war Schweigen.

«In Schweden hatte ich das Gefühl, was auch immer geschah, sollte nach meinem Willen geschehen. Ich würde selbst Entscheidungen treffen, ich und nur ich. Irgendwann beschloss ich, das Kind in Schweden zu bekommen und es dann irgendwo zu lassen – ich dachte, auf der Schwelle einer Kirche oder so was, wie in einem Buch. In Schweden aufzuwachsen, kam mir einfach wie ein gutes Leben vor. Die Kinder dort sahen ziemlich glücklich aus.»

Sie schaute mich immer noch nicht an. Die Bürde dessen, worum ich sie gebeten hatte, und dessen, was ich nicht gewusst hatte, legte sich langsam auf meine Brust, ein schweres Gewicht. Alles verschwamm vor meinen Augen, eine verschmierte Linse.

«Eine Weile machte ich Straßenmusik, um mich über Wasser zu halten, schlief irgendwo, aber dann wurde es kälter und dunkler und es war kein großer Spaß mehr. Meine Kleider passten mir nicht mehr, und das Ganze wurde realer und unheimlicher. Dann ging es mir auf einmal ganz schlecht. Ich übernachtete in einem Hostel, und eines Nachts wachte ich auf, und überall im Bett war Blut. Ich hatte furchtbare Schmerzen und konnte weder denken noch atmen. Ich stand auf, schleppte mich ins Bad, wo noch mehr Blut kam. Zwei Mädchen aus Belgien betraten das Bad, und eine von ihnen fing an zu schreien, aber die andere war großartig, sie kümmerte sich um mich und schmiss die andere raus, hielt mich eine Weile im Arm, und dann gingen wir in ein Krankenhaus – ich weiß nicht mal mehr, wie wir da hingekommen sind. Dieses Mädchen aus Belgien blieb die ganze Nacht bei mir, hielt meine Hand und sang mir Volkslieder aus Belgien vor. O Mann, die hatte vielleicht eine furchtbare Stimme.»

Ich streckte die Hand aus, um Robin zu berühren, und zog sie wieder zurück; sie hatte die Arme über der Brust verschränkt, die Handflächen auf die Schultern gelegt, und der Ausdruck auf ihrem Gesicht war nach innen gekehrt, verschlossen.

«An einem bestimmten Punkt haben sie mich betäubt, und als ich wieder aufwachte, war ich allein. Es war vorbei. Als ich ins Hostel zurückkam, waren die beiden Mädchen aus Belgien nicht mehr da. Ich weiß nicht einmal, wie sie hießen. Es hat eine Weile gedauert, bis ich begriffen hatte, was passiert war. Dann blieb ich noch weitere zwei Monate in Schweden, in diesem … diesem Schwebezustand.»

Ich dachte daran zurück, wie abgemagert Robin damals gewesen war, als sie in den Tunnel zurückkehrte, und wie erschrocken ich gewesen war, als ich ihr den dicken, nassen Pullover über den Kopf gezogen und gesehen hatte, wie sehr ihre Rippen hervorstachen. Es war fast nichts mehr von ihr übrig gewesen. Und dann fiel mir mein eigener Schwebezustand ein, in New York, nachdem ich Wheelock verlassen hatte, wie ich niemanden angerufen hatte, mit niemandem geredet, weil ich nicht wusste, was ich sagen sollte.

Jetzt sah mich Robin zum ersten Mal an. «Und dann, nach einer Weile, sagte ich einfach *Scheiß drauf* und fuhr wieder nach Hause.»

«Ich erinnere mich», sagte ich.

«Du, hör mal, es ist nicht so, als hätte man mir das Herz gebrochen oder mich für mein Leben traumatisiert», sagte sie. Ihre Stimme war klar und unbeirrt. «Denk das bitte nicht.»

Ich nickte. «Aber warum hast du es mir nicht erzählt?»

«Weil es mir gehörte», sagte sie, und ich begriff, dass sie damit nicht das Baby meinte, sondern die Erfahrung, das Geheimnis, das sie für sich behalten hatte; sogar die Tatsache, dass sie es mir jetzt erzählte, gehörte ihr. Ihr Gesicht wurde weich, und sie streckte mir eine Hand hin, die ich nahm.

«Denkst du oft daran?»

Sie legte den Kopf schief. «Ich weiß nicht», sagte sie. «Denkst du denn über deine Daumen nach oder deine Lungenflügel oder über sonst etwas, das ein Teil von dir ist?»

Sie erwartete keine Antwort auf diese Frage, und ich gab ihr keine.

«*Jetzt* denke ich darüber nach», sagte sie.

Ich nahm ihre Hand. Schweigend saßen wir da, während ein steter Regen zu fallen begann. Ich musste immerzu an meine Schwester denken, wie sie mit zwanzig Jahren allein in einem fremden Land gewesen war; wie sie mir eine Postkarte geschickt hatte, die mir mitteilte, wo sie war, eine Nachricht, die ein Widerspruch in sich war, denn sie sagte sowohl *Ich bin hier* als auch *Such nicht nach mir.* Ich wünschte, ich hätte dort bei ihr sein können. Während wir nun beisammensaßen, dachte ich an Olga zurück, wie sie in Worthen vor einem halb leeren Auditorium dozierte; wie sie über Eisenstein, den großen russischen Filmemacher, und seine Theorie von der dialektischen Montage sprach. Eisenstein sah im Schnitt sowohl ein Mittel des Kontrasts als auch der Kontinuität. Wenn man zwei Bilder nebeneinanderstellt, sagte er – oder Olga sagte es –, ganz gleich, wie unterschiedlich sie sind, wird der Betrachter aus der Montage immer eine Bedeutung herauslesen. Das zweite Bild in der Sequenz wird dann die Bedeutung des ersten verändern. Genau so, dachte ich, funktioniert Erinnerung: Man spannt ungleiche Elemente zusammen, über Zeitläufe hinweg. Meine Schwester, wie sie jetzt neben mir saß, veränderte meine Denkweise über sie von damals. Und meine Schwester neben mir änderte auch, wie ich mich selber sah.

«Diesmal ist es anders», sagte meine Schwester, und der Regen wurde stärker.

«Ja», sagte ich. Ich rückte näher an sie heran und presste meine nasse Wange an die ihre.

37.

Sie war überfällig. Laut der Krankenschwester war das weitverbreitet – «Machen Sie sich keine Sorgen über Ihre kleine Schnecke», sagte sie –, und ich runzelte die Stirn, während Robin mit den Augen rollte. Nachdem sie gönnerhaft ihre Hand getätschelt hatte, verließ die Schwester das Untersuchungszimmer. Robin gab ein leises Knurren der Verärgerung von sich, ob nun über das Baby, die Schwester oder meine Wenigkeit, hätte ich nicht sagen können. In den letzten Wochen ihrer Schwangerschaft war sie in ein neues Stadium eingetreten, das von allerlei Malaisen geprägt war: Sie schlief schlecht, gestützt durch mehrere Kissen wegen ihres Sodbrennens, ging alle zehn Minuten auf die Toilette, fragte permanent nach Essen, das sie dann aber stehen ließ. Ich hatte mich irgendwann an ihr ruheloses Herumtappen bei Nacht gewöhnt. Dann, eines Morgens, wachte ich in aller Frühe auf und fühlte mich sonderbar, benommen von zu langem Schlaf, und mir wurde bewusst, dass ich zum ersten Mal seit Ewigkeiten durchgeschlafen hatte. Im Haus war es still. Als ich in Robins Bett nachschaute und es leer vorfand, stieg Panik in mir auf. Auch in der Küche oder sonst wo war keine Spur von ihr.

Ich ging nach draußen; es war kurz vor Morgengrauen, und der Himmel war milchig überzogen, wie ausgewaschen. Ich stapfte durch das kniehohe, nasse Gras, dessen wir nicht mehr Herr wurden, seit Bernard nicht mehr da war, um es zu mähen, und das jetzt meine Fußgelenke und Waden streifte. Zuerst schaute ich in der Scheune nach, doch dort war sie nicht. Allerdings waren die Schwalben bereits wach und flitzten in den Dachbalken hin und her. Es roch nach Moder und Heu. Kürzlich war ein weiteres Klavier geliefert worden, aus einer Kirche in einem nahe gelegenen Ort, die abgerissen werden sollte; dem Instrument fehlten mehrere Tasten, und es lehnte schief an der Wand, wie ein Betrunkener nach einer langen Nacht. An dem Tag, als es kam, hatte Robin stundenlang darauf gespielt, misstönende, unschöne Musik voller Lücken und falscher Töne, eine Sonate, die in den Ohren wehtat und klang, als sei sie mit dem falschen Fuß aufgestanden, Robin jedoch Freude zu bereiten schien. Ich hatte vorsichtig die Frage in den Raum gestellt, ob wir eines der Klaviere ins Haus bringen sollten. «Diese alten Krüppel?», hatte sie erwidert. «Lass sie doch auseinanderfallen!»

Am Ende fand ich sie, in sich zusammengesunken, am Wolfsgehege, und fürchtete einen schrecklichen Moment lang, sie sei tot oder liege im Sterben. Dort saß sie, an der Ecke des eingezäunten Geländes, in dem Katharina von Aragon und ihr Rudel lebten, mit dem Rücken an den

Zaun gelehnt, die Beine ausgestreckt, den Kopf in groteskem Winkel zur Seite gekippt, wie eine kaputte Puppe. Als sie mich kommen hörte, öffnete sie die Augen.

«Um Gottes willen», sagte ich. Ich kniete mich neben sie auf den kalten, feuchten Boden.

Als sie mich anlächelte, wirkte ihr Gesicht ganz ruhig. «Ich kann in dem Haus nicht mehr schlafen», sagte sie. «Keine Luft.»

Ich begann mit ihr zu streiten – dass sie sowieso jedes Fenster und jede Tür offen ließ und wir praktisch in einer Art Unterstand lebten –, doch als ich sah, wie zufrieden sie aussah, überlegte ich es mir anders. «Dann ist alles in Ordnung mit dir?», sagte ich.

Sie nickte und löste ihre Finger von dem Maschendraht des Zaunes. «Sie sind gekommen und haben mich geleckt», sagte sie. «Eine Weile lagen sie in der Nähe des Zaunes und schliefen, drei von ihnen. Wir sind zusammen eingeschlafen.» Die Wölfe hatten ihr also besser Gesellschaft geleistet als jeder Mensch. Sie hatten Robin den Trost und das Wohlbefinden geschenkt, die sie brauchte.

Der nächste Tag war heiß und schwül, und wir machten einen Spaziergang. Robin atmete schwer, ich roch ihren Schweiß. Immer wieder streckte ich den Arm nach ihr aus, für den Fall, dass sie Stütze brauchte, doch sie wollte nicht.

Wir waren auf dem Weg zum Wald und seinem dichten, grünen Blätterdach, in der Hoffnung, dort würde die Luft kühler sein.

Ich erzählte Robin von dem Versteck alter Filme, die man in Dawson City auf jener unterirdischen Müllhalde im Eis gefunden hatte, obwohl ich wusste, dass sie mir gar nicht richtig zuhörte. Ich glaube, ich sprach ebenso sehr mit dem Baby wie mit meiner Schwester, versuchte dieses unbekannte Wesen mit dem Klang meiner Stimme vertraut zu machen.

Dann kam Katharina aus dem Wald gelaufen, ihr Humpeln war unverwechselbar.

Später kam mir der Verdacht, es sei Robin selbst gewesen, die das

Gatter geöffnet hatte, weil die Beklommenheit in ihr so groß war, dass sie einfach keine Zäune mehr ertragen konnte. Doch als ich sie danach fragte, verneinte sie, und ich halte es für durchaus möglich, dass sie sich wirklich nicht mehr daran erinnern konnte. Irgendwann fanden wir Katharina dann außerhalb des Zaunes, wie sie den Mitgliedern ihres Rudels zuheulte; so unternehmungslustig sie auch war, jetzt wollte sie zu ihren Gefährten zurück.

Doch damals wusste ich nicht, was Katharina dort tat oder warum sie auf uns zulief, und Panik brannte mir in der Kehle wie Galle.

Die Wölfin kam näher und näher, die gelben Augen auf ein Ziel gerichtet, ohne wirklich zu sehen.

Eine meiner Schwindelattacken überkam mich; verschwommene Sicht, eine Suche nach Halt, ein Griff ins Leere. Als ich Robin packte, ging sie hart zu Boden, und ich war so aufgeregt, dass ich gar nicht wahrnahm, wie die Wölfin mit unbekanntem Ziel an uns vorbeirannte. Eine Zeit lang konnte Robin nicht aufstehen; wieder und wieder bat ich sie um Verzeihung, doch sie beachtete mich gar nicht. Als sie es irgendwann endlich geschafft hatte, sich aufzurappeln, war Katharina ihr einziges Thema. Sie wolle nach ihr suchen; als ich sie nach dem Baby fragte, runzelte sie die Stirn und schaute mich mit leerem Blick an, als habe sie vergessen, dass es da war. Ich legte eine Hand auf ihren Bauch, doch sie schob sie weg.

«Spürst du, dass es sich bewegt?», fragte ich.

«Tagsüber spüre ich es nie», sagte sie.

Dann plötzlich krümmte sie sich, packte die Knie mit den Händen, zog scharf den Atem ein. Dass sie Schmerzen hatte, war nicht mehr zu übersehen.

«Wir müssen los», sagte ich.

«Aber Katharina ...»

«Jetzt», sagte ich, und als Robin keine Einwände erhob, wusste ich, dass die Schmerzen stark sein mussten. Ganz langsam gingen wir zum Haus zurück, meine Schwester schwer an mich gelehnt. Ich fuhr zum

Krankenhaus, meine Handflächen schwitzten am Steuer, und Robin stöhnte bei jedem Bremsen, jedem Abbiegen. Sie atmete flach, und ihre Augen waren blicklos und glasig. Als ich sie fragte, wie es ihr gehe, fuhr sie mich an, ich solle die Klappe halten. Trotz meiner dringlichen Rufe, als wir beim Krankenhaus ankamen, schienen die Schwestern es nicht besonders eilig zu haben. Sie stoppten die Zeit der Wehen, teilten uns mit, wir seien zu früh gekommen, und als ich Robins Sturz beschrieb, zuckte eine von ihnen die Achseln und meinte, es komme nur selten vor, dass ein solcher Vorfall Schaden anrichtete. Irgendwann blieben wir uns selbst überlassen. Die Geburtsstation war seltsam menschenleer, keine anderen Patienten weit und breit, eine Verlassenheit, die mir wie ein schlechtes Omen vorkam. Ich schaltete in dem Zimmer, das Robin zugewiesen worden war, den Fernseher an, dann wieder aus. Robin schlurfte den Flur entlang, schlug ab und zu mit dem Kopf gegen eine Wand. Ich brachte ihr Eiswürfel in einer Tasse, die sie gierig zerkaute; essen durfte sie nichts.

Wir warteten darauf, dass die Fruchtwasserblase platzte, doch das geschah nicht. Was geschah, war, dass sie auf dem Flur ohnmächtig wurde, sich auf dem Weg nach unten an einem Rollstuhl festhielt und sich noch einmal den Kopf anschlug. Ich fing sie gerade noch rechtzeitig auf, bevor sie auf dem Boden auftraf. Dass ich schrie, habe ich nicht mehr in Erinnerung, doch es muss wohl so gewesen sein, denn endlich kamen die Schwestern angelaufen und brachten sie weg, ohne mir ein Wort zu sagen.

Eine schier endlose Stunde lang wartete ich ganz allein im Flur. Ich verstand nicht, warum ich sie nicht sehen durfte, und niemand erklärte mir etwas. Am Ende gewährte man mir doch Zugang zum OP-Saal, wo man meine Schwester vorbereitete. Man gab mir eine Chirurgenmaske, Handschuhe und Kittel, und ich sah Robin ausgestreckt auf einer Krankenliege, bleich und schlaff, die Augen geschlossen. Sie hatten sich für einen Kaiserschnitt entschieden.

Ich hielt ihr die Hand. Ich erzählte ihr von unserer Kindheit, von Mrs. Gasparian und den Dean Smiths, von der Laufgruppe in Worthen, von Bernard und Katharina von Aragon, und versuchte unsere Lebensgeschichten zu einer Story zusammenzunähen, die Robin fest und unauflöslich an mich binden würde. Ich weiß nicht, ob sie irgendetwas von dem hörte, was ich sagte. Ich roch verbranntes Fleisch. Ich sah ein kleines, unscharfes Etwas, das auf die andere Seite des Raumes getragen wurde. *Was ist los?*, sagte ich, oder ich dachte es nur, aber keiner gab mir eine Antwort. Robins Augen waren immer noch geschlossen, und der Arzt nähte die Wunde zu. Der Körper meiner Schwester blieb reglos, und es sah aus, als würde er das immer bleiben. Ich hielt ihre Hand, aber sie hielt nicht die meine.

«Sie können jetzt loslassen», sagte der Arzt. «Wir rollen sie rüber in den Aufwachraum, und dort wird sie wieder zu sich kommen.»

Ich stieß einen lang angehaltenen Atem aus. Später sollte ich Robin dort finden, benommen und mit trockenem Mund von der Betäubung, und sie sollte mich anlächeln, ein gewinnendes, fast fröhliches Lächeln, weil sie verwirrt war und noch unter dem Einfluss der Narkose stand. Ich würde die Nacht bei ihr verbringen, dem gleichmäßigen, von Medikamenten besänftigten An- und Absteigen ihres Atems lauschen. Zwei Tage später würden wir nach Hause fahren. Doch zuerst würde ich, dort in dem OP-Saal mit dem Geruch nach verbranntem Fleisch, den warmen Körper meines Babys in den Armen halten, die Beine mager und lang, die Hände fest zu Fäustchen geschlossen. Rot und zerbrechlich und doch berstend voll von Leben, öffnete sie den Mund und schrie.

VIERTER TEIL

Danach

1.

Ich habe mich niemals mehr nach meiner Mutter gesehnt als in der Zeit, als mein Kind zur Welt gekommen war. Es war eine absurde Sehnsucht, geboren ebenso aus Nostalgie und Erschöpfung wie aus den Momenten der Zärtlichkeit, die ich meiner Erinnerung nach mit Marianne erlebt hatte. Doch ich wünschte es mir so sehr, ihr mein Baby in die Arme zu legen; wieder und wieder dachte ich, es hätte sie vielleicht weicher gemacht und all das ausgeglichen, woran es zwischen uns gemangelt hatte. *Nostalgie ist eine Romanze mit dem Phantasma des Verlusts,* hatte Olga in Worthen doziert, was ich damals als negatives Urteil empfunden hatte; heute jedoch, älter geworden, betrachtete ich diese Sehnsucht als Tugend, denn indem ich meine Mutter vermisste, fand ich sie wieder und schuf in meinem Leben einen Raum für sie, statt der Erinnerung an sie auszuweichen.

Robin hielt mich für sentimental, und ich bin mir sicher, sie hatte recht. Obwohl es meine Schwester war, die die Hormonschwankungen während der Schwangerschaft und danach durchlitt, war ich diejenige, deren Gefühle auf so wackeligen Beinen standen, himmelhoch jauchzend in einem Moment und zu Tode betrübt im nächsten. In den ersten Monaten nach der Geburt, die wir in den Laurentinischen Bergen bei Robin verbrachten, weinte ich jeden Tag, und die meiste Zeit hätte ich nicht sagen können, warum. Meine Schwester hingegen kehrte schnell zu ihrem alten Ich zurück. Insgeheim hatte ich mir Sorgen gemacht, es könnte schwer für sie sein, das Baby herzugeben, doch sie wollte nur wenig mit ihm zu tun haben. Sie kehrte zu den Wölfen zurück, nahm ihren Job im Restaurant wieder auf, und ihre Augen wurden stahlhart und gefasst wie früher. Derya kam uns besuchen, und sie machten zusammen Musik in der Scheune. Ich brachte das Baby hinüber, damit es ihnen zuhörte, doch die Kleine war quengelig und desinteressiert, sodass jede Vorstellung von einem mystischen Moment der Vereinigung sich sofort in Luft auflöste, dieser feuchten Luft, von der die Kleine windelwund wurde.

Als Bernard aus Baltimore zurückkam, hielt er das Baby so ungeschickt, dass es mich nervös machte, doch der Ausdruck der Freude in seinem Gesicht, als sie die winzige Hand um seinen großen Finger schloss, war wunderschön und rein. Schüchtern gab er mir Geschenke für sie: zwei Bücher und eine Fleecedecke, die ich im Wohnzimmer auf dem Boden ausbreitete und die fortan als Bühne diente, auf der wir das Baby nach Herzenslust bewunderten. Ich lud Bernard ein, uns einmal in Brooklyn zu besuchen, und er wurde rot und sagte, das würde er gern tun. Dann zog er sich zurück und machte sich auf dem Bauernhof nützlich; offenbar – oder so schien es mir – fühlte er sich am Rande des Geschehens wohler.

Sowohl Derya als auch Bernard wichen nur selten von Robins Seite, so wie immer, und ich begriff, dass die Dinge im Bauernhaus einfach so weiterlaufen würden, solange sie das wollte; Robin wusste, wie sie die Welt nach ihren Bedürfnissen zurechtbiegen konnte.

Ich dachte oft an Marianne, wie sie wohl damals mit sechzehn gewesen war, schwer unter der Bürde der Mutterschaft leidend, und am allerschwersten fiel es mir, zu begreifen, dass ich sie nie wiedersehen würde. Manchmal sah ich mir den Film an, den ich von ihr gemacht hatte, und Robin schaute ihn sich endlich auch einmal mit mir an, den Kopf geneigt.

«Gott, ich sehe ja aus wie sie», war alles, was sie sagte, und das stimmte; sie hatten die gleichen Augen, das gleiche Gesicht, seine Ecken und Kanten, die erst durch das Alter weicher geworden waren.

Die Kleine war fasziniert von den flackernden Bildern auf dem Bildschirm, eines der wenigen Dinge, die sie beruhigten, und es begannen Marathonsitzungen mit alten Schwarz-Weiß-Filmen, wie ich sie liebte: Komödien von Preston Sturges und Howard Hawks, Musicals mit Fred Astaire und Ginger Rogers. Ich zeigte ihr Joel McCrea und Veronica Lake unterwegs in *Sullivans Reisen*, Cary Grant in *Leoparden küsst man nicht* auf der Suche nach dem mysteriösen *claviculus intercostalis*. Ich wollte ihr Gehirn mit angenehmen Dingen füllen. Meist schlief ich mit ihr auf der Brust ein und wachte erst zu den Klängen von *Darf ich bitten?* auf, während eine durchnässte Windel mir das T-Shirt feucht machte.

Wenn keine Filme liefen, war sie ein quengeliges und nicht besonders hübsches Baby; ihr Gesicht war rot und verquollen, an manchen trockenen Stellen auch schuppig, und an der Oberlippe hatte sie eine Blase, die immer wieder aufging und sich neu bildete. Ihr Haar war von unscheinbar heller Farbe, und ihre Arme und Beine dünn und lang gestreckt. Sie sah überhaupt nicht so aus wie die pausbäckigen Wonneproppen, die einst meine Träume beherrscht hatten, eher wie ein kleines Äffchen, das in einer schwierigen Situation sein Bestes tut. Der Doktor sagte, alles sei in Ordnung mit ihr; sie nahm stetig zu und produzierte jede Menge schmutziger Windeln – was wollte ich mehr? Noch bevor ich Zeit hatte, den zerknitterten Zettel aus der Tasche zu ziehen, auf dem ich mir Millionen von Fragen notiert hatte, war er bereits wieder aus dem Zimmer.

Ich nannte sie Scottie, nach dem Mann in *Vertigo*, den Jimmy Stewart gespielt hatte, was Robin blöd fand. «Das soll ihr großes Vorbild sein? Ein psychisch gestörter Cop mit einem Frauenproblem?»

«Ich liebe Jimmy Stewart.»

«Du hättest sie George Bailey nennen können. Oder Liberty Valance.»

«Ich wusste gar nicht, dass du so viel Ahnung von Filmen hast.»

«Diese Filme kennt doch jeder.»

«Ich finde Scottie süß», sagte ich.

«Du solltest sie Midge nennen, nach Scotties Freundin, die von Barbara Bel Geddes gespielt wird. Das ist die einzige anständige Figur in dem Film.»

«Midge ist die Freundin von Barbie. Ein hässlicher Name.»

«Na ja, eine Schönheit ist sie ja auch nicht gerade.»

Ich schmiegte das Baby an meine Brust und sagte: «Robin, bitte, das kann dir doch nichts ausmachen.»

«Du hast recht», meinte sie.

Später sagte ich ihr, ich hätte mir gewünscht, unsere Mutter um Rat wegen Scottie bitten zu können, und sie lachte. «Marianne hätte sich einen Cocktail gemixt und dich mit Missachtung gestraft», sagte sie. «Jetzt, wo sie nicht mehr da ist, hast du alles Schlimme vergessen.»

Das stimmte. Ich vergaß alles Schlimme, jetzt, da sie nicht mehr da war.

2.

Zwei Jahre später war ich zurück in Brooklyn. Ich hatte mir eine andere Wohnung im selben Viertel gemietet und sah Elena immer noch regelmäßig. Oft bot sie mir an, babyzusitten, aber das bestand meistens darin, dass sie rauchend auf meiner Couch saß und Scottie erzählte, zu ihrer Zeit seien Kinder viel artiger gewesen, weshalb ich nicht besonders scharf auf ihre Dienste war. Ich hatte einen Job bei einer Show, in der es um die Partnersuche nach einer Scheidung ging; Hauptfigur war eine angegraute Erbin, die drei Ehen überstanden hatte und in der vierten Runde nach der wahren Liebe suchte. Sie trug lange, falsche Wimpern, und ihre Mimik war von zu viel Botox vollkommen erstarrt. Doch sie brillierte immer dann, wenn sie einen ihrer Verehrer mit einem einzigen, vernichtenden Urteil in die Wüste schickte. Von einem sagte sie: «Der ist so, als würdest du Salz auf eine Schnecke streuen und sie in einen Anzug stecken.»

Meine Tochter war zu einem stämmigen, munteren Mädchen mit blonden Löckchen herangewachsen; sie sah überhaupt nicht wie ich oder Robin aus und geriet offenbar ganz nach dem Vater, den keiner von uns kannte. Bezüglich ihrer Herkunft hatte ich ihr gesagt, ich hätte sie mir gewünscht, und Robin hätte mir dabei geholfen, sie auf die Welt zu bringen, was Scottie so verstand, als hätte ich sie im Internet bestellt, so wie ich das mit den Windeln machte; und sie wollte unbedingt die Schachtel sehen, in der sie vermeintlich geliefert worden war. An Filmen war sie nicht mehr interessiert, überhaupt wollte sie vor keinem Bildschirm der

Welt still sitzen, und wenn ich ihr einen der Filme zeigte, von denen ich mir wünschte, sie würde sie lieben, rannte sie aus dem Zimmer und klammerte sich an ihre Spielsachen, als gehe es um Leben und Tod. Ich hatte ihr unendlich viele Geschichten zu erzählen, doch wenn sie mir Fragen stellte – warum Menschen alt werden, warum Gelb Gelb ist und Blau Blau –, ging es immer um Themen, auf die ich keine Antworten wusste.

Zu Scotties drittem Geburtstag kam Robin zu Besuch. Sie kellnerte immer noch in dem Restaurant, beklagte sich unablässig über die Gäste, ihre blödsinnigen Extrawünsche und das niedrige Trinkgeld, obwohl ich trotzdem das Gefühl hatte, dass sie den Job mochte, denn Robin blieb nie lange bei einer Sache, wenn sie sie nicht mochte. Am glücklichsten war sie, wenn sie von den Wölfen sprach; damals versuchte sie neue Wolfswelpen in das Rudel zu integrieren und konnte sich stundenlang darüber auslassen, wie sie fraßen und sich putzten und wie die älteren Tiere ihnen das Zusammenleben beibrachten. Meine Tochter behandelte Robin mit geistesabwesender Strenge, die in Scottie prompt allergrößte Ergebenheit weckte. Wenn Robin Scottie sagte, sie solle ruhig sein, setzte sich diese mucksmäuschenstill in eine Ecke, gehorsam, wie sie mir gegenüber nie war. Abends bettelte sie Robin an, sie möge ihr eine Geschichte erzählen, und flehte sie an, bei ihr im Bett zu schlafen. Wenn ich dann nach den beiden schaute, fand ich sie an Robin gekuschelt vor, die Spitze des Zopfes meiner Schwester in ihrer kleinen Hand. Robin, die ihre andere Hand hielt, atmete in die gewundene Muschel ihres Ohres. Natürlich war die Strenge nur gespielt.

Manchmal fragte ich mich, ob es zwischen ihnen noch Überreste einer körperlichen Verbindung gab, Spurenelemente von Scotties Entstehung in Robins Körper, den sie als kleine Bürgerin eine Weile bewohnt hatte. Doch wenn ich versuchte, mit Robin darüber zu sprechen, sagte sie, ich machte mich lächerlich. Jedenfalls war ich es, zu der Scottie gerannt kam, wenn sie hungrig war oder sich wehgetan hatte, und deren beruhigenden Blick sie suchte, wenn Robin ihr vor dem Schlafengehen eine

Räuberpistole erzählte und sie sich fürchtete. Robin war der geliebte Gast, der umso mehr geliebt wurde, weil bekannt war, dass er irgendwann wieder gehen würde.

Zu ihrem dritten Geburtstag schenkte Robin ihr einen Karton voller Stöcke, die sie rund um ihr Haus in den Laurentinischen Bergen gesammelt hatte. «Was soll ich mit denen machen?», fragte Scottie, und Robin antwortete: «Was bauen, rumstochern, ich weiß auch nicht.» Scottie schaute die Stöcke ratlos an, ganz das Großstadtmädchen, das sie war, doch weil sie von Robin kamen, wog sie sie ehrfürchtig in den Händen, wie einen Schatz. Am Tag nach ihrem Geburtstag gingen sie zusammen in den Park, wühlten mit den Stöcken im Dreck und schleuderten sic sich zu wie Speere, während die anderen Mütter uns missbilligend zuschauten und Augenverletzungen und Kopfwunden befürchteten. Es war ein grauer und matschiger Tag, und ihre Schuhe schmatzten im Schlamm, wenn sie liefen. Ich holte meine Kamera heraus und filmte die Krater im Matsch, die Stöcke, die durch die Luft flogen. Der Klang ihrer Stimmen erhob sich und trat dann in den Hintergrund, eine Musik, die mich für immer an sie erinnern würde.

DANKSAGUNG

Ich danke meinen Kolleginnen und Kollegen am Lafayette College, wo ich mit diesem Buch anfing, insbesondere Lee Upton, meiner lieben Freundin und dem großen Vorbild dafür, wie eine Schriftstellerin und Lehrerin sein soll. Dank gebührt auch der englischen Fakultät an der McGill University, wo ich im Zuge meines Stipendiums als Mordechai Richler Writer-in-Residence die erste Fassung des Romans schrieb. Danke auch dem Creative Writing Program an der University of British Columbia dafür, dass ihr immer an mich geglaubt habt.

Viele Menschen lasen großzügig die verschiedenen Fassungen und gaben mir einfühlsame und hilfreiche Kommentare dazu; ich danke Natalie Bakopoulos, Ariela Freedman, Peter Ohlin, Karen Olsson, Liz Van Hoose und besonders Amy Williams, die von Anfang an erkannte, was mir vorschwebte. Dieses Buch, ebenso wie meine anderen, verdankt viel der unablässigen Unterstützung durch Gary Fisketjon und Sarah McLachlan.

Mein Dank geht an Bianca Falbo, die mir viel über Wölfe beigebracht hat; an Chris Reynolds und Trace Pratt-Stuchbery, die ihre Erfahrungen am Klavier mit mir teilten; an Nandini Sikand, die mit mir über die Entwicklungen im Bereich des Dokumentarfilms sprach; und an Eileen Finkelstein, die mir vieles über Schnitttechniken im Reality-TV beigebracht hat. Jegliche Fehler oder künstlerische Freiheiten, die verblieben sind, gehen selbstverständlich auf meine Wenigkeit zurück.

Manche Aspekte von Robins Haus in den Laurentinischen Bergen wurden von Hélène Grimauds Autobiografie *Wolfssonate* und von Neko Cases Album *Middle Cyclone* inspiriert, doch die Einzelheiten ihres Lebens, ihres Charakters und alle Szenen sind frei erfunden. Olgas Werk über die Nostalgie basiert auf Swetlana Boyms *The Future of Nostalgia,* doch ihr Charakter, ihre Lebensgeschichte und Zitate sind reine Fiktion.

Mein Vater zeigte mir alte Filme und sprach mit mir über John Grierson und den Dokumentarfilm; er lehrte mich, dass ein Leben als Schriftsteller und Künstler von Wert ist. Meine ganze Familie hat mich in allen Aspekten meines Schreibens unterstützt, seit ich ein Kind war. Stephen und Peter setzten diese Unterstützung fort, indem sie mir Raum für mein Schaffen ließen, auch wenn mich dies manchmal von ihnen entfernt, und dafür bin ich ihnen täglich dankbar.

Meiner leidenschaftlichen Mutter, meiner Schwester und all den Frauen, die Mütter und Schwestern für mich waren: danke.